La ECUACIÓN del AMOR

HELEN HOANG

La ecuación del amor

TITANIA

Argentina • Chile • Colombia • España
Estados Unidos • México • Perú • Uruguay

Título original: *The Kiss Quotient*
Editor original: Jove, Published by Berkley,
An imprint of Penguin Random House LLC, New York
Traducción: Ana Isabel Domínguez Palomo y M.ª del Mar Rodríguez Barrena

1.ª edición Marzo 2019

ISBN: 978-84-16327-63-8
E-ISBN: 978-84-17545-46-8
Depósito legal: B-1.565--2019

Fotocomposición: Ediciones Urano, S.A.U.
Impreso por Romanyà Valls, S.A. – Verdaguer, 1 – 08786 Capellades (Barcelona)

Impreso en España – *Printed in Spain*

Dedicado a mi familia.

Gracias Ngoại, Mẹ,
Chị 2, Chị 3, Chị 4, Anh 5 y 7,
por ser mi refugio.

Gracias, Cariño,
por quererme con etiquetas, rarezas,
obsesiones y todo lo demás.

Gracias, B-B y I-I
por permitirle a vuestra madre que escriba.
Sois lo mejor que tengo.

Agradecimientos

Dicen que escribir es una tarea solitaria. Y es cierto. Te sientas y escribes sola. Pero este libro no habría llegado tan lejos sin la ayuda y el apoyo de muchísimas personas.

Este libro, con esta forma, no existiría si no hubiera tenido la oportunidad de participar en el concurso Pitch Wars de Brenda Drake. Gracias a Brenda y al equipo de Pitch Wars. Hacéis algo asombroso. (Si eres un escritor de ficción sin nada publicado, deberías echarle un vistazo a pitchwars.org). El concurso me puso en contacto con mi maravillosa mentora, Brighton Wals, que ha tenido un impacto inconmensurable en mi vida. No solo me ha ayudado a mejorar mi estilo, sino que también me ha guiado en el desquiciado trayecto de la publicación y se ha convertido en una gran amiga. Brighton, gracias de todo corazón.

Gracias a los compañeros que dedicaron parte de su tiempo a leer mi trabajo y ofrecerme sus críticas. Ava Blackstone, tú fuiste mi primera amiga escritora. Me infundiste valor y seguridad, y me siento muy afortunada por haberte conocido. Kristin Rockaway, tú leíste el primer borrador desastroso de este libro y tus comentarios me llevaron a Pitch Wars. ¡El primer beso de Michael y Stella es mejor (más torpe, juas) gracias a ti! Gwynne Jackson, persona increíble, gracias por estar ahí. Eres sincera, paciente y amable, y no pienso dejarte escapar. Suzanne Park, contigo no sé por dónde empezar. Eres generosa, graciosa, y me entiendes. Jen DeLuca, fue una suerte contar con una hermana aprendiz durante Pitch Wars y me alegro mucho de que fueses tú. Envidio tu increíble pluma e intento emularla. ReLynn Vaughn, gracias por tu sinceridad, por tus ánimos y por incluirme en Viva La Colin para que pudiera conocer a Ash Alexander y a Randi Perrin. Sois tronchantes. A. R. Lucas, me hace muchísima gracia que Stella sea tu doble. Shannon Caldwell, gracias por decirme que te leíste el libro en una sola noche; me pasé horas con una sonrisa de oreja a oreja. Jenny Howe, gracias por permitir que te mandara mis progresos con la historia para no desviarme. C. P. Rider, ¡tenemos que volver a Denny's!

Gracias a los aprendices de la promoción de 2016 de Pitch Wars. Sois un grupo increíble. Ahora mismo, mientras escribo estos agradecimientos, varios de vosotros formáis parte de mi grupo en Am Writing Group. Ian Barnes, Meghan Molin, Rosiee Thor, Laura Lashley, Tricia Lynn, Maxym Martineau, Alexa Martin, Rosalyn Baker, Julie Clark, Tracy Gold, Tamara Anne, Rachel Griffin (¡todavía quiero que un libro se titule *Calculust*!), Nic Eliz, Annette Christy y tantos otros que han estado ahí y se han cabreado por los rechazos y se han alegrado por los éxitos. Gracias a vosotros, esto de escribir es algo mucho mejor. Gracias a Laura Brown, una de las mentoras de Pitch Wars. No eras la mía, pero jamás olvidaré tu amabilidad.

Gracias a la rama de Romance Writers of America de San Diego. Demi Hungerford, Lisa Kessler y Marie Andreas, que sepáis que durante nuestras sesiones de grupo avancé mucho escribiendo y revisando. Tameri Etherton, Laura Connors, Rachel Davish, Tami Vahalik, Tessa McFionn y Janet Tait, sois asombrosas y siempre me siento bien recibida en vuestro grupo. Muchas gracias a Helen Kay Dimon por organizar nuestro reto de abril, durante el cual escribí la mayor parte del primer borrador de este libro.

Gracias a la Asociación de Mujeres Autistas por ayudarme a conocer a otras mujeres autistas como yo. Las personas con la que me he relacionado en el grupo de Facebook son de las más agradables y consideradas que he conocido en la vida y es una experiencia increíble saber que no estoy sola, que hay más gente que se enfrenta a los mismos desafíos que yo y que comparte mis excentricidades. Harriet, Heather, Elizabeth y Tad, entre muchas otras, habéis sido un gran apoyo para mí mientras aprendía más cosas sobre mí misma y sobre el autismo, y cuando por fin conocí el diagnóstico. Gracias por vuestra amistad.

Muchas gracias a mi increíble agente, Kim Lionetti, por ser tan paciente conmigo, por luchar por mí y por hacer que mis sueños se hicieran realidad al encontrarle un hogar a *La ecuación del amor*.

Gracias a Cindy Hwang, por ver el potencial de este libro y ser una maravilla de persona. Kristine Swartz, Jessica Brock, Tawanna Sullivan, Colleen

Reinhart y las demás, ha sido un placer trabajar con vosotras. Berkley, gracias por ayudarme a ofrecerles otra perspectiva a los lectores y por combatir el odio con amor.

—Sé que detestas las sorpresas, Stella. Con el fin de expresar nuestras expectativas y de proporcionarte un tiempo razonable, deberías saber que estamos preparados para tener nietos.

La mirada de Stella Lane abandonó de golpe su desayuno para clavarse en el rostro de su madre, que envejecía con mucha elegancia. Un suave maquillaje resaltaba esos ojos de color castaño oscuro que la miraban con un brillo acerado. Eso no auguraba nada bueno para Stella. Cuando a su madre se le metía algo en la cabeza, era como un tejón melero con ansias de venganza: beligerante y tenaz, pero sin gruñidos ni pelaje.

—Lo tendré en cuenta —replicó Stella.

La sorpresa dio paso a una miríada de pensamientos aterrados. Los nietos significaban «bebés». Y pañales. Montones de pañales. Pañales tóxicos. Y los bebés lloraban, con aullidos propios de una *banshee* que ni los mejores tapones antirruidos podían bloquear. ¿Cómo podían llorar tanto y tan fuerte siendo tan pequeños? Además, los bebés significaban maridos. Los maridos significaban novios. Los novios significaban citas. Las citas significaban... sexo. Se estremeció.

—Tienes treinta años, Stella. Nos preocupa que sigas soltera. ¿Has probado Tinder?

Cogió el vaso de agua y bebió un buen sorbo, tragándose sin querer un cubito de hielo. Tras carraspear, dijo:

—No, no lo he probado.

Solo con pensar en Tinder, y en la correspondiente cita que el servicio prometía conseguirle, se puso a sudar. Detestaba todo lo relacionado con las citas: la desviación de su cómoda rutina, la conversación tonta y a veces desconcertante y, cómo no, el *sexo*...

—Me han ofrecido un ascenso —le dijo a su madre, con la esperanza de distraerla.

—¿Otro? —le preguntó su padre, que bajó el ejemplar de *The Wall Street Journal* de modo que se veían sus gafas de montura metálica—. Te ascendieron hace menos de dos trimestres. Es fenomenal.

Stella se animó y se sentó en el filo de la silla.

—Un nuevo cliente, un vendedor *online* muy importante del que no puedo decir el nombre, nos proporcionó unos conjuntos de datos increíbles y me pasé el día entretenida con ellos. Diseñé un algoritmo para ayudar en algunas de sus sugerencias de compra. Al parecer, está funcionando mejor de lo esperado.

—¿Cuándo se hará efectivo el ascenso? —le preguntó su padre.

—La verdad... —La salsa holandesa y la yema de huevo de su pastel de cangrejo se habían mezclado, de modo que intentó separar los líquidos amarillos con el tenedor—. No he aceptado el ascenso. Era un puesto de directora de departamento con cinco personas bajo mi mando y que requería mucha más interacción con los clientes. Solo quiero trabajar con los datos.

Su madre se desentendió de sus palabras con un indolente gesto de la mano.

—Te estás volviendo complaciente, Stella. Si dejas de ponerte desafíos, no vas a mejorar tus habilidades sociales. Lo que me recuerda... ¿Hay algún compañero de trabajo con quien te gustaría salir?

Su padre dejó el periódico en la mesa y cruzó las manos por encima de la oronda barriga.

—Sí, ¿qué me dices de ese hombre, Philip James? Cuando lo conocimos en la última reunión de empresa, nos pareció bastante agradable.

Las manos de su madre volaron hasta su boca como palomas que se acercaran a migas de pan.

—Ay, ¿por qué no se me había ocurrido? Es muy amable. Y también es una alegría para la vista.

—Está bien, supongo. —Stella limpió con los dedos la condensación de su vaso de agua. La verdad, había estado sopesando a Philip. Era engreído y sarcástico, pero hablaba claro. Le gustaba eso en los demás—. Creo que tiene varios trastornos de personalidad.

Su madre le dio unas palmaditas en la mano. En vez de volver a colocarla sobre su regazo cuando terminó, la dejó sobre los nudillos de Stella.

—Pues a lo mejor es buena pareja para ti, cariño. Si tiene problemas propios que superar, puede que se muestre más comprensivo con tu Asperger.

Aunque pronunció las palabras con un tono de voz muy normal, a Stella le sonaron antinaturales y demasiado fuertes. Una miradita a las mesas cercanas de la terraza exterior cubierta del restaurante le aseguró que nadie las había oído, y luego clavó la vista en la mano que cubría la suya, haciendo un esfuerzo consciente para no apartarla. El contacto no solicitado la irritaba, y su madre lo sabía. Lo hacía para «aclimatarla». Aunque lo único que conseguía era volverla loca. ¿Sería posible que Philip lo entendiera?

—Pensaré en él —replicó, y lo decía en serio. Detestaba mentir y dar largas incluso más que el sexo. Y, en el fondo, quería que su madre se sintiera orgullosa y feliz. Hiciera lo que hiciese, nunca terminaba de alcanzar el éxito a ojos de su madre y, por tanto, tampoco lo conseguía a sus propios ojos. Un novio la ayudaría, estaba segura. El problema radicaba en que era incapaz de atrapar a un hombre, ni aunque le fuera la vida en ello.

Su madre sonrió de oreja a oreja.

—Excelente. La próxima gala benéfica que voy a organizar será dentro de dos meses, y quiero que esta vez vengas acompañada. Me encantaría que el señor James te acompañara, pero si las cosas no salen bien, te buscaré a alguien.

Stella apretó los labios. Su última experiencia sexual fue con una de las citas a ciegas que le preparó su madre. Era un hombre guapo, lo reconocía, pero su sentido del humor la había desconcertado. Dado que era inversor capitalista y ella, economista, deberían haber tenido muchas cosas en común, pero él no quiso hablar de su trabajo. En cambio, prefirió hablar de la política de empresa y de las tácticas de manipulación, dejándola tan perdida que no le cupo la menor duda de que la cita fue un fiasco.

Cuando le preguntó sin rodeos sin quería acostarse con él, la pilló totalmente desprevenida. Como detestaba decir que no, había dicho que sí. Se besaron, pero la experiencia no le gustó nada. Él sabía al cordero que había pedido para la cena. A ella no le gustaba el cordero. Su colonia le provocó náuseas y, encima, él la tocó por todas partes. Como siempre le sucedía en las situaciones íntimas, su cuerpo se quedó paralizado. Antes de darse cuenta, él había terminado. Tiró el condón usado en la papelera que había junto al escritorio…, algo que la incomodó, porque ya tendría que saber que esas cosas iban al cuarto de baño, ¿no?; después, le dijo que debería relajarse un poco y se fue. Sabía que su madre se sentiría muy decepcionada si llegaba a enterarse de lo negada que era su hija con los hombres.

Y, en ese momento, también quería bebés.

Stella se puso de pie y cogió el bolso.

—Tengo que irme a trabajar. —Aunque iba adelantada con el trabajo, la obligación que implicaban sus palabras era correcta. El trabajo la fascinaba, canalizaba el ansia voraz de su cerebro. También le resultaba terapéutico.

—Esa es mi niña —dijo su padre, que se levantó y se alisó la camisa hawaiana de seda antes de abrazarla—. Pronto serás la dueña de la empresa.

Mientras le daba un rápido abrazo, porque no le importaba que la tocasen si ella daba el primer paso o tenía tiempo para prepararse mentalmente, Stella aspiró el familiar aroma de su loción de afeitado. ¿Por qué no podían ser todos los hombres como su padre? La creía guapa y brillante, y su olor no le provocaba náuseas.

—Sabes que su trabajo es una obsesión malsana, Edward. No la animes —dijo su madre antes de mirarla a ella y soltar un suspiro muy típico de las madres—. Deberías salir los fines de semana. Si conocieras a más hombres, sé que encontrarías al adecuado.

Su padre le dio un beso fugaz en la sien y le susurró:

—Ojalá yo también estuviera trabajando.

Stella miró a su padre y meneó la cabeza mientras su madre la abrazaba. El collar de perlas que siempre llevaba al cuello se le clavó en el esternón al tiempo que la envolvía una nube de Chanel N.º 5. Toleró el asfixiante olor durante tres largos segundos antes de apartarse.

—Hasta el próximo fin de semana. Os quiero. Adiós.

Se despidió de sus padres con la mano antes de salir del elegante restaurante del centro de Palo Alto y echó a andar por las aceras flanqueadas por árboles y *boutiques*. Después de tres soleadas manzanas, llegó a un edificio bajo de oficinas que albergaba su lugar preferido del mundo: su despacho. La ventana de la esquina izquierda del tercer piso le pertenecía.

La cerradura de la puerta principal se abrió con un chasquido cuando acercó el bolso al sensor, y entró en el edificio vacío, disfrutando del solitario eco de sus pasos sobre el suelo de mármol mientras pasaba junto al mostrador de recepción vacío y entraba en el ascensor.

Una vez en su despacho, comenzó su más preciada rutina. Primero, encendía el ordenador y metía la contraseña cuando se lo pedía la pantalla. Mientras cargaba el *software*, dejaba el bolso en la mesa e iba a la cocina para llenarse una taza de agua. Se quitaba los zapatos y los dejaba en su sitio habitual, debajo de la mesa. Se sentaba.

Ordenador, contraseña, bolso, agua, zapatos, silla. Siempre en ese orden.

El sistema de análisis de estadísticas, conocido como SAS por la empresa que lo desarrollaba, se cargó automáticamente, y los tres monitores de su mesa se llenaron con flujos de datos. Compras, clics, registros de inicio de sesión, tipos de pagos..., cosas sencillas, en realidad. Pero le transmitían muchas más cosas que las propias personas. Estiró los dedos y los apoyó en el teclado negro ergonómico, ansiosa por sumergirse en el trabajo.

—Ah, hola, Stella, supuse que serías tú.

Miró por encima del hombro y se sobresaltó al ver a Philip James asomado a la puerta. El corte severo de su pelo castaño acentuaba el mentón cuadrado, y el polo de manga corta se le ceñía al torso. Parecía pulcro, sofisticado y listo..., justo la clase de hombre que sus padres querían para ella. Y la había pillado trabajando por placer el fin de semana.

Se puso colorada y se subió las gafas por el puente de la nariz.

—¿Qué haces aquí?

—He venido a recoger una cosa que me dejé olvidada ayer. —Sacó una caja de una bolsa de la compra y la agitó delante de ella. Stella vio la palabra «Durex» escrita en letras mayúsculas enormes—. Que tengas un buen fin de semana. Yo sé que lo voy a tener.

Rememoró el desayuno que acababa de tener con sus padres. Nietos, Philip, la posibilidad de más citas a ciegas, tener éxito. Se humedeció los labios y se apresuró a decir algo, lo que fuera.

—¿De verdad necesitas el formato ahorro?

En cuanto las palabras salieron de sus labios, se arrepintió.

Él esbozó su mueca de gilipollas, pero la irritación que le causó quedó suavizada por los dientes blanquísimos que dejó al descubierto.

—Estoy segurísimo de que voy a necesitar la mitad de la caja, porque la nueva asistente en prácticas del jefe me ha invitado a salir.

Stella se sintió impresionada muy a su pesar. La nueva parecía muy tímida. ¿Quién iba a decir que tenía tantas agallas?

—¿Para cenar?

—Y para algo más, creo —contestó él con un brillo travieso en sus ojos verdosos.

—¿Por qué has esperado a que ella te invitara? ¿Por qué no la invitaste tú?

—Tenía la impresión de que a los hombres les gustaba dar el primer paso en esos temas. ¿Se equivocaba?

Con gesto impaciente, Philip metió la caja grande de condones en la bolsa de la compra.

—Acaba de salir de la universidad. No quería que me acusaran de asaltacunas. Además, me gustan las mujeres que saben lo que quieren y que van a por ello..., sobre todo en la cama. —La recorrió de los pies a la cabeza con una mirada calculadora, y ella se tensó, avergonzada—. Dime una cosa, Stella, ¿eres virgen?

Ella se volvió hacia los monitores, pero los datos se negaban a tener sentido. El cursor en la pantalla de programación parpadeó.

—Aunque no es asunto tuyo, no, no soy virgen.

Philip entró en su despacho, apoyó una cadera en la mesa y la observó con expresión escéptica. Ella se colocó bien las gafas, aunque no le hacía falta.

—Así que nuestra econometrista estrella lo ha hecho antes. ¿Cuántas veces? ¿Tres?

De ninguna de las maneras iba a decirle que lo había adivinado.

—No es asunto tuyo, Philip.

—Seguro que te quedas tumbada y te pones a trabajar con recursiones lineales mentalmente mientras el hombre hace lo suyo. ¿He acertado, señorita Lane?

Seguramente lo haría si supiera cómo meter *gigabytes* de datos en su cerebro, pero antes muerta que admitirlo.

—Un consejo de un hombre que ya está de vuelta de casi todo: practica un poco. Cuando le pilles el truco, te gustará más, y cuando te guste más, les gustarás más a los hombres. —Se apartó de la mesa y echó a andar hacia la puerta, con la enorme bolsa de condones oscilando, con descaro, a su lado—. Disfruta de tu interminable semana.

En cuanto se marchó, Stella se levantó y cerró la puerta, con más fuerza de la necesaria. El portazo hizo que le diera un vuelco el corazón. Se alisó la falda de tubo con manos húmedas mientras intentaba controlar la respiración. Cuando volvió a sentarse a la mesa, estaba demasiado alterada como para hacer algo que no fuera mirar fijamente el cursor parpadeante.

¿Tenía razón Philip? ¿Le disgustaba el sexo porque se le daba mal? ¿La práctica llevaría a la perfección? Qué concepto más intrigante. A lo mejor el sexo era otro tipo de interacción personal en la que necesitaba esforzarse más..., como la conversación casual, el contacto visual y los buenos modales.

Pero ¿cómo se practicaba con el sexo? Los hombres no se arrojaban precisamente a sus pies, como parecían hacer las mujeres con Philip. Cuando conseguía acostarse con un hombre, a este le disgustaba tanto la triste experiencia que una vez era más que suficiente para ambos.

Además, estaban en Silicon Valley, el reino de los genios tecnológicos y científicos. Los solteros disponibles seguro que eran tan ineptos como ella en la cama. Con la suerte que tenía, se acostaría con un número estadísticamente relevante de la población masculina y su único logro sería sentir escozor en la vagina y una ETS.

No, lo que necesitaba era un profesional.

No solo tenían la garantía de no portar enfermedades, sino que contaban con éxitos demostrados. Al menos, eso suponía, porque si ella dirigiera ese sector, eso sería lo que exigiría. Los hombres normales se sentían atraídos por cosas como la personalidad, el sentido del humor y el buen sexo..., cosas de las que ella carecía. Los profesionales se sentían atraídos por el dinero. Y daba la casualidad de que ella tenía un montón de dinero.

En vez de trabajar en su flamante conjunto de datos, Stella abrió el navegador y buscó en Google «Servicio de acompañantes en la Bahía de California».

¿Qué sobre debería abrir antes? ¿Los resultados del laboratorio o la factura? Michael era un paranoico de la protección, así que debería abrir antes los resultados del laboratorio. Debería. Según su experiencia, los marrones llegaban sin motivo aparente. Las facturas, al contrario, eran algo seguro. Siempre jodían. La única incógnita era el sablazo que iban a darle.

Abrió el sobre de la factura mientras tensaba los músculos a la espera del golpe. ¿Cuánto sería ese mes? Ojeó el documento hasta llegar a la parte inferior y localizó el montante final. El aliento abandonó poco a poco sus pulmones hasta que lo soltó de golpe. No era tan malo. En una escala del cosquilleo al aplastamiento, esa cantidad podía ser un simple moratón.

Seguramente, eso significaba que tenía clamidia.

Soltó la factura sobre el archivador metálico situado detrás de la mesa de la cocina y abrió los resultados de la última analítica de enfermedades de transmisión sexual. Todas negativas. Joder, qué alivio. Otra vez era viernes por la noche, lo que significaba que tenía que trabajar.

Había llegado el momento de mentalizarse para follar. Algo nada sencillo de hacer después de haber estado preocupado por las ETS y las dichosas facturas. Por un momento, se permitió imaginar cómo serían las cosas si las facturas dejaran de llegar. Por fin sería libre. Podría retomar su antigua vida y... La vergüenza lo abrumó. No, no quería que las facturas dejaran de llegar. No quería que eso sucediera. Jamás.

Mientras atravesaba su apartamentucho en dirección al cuarto de baño y se desnudaba, intentó recuperar el antiguo entusiasmo por el trabajo. El tabú que lo rodeaba le había bastado en un principio; pero, después de tres años trabajando como acompañante, ya había perdido lustre. Eso sí, la parte de la venganza todavía lo satisfacía.

«Mira a lo que se dedica tu único hijo varón, papá.»

Si su padre descubriera que practicaba sexo a cambio de dinero, sería un tormento para él. Una idea la mar de satisfactoria. Pero distaba mucho de excitarlo, eso sí. Para eso estaban las fantasías. Repasó rápidamente sus preferidas. ¿Qué le apetecía más esa noche? «¿La profesora me pone cachondo?» «¿El ama de casa desatendida?» «¿El amante secreto?»

Tras abrir la ducha, esperó a que el vapor invadiera el cuarto de baño y después se metió debajo del agua caliente. Una inspiración, una espiración, y se preparó mentalmente. ¿Cómo se llamaba la clienta de esa noche? ¿Shanna? ¿Estelle? No, Stella. Apostaría veinte dólares a que ese no era su nombre real, pero ¿qué más daba? Ella había elegido pagar con antelación. Así que añadiría algo agradable. «La profesora me pone cachondo», entonces.

Era su primer año de universidad. Se había saltado todas las clases menos esa, porque a doña Stella le gustaba dejar caer el borrador justo al lado de su silla. Mientras se imaginaba cómo se le subía la falda al agacharse para recogerlo, se llevó una mano a la polla y empezó a acariciársela con vigor. Cuando la clase acabó, hizo que se inclinara sobre la mesa del profesor y al subirle la falda hasta la cintura descubrió que no llevaba bragas. Se la metió al instante y sin miramientos. Como alguien los pillara...

Gimió y dejó de tocarse antes de llegar al orgasmo. Ya estaba excitado y listo para ver a doña Stella fuera de la clase.

Mantuvo la mente ocupada con la fantasía mientras acababa de ducharse, se secaba y salía del baño para ponerse unos vaqueros, una camiseta de manga corta y una americana negra de *sport*. Un rápido vistazo al espejo medio empañado y un par de pasadas de las manos por el pelo húmedo, y decidió que estaba presentable.

Condones, llaves, cartera. La fuerza de la costumbre lo llevó a releer en el teléfono la sección de comentarios especiales sobre la cita.

«Por favor, no te eches colonia.»

Sin problemas. Además, de entrada no le gustaba llevarla. Se metió el teléfono en el bolsillo con lo demás y salió del apartamento.

Poco después llegaba al aparcamiento subterráneo del Hotel Clement. Mientras entraba en el moderno y elegante vestíbulo, se aseguró de llevar bajadas las solapas de la americana y se entretuvo con el jueguecito previo a la presentación que siempre hacía y que consistía en imaginarse cómo sería su nueva clienta.

Tocaba noche de «más joven que la clienta», porque en el formulario ponía treinta. Suspiró y subió la edad a cincuenta. Cualquier cifra inferior a cuarenta siempre era mentira... a menos que fuera un grupo, y él no se dedicaba a eso. Las fiestas de soltera dejaban mucha pasta, pero la idea de destrozar un amor juvenil le daba mucho bajón. A lo mejor era patético, pero quería vivir en un mundo en el que las novias solo se acostaran con sus novios y viceversa. Además, los grupos numerosos de mujeres cachondas lo asustaban. Era imposible defenderse de ellas, y tenían uñas afiladas.

«Stella» podía ser una cincuentona caprichosa adicta a los dulces, a los *spas* y a los perros falderos, que por tanto estuviera gorda y prefiriese que la adoraran en la cama..., algo con lo que él no tenía el menor problema. O también podía ser una cincuentona a la que le gustara el yoga, los zumos verdes y las sesiones de sexo maratonianas durante las cuales trabajaba los abdominales mejor que en el banco inclinado. O, lo que menos le gustaba, una empresaria oriental con mala leche que lo había elegido porque, dados sus orígenes mitad vietnamitas y mitad suecos, se parecía mucho al actor coreano Daniel Henney. Ese último tipo de mujer siempre le recordaba a su madre, y después de acostarse con ellas necesitaba hacer terapia con un saco de boxeo.

Una vez dentro del restaurante del hotel, echó un vistazo por las mesas, tenuemente iluminadas, en busca de una mujer morena de ojos castaños y con gafas. Dado que las cartas que había recibido por correo no le habían dado el menor problema, se preparó para lo peor. Su mirada pasó por encima de las mesas ocupadas por varios empresarios hasta posarse en una mujer asiática de mediana edad que estaba indicándole al camarero cómo quería que le prepararan la ensalada. Al ver que se pasaba una mano de manicura perfecta por el pelo castaño claro, se le cayó el alma a los pies y echó a andar hacia ella. Iba a ser una noche larga.

No, más bien sería la culminación de un semestre cargado de tensión sexual. Ambos lo deseaban. Él lo deseaba.

Antes de llegar a su mesa, un hombre mayor y delgadísimo se sentó enfrente de la mujer y le cubrió una mano con la suya. Confundido, pero aliviado, Michael retrocedió y recorrió de nuevo el restaurante con la mirada. No había ninguna mujer sentada sola..., salvo una chica en el rincón del fondo.

Pelo oscuro recogido con un moño tirante y unas gafas de bibliotecaria provocativa apoyadas en el puente de una nariz monísima. De hecho, y por lo que veía de ella, parecía haber elegido su atuendo para disfrazarse de bibliotecaria provocativa. Pulcros zapatos negros de tacón, falda gris de tubo y una camisa blanca ajustada y abotonada hasta el cuello. Posiblemente tuviera treinta años, pero él le echó veinticinco. Había algo juvenil y lozano en ella, aunque estaba ojeando la carta con el ceño muy fruncido.

Michael miró por la estancia en busca de una cámara oculta o de sus amigos, que estuvieran partiéndose de risa detrás de alguna planta frondosa. No descubrió ninguna de esas dos cosas.

Aferró el respaldo de la silla situada frente a la chica.

—Perdona, ¿eres Stella?

En cuanto esos ojos se clavaron en su cara, Michael perdió el hilo de sus pensamientos. Esas gafas de bibliotecaria provocativa enmarcaban unos ojos castaños espectaculares. Y sus labios... eran lo bastante carnosos para ser tentadores sin afectar el aura de dulzura que la rodeaba.

—Lo siento. Debo de haberme confundido de persona —añadió con una sonrisa que esperaba que fuese algo más contrita y menos avergonzada. Era imposible que una chica como esa hubiera contratado a un acompañante.

Ella parpadeó y golpeó la mesa al ponerse de pie.

—No, soy yo. Eres Michael. Te he reconocido por la foto. —Le tendió una mano—. Soy Stella Lane. Encantada de conocerte.

Por un instante, Michael fue incapaz de hacer otra cosa que no fuera mirar su expresión sincera y su mano tendida. Así no era como lo saludaban las clientas. Normalmente lo invitaban a sentarse con una sonrisilla astuta y un brillo especial en la mirada. Un brillo que indicaba que se creían mejores que él, pero que estaban deseando probar lo que él podía ofrecerles. Stella lo saludaba como si fuera... su igual.

Tras recobrarse rápido de la sorpresa, rodeó esa mano delgada con la suya y aceptó el apretón.

—Michael Phan. Yo también estoy encantado de conocerte.

Cuando la soltó, ella señaló la silla con gesto torpe.

—Por favor, siéntate.

Lo hizo y la observó mientras ella se sentaba en el mismo borde de su asiento, con la espalda tiesa como un palo. Lo miró a la cara con interés, pero al verlo enarcar una ceja, sus ojos regresaron a la carta y se ajustó la posición de las gafas frunciendo la nariz.

—¿Tienes hambre? Yo sí. —Tenía los nudillos blancos por la fuerza con la que agarraba la carta—. El salmón está bueno, y el bistec. A mi padre le gusta el cordero... —Sus ojos lo miraron de repente, e, incluso a la tenue luz, Michael la vio ponerse colorada. Carraspeó—. O mejor dejamos el cordero.

Incapaz de resistirse, le preguntó:

—¿Por qué descartas el cordero?

—Creo que tiene un sabor un poco fuerte, y si..., cuando estemos... —Clavó la vista en el techo y respiró hondo—. Me pasaré todo el rato pensando en ovejas, en corderos y en lana.

—Entendido —replicó él con una sonrisa.

Al ver que ella lo miraba a la boca como si fuera incapaz de recordar lo que estaba a punto de decir, su sonrisa se ensanchó. Las mujeres lo elegían porque les gustaba su aspecto. Sin embargo, muy pocas reaccionaban como la que tenía delante. Resultaba tan halagador como gracioso.

—¿Hay algo que preferirías que yo no comiera o bebiera? —le preguntó ella.

—No, me adapto a todo —contestó a la ligera mientras trataba de pasar por alto la opresión que sentía en el pecho. Ardores, seguro. Que la chica fuera tan considerada no lo estaba afectando.

Una vez que la camarera les tomó la comanda y se marchó, Stella bebió un sorbo de agua y empezó a dibujar figuras geométricas en el vaso, empañado por la condensación, con las delicadas yemas de los dedos. Cuando se percató de que la estaba observando, retiró la mano y se sentó sobre ella, tan colorada como si la hubieran pillado haciendo algo indebido.

El gesto tenía algo que resultaba conmovedor. Si no le hubiera pagado de antemano, sería imposible pensar que ella deseaba hacerlo. ¿Por qué lo había contratado? Debería tener novio... o marido. En contra del sentido común, porque era mejor cuando desconocía esos detalles, le miró la mano izquierda, que descansaba sobre la mesa. No había alianza. Ni marca de que la llevara.

—Quiero hacerte una propuesta —la oyó decir de repente al mismo tiempo que lo atravesaba con una mirada que le resultó increíblemente directa—. Voy a pedirte una especie de compromiso... durante los dos próximos meses, supongo. Preferiría... que tus servicios fueran... exclusivos conmigo durante ese tiempo. Si estás disponible.

—¿Qué es lo que has pensado?

—Por favor, antes dime si estás disponible.

—Solo trabajo los viernes por la noche. —Eso era innegociable. Ejercer de acompañante una vez a la semana ya era bastante malo de por sí. Si tenía que hacerlo más veces, se volvería loco y no podía permitirse llegar a ese punto. Había mucha gente que dependía de él.

Además, nunca concertaba segundas citas con las clientas. Todas tendían a encariñarse con él, y no podía soportarlo. Pero quería oír lo que Stella tenía que proponerle antes de negarse.

—Entonces, ¿estás libre durante los próximos dos meses?

—Depende de lo que me propongas.

Ella se subió las gafas por la nariz y enderezó los hombros.

—Soy pésima en... lo que tú haces. Pero quiero mejorar. Creo que puedo mejorar si alguien me enseña. Me gustaría que tú fueras esa persona.

La situación tenía tintes surrealistas. Stella afirmaba ser pésima. En lo referente al sexo. Y quería lecciones para mejorar. Quería que fuera su tutor.

¿Cómo narices se daban lecciones de sexo?

—Creo que antes de concretar algo en firme debemos hacer una prueba —replicó a modo de evasiva. Era imposible que esa mujer fuera pésima en la cama, y ya había pagado. Al menos, le concedería esa noche.

Ella frunció el ceño y asintió con la cabeza.

—Tienes razón. Deberíamos establecer unos mínimos.

Michael sonrió de nuevo.

—¿Eres científica, Stella?

—Ah, no. Soy economista. O, más concretamente, econometrista.

Para él, eso la colocaba en la categoría de cerebrito, y sintió algo extraño en la nuca. Joder, siempre había sentido debilidad por las chicas listas. Por algo su fantasía preferida era la de «La profesora me pone cachondo».

—No sé lo que es eso.

—Uso la estadística y los cálculos matemáticos para emular sistemas económicos. Por ejemplo, ¿has visto cuando, después de hacer una compra *online* te mandan un mensaje de correo electrónico con recomendaciones para futuras compras? Pues yo ayudo a formular esas recomendaciones. Ahora mismo es un campo muy dinámico y fascinante. —Mientras hablaba, se inclinó hacia él para mirarlo con los ojos brillantes por la emoción. Esbozaba una sonrisa, como si fuera a contarle un secreto. Sobre cálculos matemáticos—. El material del que disponemos hoy es completamente diferente de lo que usaba para dar clases en el posgrado.

La extraña sensación de la nuca se intensificó. De alguna manera, la belleza de Stella había aumentado durante la conversación. Ojos castaños de espesas pestañas, labios carnosos, mentón delicado y cuello vulnerable. Se imaginó desabrochándole la camisa.

Pero, a diferencia de lo que sucedía siempre, no quería hacerlo rápido. No quería pasar de inmediato a la parte del sexo puro y duro, acabar e irse a casa. Esa chica era distinta. Había chispa en sus ojos. Quería tomarse el tiempo necesario para ver si podía hacerla brillar con otra emoción muy diferente. Sintió que se le ponía dura por debajo de la bragueta, y eso lo devolvió al presente.

Sentía la piel acalorada y sensible, y el pulso, acelerado por la excitación. Hacía mucho tiempo que no se ponía tan cachondo. Y no había estado fantaseando con otra. Se recordó que era trabajo. Que sus deseos y sus gustos personales no tenían nada que ver. Esa cita era como cualquier otra y, cuando acabara, pasaría a la siguiente.

Tomó una honda bocanada de aire y dijo lo primero que se le ocurrió.

—¿Estabas en el equipo de matemáticas en el instituto?

Ella rio, con la vista clavada en el vaso de agua.

—No.

—¿En el club de ciencias? A lo mejor era en el de ajedrez.

—No y no. —Tenía una sonrisa triste, aunque apenas podía tildarse como tal, y eso lo llevó a preguntarse cómo habría sido su paso por el instituto. Ella lo miró de nuevo a los ojos y dijo—: A ver si acierto. Eras el *quarterback* del equipo de fútbol americano.

—No. Según mi padre, el deporte es algo ridículo.

Ella frunció el ceño al oírlo.

—Me resulta difícil de creer. Tienes un aspecto muy... atlético.

—Me animaba a participar en actividades prácticas. Como la defensa personal. —Detestaba darle la razón a su padre en cualquier cosa, pero, dado el negocio familiar y el hecho de tener que echar una mano en el mismo, las técnicas de defensa personal le habían resultado útiles cuando los matones del colegio se metían con él.

Vio que una sonrisa iluminaba su cara, como si hubiera descubierto algo.

—¿Qué es lo que practicas? ¿Artes marciales mixtas? ¿Kung fu? ¿Jeet kune do?

—He hecho un poco de todo. ¿Por qué tengo la impresión de que sabes de lo que estás hablando?

La mirada de Stella regresó al vaso de agua.

—Me gustan las películas de artes marciales y esas cosas.

Michael gimió, motivado por una creciente sospecha.

—A ver si acierto..., ¿eres fan de las series coreanas?

Ella ladeó la cabeza mientras una sonrisa asomaba a sus labios.

—Sí.

—No me parezco a Daniel Henney.

—No, eres más guapo que él.

Michael se aferró con las manos al borde de la mesa y sintió que le ardía la cara. Joder, se estaba poniendo colorado. ¿Qué acompañante se ponía colorado? La habitación de sus hermanas estaba empapelada con fotos de Henney, incluso habían establecido una escala de medición masculina basándose en él. Entre ellas habían acordado que Michael era un ocho. Aunque la opinión de sus hermanas le importaba un pito, significaba que la chica que tenía delante le había dado un once.

La llegada de la comida lo salvó de tener que replicar al halago. Ella había pedido salmón, así que él hizo lo mismo. No pensaba comer cordero. Resopló para sus adentros. «Tiene un sabor fuerte...»

El pescado estaba bueno, así que se lo comió todo. Sospechaba que todo estaba bueno en ese lugar. El Clement era uno de los hoteles más exclusivos de Palo Alto y contaba con habitaciones que costaban más de mil dólares la noche. Al parecer, los econometristas ganaban un pastizal.

Sin embargo, mientras observaba a Stella picotear de su plato, se percató de que destilaba naturalidad. No iba maquillada, llevaba las uñas cortas y sin pintar y su ropa era sencilla, aunque le sentaba como un guante. Seguro que se la habían hecho a medida.

La vio soltar el tenedor y limpiarse la boca sin haber acabado el salmón. Si se conocieran mejor, él acabaría de comérselo. Su abuela siempre lo obligaba a comérselo todo, hasta el último grano de arroz.

—¿No vas a comer más?

—Estoy nerviosa —admitió ella.

—No hay ningún motivo para estarlo. —Era un buen acompañante y la trataría bien. A diferencia de lo que sucedía durante la mayoría de sus citas, en esa ocasión estaba deseando hacerlo.

—Lo sé. Pero no puedo evitarlo. ¿Nos lo quitamos ya de encima?

Michael levantó las cejas. Era la primera vez que oía a alguien referirse de esa forma a una noche con él. Cambiar la forma de ver las cosas de esa mujer iba a ser divertido.

—Vale. —Dejó la servilleta encima de su plato vacío y se puso de pie—. Vamos a tu habitación.

Una vez abierta la puerta, Stella entró en la *suite* del hotel, con su iluminación intimista, soltó el bolso en la silla situada junto a la puerta y colocó los zapatos de tacón contra la pared, y casi suspiró cuando los pies descalzos se le hundieron en la moqueta.

Michael la miró con expresión guasona, y ella clavó la vista en sus pies. Se había quitado los zapatos de forma automática. Era una de sus rutinas. ¿Era de mala educación hacerlo cuando se tenía compañía? A lo mejor debería volver a ponérselos. Se le formó un nudo en el estómago y el corazón se le puso a mil por hora.

Él la libró de tomar una decisión al quitarse los zapatos y dejarlos junto a los suyos. Cuando terminó, se quitó la americana y la dejó en la silla, junto a su bolso, dejando al descubierto una sencilla camiseta blanca de manga corta. Se le ceñía al torso y a los brazos, y los vaqueros eran de cintura baja, lo que resaltaba sus estrechas caderas. No pudo evitar mirarlo embobada.

Su cuerpo era puro músculo esculpido y perfecta coordinación. Sin duda, era el mejor espécimen masculino que había visto en la vida.

E iban a acostarse esa noche.

Tomó una desesperada bocanada de aire y fue al cuarto de baño, donde apoyó las manos en el frío granito y se miró al espejo. Tenía los ojos un poco más abiertos de la cuenta y la cara blanca como el papel, con los labios secos. No se veía capaz de llevarlo a cabo. ¿En qué estaba pensando?

Torció el gesto. No había pensado, punto. Después de estudiar perfiles de acompañantes durante horas, repasando incontables caras y descripciones que se confundían unas con otras, le había bastado un vistazo a Michael para saber que era el elegido. Fueron sus ojos. Castaños oscuros y con cejas rectas, parecían intensos... pero amables. Que todas las opiniones le dieran cinco estrellas cimentó su decisión. Parecerse al actor coreano más cañón del momento tampoco venía mal. En fin, salvo por ese momento, claro. Era muy probable que acabara vomitando la cena en el lavabo.

A través del espejo, lo vio aparecer por la puerta y apoyarse en la jamba. El gesto le resultó tan sensual que tuvo la sensación de que el corazón le daba un vuelco y luego no conseguía latir como era debido. Michael entró en el cuarto de baño y se detuvo tras ella, mirándola a los ojos a través del espejo. Como no llevaba los zapatos de tacón, él le sacaba más de quince centímetros. No tenía muy claro que le gustase sentirse tan pequeña.

—¿Puedo soltarte el pelo? —le preguntó él.

Asintió con la cabeza una sola vez. En cuestión de segundos, la tensión del cuero cabelludo desapareció y el pelo le cayó suelto. La goma negra acabó en la encimera del lavabo antes de que él le pasara los dedos por el pelo, separándole los mechones de modo que le cayeran por los hombros y por la espalda. Vibraba por la tensión mientras esperaba a que él la tocara de forma íntima y provocara que su cuerpo se tensara por los nervios. Iba a suceder, y entonces él vería con lo que tenía que trabajar.

Una imperfección negra en su bíceps le llamó la atención y se dio la vuelta para examinarla de cerca. Levantó una mano para tocarla, pero se detuvo antes de hacerlo. Nunca tocaba a los demás sin permiso.

—¿Qué es?

Michael esbozó una sonrisa lenta y torcida, dejando al descubierto unos blanquísimos dientes perfectos.

—Mi tatuaje.

Stella tragó saliva de forma involuntaria, y la asaltó una oleada de deseo. Nunca había entendido la necesidad de hacerse tatuajes. Hasta ese momento. Michael con un tatuaje era lo más sensual que se podía imaginar.

Le ardían los dedos por el deseo de levantarle la manga de la camiseta, y titubeó con la mano sobre su brazo hasta que él le cogió la mano y se la pegó a la piel. Una descarga eléctrica le saltó de los dedos, directa al corazón. Parecía perfecto, como esculpido en piedra, pero su piel era cálida, firme pero tierna, viva.

—Puedes tocarme —le dijo él—. Por todas partes.

Aunque la invitación la emocionó, también hizo que se frenara. Tocar a otra persona era algo muy íntimo. No comprendía cómo Michael era capaz de estar tan relajado con una desconocida.

—¿Seguro que esto te parece bien? —le preguntó.

La sonrisa torcida reapareció en todo su esplendor.

—Me gusta que me toquen.

Al ver que seguía titubeando, él se levantó la manga de la camiseta, dejando al descubierto las líneas negras que le subían por el brazo, le envolvían el hombro y desaparecían debajo de la camiseta. El tatuaje tenía que ser bastante grande, porque ni siquiera había empezado a atisbar la forma. ¿Hasta qué punto lo cubría?

El olor de sus músculos la distrajo de seguir investigando. Nunca había tocado una piel tan firme y dura. Quería tocarlo por todas partes. Y su olor... ¿Cómo era posible que no lo hubiera captado hasta ese momento?

—¿Te has puesto colonia? —le pregunto al mismo tiempo que aspiraba.

Michael se tensó.

—No, ¿por qué?

Se inclinó hacia él y se acercó todo lo que pudo sin enterrarle la cara en el cuello, por el afán de aspirar más de ese olor tan embriagador.

—Hueles estupendamente. ¿Qué es?

¿De dónde procedía ese olor? Parecía cubrirlo por todas partes, pero era demasiado ligero. Necesitaba una dosis más concentrada.

—¿Michael?

La miró con expresión curiosa.

—Es mi olor corporal, Stella.

—¿Tú hueles tan bien?

—Eso parece. Aunque eres la primera que me lo ha dicho.

—Quiero este olor sobre mí.

Nada más pronunciar las palabras, le preocupó haber dicho algo malo. La confesión parecía demasiado personal, demasiado rara. ¿Se daría cuenta de lo rara que era en realidad?

Michael se inclinó, de modo que sus labios quedaron a un suspiro de su oreja, y le susurró:

—¿Seguro que se te da mal el sexo?

—¿Qué quieres decir con eso?

—Quiere decir que, de momento, se te da muy bien.

Le clavó los dedos en el brazo y luchó contra el deseo de pegarse a él como una *stripper* se pegaría a la barra americana. La desconcertaba. Ella no era de ese tipo de mujeres y, a diferencia de lo que le pasaba a él, el contacto físico la asqueaba. Sin embargo, anhelaba tanto la conexión que le dolía.

—De momento, no hemos hecho nada.

—Se te da muy bien la parte de las palabras.

—He mantenido relaciones sexuales. No hay una parte de las palabras.

En los ojos de Michael apareció un brillo travieso.

—Desde luego que la hay.

«Por favor, que no haya una parte de las palabras.» Sería una causa perdida para ella si había que hablar.

—De momento...

Michael le apartó el pelo hacia un lado y le besó la piel de detrás de la oreja. Fue algo tan rápido que, cuando su cuerpo se tensó, él ya se había apartado. Al ver que no hacía ademán de repetir la caricia, sus músculos volvieron a relajarse. El punto donde la había besado le ardía.

Sin tocarle la piel, Michael le acarició el pelo con los dedos con movimientos lentos y medidos que bajaban por la coronilla y la nuca hasta llegar a la espalda. Las caricias la calmaron y, al mismo tiempo, le pusieron los nervios a flor de piel.

—Creo que deberías besarme —le dijo él con voz ronca.

A Stella se le encogió el corazón y sintió la piel muy tirante por el pánico. Besar se le daba de pena. Sus torpes intentos seguro que los avergonzaban a los dos.

—¿En la boca?

Dicha boca esbozó otra sonrisilla torcida.

—Donde quieras. La boca suele ser un buen punto de partida.

—A lo mejor debería lavarme los dientes. Puedo hacerlo ahora, mis...

Michael le puso un pulgar en los labios, silenciándola, pero la miraba con expresión tierna. Esa caricia también desapareció antes de que su cerebro terminara de asimilarla.

—Vamos a probar otra cosa. ¿Quieres ver mi tatuaje?

La mente de Stella se aferró al cambio de rumbo y pasó del miedo a la emoción.

—Sí.

Con una sonrisilla a caballo entre la sorna y la burla hacia sí mismo, Michael se quitó la camiseta y la dejó en la encimera.

Stella se quedó boquiabierta cuando sus ojos lo vieron por entero. La cabeza de un dragón, con las fauces abiertas mientras rugía, cubría la mitad izquierda de un amplio y musculoso torso. Las líneas del hombro y del brazo formaban una de las garras de la criatura. Las intrincadas escamas de su cuerpo le recorrían los abdominales en diagonal y desaparecían por la cinturilla de sus vaqueros.

—Te cubre por entero —murmuró.

—Así es. Anda... —Le cogió la mano derecha y se la puso sobre el corazón—. Tócalo.

—¿No te importa? —Al verlo negar con la cabeza, Stella se mordió el labio y colocó con gesto titubeante la mano izquierda sobre su torso.

Al principio sus caricias fueron tímidas, pero, como él no protestaba, se volvió más atrevida. Le recorrió el duro torso con las manos, disfrutando de los marcados músculos y de la suavidad de su piel sin vello. Con el tacto, era incapaz de diferenciar la piel tatuada de la que no lo estaba. Fascinante.

Le acarició el abdomen con los dedos y empezó a contar entre dientes:

—... Cinco, seis, siete, ocho. —Llegó a la cinturilla de los vaqueros con los dedos y los músculos de Michael se tensaron cuando tomó una bocanada de aire.

—¿No podías tener una tableta normal? ¿Tenía que ser extra?

Michael puso los ojos en blanco con una sonrisa.

—¿Te estás quejando, Stella?

—No hay motivo de queja. No sabía que me gustaban los tatuajes hasta este momento.

—Entonces, ¿te gusta?

Creía que era evidente, así que no contestó. Además, empezaba a costarle trabajo concentrarse. La visión de ese cuerpo atlético y perfecto y de su enorme tatuaje, la sensación de su piel ardiente y su delicioso aroma, le estaban abrumando los sentidos.

—¿Puedo quitarte las gafas? ¿Ves sin ellas?

Stella tragó saliva y asintió con la cabeza.

—Tengo miopía, así que no veo bien de lejos, pero no pasa nada, porque...

Le quitó las gafas. Se oyó un leve chasquido metálico cuando las dejó en la encimera, detrás de ella. La *suite* del hotel y todo a su alrededor se volvió borroso. Lo único nítido era él. Su sólida figura contra sus manos la mantenía con los pies en la tierra.

—Tal vez te resulte más fácil besarme si me rodeas el cuello con los brazos —le sugirió él.

A Stella le ardían los dedos mientras los subía por la pecaminosa extensión de su estómago y de su duro torso. Después de rodearle el cuello con los brazos tensos, dijo:

—Ya está.

—Más cerca.

Stella se acercó un centímetro.

—Más.

Se acercó otro centímetro, deteniéndose antes de que sus cuerpos pudieran tocarse.

—Stella, más cerca.

En ese momento, se le encendió la bombilla y se pegó a él. Se tocaban casi por todas partes. Solo su ropa los separaba. Tenía los nervios a flor de piel y el pánico amenazó con atenazarla, pero él no la presionó. Michael permaneció inmóvil, observándola con expresión paciente y tierna. Para su absoluta sorpresa, Stella se relajó.

—¿Sigues conmigo? —le preguntó él.

Ella se puso de puntillas y alineó sus cuerpos hasta que... encajaron. El corazón empezó a latirle con un ritmo frenético contra el esternón, pero seguía controlándose... porque, como la persona tan lista que era, él le había dado el control.

—Estoy bien.

Cuando Michael la envolvió con los brazos con cuidado, su calor le llegó a través de la camisa y se extendió por su piel. La presión de su abrazo, que no le exigía nada, le llegó a lo más hondo, tranquilizándola y deshaciendo unos nudos que ni siquiera sabía que se le habían formado. A lo mejor estaba mucho mejor que bien.

Pagaría gustosa la tarifa por sus servicios de acompañante con tal de que la abrazara de esa forma. Era maravilloso. Le enterró la cara en el cuello y aspiró su olor. Pasó las manos por esa piel desnuda mientras intentaba acurrucarse más contra él. Si pudiera abrazarla con un poquito más de fuerza...

Sintió algo duro en el abdomen y echó la cabeza hacia atrás.

—Pasa de eso —le dijo él.

—Todavía ni nos hemos besado. ¿Cómo es posible que...?

La miró con los párpados entornados al tiempo que le bajaba una mano por la columna hasta dejársela en la base de la espalda. El calor de su palma traspasó la ropa, y se le puso todo el vello de punta.

—Es una vía de doble sentido. Te gusta mi cuerpo. Y a mí me gusta el tuyo.

Era una idea novedosa para ella. La intimidad casi siempre había sido algo unidireccional en su caso. Los hombres la disfrutaban... más o menos. Ella no.

Sin embargo, estaba disfrutando de eso. Hacía que se sintiera valiente y osada.

Volvió a clavar la mirada en sus labios, y por las venas le corrió algo nuevo: expectación.

—¿Me enseñarás a besar bien?

—No tengo claro que no sepas hacerlo.

—De verdad que no.

Tenía la boca de Michael a escasos centímetros, pero era incapaz de obligarse a besarlo... aunque quería hacerlo. Nunca había comenzado un beso. En el pasado, los hombres se habían limitado a... tumbarse sobre ella.

—¿Puedo decirte dónde tienes que besarme? —le preguntó ella.

Michael esbozó una lenta sonrisa.

—Sí.

—En la si-sien.

Su aliento le acarició la oreja, haciendo que se le erizara el vello de la nuca, antes de que la besara en la sien izquierda.

—¿Y ahora?

Pronunció las palabras en voz baja, contra su piel, y cada una fue como una caricia.

—En la mejilla.

La punta de la nariz le rozó la piel cuando descendió. La besó debajo del pómulo.

—¿Y ahora? —le preguntó él de nuevo, sin apartar los labios.

Estaban muy cerca. Stella casi no podía respirar.

—En la comisura de los la-labios.

—¿Estás segura? Eso se acerca mucho a un beso de verdad.

La abrumó una impaciencia impulsiva que la instó a enterrarle los dedos en el pelo para sujetarle la cabeza y besarlo con la boca cerrada en los labios. Las sensaciones le atravesaron el pecho. Después de la sorpresa y del titubeo iniciales, volvió a besarlo, y Michael tomó la iniciativa, enseñándole cómo se hacía, alargando los besos.

Eso era besar. Besar era glorioso.

Cuando la lengua de Michael se le coló entre los labios, se quedó de piedra. Ya no era glorioso. Su lengua. Dentro. En su boca. Sin poder evitarlo, se apartó de golpe.

—¿Es totalmente necesario?

Michael tomó una honda bocanada de aire y frunció el ceño, desconcertado.

—¿No te gustan los besos con lengua?

—Es como si yo fuera un tiburón al que un pez piloto le estuviera haciendo una limpieza dental. —Era raro y demasiado personal.

Michael la miró con un brillo travieso en los ojos y, aunque se mordió el labio, Stella atisbó la sonrisa en ellos.

—¿Te estás riendo de mí? —Se puso colorada por la vergüenza. Agachó la cabeza e intentó retroceder, pero se lo impedía la encimera del lavabo, que se le clavó en la espalda.

La presión de los dedos de Michael en la barbilla la obligó a que volviera la cara, indicándole que tal vez quería que lo mirase a los ojos. Hacerlo implicaba unas reglas concretas que había tenido que aprender. Tres segundos contados muy despacio mentalmente. Menos tiempo y podía parecer que se ocultaba algo. Más tiempo resultaba incómodo. Ya se le daba más o menos bien el tema. En ese momento, en cambio, era incapaz de hacerlo. No quería comprobar lo que pensaba de ella. Cerró los ojos con fuerza.

—Me reía de tu analogía. Eres muy graciosa.

—Oh. —Se atrevió a lanzarle una miradita a la cara y solo vio sinceridad. Eso mismo le decía la gente, pero no entendía el motivo. No sabía cómo ser graciosa. Lo era por casualidad.

—En vez de pensar en tiburones y limpiezas dentales, piensa en que te estoy acariciando la boca. Concéntrate en lo que se siente. ¿Me dejas que te lo demuestre?

Asintió con la cabeza una sola vez. Al fin y al cabo, por eso estaba allí.

Michael se inclinó sobre ella de nuevo y Stella cerró los puños contra su torso y se preparó para el asalto. En vez de meterle la lengua, volvió a besarla como antes, largos besos con los labios cerrados. Esos los llevaba bien. Esos le gustaban. Fueron como un lento reguero de besos sobre su boca. Parte del nerviosismo la abandonó, y relajó los dedos.

Sintió algo húmedo y cálido en el labio inferior. La lengua de Michael. Sabía que era su lengua, pero los besos con los labios cerrados la hicieron olvidar. Otro lametón, y la asaltaron unas sensaciones estremecedoras. Más besos. Entre caricia y caricia de sus labios, la lengua de Michael jugaba con ella, haciendo que le ardiera la piel.

En poco tiempo, su lengua la sedujo, acariciándole el labio inferior, el labio superior, jugueteando con la entrada. A lo mejor ella separó los labios. A lo mejor quería que Michael fuera más allá. Pero no lo hizo. Los besos con los labios cerrados que tanto le habían gustado al principio ya no bastaban. Intentó capturar su lengua, introducirla en su boca, pero él la esquivó. Michael le acarició los labios con lametones enloquecedores, le metió la lengua en la boca durante un esquivo segundo antes de volver a sacarla, y ella le apretó los hombros, frustrada.

Una y otra vez, Michael le regaló un efímero regusto ardiente y salado, pero luego retrocedió. Sin decidirlo de forma consciente, Stella se pegó a sus labios y le rozó la lengua con la suya. El sabor de Michael le inundó los sentidos. Sintió un millar de mariposas en el estómago, que le corrieron por las venas. Se le aflojaron las rodillas, pero los brazos de Michael la abrazaron con más fuerza e impidieron que se cayera al suelo.

Michael le chupó el labio inferior y le lamió la sensible piel antes de volver a apoderarse de su boca. La habitación empezó a dar vueltas y Stella se dio cuenta de que ya no sabía ni cómo respirar.

Se apartó en busca de aire y dijo:

—Ay, Dios, me encanta tu sabor.

Por un instante, Michael le miró los labios como si le hubiera arrebatado algo que quería recuperar. Parpadeó hasta que la expresión desapareció y una carcajada ronca se escapó de sus labios enrojecidos por los besos, unos labios que ella quería acariciar con los dedos.

—¿Siempre dices lo que piensas?

—O lo hago o me quedo callada. —Daba igual lo mucho que lo intentase, era incapaz de superarlo. Su cerebro no estaba preparado para la sofisticación de las relaciones sociales.

—Me gusta oír lo que piensas. Sobre todo, cuando te beso. —Sin embargo, en vez de besarla de nuevo, se apartó y le dio un tironcito de la mano—. Vamos. No quiero que te hagas daño con la encimera.

En ese momento, Stella se percató de que el duro granito se le clavaba en la espalda. Mientras Michael tiraba de ella para sacarla del cuarto de baño, miró su borroso reflejo en el espejo. No reconoció a la mujer con las mejillas ruborizadas y el pelo alborotado, casi no podía creer que hubiera besado a un hombre y hubiera disfrutado de la experiencia. ¿Cabía la posibilidad de que también pudiera dominar lo que tocaba a continuación?

Michael se frotó los labios para ocultar una sonrisa mientras Stella se sentaba en el mismo borde de la cama con las manos unidas sobre el regazo. Si la besaba en ese momento, acabaría cayéndose al suelo. Era de esas mujeres que se debilitaban cuando se excitaban. Joder, cómo le gustaba eso. Todos los esfuerzos que había tenido que hacer para sortear sus defensas habían merecido la pena.

Antes le había parecido guapa, pero en ese momento le parecía demasiado. Libre del tenso moño que llevaba antes, el pelo ondulado le enmarcaba la cara. El deseo iluminaba esos ojos castaños, y tenía los labios hinchados por sus besos. Espectacular. Casi deseaba poder verla otra vez después de esa noche.

En vez de sentarse a su lado, se estiró casi en mitad de la cama, se apoyó en un codo y le dio unas palmaditas al colchón para indicarle que se colocara a su lado. Tras el titubeo inicial, ella gateó hasta él y, después, se acostó junto a él, con el cuerpo rígido como el de un cadáver y los ojos clavados en el techo. El pulso le latía en el cuello, y se había tensado como si esperara que la atacase.

Así no.

—Voy a besarte otra vez. —Y como percibía que necesitaba un aviso, añadió—: Con lengua.

—Vale.

Se inclinó sobre ella y la besó, empezando con roces inocentes de los labios y lametones traviesos antes de apoderarse de nuevo de su boca. Era cierto que Stella no sabía besar, pero ser partícipe de su proceso de aprendizaje resultaba divertido. El entusiasmo que demostraba compensaba su falta de habilidad.

Su lengua lo acariciaba sin pericia y trató de seguirlo cuando intentó separarse de ella para bajar la intensidad de la luz. La experiencia le decía que el sexo le resultaría más cómodo con una luz tenue.

Intentó alcanzar el interruptor sin ponerle fin al beso, pero ella le enterró los dedos en el pelo. Si algo lo enloquecía, además de las mamadas, era que una mujer le acariciara el pelo. Sintió el roce de sus uñas en el cuero cabelludo con la suficiente intensidad como para provocarle un escalofrío en la espalda, y eso hizo que se olvidara de la luz.

Exploró su cuerpo con una mano hasta detenerse en torno a un pecho pequeño. Sintió la dureza del pezón a través de la camisa y del sujetador. Quería pellizcárselo, prestarle atención, pero la ropa se lo impedía. La besó con más pasión y ella arqueó el cuerpo. Si no llevara una falda de tubo, le separaría las piernas. Apostaría lo que fuera a que estaba mojada.

Se apartó de ella y se llenó los pulmones de aire fresco mientras examinaba su trabajo. Stella respiraba con los labios entreabiertos, rojos y brillantes, y sus ojos eran puro sexo. Estaba lista para avanzar.

Acarició el botón que le cerraba el cuello de la camisa y, después, lo desabrochó.

Fue como pulsar un interruptor. Así de brusco fue el cambio. De estar lánguido y relajado, su cuerpo pasó en un abrir y cerrar de ojos a tensarse como una goma elástica estirada al máximo. La cara se le puso blanca. Su expresión pasó de sensual a aterrorizada. Bajó las manos a ambos lados del cuerpo y apretó los puños.

—¿Stella?

La vio respirar de forma entrecortada mientras se desabrochaba la camisa.

—Lo siento. Yo lo hago. —Sus dedos se movían de botón en botón con torpeza.

Michael le cubrió las manos con las suyas para detenerla.

—¿Qué haces?

—Desnudarme.

—No voy a hacer nada contigo si estás así. —No estaba bien. Nunca había practicado el sexo con una mujer que no estaba segura al cien por cien, y no iba a empezar a hacerlo a esas alturas.

Ella se puso de costado, dándole la espalda, y vio cómo su pecho se estremecía. Joder, estaba llorando. ¿Sus caricias la ayudarían o lo empeorarían? Vaya mierda. Tenía que hacer algo. No podía dejarla llorar así. Las lágrimas lo conmovían como ninguna otra cosa. La rodeó con todo el cuerpo. Al ver que ella intentaba zafarse, la estrechó con más fuerza. ¿Qué coño había pasado? ¡Solo le había desabrochado un botón!

—Lo siento. No lo he dicho con mala intención. ¿Qué te ha pasado? ¿Alguien te... ha hecho daño alguna vez? ¿Por eso te has puesto tan tensa? —La idea de que alguien hubiera abusado de ella le provocó una rabia asesina y un subidón de adrenalina que lo preparó para entrar en acción.

Ella enterró la cara entre las manos.

—Nadie me ha hecho daño. Así es como soy. Por favor, ¿puedes seguir para que establezcamos el mínimo?

—Stella, estás temblando y llorando. —Le apartó los mechones de pelo húmedo de la cara.

Ella se limpió las lágrimas y tomó una entrecortada bocanada de aire.

—Ya paro.

—¿Otros hombres se han acostado contigo estando así? —preguntó intentando suavizar el tono de voz, pero sus palabras sonaron bruscas. La idea de que algún gilipollas se la tirara mientras estaba así de pálida y aterrada despertó en él el deseo de liarse a puñetazos.

—Tres.

—Vaya mierda de...

Dejó la frase en el aire, porque ella se volvió para mirarlo con expresión dolida.

—No, no me refería a ti. El problema no eres tú. Son los tíos esos. Soy yo. —La vio fruncir el ceño y se lo acarició con un dedo—. Necesitas a alguien que vaya despacio contigo.

—Tú has ido despacio. Los otros ya habrían acabado a estas alturas.

—No quiero oír nada más sobre ellos —le soltó.

Ella apartó la mirada y se unió los extremos de la camisa sobre el pecho.

—¿Qué hacemos ahora?

Michael no tenía ni idea. Lo único que tenía claro era que debía ir superdespacio. Echó un vistazo por la habitación del hotel en busca de inspiración y se fijó en el enorme televisor colocado en la pared, enfrente de la cama.

—Vamos a ver una película abrazados en la cama. Ya estableceremos el mínimo después.

Ella lo miró con gesto tristón.

—No me gustan los arrumacos.

—No me creo que estés hablando en serio. —A las mujeres les encantaban. A él le gustaban. Por lo menos, así era cuando empezó a trabajar como acompañante. Hacerlo con una clienta era algo que toleraba en el mejor de los casos, aunque el instinto le decía que Stella lo necesitaba.

—Supongo que a lo mejor me gustan contigo. Creo que por tu olor. Tu cuerpo me ha declarado una guerra biológica.

—¿Me estás diciendo que soy tu talón de Aquiles? —Le gustaba la idea. No volverían a verse después de esa noche, pero a lo mejor servía para que ella lo recordara después. Estaba seguro de que él no la olvidaría.

En vez de sonreír, como había supuesto que haría, Stella lo miró a la cara. Tras mirarlo un instante a los ojos, salió de la cama y fue al cuarto de baño. Unos minutos después, volvió con las gafas puestas y con su camiseta, pulcramente doblada. La dejó en la mesilla, cogió el mando a distancia y se sentó en el borde de la cama, lejos de él, mientras encendía la tele. Acto seguido, se dispuso a ojear la guía de programación con expresión concentrada. Tal y como estaba vestida, con ese atuendo tan profesional, bien podría estar en una reunión de la junta directiva... salvo por el pelo, que tenía alborotado.

—¿Qué quieres ver?

Su repentino distanciamiento no debería molestarlo. Pero lo hacía. Quería que volviera a ser la misma de antes.

—Que no sea una serie coreana, por favor. Mis hermanas me obligan a verlas con ellas para reírse de mí cuando lloro.

Vio que su reserva se derretía al sonreír, y todo volvió a ser como antes.

—¿De verdad lloras?

—¿Quién no lo hace? Siempre muere alguien. Hay malentendidos descomunales. Y me acuerdo de uno en el que atropellaban a la protagonista, que era muy simpática, mientras estaba embarazada.

La sonrisa de Stella se ensanchó, aunque parecía un poco tímida.

—Ese es uno de mis preferidos. ¿Qué te parece ver algo con más acción y menos drama? —La página con la información de *Ip Man*, una de las mejores películas de artes marciales de todos los tiempos, apareció en la tele.

—No tienes por qué verla solo por mí.

La vio poner los ojos en blanco mientras compraba la película.

—Espera —dijo él, que le quitó el mando a distancia y pulsó el botón de pausa—. Falta una cosa.

—¿El qué?

—Tienes que desnudarte.

Stella se aferró los faldones de la camisa mientras sentía que las paredes de la habitación se cerraban sobre ella.

—¿Por qué? —le preguntó.

—¿Por qué no?

Porque prefería estar vestida, porque necesitaba la opresión de la ropa para sentirse a segura. Porque no le gustaba su cuerpo. Porque, cada vez que se desnudaba delante de un hombre, él acababa usándola y abandonándola.

Se humedeció los labios secos y contestó con la verdad más absoluta.

—Porque no estoy acostumbrada.

Además, estaba agotada. Esa noche habían sucedido muchas cosas nuevas y la impresión le estaba pasando factura. Ardía en deseos de irse a casa, pero eso sería una cobardía por su parte. Tenía una misión que cumplir. Una vez que se decidía a hacer algo, era tan obstinada como su madre... y como su mascota, un tejón melero.

Al ver que su única respuesta consistía en arquear las cejas, le preguntó:

—¿En serio crees que servirá de algo?

—Sí. —Michael levantó los almohadones, apartó el cobertor y se puso cómodo.

Estaba tan guapo allí tendido en la cama que, por un instante, Stella pensó que acababa de colarse en la portada de una revista. Las luces y las sombras resaltaban sus increíbles facciones, la musculatura de ese cuerpo tan masculino y el tatuaje con forma de dragón. Era difícil creer que había sido ella quien le había despeinado el pelo hasta darle ese aire tan erótico, aunque más le costaba creer que ese lugar que había reservado a su lado era para ella.

Cuadró los hombros, se puso de pie y empezó a desabrocharse la camisa con dedos fríos. El corazón se le aceleraba a medida que liberaba los botones. El silencio le atronaba los oídos como si fueran los motores de un avión a punto de despegar. El sudor le pegaba la camisa a la piel. Nada más quitársela, se estremeció.

Sentía la mirada de Michael clavada en su piel desnuda mientras trataba de bajarse la cremallera de la falda. Tenía los dedos tan tensos que necesitó tres intentos para conseguirlo. La falda cayó al suelo, en torno a sus pies, y se quedó tan solo con un sencillo sujetador de color carne y unas bragas a juego.

Tras clavar la vista en la pared, preguntó:

—A lo mejor debería haberme comprado algo de lencería. Todo lo que tengo es así.

Michael carraspeó antes de preguntar:

—¿Todas son del mismo color?

—Es el más práctico.

Dio un respingo al pensar en lo aburrida que parecía y se atrevió a mirar a Michael, pero él no daba la sensación de estar espantado por su ropa interior. A lo mejor algunas de sus clientas preferían bragas de cuello vuelto. Porque también tenían su momento y su utilidad. Menos mal que no se había puesto unas de esas.

—Puedes quedarte así si quieres, Stella. Estoy aquí para complacerte. Recuerda que eres tú quien tiene la última palabra en todo momento.

La tensión que se había apoderado de su estómago disminuyó un poco mientras se colocaba mejor las gafas y asentía con la cabeza. Después de dejar su ropa en la mesilla, al lado de la camiseta de Michael, la cual se había pasado todo un minuto esnifando en el cuarto de baño como si fuera pegamento, se metió en la cama y se sentó a su lado.

Él le pasó un brazo por la espalda y la acercó hasta que sus costados estuvieron pegados.

—Apoya la cabeza en mi hombro.

En cuanto lo obedeció, él pulsó de nuevo el botón de pausa. Los títulos de crédito aparecieron en la tele, acompañados por la espectacular banda sonora. Stella era incapaz de concentrarse, aunque estaba viendo a Donnie Yen y, en su opinión, era mejor que Jackie Chan, Chow Yun Fat y Jet Li juntos. Estaba a punto de hiperventilar, y se sentía más tiesa que un ajo.

Michael le pasó una mano por el brazo, cubierto de sudor, y la miró con gesto preocupado.

—¿Tienes calor? ¿Quieres que ponga el aire acondicionado?

Sintió una opresión en el pecho.

—Lo siento. Puedo ducharme.

Se inclinó hacia delante para levantarse, pero él la detuvo rodeándola con los brazos hasta sentarla en su regazo. Sus cuerpos se tocaban por todos lados, una mejilla contra su pecho, los brazos de Michael en torno a sus hombros, su costado contra su torso, y era muy consciente del sudor que la cubría. Seguro que pensaba que era asquerosa. Cerró los ojos con fuerza mientras toleraba el abrazo. No sabía hasta cuándo podría soportarlo.

—Stella, relájate —le susurró él—. El sudor no me molesta, y me gusta abrazarte. Sigue viendo la película. Está a punto de disputar su primera pelea.

Le cogió una mano, entrelazó los dedos con los suyos y le dio un firme apretón.

Mientras Michael fingía prestarle atención a la película, porque de alguna manera sabía que en realidad estaba pendiente de ella, Stella clavó la mirada en sus manos unidas y se percató del contraste de esa piel morena contra la suya. Al igual que el resto de su persona, sus manos eran preciosas obras de arte, de dedos largos y venas marcadas en el dorso. Frunció el ceño mientras reparaba en la aspereza de los callos de su palma.

Buscó su otra mano y lo invitó a extender los dedos. Tenía un callo enorme en la base de la palma y otros tres más pequeños entre los dedos corazón, anular y meñique. Acarició esa piel áspera con las yemas de los dedos.

—¿De qué son? —No alcanzaba a entender de qué manera había acabado con callos trabajando de acompañante.

—Del sable.

—Estás de coña.

Lo vio esbozar una sonrisa torcida.

—Kendō. Aunque la lucha con sable en la vida real no es como en las películas. No te emociones mucho.

—¿Se..., se te da bien?

—No se me da muy mal. Solo lo hago por diversión.

No se lo imaginaba luchando contra un contrincante con ese rostro tan apuesto, pero debía admitir que la idea la emocionaba.

—¿Te abres de piernas?

—Es mi talento secreto.

—Cualquiera diría que tu talento secreto era la lucha con sable...

—Tengo muchos —replicó él, que le acarició la nariz con un dedo antes de darle un suave pellizco en la barbilla.

—¿Cuáles son?

Michael se limitó a sonreír con la vista clavada en la tele.

—Presta atención. Estamos llegando a la parte en la que le asesta el golpe final.

Estaba a puntito de repetirle la pregunta, pero sabía que era de mala educación. Michael no había querido contestarle. En ese momento, cayó en la cuenta de que no sabía nada de él. Durante la cena, le había dicho que solo trabajaba los viernes por la noche. Eso le dejaba mucho tiempo para llevar una vida diferente. ¿Qué hacía cuando no trabajaba de acompañante? Además de practicar artes marciales. ¿O se pasaba el resto de la semana entrenando y practicando?

A lo mejor era eso lo que hacía. No se conseguía un cuerpo como el suyo sin ejercitarlo. Podía ser uno de esos hombres que se levantaban al amanecer, se comían cinco huevos crudos y salían a correr, subiendo y bajando las escaleras de los estadios de fútbol. Si lo hacía, había merecido la pena... aunque corriera el riesgo de pillar *salmonella*.

Se le olvidó que estaba casi desnuda mientras lo imaginaba golpeando trozos de carne congelada. Su respiración se relajó al mismo tiempo que lo hacía su cuerpo. La presión de los brazos de Michael siguió siendo firme y relajante, y, al final, los increíbles acontecimientos del día acabaron pasándole factura. Su olor, los rítmicos latidos de su corazón y el volumen bajito de la tele mientras *Ip Man* machacaba a sus oponentes la invitaron a dormir.

Stella abrió los ojos de golpe y recorrió con la mirada el iluminado interior de la habitación de hotel. Después de tantear la superficie de la mesita de noche, encontró las gafas. El reloj digital indicaba que eran las 9.24 de la mañana. El corazón le dio un vuelco.

Había dormido hasta tarde. Nunca dormía hasta tan tarde.

Al sentarse en la cama, la sábana le cayó hasta la cintura y el fresco aire le rozó la piel desnuda. Llevaba la ropa interior del día anterior. Una alarma sonó en su cabeza cuando comprendió que se había saltado toda su rutina vespertina. No se había pasado el hilo dental, ni se había cepillado los dientes, ni se había duchado ni puesto el pijama. Había metido un cuerpo sucio entre esas sábanas limpias... En fin, desde luego, a esas alturas eran sábanas sucias. Menos mal que no tendría que volver a dormir en ellas.

Michael salió del cuarto de baño, recién duchado con una toalla en torno a las delgadas caderas. Su tatuaje se veía más sensual de lo normal a la luz del día. La miró con una sonrisa mientras se cepillaba los dientes.

—Buenos días.

Stella se tapó la boca con una mano. Seguro que le apestaba el aliento.

Michael cruzó la estancia con paso tranquilo y rebuscó en una pequeña bolsa de deporte que seguramente había sacado de su coche. No la había subido la noche anterior. Mientras él sacaba ropa limpia de la bolsa, Stella observaba los movimientos de los fuertes músculos de su espalda, y también admiraba las hendiduras que tenía a ambos lados de la base de la columna. Deseó acariciarlas con los dedos. Luego deseó quitarle la toalla y...

—Me llega al muslo derecho —dijo él, mirándola por encima del hombro.

«¿Cómo? ¿A qué se refiere?»

Parpadeó con rapidez para aclararse las ideas y luego se percató de que el tatuaje se le enroscaba en la cadera, desaparecía bajo la toalla y volvía a asomar por la corva. El dragón se había enroscado en su torso y en una de sus piernas. Se imaginó haciendo lo mismo durante el transcurso de su acuerdo..., del que tenía que hablar.

Abrió la boca para hacerlo, pero la tenía tan seca que fue incapaz. Saltó de la cama y en ese momento recordó que estaba prácticamente desnuda, de manera que cogió la primera prenda de ropa que vio, la camiseta blanca de Michael del día anterior, y entró corriendo en el cuarto de baño mientras se la ponía a toda prisa.

Una vez dentro, se abalanzó sobre el hilo dental y se lo pasó por todos los dientes. Dos veces. Al ver que no salía nada espantoso de entre ellos, suspiró con alivio y empezó a cepillárselos con más tranquilidad.

Michael entró en el cuarto de baño y ella se apartó para que pudiera escupir en el lavabo, muy incómoda por toda la espuma que tenía en la boca. ¿Por qué no podía estar tan buena como él cuando se lavaba los dientes? Después de enjuagarse la boca y de secársela con una toalla de mano, Michael se inclinó sobre ella y la besó en la mejilla. Olía al jabón del hotel, a la pasta de dientes mentolada y... a él. Ese esquivo aroma seguía impregnándolo. Supuso que le brotaba de los poros. Afortunado él. Y afortunada ella.

Mientras ella seguía lavándose los dientes, con la vista clavada en las burbujas del lavabo, Michael salió del cuarto de baño. Dejó de cepillarse un momento y lo oyó: el frufrú de la ropa. Se estaba vistiendo. Lo que quería decir que estaba desnudo. Sin el menor pudor, se acercó corriendo a la puerta y se asomó.

Se quedó sin aire en los pulmones cuando lo vio subirse los vaqueros limpios por encima de los calzoncillos. A continuación, se puso una ceñida camiseta negra de manga corta y se sentó para ponerse unos calcetines negros. Iba a marcharse pronto.

Se apresuró a terminar de lavarse los dientes y lo pilló justo cuando él se ataba la segunda zapatilla.

—Tenemos que hablar —le dijo ella.

La expresión que vio en la cara de Michael cuando se enderezó en la silla hizo que se le cayera el alma a los pies. Iba a echarse atrás. La noche anterior había sido un fracaso lleno de ataques de pánico y sudor nervioso, y ya no quería saber nada más de ella. Apretó los labios cuando empezaron a temblarle. Había sido una mala noche, pero también tuvo sus momentos buenos. ¿Verdad?

Había creído que tenía una oportunidad.

—Tengo un compromiso a las diez al que no puedo faltar. —Se puso en pie, se colgó la bolsa al hombro y se acercó a ella con paso ligero. La expresión de esos ojos era abrumadora por su ternura cuando la miró.

¿O era lástima lo que veía? Detestaba la lástima.

—Necesito que me digas si vamos a continuar con las lecciones o no.

Michael meneó la cabeza con una sonrisa triste.

—Me temo que no. Lo siento.

Se le encogió el corazón, pero era incapaz de arrepentirse de lo de la noche anterior. Había conseguido que lo besara, que lo besara de verdad, no que se quedara quieta, encogida por el pánico, mientras él le metía la lengua en la boca.

—Te daré otra opinión de cinco estrellas.

—No me la merezco. No cumplí con mi parte del trato. La agencia no hace reembolsos, pero estaré encantado de devolverte mi parte de la comisión. Si me das tu cuenta…

—No, nada de reembolsos —lo cortó con firmeza—. Gracias, pero no. Estoy segura de que tuviste que esforzarte mucho más que con la mayoría de tus clientas.

—No, la verdad es que no.

Stella entrelazó los dedos y clavó la vista en el suelo. No le gustaba preguntárselo, pero no le quedaba más remedio.

—Sé que tienes que irte, pero, antes, ¿podrías… recomendarme… a un colega que creas que pueda trabajar conmigo?

—Después de lo de anoche, ¿todavía quieres seguir adelante con esa locura de las lecciones?

—No es una locura, pero sí, pienso seguir adelante. —Se obligó a levantar la vista y clavarla en su pétreo rostro antes de tomar una bocanada de aire—. A lo mejor, si lo piensas unos días, recordarás a alguien que sea... paciente, como tú, y que..., y que no le importe el sudor ni...

Michael dio medio paso hacia ella y su mentón se tensó un segundo antes de decir:

—Las mujeres como tú no necesitan acompañantes. Las mujeres como tú tienen novios. Deberías sacarte esa idea de la cabeza.

Una rabia candente se apoderó de ella, paralizándola. Michael no sabía absolutamente nada de las mujeres como ella.

—Eso es una mentira como una casa. Las mujeres como yo espantamos a los novios. A las mujeres como yo nunca las invitan a salir. Las mujeres como yo tenemos que labrarnos nuestro camino, buscarnos nuestra suerte. He tenido que luchar por cada éxito que he logrado en la vida y pienso luchar por esto. Voy a ser buena en la cama, y así por fin podré conquistar al hombre adecuado para que sea mío.

—Stella, las cosas no funcionan así. No necesitas lecciones.

—No estoy de acuerdo contigo. Por favor, ¿te lo pensarás? Confío en tu juicio. —Corrió hacia donde estaba su bolso, sacó una tarjeta de visita y escribió su número de móvil en el reverso. Mientras se la ponía en la mano, le dijo—: Te lo agradecería mucho. De verdad.

Michael se metió la tarjeta en el bolsillo trasero del pantalón con un gesto brusco.

—¿Qué harás si no te doy un nombre?

Ella se encogió de hombros.

—Mi proceso de selección fue bastante bueno la primera vez. Volveré a repasar las listas de las agencias de acompañantes.

—¿Sabes cuántos chalados hay ahí? No es seguro. —Levantó una mano como si quisiera tocarla, pero apretó el puño y la apartó de ella.

—¿Me estás diciendo que la garantía de seguridad de tu agencia no sirve para nada?

Michael gruñó, frustrado, y se pasó la mano por pelo húmedo, haciendo que se le quedara de punta.

—Hay un proceso de selección con exámenes psicológicos y comprobación de antecedentes, pero es posible que alguien se cuele. No quiero que te hagan daño.

Stella levantó la barbilla.

—No soy tonta. Tengo una pistola Taser.

—¿Que tienes qué?

Se sacó una pistola Taser C2 rosa del bolso y se la enseñó.

—Joder, ¿sabes cómo usarla siquiera? —La miraba con los ojos tan desorbitados que Stella se habría echado a reír si las circunstancias fueran distintas.

—Echas el seguro hacia atrás, apuntas y aprietas el botón. Es muy sencillo.

—¿La habrías usado conmigo?

—No lo he hecho, así que, evidentemente, la respuesta es no.

Al ver que Michael giraba el arma para mirarla con fascinación y espanto, Stella se la quitó de las manos.

—¡Nunca te apuntes! —Después de guardarla en el bolso, se cruzó de brazos y dijo—: Como puedes ver, tengo la situación controlada, pero te agradezco la preocupación.

La idea de repasar una vez más los anuncios de acompañantes la ponía de los nervios. Ninguno de esos hombres la interesaba ya. Una vez que tomaba una decisión, estaba tomada para los restos. Solo quería a Michael, pero había metido tanto la pata que él no soportaba volver a verla. ¿Cómo se suponía que iba a mejorar, si su problema no dejaba de alejar a las personas que podrían ayudarla?

Su amargura debió de reflejársele en la cara, porque la expresión de Michael se suavizó.

—Stella, no repito con ninguna clienta. De lo contrario, aceptaría tu oferta.

—¿Por qué? —le preguntó, soltando el aire, frustrada.

—Antes lo hacía. Pero algunas se encariñaban y las cosas se salían de madre. La política de una sola cita nos ha ahorrado a todos, a mí y a mis clientas, muchos quebraderos de cabeza.

—¿Estás diciendo que ya sabías de antemano que no ibas a aceptar? —La oscuridad amenazó con extenderse por sus entrañas y ennegrecerlas. Creyó que Michael era una posible solución a su problema. En ese momento, parecía que solo había sido un rollo de una noche desde el principio.

Él asintió con un gesto seco de la cabeza.

—¿Y por qué no lo dijiste anoche? Te dejé claro desde el principio lo que quería. Todos los be-besos y las caricias, la ropa... lo hice para nada. —Tenía tal nudo en la garganta que, al final, casi no podía pronunciar las palabras.

Se llevó las ardientes palmas de las manos a la frente en un intento por contener la sensación de que la había traicionado. El dolor y la vergüenza la asaltaron de forma tan repentina que le costaba respirar. ¿Por qué la había obligado a hacer todo eso? ¿Había sido un juego para él? ¿Le pareció gracioso?

¿Por qué no podía entender nunca a las personas?

—La verdad, no te creí —contestó él—. Como mucho, creía que tenías un problema de confianza que desaparecería cuando estuviéramos juntos. Además, pagaste por adelantado. No quería que hubieras pagado en balde.

—Querías que me lo pasara bien.

—En fin..., pues sí. Para eso me contratan.

—Pero yo no te contraté para eso. —Se frotó el puente de la nariz y se subió las gafas, sintiéndose vacía y agotada de repente—. Da igual. Deberías irte, si no quieres llegar tarde.

Como si viera la escena desde lejos, fue consciente de que los pies la llevaban a la puerta y de que cerraba los dedos en torno al pomo para abrirla.

Michael tomó aire como si fuera a hablar, pero acabó cerrando la boca antes de poder decir nada. Pasó junto a ella y se detuvo al otro lado de la puerta para mirarla.

—Siento mucho marcharme cuando las cosas se quedan así. Cuídate, ¿vale?

Apartó la vista de él y asintió con la cabeza.

—Adiós, Stella.

Michael se alejó por el pasillo y ella cerró la puerta. La cerradura emitió un chasquido seco.

Debería ducharse. Podía decirse que había dormido bañada en sudor. Sin embargo, cuando se tocó la ropa que llevaba, se dio cuenta de que era la camiseta de Michael. Apoyó la mejilla en el hombro para inhalar su aroma. Después de olerse los brazos y el pelo, se dio cuenta de que la impregnaba por entero.

¿Qué iba a hacer?

Le picaba todo el cuerpo por el deseo de ducharse, pero, si lo hacía, desaparecería el preciado aroma. Ansiaba tanto que la abrazaran que tenía la sensación de que una enfermedad le corroía los músculos y los huesos. Como era habitual, sus brazos le proporcionaron poco consuelo. Se concedería cinco minutos y, después, se prepararía para ir a trabajar. Solo era sábado por la mañana y ya se había hartado del fin de semana. No encontraba la forma de ocupar la mente, se hundiría en un pozo oscuro de desesperación…, ya se estaba hundiendo.

Oyó tres golpes secos en la puerta, de modo que se levantó con movimientos mecánicos. Seguramente fuera el servicio de limpieza para saber si se había ido ya o no.

Abrió la puerta y se encontró a Michael mirándola fija e intensamente. Respiraba entre jadeos, como si hubiera vuelto corriendo desde el coche.

—Tres sesiones. Es lo máximo que pienso hacer —le dijo él.

Stella tardó un momento en darse cuenta de que, al decir sesiones, se refería a lecciones, pero cuando lo hizo, se le aceleró tanto el corazón que se le entumecieron los dedos. Iba a ayudarla. ¿Bastarían tres sesiones para ser perfecta en el sexo? Tenía que aprender muchísimas cosas, se le daban mal muchísimas cosas, pero ¿qué alternativa tenía? A lo mejor, si lo planeaban todo al detalle…

Con los brazos paralizados por la sorpresa, solo atinó a replicar:

—Vale.

Michael la miró unos segundos, con la mandíbula apretada.

—Si hacemos esto, tienes que prometerme que no te volverás loca al final.

—Te lo prometo —dijo ella, pese al ruido que le atronaba los oídos.

—Lo digo en serio. Nada de acosarme, ni de llamarme, ni de hacerme regalos carísimos. Nada de eso. —Sujetaba con fuerza la correa de la bolsa de deporte mientras esperaba su respuesta, y su cara dejaba bien claro que hablaba muy en serio.

—Vale.

Michael se bajó la correa de la bolsa y la dejó caer al suelo antes de dar un paso hacia ella, y no se detuvo hasta que la tuvo pegada contra la puerta abierta. Acto seguido, apoyó una mano en la puerta, junto a su cara, y se inclinó hacia delante. Bajó la vista de sus ojos a sus labios.

—Ahora voy a besarte.

—Vale. —Le había atontado tanto el cerebro que no le funcionaba, y parecía que solo era capaz de pronunciar esa palabra.

Los labios de Michael rozaron los suyos y el corazón le dio un vuelco por el placer, que le descendió por los brazos y las piernas. Luego, él ladeó la cabeza y la besó con pasión. Una vez. Dos. Y una vez más. Hasta que ella suspiró y se pegó a él, hasta que le enterró los dedos en el pelo húmedo. Michael se apoderó de su boca con la lengua de un modo que le resultaba novedoso y familiar al mismo tiempo. Ella le devolvió el beso con fervor, intentando decirle todo lo que era incapaz de decirle con palabras.

—Dios, Stella —jadeó él contra sus labios, con la mirada desenfocada y los párpados entornados—. Sí que aprendes rápido.

Antes de que pudiera contestarle, Michael se apoderó de su boca una vez más. A Stella se le olvidó la hora, se le olvidó el trabajo, incluso se le olvidó la ansiedad. El fuerte cuerpo de Michael se frotaba contra el suyo y se arqueó hacia él, disfrutando de su cercanía.

El móvil empezó a sonar con el tono de llamada de su madre.

Michael se apartó de ella de golpe, sonrojado y jadeante. Se chupó el labio inferior mientras la miraba fijamente a los ojos, como si estuviera a un paso de besarla de nuevo.

—Debería contestar. —Entró en la habitación, se sentó en el borde del colchón y aceptó la llamada con un dedo tembloroso—. ¿Diga?

—Stella, cariño, tu padre... Ah, espera un segundo. —La voz ronca de su padre se oyó de fondo, y Stella se apartó el móvil de la oreja mientras sus padres hablaban de golf y de sus planes para el almuerzo.

Michael se acercó a ella con movimientos rápidos.

—Tengo que irme, pero tenemos una cita para el viernes que viene.

—El viernes que viene —confirmó ella con un gesto de cabeza.

En vez de marcharse de inmediato, tal como ella esperaba que hiciese, Michael se inclinó y le dio un beso fugaz en los labios.

—Adiós, Stella.

Lo observó marcharse con estupefacción. Iban a verse de nuevo. Dentro de una semana.

—¿Quién era ese? —Incluso con el teléfono despegado varios centímetros de la oreja, Stella captó la sorpresa de su madre.

—Era... Michael. —Un nerviosismo extraño, que le robaba el aliento, se apoderó de ella. Tal vez le gustase que su madre hubiera descubierto a su acompañante masculino.

Se hizo un breve silencio, seguido de:

—Stella, cariño, ¿has pasado la noche con un hombre?

—No es lo que crees. No hemos hecho nada. Salvo besarnos. —Los mejores besos de su vida.

—¿Y por qué no?

Stella movió la boca, pero no le salió palabra alguna.

—Eres una adulta madura capaz de tomar buenas decisiones. En fin, háblame de este tal Michael.

Destruir. Derrotar. Engañar.

Michael examinó el cuerpo de su compañero, ataviado de negro, en busca de debilidades de las que aprovecharse. Ese era el único momento, durante el combate, en el que daba rienda suelta a los instintos más básicos y egoístas a los que se enfrentaba en el día a día. Y era una puta maravilla.

Por más que luchara contra ellos, en el fondo era igual que su padre. Había heredado la maldad.

Empujó a su contrincante e intentó darle un golpe en la cabeza. Al ver que levantaba el sable para bloquear su ataque, echó el resto en un arranque de velocidad y bajó el suyo trazando un arco. La punta del arma golpeó el costado de su contrincante.

Un punto claro. El combate había terminado.

Todos inclinaron la cabeza y dejaron los sables en el tatami azul antes de arrodillarse. Odiaba esta parte de la clase, no porque significara que el entrenamiento había acabado, sino porque había llegado la hora de quitarse la armadura y volver a la normalidad.

Esa era la belleza del atuendo. Un traje transformaba a un hombre en cierto tipo de persona. Una camiseta, en otro tipo de persona distinta. Una armadura negra con una amenazadora rejilla metálica delante de la cara convertía a un hombre en una persona diferente. El atuendo pesaba quince kilos, pero siempre se sentía más ligero cuando lo llevaba puesto.

Mientras se despojaba de las capas de ropa, el aire frío le rozó la piel y la realidad se coló poco a poco en su cabeza. Los opresivos pensamientos fueron apilándose unos sobre los otros como si fueran ladrillos y lo devolvieron a su agobiante realidad. Responsabilidades y obligaciones. Facturas. Familia. Su trabajo diario. Su trabajo nocturno.

Después de que la clase acabara oficialmente, dejó sus cosas en su sitio, en la estantería de la parte posterior. Había muy poco espacio en el vestuario con cinco tíos allí dentro y no le apetecía esperar, así que se quitó el uniforme en el pasillo. No iba a enseñar nada que no hubiera visto ya la mitad de las mujeres de California.

Dos estudiantes de secundaria se echaron a reír tontamente y entraron a la carrera en el vestuario de mujeres. Michael puso los ojos en blanco mientras se ponía unos vaqueros encima de los bóxers. Michael Larsen: enseñó sus encantos a la mitad de las mujeres de California más dos.

—Seguro que la semana que viene nos vienen un montón de chicas nuevas —dijo una voz que Michael reconoció como la de Quan, su primo y pareja de entrenamiento.

—Dejaré que seas tú quien les enseñe lo básico —comentó mientras sacaba una arrugada camiseta de manga corta de la bolsa de deporte y se enderezaba.

—Se pueden llevar una desilusión.

—Qué más da. —Se puso la camiseta al mismo tiempo que intentaba, en vano, no mirar sus reflejos en el espejo de cuerpo entero de la pared.

A muchas mujeres les gustaba Quan. Con la cabeza casi rapada y los abundantes tatuajes que le cubrían los brazos y el cuello, era la viva imagen del mafioso asiático que controlaba el negocio de las drogas. Era imposible adivinar que se costeaba sus estudios de Ciencias Empresariales ayudando a sus padres en el restaurante. Michael, al contrario, ofrecía la imagen del chico guapo.

No podía quejarse, porque, al fin y al cabo, gracias a eso pagaba las facturas, pero la reacción de la gente lo aburría. Bueno, salvo por la reacción de cierta economista. La atracción que Stella sentía por él había resultado obvia, pero no lo había mirado como si fuera un trozo de carne muy caro. Lo había mirado como si no viera a nadie más. No podía olvidar su forma de besarlo una vez que se ganó su confianza, el momento en el que se derritió y...

Al percatarse del rumbo de sus pensamientos, se dio un puñetazo imaginario allí mismo. Stella era su clienta y tenía problemas. Estaba zumbado si pensaba en sus sesiones de esa manera.

—Si llegan alumnas nuevas, yo les enseñaré. No me importa —se ofreció Khai, el hermano menor de Quan. Todavía llevaba el uniforme y estaba practicando movimientos delante del espejo, con un ritmo rápido pero constante, como si fuera una máquina.

Quan puso los ojos en blanco.

—Nunca le importa. Aunque se le echen encima. Deberías haber visto a la última. Lo invitó a cenar y él le soltó: «No gracias, ya he comido». Y ella siguió: «¿Y el postre?» «No, no como postre después de las clases». «¿Café?» «No pegaré ojo, y mañana tengo que trabajar».

Michael no pudo contener la sonrisa al oírlo. Khai le recordaba un poco a Stella.

Mientras guardaba sus sables en una de las cajas de almacenaje, Quan añadió:

—Buen combate. ¿Has tenido un mal día?

Michael se encogió de hombros.

—Lo típico de siempre. —Debería sentirse agradecido. Lo estaba, de hecho. Las cosas le irían mejor si pudiera dejar de desear todo aquello a lo que había renunciado. No se arrepentía de haber cambiado su antigua vida por la que llevaba en ese momento; de hecho lo volvería hacer, pero el deseo de recuperar lo perdido no lo abandonaba. Al contrario, iba a más. Porque era un cabrón egoísta. Como su padre.

—¿Qué tal está tu madre?

Se pasó una mano por el pelo.

—Bien, supongo. Dice que le gustan los medicamentos nuevos.

—Eso es bueno, tío. —Quan le dio un apretón en un hombro—. Deberías celebrarlo. Sal conmigo el viernes. Han abierto un club nuevo en la ciudad, el 212 Fahrenheit.

Parecía una buena idea, y sintió una repentina emoción. Llevaba siglos sin salir una noche si no era acompañado por una clienta.

El recuerdo de su trabajo lo hizo soltar un suspiro pesaroso.

—No puedo. Estoy liado.

—¿Cómo? —Su primo lo miró con curiosidad—. O más bien debería preguntar: ¿con quién? Siempre estás ocupado los viernes. ¿Tienes una novia secreta y te acojona presentárnosla?

Resopló para sus adentros al pensar en presentarle una clienta a su familia. Ni de coña.

—Qué va, nada de novias. ¿Y tú?

Quan se echó a reír.

—Ya conoces a mi madre. ¿Crees que obligaría a una mujer a pasar por eso?

Michel sonrió al mismo tiempo que cogía la bolsa de deporte y echaba a andar hacia la puerta. Pasó al lado de Khai, que seguía practicando sus movimientos sin haber disminuido el ritmo en ningún momento.

—Mira el lado positivo. Si una mujer conoce a tu madre y no sale corriendo, sabrás que no debes dejarla escapar.

Ambos se despidieron de Khai al llegar a la puerta; pero, como era habitual en él, estaba demasiado ensimismado en lo suyo como para devolverles el gesto.

Una vez en el aparcamiento, Quan se subió a su Ducati negra, se puso la chupa de cuero y se apoyó el casco en una rodilla antes de mirar a Michael a los ojos.

—Sabes que me la trae floja si te gustan los tíos, ¿verdad? A ver, que no me molesta. Te lo digo para que lo sepas. No hace falta que me ocultes ese tipo de cosas.

Michael tosió y se colocó mejor la correa de la bolsa de deporte en el hombro mientras lo asaltaba un repentino calor que le abrasó el cuello y le achicharró las orejas.

—Gracias.

Eso era lo que pasaba cuando se guardaban secretos. Que la gente sacaba sus propias conclusiones. Por un instante se preguntó si debía seguirle el rollo. No le cabía duda de que su familia toleraría eso mejor que la verdad. Nadie estaba al tanto de su vida como acompañante ni de las facturas que pagaba gracias a su trabajo como tal. Y quería que las cosas siguieran así.

Tomó una bocanada de aire que olía a tubo de escape y asfalto, conmovido por la actitud de Quan, pero también sintiéndose viejo y cansado.

—Te lo agradezco, de verdad, pero no es eso, ¿vale? Llevo un tiempo... saliendo con... muchas mujeres. Pero no he conocido a ninguna que pueda llevar a casa. —Dios, no—. Nadie especial.

Sin embargo, tan pronto como pronunció las últimas palabras, le dieron ganas de retractarse. No sabía por qué, pero no le parecía correcto incluir a su última clienta en esa categoría.

—Pues, entonces, hazme el favor de decírselo a tu madre y a tus hermanas. No paran de hablar del tema con mi madre y mis hermanas, y me tienen frito pidiéndome que averigüe algo. Si te digo la verdad, me dio un poco de vergüenza confesarles que no sé lo que haces cuando desapareces. —Quan le dio una patada con gesto pensativo a una piedrecilla que había en el suelo y Michael supo que estaba rememorando el pasado, cuando lo sabían todo el uno del otro. Bueno, en la medida que los tíos compartían sus cosas, claro. Sus madres eran hermanas y estaban tan unidas que vivían a dos bloques de distancia, y habían dado a luz a sus primogénitos el mismo año. El resultado fue que Michael y Quan estaban más unidos que si fueran hermanos. O lo habían estado.

Michael se frotó la nuca.

—He sido una mierda de primo, lo siento.

—Las has pasado putas —replicó su primo con una sonrisa comprensiva—. Primero con el gilipollas de tu padre y las demandas judiciales, y luego con la enfermedad de tu madre. Lo entiendo. Pero las cosas van mejor, ¿no? Deberíamos quedar. Los viernes por la noche me vienen mejor porque no trabajo ni tengo clases el sábado por la mañana. Podemos quedar con tu «nadie especial» y la mía. Ya me dices. —Con esas palabras, Quan arrancó la moto y se puso el casco.

Cuando su primo dobló la esquina, Michael abrió la puerta de su coche y arrojó la bolsa de deporte al asiento del copiloto. Las cosas iban mejor, sí, pero no saldría con Quan los viernes por la noche durante una buena temporada. No cuando se follaba a una mujer distinta cada viernes por la noche. Bueno, ese no sería el caso durante las tres siguientes semanas. Estaban reservadas para Stella y sus lecciones sexuales. Nunca había imaginado que interpretaría el papel de maestro en la fantasía de «La profesora me pone cachondo», pero debía admitir que la idea lo excitaba más de lo que se había imaginado.

Sabía que era un error, pero estaba deseando que llegara el viernes por la noche.

Cuando por fin llegó la noche del viernes, Stella era un manojo de nervios. Le resultaba imposible detener el tamborileo de los dedos sobre la mesa del restaurante mientras esperaba a que apareciese Michael. Había concertado la cita a través de la aplicación móvil de la agencia. Con la configuración tan excelente que tenía, era tan fácil como comprar billetes de avión, pero sin acumular puntos. Le mandaron el mensaje de confirmación a su bandeja de correo electrónico, pero ese fue el único indicio que obtuvo de que la cita seguía en pie. La posibilidad de que Michael hubiera cambiado de opinión seguía preocupándola.

Ojalá tuviera su número de móvil, pero supuso que nunca se lo daba a sus clientas. Era demasiado personal. Sobre todo si tenían la costumbre de obsesionarse.

Algo que era una de sus mayores debilidades, y una característica definitoria de su trastorno. No sabía cómo interesarse a medias por algo. O se mostraba indiferente o... se obsesionaba. Y sus obsesiones no eran pasajeras. La consumían y se convertían en parte de ella. Las atesoraba y las incorporaba a su vida. Como le pasaba con el trabajo.

Debía ir con pies de plomo con Michael. Todo lo relacionado con él le gustaba. No solo su aspecto, sino también su paciencia y su amabilidad. Era bueno.

También era una obsesión a punto de consumirla.

Con suerte, conseguiría mantener la cabeza fría durante las próximas semanas. Tal vez fuera bueno que solo hubiera tres sesiones. Una vez que terminasen, podría concentrarse en alguien a quien sí podría conseguir. Tal vez en Philip James.

Cuando Michael entró en el restaurante del hotel, ella se percató de inmediato. Esa noche, llevaba un traje negro que le sentaba como un guante sobre una camisa blanca. Sin corbata. Tenía el cuello abierto, de modo que destacaba su nuez y la sensual curva de su cuello. Michael recorrió la estancia con la mirada hasta dar con ella.

Stella bajó la vista a la carta, aunque no la podía ver, muy consciente de que avanzaba muy lentamente hacia ella. «Mantén la cabeza fría.»

—Hola, Stella. —Se sentó en frente de ella y cruzó las manos sobre el mantel.

Sus pulmones consiguieron llenarse de aire muy despacio, y así captó el leve aroma de Michael. Sintió un vuelco en las entrañas y suspiró. Con sensación derrotada, lo miró a los ojos, contó hasta tres y, luego, apartó la mirada.

—Hola, Michael.

—¿Ya estás nerviosa?

Soltó una tímida carcajada.

—Llevo nerviosa desde el sábado.

—Ahora que me acuerdo... ¿Con quién hablabas por teléfono cuando me fui?

Stella apretó los labios en un intento por contener una sonrisa.

—Con mi madre. Se llama Ann. Por cierto, ahora cree que eres mi novio.

Michael, que también sonreía, se llevó un nudillo a los labios.

—Entiendo. ¿Te va a suponer un problema?

—La verdad, creo que es algo bueno. Ahora que cree que tengo novio, debería dejar de concertarme citas a ciegas.

—Ah, la madre que concierta citas a ciegas. La conozco muy bien.

—¿Eso quiere decir que no tienes novia? —Nada más pronunciar las palabras, dio un respingo—. Lo siento. Olvida que te lo he preguntado.

No tenía derecho a preguntarle por su vida privada, pero la curiosidad la quemaba por dentro. Quería saberlo todo de él. Y si tenía novia, fuera quien fuese la afortunada, la odiaba con todas sus fuerzas.

—No, no tengo novia —contestó, como si fuera algo evidente.

«Gracias, Dios mío.»

—¿Con qué clase de mujeres intenta emparejarte tu madre?

Él puso los ojos en blanco.

—Con doctoras, ¿con quién si no? Y con enfermeras. A estas alturas, creo que mi madre ha intentado emparejarme con todo el personal de la segunda planta de la Fundación Médica de Palo Alto.

Stella se sintió impresionada muy a su pesar.

—Sí que está decidida.

—No sabes hasta qué punto. No conoces a mi madre.

Stella se obligó a sonreír y se concentró en la carta. ¿Qué decía de ella el hecho de que quisiera conocer a su madre? No, un momento, ya conocía la respuesta. Decía que estaba loca. Las madres eran osas aterradoras en lo referente a sus hijos varones, sobre todo con hijos como Michael.

Y ella no era doctora.

Se acabó. No estaba saliendo con Michael. Daba igual lo que su madre pensara de ella. No iba a conocerla en la vida. Tenía que concentrarse de nuevo en lo importante.

—Hablemos de mis lecciones —dijo ella con brusquedad.

—Me parece buena idea. —Michael se echó hacia atrás en la silla, con aspecto relajado.

Stella intentó imitar ese aire relajado mientras sacaba tres folios doblados de su bolso.

—Dado que vamos mal de tiempo, me he tomado la libertad de esbozar una programación para las lecciones. No son puntos inamovibles. De hecho, te animo a que sugieras cambios donde creas conveniente. No sé si lo que he escrito es plausible, pero me ayuda a que todo esté estructurado. No reacciono bien a las sorpresas.

Michael adoptó una expresión indescifrable.

—Una programación para las lecciones.

—Así es. —Apartó el salero y el pimentero, así como el candelabro. Después de dejar los folios en el centro de la mesa, alisó los pliegues con las puntas de los dedos y señaló la primera hoja, que tenía el título de «Primera lección»—. He puesto casillas de verificación al lado de cada punto para que podamos tacharlas conforme los tratemos.

Con la vista clavada en el folio, Michael abrió la boca para hablar, contuvo la respiración y se dio unos golpecitos en los labios con un dedo.

—Déjame un segundo...

PRIMERA LECCIÓN

☐ Teoría y demostración práctica de una paja
☐ Práctica de una paja
☐ Evaluación del rendimiento
☐ Teoría y demostración de relaciones sexuales en la posición del misionero
☐ Práctica de relaciones sexuales en la posición del misionero
☐ Evaluación del rendimiento

Michael leyó y releyó la aséptica programación de la lección y la sorpresa se tornó en sorna, antes de que esta se disipara conforme la frustración le fue subiendo por la espalda y la nuca. Cerró los puños y contuvo el repentino deseo de arrugar los folios de Stella en bolas de papel. Irritado. Estaba irritado. Joder, y ni siquiera sabía por qué.

Con palabras como «teoría» y «demostración práctica» en la palestra, debería estar a mil. Era justo como tener el papel de profe en «La profesora me pone cachondo», salvo que la parte de estar cachondo brillaba por su ausencia.

—¿Quién va a verificar los puntos? ¿Tú o yo?

—Puedo hacerlo yo si no quieres hacerlo tú —se ofreció ella con una sonrisa.

Se imaginó a Stella deteniéndose en mitad del polvo para ponerse las gafas y anotar algo en un cuaderno. Como si él fuera un robot sexual o un puto experimento científico.

—Me he dado cuenta de que no hay besos —replicó.

—Tenía la impresión de que ya habíamos pasado esa fase.

Levantó las cejas al oírla.

—¿Qué te hace pensar eso?

—Dijiste que había aprendido muy deprisa, así que es mejor no perder el tiempo con eso. Besarte hace que me cueste pensar, y de verdad que quiero aprender bien. Además, parece que es algo que hace la gente cuando está saliendo... y nosotros no estamos saliendo. Quiero que las cosas sean profesionales y claras entre nosotros. —Bebió un sorbito de agua helada y soltó el vaso, dejando una pátina húmeda en sus labios..., unos labios que él tenía prohibido besar.

Los besos de Stella ya no eran para él. Se suponía que tenía que follársela y dejar que se la cascara, pero iba a reservar esos dulces labios para otro. La idea casi le provocó un arrebato de furia, y tuvo que aplastar esos sentimientos.

—Has visto *Pretty woman* demasiadas veces. Besar no significa nada, y siempre es mejor que no pienses demasiado cuando estás en la cama. Hazme caso —le recomendó.

Stella apretó los labios con obstinación.

—Es demasiado importante para mí como para no pensar. Preferiría no besarte más, si no te importa.

La irritación de Michael se multiplicó, de modo que se obligó a relajar las manos antes de que le explotaran todos los vasos sanguíneos. ¿Cómo narices se había metido en ese follón? Ah, sí, porque le preocupaba la idea de que sus colegas de profesión se aprovecharan de ella. Qué idiota. Su vida ya era complicada de por sí sin tener que preocuparse de sus clientas. Por eso mismo tenía la política de una sola cita.

Debería echarse atrás, le tentaba la idea, pero se lo había prometido. Y él siempre cumplía sus promesas. Era su forma de equilibrar el universo. Su padre ya había incumplido promesas de sobra por los dos.

—Muy bien —se obligó a decir—. Nada de besos.

—¿Te parecen bien los demás puntos de la programación? —le preguntó ella.

Michael se obligó a leerlos y le parecieron bastante similares, solo que pasó de pajas a mamadas y cambió las posturas.

Le hizo gracia, muy a su pesar, y dijo:

—Me sorprende que hayas usado términos como «a lo perrito» y «amazona».

Stella se puso muy colorada antes de colocarse bien las gafas.

—Que no tenga experiencia no significa que sea tonta.

—Tu programación se olvida de algo muy importante. —Le tendió una mano, y ella le puso el bolígrafo en la palma con gesto titubeante.

Stella ladeó la cabeza mientras lo veía escribir «PRELIMINARES» en la parte superior de la programación de cada lección, así, en mayúsculas. Después, como si se le hubiera ocurrido en el último momento, dibujó un cuadradito delante de cada palabra con trazos firmes.

—Pero ¿por qué? Tenía entendido que a los hombres no les hacían falta.

—A ti sí —replicó él con sequedad.

Stella hizo un mohín con la nariz y meneó la cabeza.

—No tienes que molestarte por mí.

Michael entrecerró los ojos.

—No es molestia. A casi todos los hombres nos gustan los preliminares. A mí me gustan. Excitar a una mujer es lo más satisfactorio del mundo. —Además, no pensaba acostarse con ella si no estaba lista. Ni de coña.

Stella tragó saliva y clavó la vista en la carta.

—Así que me estás diciendo que no tengo la menor posibilidad de mejorar.

—¿Cómo? No. —Se devanó los sesos intentando averiguar qué la había llevado a decir algo así, pero no se le ocurrió nada.

—Ya viste mi reacción. Y fue por un solo botón.

—Y luego dormiste conmigo toda la noche. Estabas prácticamente desnuda y te pegaste a mí.

—¿Ya saben lo que van a pedir? —les preguntó la camarera. A juzgar por el brillo travieso de sus ojos, había oído la última parte de la conversación.

Stella observó la carta, clavando las uñas en la tela que la recubría.

—Queremos el especial de la casa —contestó Michael.

—Buena elección. Los dejo solos. —La camarera les guiñó un ojo, recogió las cartas y se marchó.

—¿Cuál es el especial de la casa? —le preguntó Stella.

—No tengo ni idea. Ojalá que no sea cordero.

La vio torcer el gesto mientras se inclinaba sobre la mesa con gesto titubeante, mirándolo a los ojos por un brevísimo segundo.

—¿A qué te refieres exactamente con eso de que dormí «pegada» a ti?

Michael sonrió.

—Me refiero a que te gusta acurrucarte cuando duermes.

—Oh.

Parecía tan espantada que Michael fue incapaz de contener la carcajada.

—Confieso que me gustó.

Algo que era cierto, y nada habitual en él. Acurrucarse era algo obligatorio que hacía con sus clientas porque comprendía que ellas lo necesitaban. Normalmente, solía contar en silencio los segundos hasta que podía irse a casa y ducharse. Abrazar a Stella no se pareció en nada a eso. Como no hicieron nada, no hubo necesidad de ducharse, y la confianza con la que se había acurrucado contra él hizo que sintiera cosas en las que prefería no pensar. Sobre todo, cuando a ella le resultaba tan desagradable. Su irritación aumentó todavía más.

—¿Dónde nos deja eso con las lecciones? ¿Cómo avanzamos cuando mis limitaciones son unos obstáculos tan insalvables? Al concentrarme en ti, supuse que había encontrado la forma de sortear mis problemas.

—No vamos a sortear tus problemas. Vamos a enfrentarlos sin rodeos.

Stella cruzó los brazos por delante del pecho y empezó a tamborilear un ritmo extraño sobre su codo.

—¿Cómo?

—Vamos a... desbloquearte.

Acababa de parecer un capullo arrogante, pero no había conseguido que sus clientas lo puntuaran con cinco estrellas por casualidad. Cuando perdió la virginidad a la avanzada edad de dieciocho años, descubrió que tenía un talento natural para follar. Hacerse profesional había conseguido que su habilidad alcanzara nuevas cotas.

—No creo que sea posible. —Stella torció el gesto como si estuviera oyendo a un vendedor de coches de segunda mano.

—¿Pensaste que te gustaría besar? —Y le había gustado... en cuanto se olvidó de lo del pez piloto. Había esperanza para ella. A las mujeres no se les aflojaban las rodillas y se quedaban al borde del desmayo si no les gustaba el sexo. Solo tenía que averiguar cómo hacerla responder.

Stella golpeó suavemente con el dedo uno de los cuadraditos junto a la palabra «preliminares».

—¿Qué pasa si lo intentas todo y no me gusta? Tenemos una limitación de tiempo extrema.

—No creo que lleguemos a eso. —Pero, si así era, ya lo afrontarían a su debido momento.

Tras un largo silencio, Stella dijo:

—Pues intentémoslo a tu modo.

Una vez que entraron y cerraron la puerta de la habitación, Michael se quitó los zapatos y se acercó al ventanal. Cuando descorrió las cortinas, descubrió una preciosa vista del hospital que se alzaba al lado del hotel, la Fundación Médica de Palo Alto, que le recordó a su madre, las facturas, sus responsabilidades y lo que ganaba como acompañante. Algo en lo que no le apetecía pensar en ese momento.

Corrió con brusquedad las cortinas y se dio media vuelta. Stella estaba a los pies de la cama. Apartó la mirada de él y empezó a juguetear con el papel que tenía en las manos. La programación.

Se imaginó haciendo trizas el papel. No sabía por qué, pero detestaba esas listas. En vez de meterse de lleno en el papel de la fantasía, se acercó a ella, le quitó los papeles de las manos y los dejó con cuidado en la mesilla. En un cajón, descubrió un bolígrafo plateado que colocó sobre la programación de la primera clase. Si Stella tenía la suficiente claridad mental como para ir marcando casillas durante la noche, se vería obligado a revisar su técnica. Bajó la intensidad de las luces situadas junto a la cama.

—¿Cómo debería..., qué debería..., y si...? —Se aferró el cuello de la camisa—. ¿Tengo que desnudarme?

—No lo sé. No está en la programación de hoy. —Se arrepintió nada más pronunciar las palabras. Las listas de Stella lo cabreaban, pero no tenía por qué humillarla—. Siento...

—Tienes razón. No se me ha ocurrido incluirlo en la lista. —Pasó a su lado y se acercó a la mesilla. Tras contemplar la lista un instante, se inclinó y cogió el bolígrafo, demostrándole la única razón por la que las mujeres debían llevar faldas de tubo: para resaltar las curvas perfectas del culo.

A lo mejor por eso tardó tanto en darse cuenta de que ella no se había enterado de nada. Stella no se había percatado de sus malos modales ni de su sarcasmo. A lo mejor era uno de esos ratones de biblioteca que no sabían relacionarse con los demás y él estaba siendo demasiado duro con ella.

—Si te dijera que tus programaciones me resultan insultantes, ¿qué harías? —le preguntó en voz baja.

Ella lo miró por encima del hombro con expresión alarmada.

—¿Hay partes que debería redactar de otra forma? Las cambio ahora mismo. —Miró de nuevo la programación y recorrió las líneas con los dedos como si estuviera analizándolas despacio.

La irritación que le atenazaba el pecho disminuyó. No podía enfadarse con ella cuando estaba claro que no lo entendía.

La vio morderse el labio inferior mientras tamborileaba con los dedos sobre la mesilla cada vez más rápido antes de mirarlo de nuevo, nerviosa.

—¿Debería haber escrito otra cosa que no fuera «Evaluación del rendimiento»? Espero que hayas captado que me refería a mi rendimiento. El tuyo no necesita evaluación alguna. Y, aunque ese no fuera el caso, no sabría qué decir al respecto. No estoy cualificada para juzgar...

Michael la interrumpió antes de que acabara provocándose otro ataque de pánico.

—Solo era una pregunta hipotética. Olvídala.

Stella pareció confundida un instante, pero la expresión desapareció tras parpadear y soltar un suspiro aliviado.

—Ah, vale. —Se subió las gafas por la nariz, se volvió para examinar de nuevo los papeles y modificó el apartado, con letra clara, para que se leyera «Evaluación del rendimiento de Stella».

Fue un buen recordatorio. El fin era ayudar a Stella a enfrentarse al sexo. Nada más. ¿Qué importaba que ella no enfocara todo el asunto como la realización de sus fantasías secretas igual que hacían otras clientas? Debería aplicarse sus propios consejos y dejar de pensar.

Mientras ella pasaba a la segunda página del montón, él se quitó la americana, la dejó en el brazo de un sillón y se desabrochó la camisa. Se sacó los faldones y se sentó en la cama, al lado de Stella, que lo miró de reojo y acabó clavando la mirada en la zona de su cuerpo expuesta después de desabrocharse la camisa. El bolígrafo se detuvo y se le cayó de las manos, golpeando la mesilla.

Sonrió, satisfecho. Ya no parecía tan objetiva.

La vio enderezar los hombros, tras lo cual se llevó las manos al cuello de la camisa y empezó a desabrochársela con una lentitud desquiciante. La prenda cayó al suelo, seguida por la falda gris. Acto seguido, lo miró con gesto decidido mientras le permitía mirarla. Y eso fue lo que hizo, mirarla a placer.

Por regla general, le gustaban las mujeres con más pecho, caderas más voluminosas y muslos más contundentes. Le gustaba su suavidad y poder acariciarlas a manos llenas. Pero Stella no era así. En ella todo era discreto. Llevaba un sujetador y unas bragas de color carne y su cuerpo estaba formado por unos hombros y unos brazos elegantes, una cintura estrecha que daba paso a unas caderas de suaves curvas y unas piernas torneadas de tobillos delicados. No era lo que siempre había pensado que deseaba, pero era perfecta.

—Quítate el sujetador —dijo con más brusquedad de la que pretendía, pero no pudo evitarlo. Se moría por ver el resto de su persona. Tal vez ella no hubiera fantaseado sobre las noches que iban a pasar juntos, pero él sí.

La vio apretar los puños a ambos lados del cuerpo.

—¿Eso es necesario? No son mi mejor rasgo. Son pequeñas.

—Sí, es necesario. A los hombres nos gusta verlas, aunque sean pequeñas.

—Y tocarlas. Dios, estaba desando tocárselas.

Stella hizo una mueca, como si quisiera discutir con él. Cuando vio que se llevaba las manos a la espalda y se quitaba el sujetador, contuvo el aliento.

Y, después, se mordió el labio mientras sonreía. Stella no parecía ser consciente, pero tenía el tipo de pezones con los que soñaban los hombres y los bebés. Areolas de color rosado y unos pezones prominentes que, sin lugar a dudas, se pasaban el día duros, ya hiciera frío o calor, lloviera o hiciera sol. Stella Lane, la economista conservadora, tenía pezones de estrella del porno. Y él los quería en la boca ya.

—¿Qué hago ahora? —le preguntó con un hilo de voz.

Él se quitó la camisa y la arrojó hacia el otro extremo de la cama.

—Creo que ya puedes tachar una cosa de la lista.

Ella apartó la vista de su pecho y lo miró a la cara como si hubiera hablado en otro idioma. Tras parpadear varias veces de forma exagerada, meneó la cabeza y dijo:

—Vale.

Se inclino y marcó una de las casillas del principio de la lista. Después, se subió las gafas por la nariz e hizo una pausa. Se quitó las gafas y la goma del pelo, y sacudió la cabeza para que el pelo le cayera a ambos lados de la cara. Esos ojos castaños de mirada vulnerable se clavaron en él antes de desviarse hasta la pared que tenía al lado.

Michael sintió que se quedaba sin aire en los pulmones mientras se derretía por dentro y por fuera se ponía duro como una piedra. Era preciosa.

Y estaba asustada. ¿Cómo podía calmar su miedo?

—Deja que te abrace.

Ella se acercó todo lo que pudo sin llegar a tocarlo.

Michel contuvo una sonrisa.

—Me sería más fácil si te sentaras en mi regazo.

Tras morderse el labio, Stella separó las piernas y se sentó a horcajadas sobre él. Joder, demasiado cerca. Esa parte de su cuerpo, totalmente abierta. Se le puso dura al instante, pero se obligó a ir despacio. Lo importante era Stella. Esperaba que se sentara tiesa como un palo hasta que se le ocurriera algún tipo de hechizo que la relajara, pero se acomodó de inmediato sobre él y le apoyó una mejilla en un hombro. En cuanto sus brazos la rodearon, soltó un suspiro entrecortado y se derritió contra él.

Los segundos se convirtieron en minutos y Michael se permitió saborear el momento: estar con una persona sin hablar, sin follar y sin hacer nada. El silencio de la habitación era tal que oía el tráfico de la calle. La gente que hablaba y se alejaba por el pasillo.

—¿Te estás quedando dormida otra vez? —le preguntó por fin.

—No.

—Bien. —Le pasó los dedos de una mano por el brazo y sonrió al ver que se le ponía la piel de gallina. Después, le acarició el cuello con la nariz, inhaló su dulce olor y le besó la delicada zona situada detrás de la mandíbula. Sus labios lo reclamaban, pero, en vez de dirigirse a ellos, le chupó el lóbulo de la oreja y se lo mordió, arrancándole un trémulo suspiro.

—¿Estos son los preliminares? —le preguntó Stella con un hilo de voz que le provocó una oleada de satisfacción.

—Sí. —Aunque sabía la respuesta, se lo preguntó al oído—: ¿Te gustan?

Ella se estremeció y se acurrucó más contra su cuerpo mientras los escalofríos se extendían por su piel.

—Sí, pero no es lo que esperaba.

—¿Qué esperabas?

Meneó la cabeza.

—Dime si quieres que pare o si tienes algo específico en mente que quieres que haga. —Mientras hablaba, le enterró los dedos en el pelo y le echó la cabeza hacia atrás. Le dejó un reguero de besos en el mentón, le mordisqueó la barbilla y le besó la comisura de los labios.

Demasiado cerca de la tentación que era su boca. Lo abrumaba el doloroso deseo de capturar sus labios con un beso apasionado, y estuvo a punto de sucumbir pese a todo. Llevaba toda la semana soñando con esa boca. Con la sensación de estar nadando contra corriente, se obligó a besarle la garganta.

—Tócame —le dijo al mismo tiempo que la cogía de las manos y se las colocaba en el pecho.

Ella tanteó hasta dar con sus pezones. Como si su textura la fascinara, se los frotó con los pulgares hasta endurecérselos. Michael sintió que se le tensaban los músculos mientras se estremecía de placer.

—¿Así está bien? —preguntó Stella.

—Me gusta. Y esto también. —Capturó sus pechos con las manos y le pellizcó los pezones a modo de ejemplo.

Stella contuvo el aliento y se miró el pecho. Sus manos morenas sobre esa piel tan clara y esos pezones tan increíbles entre sus dedos conformaban una estampa erótica, desde luego que sí. No pudo resistirse a darle otro pellizco y a disfrutar de su jadeo.

—¿Por qué me gusta tanto que me hagas eso? —El asombro de su voz le arrancó una sonrisa.

—¿Quieres probar algo todavía mejor? —Una vez que ella asintió brevemente con la cabeza, Michael añadió—: Ponte de rodillas sobre mis piernas.

Sintió cómo se le tensaban los muslos mientras se levantaba sobre su regazo. Tensa y con la respiración superficial, le colocó las manos sobre los hombros. Tal como había planeado, la nueva posición le dejaba los pezones a la altura de la cara. Como no tuviera cuidado, acabaría sacándole un ojo con uno de ellos. Solo en su profesión se corría el riesgo de perder un ojo por asalto de un pezón. Aunque, para ser sincero, no tenía la impresión de estar trabajando. Su cabeza no estaba repasando ninguna fantasía, y tampoco se estaba diciendo una mentira cada quince segundos. Ese momento, esa mujer y la innegable atracción que sentía por ella eran reales.

Le recorrió la espalda con las palmas de las manos una y otra vez hasta que la sintió relajarse. En ese momento, le besó el lateral de un pecho. Ella tensó los dedos y le clavó las uñas en la piel.

Tras apartarse de ella, le preguntó:

—¿Estás bien, Stella?

Ella carraspeó dos veces.

—Dime qué estás planeando. Por favor.

—Voy a chupar estos bonitos pezones y a lamerlos con la lengua.

Sus manos se aferraron con más fuerza a sus hombros.

—Tu respuesta ha sido más gráfica de lo que esperaba.

—¿Cómo lo habrías descrito tú? —Desplazó los labios del lateral hasta el lugar donde la piel blanca daba paso a la rosada areola.

—No sé qué...

Rodeó el pezón con los labios y se lo chupó.

—¡Michael!

Oírla pronunciar su nombre fue algo tan inesperado como estimulante. La acercó aún más a él para poder darse un festín. Ningún hombre podía conservar la cordura con semejantes tetas en la cara, en la boca, al alcance de su lengua. Podría pasarse días y días jugando con ellas. Tras soltar el pezón, se dirigió al otro.

Ella le enterró los dedos en el pelo sin ser consciente de lo que hacía, mientras se retorcía y arqueaba la espalda pidiéndole más. Estaba disfrutando del momento, sus caricias habían hecho papilla su supercerebro.

Sin darse cuenta de lo que hacía, apartó los labios del pezón y trazó un camino ascendente por su cuello en dirección a la boca. Se detuvo en el último segundo y presionó la mejilla contra la de Stella mientras se reprendía mentalmente. Lo suyo era muy fuerte. Ella le había dicho que no quería besos y él insistía en...

Sus labios se rozaron. La sorpresa le provocó una descarga eléctrica. Stella le acarició el labio inferior con la lengua y sus instintos se hicieron con el control. Reclamó su boca como si estuviera famélico.

Su sabor, su dulzura, el roce de sus uñas en el cuero cabelludo. Un beso tras otro y tras otro.

—Lo siento. Sé que dije que nada de besos. —Lo besó de nuevo—. Pero no he podido resistirme. Me he pasado toda la semana pensando en besarte. —Sus palabras lo atravesaron. Después de todo, él no había sido el único. Otro beso embriagador—. Y ahora parece que no puedo parar. —Un murmullo ronco surgió de su garganta mientras lo besaba de nuevo.

—Pues no pares.

Su lengua salió al encuentro de la de Stella, y la sintió derretirse entre sus brazos. Comenzó a mover las caderas contra su abultada bragueta y le rozó el pecho con los pezones endurecidos. No deseaba tanto a una mujer desde hacía... ¿Cuándo había deseado tanto a una mujer?

Se apartó de ella y la vio separar los labios, de los que surgían quedos suspiros de deseo. Tardó un instante en enfocar la vista para mirarlo y, en ese momento, Michael supuso que se daría media vuelta para marcar otra casilla de la lista. En cambio, le echó los brazos al cuello y lo estrechó con fuerza mientras le daba un beso en la sien.

Lo invadió la repentina impresión de sentirse querido. Stella no actuaba como si lo que sucedía entre ellos fuera un servicio por el pago recibido. Actuaba como si en realidad significara algo, como si le importara, como si él le importara.

Otra habitación de hotel, otra cama y otra clienta entre sus brazos. Una noche de viernes normal y corriente. Solo que nunca se había sentido tan expuesto, tan vulnerable, y eso que todavía llevaba puestos los dichosos pantalones.

Se suponía que solo iban a follar. No había nada sentimental en el acuerdo. No podría seguir adelante si había sentimientos de por medio. Porque eso convertiría su trabajo de acompañante en una infidelidad, y se negaba a serle infiel a alguien. Había llegado el momento de dejarse de tonterías y de pasar a la acción.

Michael se acomodó entre las piernas de Stella y ella sintió algo gélido que se extendía por sus entrañas, devolviéndola a la realidad. Algo metálico. La hebilla del cinturón.

Se habían salido del guion. ¿Qué se suponía que tendrían que estar haciendo? Repasó la lista mentalmente. Una paja. Debería estar aprendiendo a hacerlas.

Michael dejó un reguero de besos en su cuello, de manera que tenía la boca libre para hablar, pero para entonces apenas recordaba lo que había estado a punto de decir. Sintió el roce de sus dientes en la piel y, al instante, los escalofríos recorrieron su cuerpo. Se le endurecieron los pezones hasta un punto doloroso, pero las cálidas manos de Michael los aliviaron. Acto seguido, le lamió uno antes de chupárselo de nuevo, provocándole oleadas de placer.

Una mano áspera descendió por su abdomen y se coló por debajo del elástico de las bragas. Esos dedos tan diestros la acariciaron sin piedad. La estaba tocando allí. Donde más lo necesitaba, aunque no lo hubiera descubierto hasta ese momento. Otros hombres la habían tocado antes, pero no había sentido lo mismo. Solo respondía de esa manera cuando estaba sola, y jamás con semejante intensidad.

—Stella, estás empapada —dijo él, que le acarició el endurecido pezón con los labios entre sílaba y sílaba. El cálido roce de su aliento le envolvió el pecho antes de que se llevara el pezón a la boca y lo mordiera con delicadeza.

Su cuerpo se tensó al instante, y lo hizo aún más cuando sintió que la penetraba con un dedo. En cuanto empezó a acariciarla con el pulgar, trazando lentos círculos, se echó a temblar. Otro lametón al pezón antes de llevárselo al ardiente interior de la boca y no necesitó más. El ascenso al orgasmo fue así de rápido e intenso.

Y la acojonó.

Le clavó las uñas en la muñeca.

—¡Para, para, no estoy preparada!

Mientras Michael se apartaba, ella clavó los talones en el colchón y se alejó hasta el otro extremo de la cama. Acto seguido, cogió una almohada y se la puso delante del pecho para taparse. Su frialdad la ayudó a atenuar la excitación al mismo tiempo que tomaba hondas bocanadas de aire. El orgasmo que había estado a punto de alcanzar se desvaneció.

Michael la miraba boquiabierto, sin comprender nada. Stella sentía las mejillas ardiendo y una opresión en el pecho por culpa de la vergüenza. Seguro que era la peor clienta que había tenido en la vida. Al verlo levantar una mano, la invadió el pánico y se alejó más de él.

Lo vio bajar la mano.

—Stella, tranquilízate. No voy a... tocarte. No te tocaré si no quieres.

Ella abrazó la almohada.

—Lo sé. Lo siento. Es que...

—¿Qué he hecho mal?

—Nada.

Michael levantó las cejas, porque no la creía.

—Nunca he tenido un orgasmo con otra persona —confesó ella.

Lo vio separar los labios y menear la cabeza. Fue a decir algo, pero meneó la cabeza de nuevo.

—¿Eso significa que nunca has tenido un..., nunca?

Le ardía tanto la cara que, de haber tenido las gafas puestas, se le habrían empañado los cristales.

—Sí que lo he tenido. Pero sola.

—¿Y no te gusta? —le preguntó, asombrado.

—Sí que me gusta. —Soltó el aire con dificultad y ordenó sus pensamientos, en un intento por ofrecerle una explicación coherente—. Es que me siento más segura si los tengo a solas. Y he mantenido relaciones sexuales... horrorosas. Me pasaba el tiempo observando a los hombres gruñir, sudar y moverse encima de mí. Si te digo la verdad, me daba mucho asco. Quería que el sexo me acercara más a alguien, pero solo conseguía distanciarme. No quiero que me pase eso contigo.

—Ni de coña. Estaba a tu lado, disfrutando contigo.

Stella soltó un suspiro exasperado.

—Pero te pago para que digas esas cosas. Bueno, al menos eso es lo que tú piensas. Pero eso no es lo que yo quiero.

—¿Te *parezco* asqueado? —Agitó una mano señalando en dirección a las caderas, donde se apreciaba sin dificultad la tremenda erección que tenía detrás de la bragueta.

Stella hizo un mohín, pero se mantuvo en silencio. Si hablaba, era muy probable que acabara metiendo la pata. Michael era un acompañante experimentado. Su cuerpo estaría acostumbrado a aceptar las órdenes como si fuera un delfín en un acuario.

—Me has tomado por un mentiroso. —En sus ojos apareció un brillo peligroso mientras gateaba sobre las sábanas para acercarse a ella.

Stella se retrocedió por instinto.

Y se cayó de la cama.

Mientras se frotaba la cabeza, Michael se asomó por el borde de la cama.

—¿Estás bien? —le preguntó.

El bochorno le provocó un nudo en la garganta, de modo que solo atinó a contestar con un lacónico:

—Estupendamente.

Él contempló su cuerpo desmadejado y tirado en el suelo durante un buen rato.

—Creo que deberíamos dejarlo aquí.

Stella se incorporó hasta sentarse con la espalda apoyada en la pared y se abrazó las rodillas. Las casillas que quedaban sin marcar eran un peso en su conciencia, pero necesitaba comprender y desentrañar las emociones que luchaban en el interior de su cabeza antes de seguir avanzando.

—¿Te molesta que lo hagamos?

Él negó con la cabeza. Sin decir palabra, se levantó, se puso la camisa y se la abrochó. Stella contuvo una protesta mientras veía cómo desaparecían detrás de la ropa esa piel y esos músculos que la preocupación y el desconcierto no le habían permitido admirar como merecían.

Una vez que se puso los zapatos y la americana, ella recordó algo, se puso en pie de un brinco y sacó la tableta del bolso.

—Un momento. —Fue difícil dar con la página adecuada mientras sostenía la almohada delante de su cuerpo con un brazo, pero al final la encontró y le dio la tableta a Michael.

—¿Qué es esto?

—¿Podrías solicitar el alta de un número de teléfono alternativo, por favor? Creo que es una buena idea poder estar en contacto durante la semana si lo necesitamos. Por razones logísticas. —Por si acaso él necesitaba cambiar los planes—. He hablado con el servicio de atención al cliente de la agencia y les he sugerido que implementen un programa de mensajería que sea anónimo, pero mientras lo hacen...

Michael esbozó una sonrisa mientras observaba la reluciente pantalla.

—Me has dado tu número de teléfono real. Me sorprende que no esperes el mío a cambio.

—Esto es mejor para ti, ¿no? —Porque para ella era mejor, desde luego.

Una vez que las clases llegaran a su fin, a ninguno le interesaba que ella se pasara los días llamándolo solo para que él le colgara. No se veía actuando de esa forma tan desesperada, pero, claro, nunca había estado obsesionada por una persona.

Que no lo estaba.

Todavía.

La expresión de Michael le resultó inescrutable mientras lo oía decir:

—Es mejor para mí, gracias.

Se sacó el móvil del bolsillo de la americana y navegó un instante en ambos dispositivos a través de distintas páginas. Al cabo de un momento, Stella oyó la vibración del móvil en su bolso.

—Hecho —dijo él con una sonrisa.

—Perfecto. Gracias. —Se obligó a devolverle la sonrisa.

Lo vio dar un paso hacia la puerta, pero después se detuvo.

—Deberíamos hacer algo el próximo viernes. Ir a algún sitio.

Stella sintió que le daba un vuelco el corazón.

—¿A algún sitio?

—¿A bailar? ¿A beber algo? ¿A un club? Me han dicho que hay un sitio nuevo en San Francisco...

—Yo no bailo. —Y tampoco bebía. Y, aunque jamás había pisado un club, estaba segura de que eso tampoco iba con ella.

—Puedo enseñarte. Eso nos ayudará con las clases cuando nos pongamos con ellas por la noche. Confía en mí.

«Confiar.»

Era la segunda vez que le pedía que confiara en él. ¿Qué pensaría si le explicaba lo difícil que era para ella hacer cosas como bailar o beber? Se suponía que salir era divertido. Para ella, era un trabajo. Un trabajo difícil. Podía relacionarse con otras personas si quería, pero le costaba. Unas veces más que otras.

Dadas las circunstancias, ¿merecería la pena intentarlo?

—¿Cómo va a ayudarnos eso con las lecciones? —preguntó.

—Piensas demasiado. Te ayudará a evadirte un poco, a relajarte. Además, bailar se me da muy bien. Nos divertiremos. ¿Te apetece?

Se dijo que era la idea de «evadirse un poco», significara lo que significase, y la de marcar unas cuantas casillas más lo que la ayudó a decidirse. Pero, en realidad, eso solo era una parte.

Porque lo que la motivó mayormente fue el brillo ávido que vio en los ojos de Michael. Quería salir, y quería que ella lo acompañara. Era como una cita. Pero no lo era, claro. Sabía que no era una cita.

—No te garantizo que sea capaz de bailar.

—¿Eso significa que te apuntas al plan? —le preguntó él, ladeando la cabeza.

Ella levantó la barbilla y asintió en silencio.

Michael sonrió, dejando a la vista esos dientes tan blancos.

—Genial. Yo lo organizo y luego te cuento. Estoy deseando que llegue el viernes. —Se inclinó hacia ella, le dio un beso fugaz en la mejilla y se marchó.

Stella corrió a echarle el pestillo a la puerta y regresó a la cama, aturdida. Se suponía que iban a ser unas sencillas lecciones de sexo. ¿Por qué se estaban complicando tanto? ¿Por qué la había traicionado su cuerpo? Y ¿por qué quería complacer a Michael hasta tal punto que había aceptado ir a un club con él? ¿Quién era? Había llegado a un extremo en el que no se reconocía.

—No está nada bien tomar el postre primero, que lo sepas —dijo Stella.

Sabía que parecía pedante y aburrida, pero era incapaz de contener la cháchara insulsa que salía de sus labios. La ansiedad que le provocaba la idea de salir de marcha había aumentado exponencialmente durante la última semana, y ya faltaba poco para que llegara el momento.

Además, Michael le había cogido una mano.

Le sudaba tanto la palma que no sabía cómo soportaba tocarla, mucho menos comportarse como si fuera lo más normal del mundo. Por raro que pareciese, había aguantado los preliminares mejor que eso, al menos hasta la última parte, y eso que estaba desnuda. No podía echarle la culpa de su reacción a la aversión que tenía al contacto personal. Le gustaban las caricias de Michael.

Mientras paseaban por la bulliciosa acera de San Francisco, cogidos de la mano, los transeúntes con los que se cruzaban les sonreían. Un anciano, ataviado con una gorra, la miró y le guiñó un ojo.

Creían que Michael y ella eran pareja.

Stella se habría echado a reír de no tener la sensación de que estaba participando en una farsa. Un grupo de chicas, riéndose a carcajadas y con vestidos cortísimos, pasaron junto a ellos y se pusieron a mirar fijamente a Michael, llegando a pararse incluso, antes de soltar risillas tontas y ponerse a cuchichear entre ellas, tapándose las bocas con las manos. A ella la miraron con evidente envidia, algo que le encantó, aunque sabía que no se la merecía. Con un traje gris pizarra y una camisa negra, esa noche estaba para comérselo.

—Hemos llegado. —Michael le soltó la mano y le abrió la puerta para que pudiera entrar en la heladería retro. El suelo era como un tablero de ajedrez de baldosas blancas y negras. Unos candelabros rosas iluminaban las vitrinas llenas de helados y de coberturas—. ¿Qué sabor te gusta más?

—Galleta de chocolate y menta —contestó ella.

—¿De verdad? También es mi preferido. Pues voy a pedir otra cosa, para que probemos algo nuevo. —Le acarició la cintura con gesto distraído mientras ojeaba los helados, y Stella sintió que se le caldeaba el cuerpo.

—Un momento, ¿a qué te refieres con ese plural?

Una sonrisa traviesa apareció en la cara de Michael.

—¿No quieres compartir conmigo?

La dependienta, una universitaria, miró a Stella como si le hubiera dado una patada a un cachorrito.

—No, no es eso. —No del todo. Después de todas las veces que se habían besado, sabía que era una tontería preocuparse por la transferencia de gérmenes. El hecho era que había realizado un análisis sistemático de los diferentes helados y había llegado a la conclusión de que ese era el mejor de todos los existentes—. Es que sé muy bien lo que me gusta.

—Ya veremos. —Michael le dio un golpecito a la vitrina—. Galleta de chocolate y menta para ella, y té verde para mí.

Stella quería pagar, pero él se sacó unos billetes de la cartera antes de que pudiera sacarse la tarjeta de crédito del escote del ceñido vestido azul zafiro. Una vez sentados a la mesa de hierro forjado negra junto al escaparate, Michael cogió una cucharada de su helado, lo probó y esbozó una lenta y enorme sonrisa al tiempo que se sacaba la cuchara de la boca y cogía otro poco.

—Por favor, qué ridiculez —dijo ella—. Parece que estuvieras en un *casting* para un anuncio de Häagen-Dazs. Nadie sonríe así después de comer helado.

Michael se echó a reír.

—Está muy bueno —dijo, sonriendo de oreja a oreja y, por Dios, ¿tenía un hoyuelo?

—Vamos, ahora tengo que probarlo yo. —Acercó la cuchara al cuenco de Michael.

—Ah, ah, ah. —En vez permitirle que cogiera una cucharada, Michael le acercó la suya a los labios. Ella lo miró de repente, asaltada por una serie de pensamientos contrapuestos.

No debería hacerlo. Era un gesto demasiado íntimo. Era cruzar una especie de línea. Hacía que se pareciera demasiado a una cita de verdad..., algo que no era.

Solo era helado. Solo era su cuchara. Michael podría considerarlo un rechazo si no la aceptaba, y jamás de los jamases, ni en mil años, sería capaz de hacerle daño, ni siquiera con un gesto tan insignificante.

Al final, separó los labios y permitió que le diera el helado. El corazón le dio tumbos por el pecho como una bola de *pinball* mientras el dulce té verde se le derretía en la boca. Michael observó su reacción, expectante, sin percatarse del efecto que tenía sobre ella.

—Vale, está bueno. —Intentó que su voz sonara normal. No significaba nada. No era una cita. Solo era otra de sus clientas. «Mantén la cabeza fría», se dijo. Clavó la cuchara en su propio helado.

—Te lo dije.

—Pero me sigue gustando más el mío. —Se llevó una cucharada de su helado de galleta de chocolate y menta a la boca. La compleja mezcla de vainilla y menta le explotó en la lengua. Los trocitos de galleta de chocolate crujieron entre sus dientes. La perfección.

—Deja que lo pruebe.

Stella le ofreció el cuenco, pero Michael no metió la cuchara. Le recorrió el mentón con los dedos al mismo tiempo que la instaba a echar la cabeza hacia atrás y la besaba en los labios. Le metió la lengua en la boca, y su sabor salado se mezcló con el sabor del helado. No sabía si sentirse avergonzada, sorprendida, excitada o todo a la vez.

Con un último lametón al labio inferior, Michael se apartó y sonrió, mirándola con expresión intensa y los ojos algo desenfocados.

—No puedo creerme que hayas hecho algo así. —Aturullada, intentó coger otra cucharada de helado. La cuchara de plástico resbaló por la mesa.

Hizo ademán de atraparla, pero Michael le cogió la mano con las suyas. Acto seguido, volvió a besarla, con besos dulces y sin lengua que, de todas formas, se le antojaron escandalosos. Y demasiado deliciosos como para resistirse. La heladería desapareció. La gente despareció. En ese instante, solo estaban Michael y ella, el sabor del helado y sus labios, que se caldeaban poco a poco.

Cuando Michael introdujo la lengua entre los labios entreabiertos de Stella, la helada suavidad y el dulzor de la galleta de chocolate y menta de su boca lo volvieron loco. Se olvidó de que la estaba seduciendo. Incluso se olvidó del motivo. Solo tenía presente su sabor y su cálido aliento. Quería devorarla.

¿Sabía Stella que estaba gimiendo mientras le devolvía los besos? ¿O que sus fríos dedos se habían colado por el puño de la camisa y le estaban acariciando la muñeca?

Ansiaba subirle las manos por los muslos desnudos y meterlas por debajo del corto vestido para volver a tocarla. Pero la última vez que lo hizo, la acojonó.

Porque no quería que él sintiera lo que ella había sentido con aquellos tres gilipollas.

Las clientas nunca se preocupaban por él de esa forma. ¿Por qué lo hacía ella? Ojalá dejara de hacerlo. Le estaba comiendo la cabeza.

—Respira, colega —dijo una voz con deje guasón—. Que estás en un sitio público.

Stella se apartó y se llevó los dedos temblorosos a los labios enrojecidos. Ese día, lo había sorprendido al cambiar las gafas por las lentillas y al dejarse el pelo suelto, que se le caía en suaves ondas. Incluso se había maquillado, aunque él le había quitado todo el brillo labial. Mejor así. De esa forma, casi estaba demasiado guapa para ser real.

Cuando el grupo de listillos que había en la mesa contigua empezó a aplaudir y a vitorear, Michael esperó que ella se pusiera colorada y se avergonzara. No lo hizo. En cambio, agachó la cabeza con ese gesto tímido tan suyo y se echó a reír con los demás. Su dulce sonrisa y su brillante mirada, sin embargo, eran solo para él, y eso le provocó la sensación de haber derrotado él solo a un ejército entero. Stella solo lo veía a él, solo le sonreía a él, a nadie más.

Su plan para seducirla y que olvidara la ansiedad estaba funcionando. Estaba segurísimo de que, cuando por fin se la llevara a casa esa noche, Stella estaría preparada para marcar las casillas más importantes de su programación. Debería haber hecho eso desde el principio. Todo el mundo sabía que para echar un polvo no se empezaba en la cama. Para eso estaban la seducción, el romanticismo, los paseos cogidos de la mano y el baile. Para eso estaban los besos helados.

El problema era que también funcionaba con él. Cuanto más tiempo pasaba con Stella, más crecía la atracción que sentía... y no solo en el plano físico. Si era incapaz de marcar todas las casillas durante las siguientes dos lecciones, se sentiría obligado a extender su acuerdo, y esa era una pésima idea. Podría cometer una estupidez y enamorarse de ella.

Ni una sola vez había imaginado un final de cuento de hadas para semejante situación. No solo estaban en polos opuestos en cuanto a educación y a cultura, sino que Stella era rica. Si llegara a enterarse de todas las mierdas que su padre había hecho para conseguir dinero, jamás podría confiar en él. Había un motivo para que la gente dijera cosas como «De tal palo, tal astilla» o «La cabra tira al monte». Luchaba contra ese impulso y odiaba a su padre por ello, pero albergaba en su interior la misma maldad. Era una bomba de relojería, y no quería que Stella estuviera cerca cuando se le acabara el aguante y explotase, haciéndoles daño a todos los que estuvieran a su alrededor.

El sexo era la forma de ponerle fin a todo. Marcar las casillas, terminar las lecciones y pasar página. Solo que, después de haberla conocido mejor, quería hacer algo más que enseñarle para que se le diera bien el sexo. Quería ofrecerle las mejores noches de su vida.

Esa noche, iba a disfrutar de un espectáculo de fuegos artificiales.

Después de cenar en un restaurante de cocina fusión, Stella paseó con Michael por las calles donde se alineaban las tiendas más pijas y los rascacielos con nombres de importantes entidades bancarias. El tráfico peatonal, conformado por turistas, habitantes de la ciudad ataviados con chaquetas cortaviento y jóvenes arregladísimos que salían de marcha, congestionaba las aceras y se desparramaba por la calzada, por la cual circulaban los vehículos a velocidad de tortuga.

Así era el Área de la Bahía, algo que Stella no se había molestado en experimentar antes. Por sorprende que pareciera, se lo estaba pasando bien. Como acompañante, Michael era excepcional. Genial dentro y fuera de la cama. Sus besos en público deberían haberla avergonzado; pero, en cambio, le habían encantado. ¿A quién no le gustaría un beso de Michael delante de más personas que acabarían admirándolo y verdes de envidia? La cogía de la mano siempre que podía y era fácil hablar con él. Normalmente no le gustaba hacer cosas nuevas, pero con Michael se sentía segura. Con él a su lado, formaba parte de la ajetreada vida nocturna de San Francisco, no era solo una espectadora. Había algo novedoso y maravilloso en el hecho de formar parte de una multitud sin sentirse sola.

Se acercaron a una zona delimitada por una serie de cuerdas de terciopelo rojo, tras las cuales hacían cola mujeres ligeras de ropa y hombres trajeados. Un portero la miró de arriba abajo con expresión gélida, haciendo que se acercara más a Michael.

—¿Este es el club? —le preguntó, sintiendo que la ansiedad regresaba.

Él la rodeó con un brazo y asintió con la cabeza mientras le decía al portero:

—Deberíamos estar en la lista. A nombre de...

El portero señaló la puerta con la cabeza. Llevaba un auricular en una oreja.

—Adelante.

Michael le dio un beso a Stella en la sien, se colocó su mano en el brazo y echó a andar hacia las puertas del 212 Fahrenheit. Otro portero les abrió la puerta para que entraran y saludó a Michael con un breve gesto de la cabeza.

—Nos han dejado entrar porque creen que serás buena para el negocio —le susurró Michael al oído.

Stella se puso colorada e intentó que no se le subieran sus palabras a la cabeza. Iba peinada y maquillada para la ocasión. Ella no era así en realidad.

En el interior del club había bastante gente, de manera que apretó los puños y se echó el sermón. Había asistido a cenas benéficas y a galas relacionadas con el trabajo. Así que no debería tener problemas. Las conversaciones se mezclaban con los rítmicos acordes de la música electrónica y le saturaban los oídos. Menos mal que el ruido no era insoportable. Incluso podía pensar.

El interior era un espacio abierto decorado con un estilo minimalista, vigas de metal expuestas y líneas rectas. La barra se encontraba en el extremo más alejado y en la pared adyacente el DJ controlaba la música desde su cabina. Los asientos eran escasos y consistían en sofás tapizados dispuestos en torno a mesas metálicas bajas. Solo había cuatro mesas, y dos estaban ocupadas.

—Quiero una de esas mesas —dijo con voz segura y firme, y eso aumentó su confianza y deshizo el nudo que sentía en el estómago. Las cosas iban bien.

—No son gratis.

Se sacó la tarjeta de crédito de la parte superior del vestido y se la entregó a Michael, riéndose al ver que él la miraba con una sonrisa sorprendida.

—No tenía otro sitio donde guardarla.

Él le deslizó una mano por la espalda y la acercó.

—¿Qué más llevas ahí? —le preguntó mientras le echaba un vistazo al poco canalillo que quedaba a la vista.

—El carnet de conducir.

—Tengo bolsillos, por si no lo sabías. Podrías haberme dado las tarjetas y el móvil para que te los guardara.

—No se me ha ocurrido. He dejado el móvil en casa porque no sabía dónde guardarlo. —Pero, sabiendo que tenía esa opción... Por eso las mujeres tenían novio.

Aunque Michael no era su novio.

Sintió que le introducía los dedos por el escote del vestido y, sin querer, le rozó un pezón haciendo que el deseo corriera por sus venas y que el pezón se endureciera antes de que él encontrara el carnet de conducir y lo sacara. A juzgar por el brillo que vio en sus ojos, el roce no había sido accidental.

La expresión de Michael se suavizó mientras pasaba el pulgar sobre la foto del carnet. Era una foto antigua en la que parecía joven y muy tímida. Una descripción adecuada de la chica que era en aquel momento. Le gustaba pensar que desde entonces había ganado en sofisticación. Solo había que ver hasta dónde había llegado.

—Fue justo después del posdoctorado.

—¿Cuántos años tenías?

—Veinticinco.

Lo vio esbozar una sonrisa torcida.

—Aparentas dieciocho. Ni siquiera pareces mayor de edad ahora mismo.

—Permíteme demostrarte que lo soy bebiendo.

Ebria por el triunfo y la confianza que sentía, echó a andar hacia una de las mesas vacías y tomó asiento mientras buscaba a un camarero con la mirada. Michael se metió una mano en un bolsillo y se acercó a ella andando con una elegancia digna de una pasarela. Todo él era digno de una pasarela, aunque el traje añadía algo más. Parecía caro y muy bien confeccionado, mucho más elegante que lo que acostumbraba a ver en otros hombres.

Se acomodó a su lado, lo bastante cerca de ella como para que sus muslos se rozaran, y extendió un brazo sobre el asiento, por detrás de su cabeza. Eso le gustó. Mucho. Hizo que sintiera que la estaba reclamando.

—¿De qué marca es el traje que llevas? Me encanta. —Tras un breve titubeo, pasó las manos por las solapas y los hombros de la chaqueta.

Michael buscó su mirada y, después, esbozó una lenta y preciosa sonrisa.

—Es hecho a medida.

—Pues felicidades a tu sastre. —Le echó un vistazo al interior de la chaqueta y le gustó todavía más no ver costuras abultadas debajo del forro de seda. El acabado era el de un experto.

—Se lo diré.

—A lo mejor debería cambiar de modista. ¿Hace ropa de mujer? ¿Está muy ocupado? —Mientras hablaba siguió acariciándole el torso con las manos, encantada con la firmeza de su cuerpo bajo la almidonada camisa de algodón.

—Muchísimo.

Suspiró, decepcionada.

—Mi modista no es mala, pero cree que estoy loca. Además, me pincha mucho. No acabo de creerme que siempre sea por accidente.

Sintió que los músculos de Michael se tensaban debajo de sus manos, y se enderezó al instante. Su voz tenía un deje acerado y furioso cuando le preguntó:

—¿Quieres decir que te clava los alfileres a propósito?

¿Estaba enfadado... por ella? La idea le provocó una sensación burbujeante, y cualquier rencor que pudiera albergar contra su vengativa modista desapareció al instante.

—En su defensa, debo admitir que soy muy quisquillosa. Dice que soy su clienta diva —confesó.

—Eso no lo justifica. Debería controlar mejor los alfileres. No es tan difícil. Cuando tenía diez años yo ya... —Apretó los labios y se pasó una mano por el pelo—. ¿En qué sentido eres quisquillosa?

—Ah, bueno... —Se llevó las manos al regazo y las unió para no empezar a tamborilear con los dedos—. Soy muy exigente con todo aquello que vaya a tocarme el cuerpo. Etiquetas, costuras abultadas y molestas, hilos que queden sueltos, o partes demasiado holgadas o ajustadas. No soy una diva. Solo soy...

—Una diva —replicó él con una sonrisa burlona.

Ella hizo un mohín con la nariz.

—Vale.

Una camarera ataviada con una falda negra y un *top* estrecho blanco con el logo del club estampado se acercó a la mesa.

Michel le entregó la tarjeta de crédito de Stella.

—Nos gustaría reservar la mesa para el resto de la noche. Agua para mí. ¿Stella?

¿No iba a beber? No estaba segura de querer hacerlo sola.

—Algo dulce, por favor.

La camarera levantó una ceja, pero asintió de forma profesional.

—Ahora mismo.

Una vez que se fue, Michel le explicó:

—Tengo que conducir.

Ella sonrió.

—Me gusta esta faceta tan responsable.

—Michael siempre lo es, ¿verdad, colega? —Un desconocido había aparecido de repente, y Stella lo observó, alucinada, mientras se sentaba en el sofá situado frente a ellos. Llevaba una camiseta negra de manga corta que resaltaba unos hombros muy anchos, y el pelo tan corto que parecía llevar la cabeza rapada. Intentó no mirar fijamente los intrincados tatuajes que le cubrían los musculosos brazos y el cuello, pero le resultó difícil. Nunca había visto tantos tatuajes tan de cerca.

Michael se enderezó en el sofá.

—Quan...

El desconocido miró a Michael con expresión furiosa.

—No, si lo entiendo. Seguro que has perdido el teléfono o algo. —Miró a Stella y dijo—: Soy Quan, el primo preferido de Michael y su mejor amigo.

Su primo. Su mejor amigo. Sus nervios se pusieron en tensión. Le tendió la mano por encima de la mesa.

—Stella Lane. Encantada de conocerte.

Él le miró la mano con sorna antes de darle un apretón y acomodarse de nuevo en el sofá.

—Así que, después de todo, tiene novia. A ver si lo adivino, eres médica.

Mientras ella abría la boca para corregirlo doblemente, Michael le echó un brazo por encima de los hombros y la pegó a su costado.

—Stella es econometrista.

Lo miró confundida hasta que comprendió que estaba preocupado por la posibilidad de que le revelara a su primo su condición de acompañante. Puso los ojos en blanco. Sus habilidades sociales eran malas, pero no tanto.

Quan la sorprendió al inclinarse hacia ella con una sonrisa deslumbrante.

—Eso está relacionado con la economía, ¿verdad?

—Sí.

—¿Le has presentado ya a Janie? —le preguntó Quan a Michael.

«¿Quién era Janie?», se preguntó Stella.

Pero Michael no pareció oír la pregunta. Estaba pendiente de la rubia menuda, sentada a la barra. Cuando la vio darle unas palmaditas al taburete que tenía al lado, soltó un taco entre dientes y se puso en pie.

—Ahora mismo vuelvo.

Stella se quedó helada al verlo alejarse hacia la barra. Nada más sentarse en el taburete, la rubia le acarició un brazo. Empezaron a hablar, pero la música y el ruido de la creciente multitud le impedían oír la conversación.

¿Cuándo había llegado toda esa gente? El número de personas se había doblado desde que ella entró. Y todavía seguían llegando más.

—¿Esa..., esa es Janie? —preguntó.

—No sé quién es, pero no es Janie. —Quan esbozó una breve sonrisa después de mirar a Stella a la cara—. Es evidente que Michael no quería hablar con ella. No tienes por qué preocuparte.

Pero a ella no le parecía que no hubiera motivos para preocuparse. La rubia se rio por algo que dijo Michael y se inclinó hacia él, pegándole al brazo unos pechos tan generosos que despertaron su envidia. Lo que pasara a continuación quedó oculto a su mirada por la gente que se congregó en torno a la barra.

—¿Es normal que haya tanta gente? —preguntó Stella.

—Qué va. —Quan se frotó el pelo cortísimo y estiró el cuello a un lado y a otro—. Esta noche pincha un DJ muy famoso y por eso está más concurrido de la cuenta. La acústica del local es muy buena. Así que prepárate para quedarte sorda.

Stella tragó saliva para deshacer el nudo que sentía en la garganta al mismo tiempo que la invadía un mal presentimiento. ¿Desde cuándo quedarse sorda era algo bueno? A esas alturas, había cientos de personas en el local. Muchas más de las que había imaginado.

La irritante música electrónica empezó a sonar de repente por los altavoces encastrados en el techo y Stella creyó que se le saldría el corazón por la boca. Una luz roja invadió el local y al mirar hacia arriba vio que el techo era pasto de las llamas. La multitud rugió, excitada, mientras ella intentaba respirar. Láser y humo. La irritante música electrónica cesó y fue sustituida por unos delicados acordes orquestales que flotaron sobre la estancia. Antes de que pudiese siquiera intentar relajarse, empezó a escucharse un ritmo machacón de fondo que fue ganando intensidad.

—No te asustes —gritó Quan—. No es fuego de verdad. Solo son luces led y proyectores.

La camarera apareció de la nada de repente y colocó un vaso en la mesa. Dijo algo, pero Stella no la oyó. En un abrir y cerrar de ojos, la chica desapareció entre la multitud de cuerpos que no paraban de moverse. La música se alzó en un *crescendo* hasta alcanzar el clímax y la gente se fue excitando a medida que lo hacía.

Stella cogió el vaso y le dio un buen trago. Limón, cereza y amaretto. Deseó que fuese vodka o, mejor todavía, etanol puro. El efecto sería más rápido de esa manera.

Quan la miró con sorna.

—¿Tienes sed?

Ella asintió con la cabeza.

Se oyeron unas sirenas ensordecedoras y luego el silencio reinó en el local durante cinco segundos, tras los cuales una melodía surgió como una cascada de los altavoces. Sin previo aviso, el bajo volvió a sonar con un ritmo frenético que provocaba un subidón de adrenalina. La multitud enloqueció.

El corazón de Stella adoptó un ritmo atropellado, y el miedo amenazó con apoderarse de ella. Demasiado ruido. Demasiada excitación. Embotelló sus emociones y las enterró en lo más hondo de sí misma mientras se obligaba a respirar despacio. Mientras pareciera relajada por fuera, vencería. La música era vertiginosa, pero el tiempo parecía no avanzar.

Los cuerpos se movieron y ante ella apareció la barra. La rubia estaba jugueteando con el cuello de la camisa de Michael, inclinándose hacia él más de la cuenta.

Y, después, lo besó en la boca.

Para ella fue como si le hubieran dado una bofeteada. Esperó que Michael alejara a la mujer de un empujón. Esperó lo que le parecieron años, esperó hasta que la multitud se movió de nuevo y ocultó la barra otra vez.

Sintió el sabor del amaretto acompañado por algo ácido en la garganta.

Necesitaba vomitar. Se obligó a internarse en la multitud, empujando cuerpos que se agitaban a un ritmo enloquecedor. Se sentía bombardeada por la música. Cegada por los haces de luz. Rodeada por los olores a colonia, sudor y alcohol de los cuerpos. Sufrió codazos y rodillazos.

¿Seguiría Michael besando a esa mujer?

Se le llenaron los ojos de lágrimas. Los cuerpos conformaron una jaula a su alrededor. No podía moverse. No podía gritar pidiendo ayuda.

Una mano se cerró en torno a la suya.

¿Michael?

No, era Quan.

El primo de Michael empujó a la gente que la rodeaba. Una mujer lo insultó porque le derramó la bebida. Un tío le dio un empujón. Quan se limitó a apartarlo de un codazo y pasó a su lado. Todo ello sin soltarla de la mano, que aferraba con fuerza. La guio a través del gentío, abrió una puerta y una bocanada de aire fresco le acarició la cara.

La puerta se cerró a su espalda con un golpe seco y la música cesó. Alguien estaba jadeando. Los haces de luz intermitentes desaparecieron. Stella se tapó los ojos con las manos y se dejó caer sobre el frío cemento. Le temblaban tanto las piernas que no la sostenían.

—Gracias —se obligó a decir.

—¿Estás bien?

—Voy a vomitar. —Arañó el suelo con las uñas mientras trataba de encontrar un lugar donde poder hacerlo. No le llegaba suficiente aire a los pulmones.

—Tranquila, tranquila. Respira despacio. —Quan se acercó como si fuera a tocarla, pero, al ver que ella retrocedía, se detuvo—. Siéntate derecha. Así. Respira por la nariz y expulsa el aire por la boca.

¿Quién estaba jadeando?, se preguntó ella. El sonido la estaba desquiciando.

—Espera aquí. Voy a por Michael.

—No. —Lo agarró por la muñeca—. Estoy bien. —Apoyó la espalda en la pared y pegó la cara en ella. Agradeció sentir la frialdad en la acalorada sien, porque la distrajo de pensar en Michael con esa mujer. En Michael besando a esa mujer.

Tenía la boca casi pegada a la pared cuando oyó que los jadeos aumentaban y comprendió que era ella quien jadeaba.

Apretó los dientes, los puños, y tensó todo el cuerpo. Los jadeos cesaron.

—¿Necesitas algo? —le preguntó Quan.

—Estoy bien. Solo he sufrido una sobrecarga sensorial. —Ya se encontraba mejor, aunque todavía sentía un dolor palpitante en las sienes.

Quan ladeó la cabeza.

—Mi hermano también las sufría en tiempos. Es autista.

Stella sintió una opresión en el pecho al oírlo. No debería haber usado la expresión «sobrecarga sensorial». La mayoría de la gente no la usaba. ¿Por qué hacerlo? Al verlo entrecerrar los ojos, tuvo la sensación de que presenciaba el momento en el que todo encajaba y en su mente aparecía la pregunta.

Contuvo el aliento y deseó que no la hiciera en voz alta. Podía ocultar la verdad, pero nunca había aprendido a mentir.

—¿Lo eres?

Stella encorvó los hombros y sintió la quemazón de la vergüenza en la garganta. Se obligó a asentir con la cabeza.

—Michael no lo sabe, ¿verdad? No te habría traído aquí si lo supiera. Deberías decírselo.

Solo alcanzó a negar con la cabeza. Siempre que alguien descubría su trastorno, empezaba a comportarse como si ella fuera de cristal. Eso tensaba la relación hasta que al final se rompía. Así que ya no se lo decía a nadie. Al parecer, eso no bastaba para evitar que algunos lo averiguaran por su cuenta.

—¿Me prestas cien dólares, por favor? Quiero irme a casa. —Y su tarjeta de crédito seguía dentro.

—¿Te vas? Michael seguro que te está buscando.

Lo dudaba. Porque estaba ocupado. Mientras se ponía en pie, se asombró de la desconexión que existía entre su cuerpo y su mente. ¿Cómo era posible que sus extremidades acataran órdenes cuando sentía la cabeza tan cansada y vacía?

—Te prometo que te lo devolveré.

—¿Es porque esa mujer lo ha besado? Espero que hayas visto a Michael intentando quitársela de encima. Es un desastre a la hora de defenderse de las mujeres.

La esperanza brilló de nuevo en su interior, por ridículo que pareciera.

—¿De verdad?

La puerta se abrió y la música tecno surgió del interior.

—Estáis aquí. —Michael salió y la puerta se cerró tras él, silenciando la música. Su mirada la abandonó para posarse en Quan, pero regresó pronto a ella—. ¿Qué pasa? ¿Estás bien?

—Necesitaba aire fresco.

Quan frunció el ceño como si quisiera hablar, y Stella contuvo el aliento.

«No se lo digas. No se lo digas. No se lo digas», suplicó para sus adentros.

Michael cambiaría. Todo cambiaría. Y ella no quería que eso sucediera todavía.

—Quería que le prestara dinero para el taxi. Te vio besar a esa rubia y quería marcharse —dijo su primo, en cambio.

Su estómago no sabía si relajarse o si tensarse por lo que Quan acababa de decir. Sus palabras la describían como una persona emocional y posesiva. Ojalá no fueran ciertas.

—¿Ibas a irte? ¿Así sin más? —preguntó Michael, sin dar crédito.

Ella clavó la vista en la acera.

—Creía que esa mujer y tú..., que tú...

—No. ¿Contigo aquí? ¿Me crees capaz? Por Dios, Stella.

La aferró por la cintura y la pegó a él. Su olor, la fuerza de esos brazos que la rodeaban, su sólida presencia... El paraíso. Cerró los ojos y se dejó caer contra él.

—¿Quieres volver dentro? —le preguntó Michael.

—¡No! —La adrenalina corrió por sus venas, tensando todos los músculos que se habían relajado gracias a su abrazo. Y añadió, en el último momento—: Por favor.

—Entonces, vámonos a casa.

Stella se mostró reservada mientras recorrían unas cuantas manzanas hasta llegar a su Model S de Tesla blanco. En varias ocasiones, Michael la vio masajeándose las sienes, pero cuando le preguntó si le dolía la cabeza ella masculló algo ininteligible por respuesta. Cualquiera pensaría que se estaba haciendo la mártir para vengarse por su supuesta infidelidad, pero no parecía ser su estilo.

No, su estilo era abandonarlo sin media palabra. Cuando Quan le contó que quería dejarlo en el club, fue como recibir un puñetazo en el estómago. La última persona que lo abandonó fue su padre. Claro que, mientras que su padre lo dejó con un marrón enorme que solucionar, Stella planeaba dejarlo con su coche y con su tarjeta de crédito. ¿Quién hacía algo así?

Lo peor de todo era que no se lo merecía. Ninguna de las dos veces.

Esa noche había intentado evitar que una antigua clienta chiflada montara un pollo delante de Stella. Aliza era una exagerada de cuidado y le encantaba dar espectáculos, en todos los sentidos. Dado que por fin había conseguido divorciarse de su millonario marido y que se había quedado la mitad de su dinero, quería recuperarlo a él y estaba dispuesta a pagar lo que hiciera falta.

Se negaba a aceptar que él prefería cascársela con dos piedras antes que volver a su cama. Lo había retenido unos cuantos minutos, ofreciéndole cifras desorbitadas antes de pegarle los morros.

Asociaría el sabor a chicle de canela, a tabaco y a whisky con Aliza para los restos.

Era muy distinta de Stella, que sabía a... helado de galleta de chocolate y menta.

Se metieron en el coche y ella encendió la calefacción de los asientos antes de apoyarse en el reposacabezas y de clavar la vista por la ventana, tamborileando con los dedos sobre la rodilla con gesto ausente. Michael encendió la radio para ponerle fin al silencio, pero ella se apresuró a apagarla. Sus dedos empezaron a tamborilear de nuevo. Era hipnótico, aunque también irritante.

Michael le dirigió una mirada elocuente, pero ella ni se dio cuenta.

Después de dejar atrás la ciudad y de incorporarse al fluido tráfico de la 101S, no aguantó más y le dijo:

—Cuando te pones a tamborilear así, ¿tocas una canción? ¿Como si estuvieras al piano?

Stella detuvo los dedos y se sentó sobre las manos.

—Es el *Arabesco* de Debussy. Me gusta mucho la combinación de tresillos y de octavas.

—¿Eso quiere decir que tocas el piano? —Cuando la recogió en su casa del centro de Palo Alto, fue imposible no ver el enorme piano negro que dominaba el salón vacío. Si tenía talento, además de ser lista y guapísima, y de tener éxito, oficialmente era su mujer perfecta en carne y hueso. Y, de momento, estaba tan fuera de su alcance que daba risa.

Aunque todo el follón de su padre no se interpusiera entre ellos, no tenía casi nada que una mujer como ella pudiera desear. Tenía la cara y el cuerpo, pero cualquiera podía tener algo así si pagaba lo suficiente. A lo mejor se habría sentido atraída por su antiguo yo, el hombre que era libre para perseguir sus sueños. Aquel tío tenía muchas cosas buenas. A esas alturas, ya casi no lo reconocía.

—Pues sí —contestó Stella—. Empecé a tocar antes de hablar.

Levantó las cejas al oírla. Al parecer, además de ser su mujer perfecta, también era Mozart.

—No es tan impresionante como parece —añadió ella con una mueca burlona—. Tardé en aprender a hablar.

—Me cuesta mucho imaginármelo. Me pareces perfecta.

Stella agachó la cabeza y soltó un largo suspiro, pero cuando él fue a preguntarle qué le pasaba, se percató del lento monovolumen que tenía delante. Cambió de carril y aceleró para adelantar al otro vehículo sin hacer el menor ruido. «Como quitarle un caramelo a un niño.» Le encantaban los coches rápidos.

Claro que pensar en coches siempre le recordaba el que tenía en ese momento, un reluciente BMW M3, y cómo lo había conseguido.

—Es una antigua clienta chiflada —le dijo a Stella.

Sintió cómo ella clavaba la vista en su perfil.

—La mujer del club.

—Sí.

Stella se llevó una mano al puente de la nariz. Al reparar que no llevaba las gafas y no podía subírselas, se llevó la mano a la nuca.

—¿Te ha gustado besarla?

—No la he besado. Ella me ha besado a mí. Y no, no me ha gustado.

—¿Puedes ser muy sincero y contestarme una cosa?

La cosa se ponía interesante.

—Sí.

—¿Eres distinto cuando estás conmigo?

—¿Te refieres a que, si me tropiezo contigo cuando ya no seas mi clienta, me voy a comportar como un capullo? —Cuando ya no fuera su clienta, seguramente estaría con otro. Torció el gesto por el mal sabor de boca que le provocó esa idea—. No.

—¿Estás mintiéndome para que me sienta mejor?

—Stella, nunca te he mentido. Vas a tener que decidir si me crees o no.

No hablaron el resto del camino. Michael enfiló el camino de entrada de su elegante casa reformada, con sus setos de romero y sus paneles solares en el tejado, y aparcó en el aséptico garaje para dos coches. Una vez que apagó el motor, Stella abrió los ojos despacio.

—Estás en casa.

Ella se pasó la mano por el pelo aplastado.

—Estoy tan cansada que casi no puedo salir del coche.

—Puedo llevarte en brazos.

Stella lo miró con una sonrisa somnolienta, ya que era evidente que creía que estaba bromeando.

—Lo digo en serio. —La idea de llevarla en brazos a la cama se le antojaba muy apetecible en ese momento. Le gustaba abrazarla y, por raro que sonara, quería marcar casillas. No había pasado tanto tiempo sin echar un polvo desde hacía tres años, y ver a Stella con ese vestido le estaba provocando una erección muy dolorosa.

—No tengo fuerzas para una lección esta noche.

—No tiene por qué ser una lección. —Le acarició un brazo con los dedos y la piel de Stella se erizó. Tenía los párpados entornados y lo miraba con expresión sensual. Preciosa Stella—. Y puede hacer que te sientas muy bien. —Le acarició la palma de la mano y ella extendió los dedos, invitándola a que la tocase—. Ya has pagado por esta noche, Stella.

Ella cerró el puño y volvió la cara hacia la puerta del coche.

—Quería hablar contigo de eso. Entra, por favor.

Después de dejar los zapatos en su lugar correspondiente en el armario de la entrada, Stella echó a andar descalza hacia el salón para acercarse su querido Steinway, disfrutando de la frescura de la madera en los doloridos pies. Michael la siguió en silencio, y mucho se temía que él se percataba de lo vacío que estaba todo.

No había centro que adornara la mesa del comedor. Tampoco había decoraciones recargadas. No había nada, pero..., aunque no sabía de qué madera estaba hecha la mesa, era suave. Stella pasó los dedos por la satinada superficie mientras se dirigía al otro extremo, donde solía sentarse. Las sillas que rodeaban la mesa eran las únicas que había en toda la casa.

—¿Acabas de mudarte? —le preguntó él.

Stella sacó una silla para que Michael se sentara y se frotó el codo con incomodidad.

—La verdad es que no.

En vez de sentarse, Michael fue a la cocina adyacente, con las manos en los bolsillos, y lo vio inspeccionar la cocina de gas, el frigorífico de acero inoxidable y cualquier otra cosa que hubiera en el resonante espacio. Fría, gris y cavernosa, la cocina era el sitio que menos le gustaba de la casa. Al menos, solía serlo.

Con él dentro, le parecía muy distinta. El ambiente se tornaba íntimo e incitante, y las luces bajas titilaban más como estrellas que como lámparas led de bajo consumo. Ya no parecía solitaria.

—¿Qué significa eso? ¿Que te mudaste hace un mes? —La miró con una sonrisa traviesa mientras le preguntaba—: ¿Hace un año?

—Hace cinco.

Michael se quedó de piedra y miró su casa con renovado interés.

—¿Me estás diciendo que te gusta así de vacía?

Ella se encogió de hombros.

—Paso casi todo el tiempo en el trabajo, así que me da igual. Aquí tengo una cama, una buena tele y una conexión a Internet muy rápida.

Michael meneó la cabeza y se echó a reír.

—Lo esencial.

—¿Te parece muy raro? —¿Tanto como tardar en aprender a hablar y tener sobrecargas sensoriales?

—No, creo que me gusta —contestó él con una sonrisa—. Pero te vendrían bien unos cuadros, y algún que otro sofá. Tal vez una mesa auxiliar. No necesitas mucho más.

Se le formó un nudo en la garganta al oírlo. En ese preciso momento, viéndolo en su cocina, en su casa, tenía la sensación de que no le hacía falta absolutamente nada más. Y el tiempo que iban a pasar juntos llegaría pronto a su fin.

No estaba preparada para que eso sucediera.

—¿Te importa sentarte mientras hablamos? —le pidió.

Michael asintió con la cabeza y gesto serio antes de rodear la enorme isla de la cocina y sentarse en la silla que ella le había sacado antes. Su proximidad la atraía como un imán, y se sentó antes de que pudiera hacer algo que la distrajera, algo como tocarlo. Necesitaba mantener la concentración. A lo mejor, si hablaba con elocuencia, él accedía a llevar a cabo su nuevo plan.

Apoyó las temblorosas manos en la mesa y, en cuestión de segundos, empezó a tamborilear con los dedos.

Una cálida mano se posó sobre las suyas y le dio un apretón.

—No tienes motivos para estar nerviosa conmigo. Lo sabes, ¿verdad?

Al ver que él no apartaba la mano, Stella analizó cómo la hacía sentir. Era una caricia fortuita, que no había pedido, la clase de contacto que solía rehuir. Sin embargo, en ese momento, solo registraba la calidez de Michael y la textura de su piel, el peso de su mano. No lo entendía, pero su cuerpo lo aceptaba. Solo a él.

Ese hecho hizo que su mente se centrara todavía más, de modo que hizo acopio de valor y se lanzó.

—Voy a proponerte un nuevo acuerdo.

Michael ladeó la cabeza con gesto comedido.

—¿Te refieres a que quieres prolongar nuestras clases más allá del próximo viernes?

—Me refiero a que no quiero más lecciones. El tiempo que hemos pasado esta noche juntos, tanto las partes buenas como las... no tan buenas, me ha ayudado a comprender unas cuantas cosas. Aunque se me da mal el sexo, se me dan todavía peor las relaciones. Creo que me irá mejor si me concentro en ese aspecto. Antes de hoy, nunca había compartido un helado con otra persona ni había paseado por la acera cogida de la mano. Nunca había mantenido una conversación durante la cena que no estuviera plagada de incómodos silencios o de esos momentos vergonzosos en los que insulto a la gente sin querer y la espanto.

Michael le acarició los nudillos con el pulgar antes de mirarla fijamente.

—No he observado que tengas problemas con las relaciones... salvo cuando intentaste dejarme tirado en el club. Claro que, si hubiera estado besando a Aliza de verdad, me lo habría merecido. Te has portado bien esta noche.

—Porque estaba contigo.

Él sopesó sus palabras un momento.

—A lo mejor es porque te sientes al mando cuando estás conmigo. Como me estás pagando, hay menos presión y puedes relajarte.

—Ese no es el motivo, en absoluto. Me relajo contigo por la forma en la que me tratas, porque eres tú —le aseguró con firmeza.

Michael frunció el ceño y se quedó inmóvil varios segundos.

—Stella, no deberías decirme esas cosas.

—¿Por qué? Es verdad.

Las emociones hicieron que su expresión cambiara demasiado rápido como para que ella pudiera interpretarla. Michael meneó la cabeza y tragó saliva. En la comisura de sus labios apareció una sonrisa antes de que apartara la mano de la suya y se frotara el mentón. Después carraspeó, pero aun así la voz le salió ronca al decirle:

—Háblame del nuevo acuerdo.

Stella clavó la vista en el dorso de su mano, echando de menos la calidez de su caricia.

—Quiero que me enseñes a tener una relación. No la parte sexual, sino la parte de estar juntos. Como esta noche. Conversar y compartir cosas y cogerse de la mano. Cosas nuevas que me asustan, pero que contigo puedo soportar e incluso disfrutar. Quiero contratarte para que seas mi novio en prácticas a tiempo completo.

Michael entreabrió los labios, pero tardó muchísimo en poder hablar.

—¿Qué quieres decir con eso de «no la parte sexual»?

—Quiero eliminar el sexo de la ecuación. No quiero ser como esa mujer del club y obligarte a mantener relaciones íntimas conmigo. Tengo la esperanza de que, si mejoro lo suficiente en la parte de estar juntos, encontraré a un hombre al que no le importe trabajar en la parte sexual conmigo.

—¿Quién ha hablado de obligación? —le preguntó con los ojos entrecerrados—. Todo lo que he hecho hasta ahora ha sido de forma voluntaria.

Stella contuvo una mueca y entrelazó los dedos para no empezar a tamborilear.

—La próxima vez que un hombre me bese, necesito que lo haga porque quiere hacerlo. —Sin incentivo monetario. Después de ver a Michael con su antigua clienta, todo lo que habían hecho hasta el momento le había dejado un mal sabor de boca. Su razonamiento al contratar a un acompañante para que le enseñara sobre sexo había sido muy simplista—. Sé que al principio no te interesaba repetir sesiones, y mi nueva propuesta requerirá mucho más tiempo cara a cara. Por eso, estoy dispuesta a pagarte cincuenta mil dólares por el primer mes, por adelantado. A lo mejor podríamos intentarlo durante tres o seis meses... ¿Con la misma tarifa? ¿Es el tiempo apropiado para practicar una relación? Todo es negociable, por supuesto. No sé qué es lo estándar en el sector para este tipo de acuerdos.

—Cincuenta mil... —Michael meneó la cabeza como si le fallara el oído—. Stella, no puedo...

—Antes de que te niegues, piénsalo —lo interrumpió con el corazón desbocado—. Por favor.

Michael se apartó de la mesa y se puso en pie.

—Necesito tiempo.

—Claro. —Ella también se levantó y contuvo el aliento, nerviosa, sin saber qué hacer—. Todo el que necesites.

Michael le agarró un brazo y se acercó un poco a ella. Se inclinó unos cuantos centímetros hacia delante antes de detenerse. Con los ojos clavados en su boca, le recorrió la comisura de los labios con las puntas de los dedos, provocándole escalofríos.

—Te daré una respuesta el viernes. ¿Te va bien?

—Sí, me va bien.

Michael se mordió el labio inferior como si estuviera pensando besarla, y Stella sintió un cosquilleo en los labios a modo de respuesta.

—En ese caso, buenas noches, Stella.

—Buenas noches, Michael.

Lo observó macharse, entumecida y con la respiración entrecortada.

Directo de izquierda, directo de izquierda, derechazo. Directo de izquierda, directo de izquierda, derechazo. Derechazo. Derechazo. Derechazo.

A Michael le escocían los ojos por culpa del sudor y se secó la frente antes de golpear de nuevo el saco de boxeo. Cada vez que los pensamientos volvían a su cabeza, golpeaba con más fuerza. Putos pensamientos, putas emociones, todo era demasiado.

Directo de izquierda, finta, gancho. Directo de izquierda, derechazo.

Le ardían los brazos, y recibió con sumo gusto el dolor, que arrasó con todo lo que tenía en la cabeza. No había nada más que la resistencia de la arena del saco y el estremecedor impacto que le subía por el brazo y le bajaba por la pierna.

Directo de izquierda, directo de izquierda, directo de izquierda, derechazo, derechazo, derechazo. Más fuerte. ¿Sería capaz de descolgar el saco con los golpes? A lo mejor. Derechazo, derechazo, derechazo, derechazo...

Unos fuertes golpes lo distrajeron cuando iba a asestar otro puñetazo y fulminó la puerta con la mirada. Su irritación se transformó enseguida en preocupación. Mierda, ¿sería el casero?

Se colocó una toalla al cuello y se acercó a abrir la puerta.

—¿Qué hay, primo? —Quan pasó junto a él, dejó un paquete de seis botellines de cerveza en la mesa auxiliar y soltó la chupa de cuero en el sofá. Sin pararse a mirar a Michael, entró en la cocina y empezó a registrar el frigorífico—. ¿Tienes algo de comer?

—Tú trabajas en un restaurante —contestó Michael mientras regresaba junto al saco de boxeo.

Todavía oscilaba por los golpes que le había dado, y lo detuvo antes de asestar otro puñetazo en el desgastado cuero. Mientras volvía a darle una paliza al saco, oyó una serie de pitidos, seguidos por el zumbido del microondas.

—Me voy a comer tus sobras —le gritó su primo.

Michael pasó de él y siguió golpeando el saco.

El microondas pitó y, poco después, Quan se llevó el cuenco humeante al sofá, donde se sentó y procedió a comerse la que iba a ser su cena. Haciendo mucho ruido.

Cuando le resultó imposible soportarlo más, Michael dejó de dar puñetazos y le dijo:

—La mayoría de las personas come en la mesa de la cocina.

Quan se encogió de hombros.

—Me gusta más el sofá. —Se llevó el tenedor a la boca y empezó a sorber y masticar los fideos al mismo tiempo que miraba a su primo con las cejas levantadas, como preguntándole qué pasaba.

Michael apretó los dientes e intentó recuperar el ritmo.

—¿Has estado haciendo pesas últimamente? Porque tienes los brazos más grandes. Son como troncos, tío.

Michael sujetó el saco antes de preguntar:

—¿Por qué has venido?

—¿Te vas a disculpar o qué? Porque eres el peor primo del mundo, Michael. De verdad que sí.

Cerró los ojos al oírlo y suspiró.

—Lo siento.

—Ajá, pues vas a tener que repetírmelo.

Michael se apartó del saco y se dejó caer en el sofá, junto a su primo.

—Lo siento mucho. Es que las cosas son complicadas ahora mismo, y... —Apoyó los codos en las rodillas y se cubrió la cara con las manos vendadas—. Lo siento.

—No entendí por qué mentiste en lo de que tenías novia. «Nadie especial», y un huevo. ¿Te da miedo que no le guste la familia o algo? —le preguntó Quan con una mueca desdeñosa.

Michael contuvo las ganas de tirarse del pelo.

—No quiero hablar del tema.

—Vete al cuerno, Michael. —Quan dejó el cuenco en la mesita, junto a la cerveza, y cogió la chupa—. Me largo. —Se fue a la puerta hecho una furia y agarró el pomo.

—Ha sido un día de mierda, ¿vale? —Michael empezó a quitarse las vendas de las manos—. Todos mis días son una mierda, pero este se ha llevado la palma. Creía que mi madre estaba muerta. Cuando llegué, estaba doblada sobre la silla y no parecía estar respirando. Se me fue la cabeza.

Quan se volvió con expresión preocupada.

—¿Está bien? ¿Por qué no me lo habéis dicho? ¿Ha sido como las otras dos veces, cuando te la encontraste en el cuarto de baño? ¿Está en el hospital ahora mismo?

Se quitó una de las vendas y empezó con la otra mientras revivía el miedo, el alivio y la vergüenza.

—Está bien. Solo se había quedado dormida. Al oírme gritar, se despertó y empezó a echarme la bronca.

La expresión de Quan pasó del alivio a la guasa.

—Eres un niño de mamá, lo sabías, ¿verdad?

—Mira quién habla.

—Deberías comentárselo a mi madre. A lo mejor así deja de darme la tabarra.

Michael puso los ojos en blanco mientras enrollaba las vendas.

—Después apareció un tío buscando a mi padre. Intentaba entregarle una citación. No sé si era la misma persona de antes, los del fisco o alguien nuevo. Me hace gracia ver la cara de la gente cuando les digo que sí, que soy su hijo. Empiezan a analizarme, a suponer cosas. Y cuando les digo que no sé dónde está mi padre, que ni siquiera sé si está vivo, vienen las dudas o la lástima. Mi madre se ha pasado el resto del día contando anécdotas de lo cabrón que es mi padre.

—Eres el único al que se las cuenta, que lo sepas. Ni siquiera le habla a mi madre de esas cosas, y eso que son uña y carne. —Quan hizo un gesto con los dedos para darle más énfasis—. Déjala que lo haga.

—Ya, lo sé. —Sabía que era bueno para su madre hablar del tema y, la mayoría de las veces, lo aguantaba bastante bien. Pero, de un tiempo a esa parte, se le hacía más cuesta arriba. Porque era un cabrón egoísta.

De tal palo, tal astilla.

La idea de aceptar la propuesta de Stella lo tentaba, aunque el instinto le decía que tenía que rechazarla. Le iría mejor si usaba su tiempo para relacionarse con gurús de la tecnología o con premios Nobel, con gente que de verdad haría buena pareja con ella y que podría estar con ella, aunque no le pagara.

No como él. Daría lo que fuera por poder eliminar el dinero de la ecuación, pero las facturas no paraban de llegar, así que tampoco podía hacerlo.

—¿Quieres que me vaya o que me quede? —le preguntó Quan desde la puerta, donde se había quedado.

Michael sacó dos botellines de cerveza del cartón, abrió uno con la ayuda del otro y dejó el botellín abierto sobre la mesa auxiliar.

—Quédate.

Quan cogió la cerveza antes de sentarse a su lado en el sofá. Tras beber un sorbo, soltó la cerveza para coger el cuenco de fideos y empezó a comer de nuevo como si nada, aunque ya no hacía tanto ruido.

Michael abrió su cerveza con el borde de la mesa, encendió la tele y bebió en silencio mientras cambiaba de un canal a otro.

—Bueno, en cuanto a tu chica... —comenzó Quan—. ¿Cuánto tiempo llevas saliendo con ella?

Michael bebió un buen trago. Necesitaba estar achispado si iba a hablar del tema.

—Stella no es «mi chica», la verdad. Solo llevamos unas semanas juntos.

—Lo que tú digas, tío, pero eres un imán para las tías. Si quieres a una chica, la consigues.

Michael resopló y bebió otro sorbo.

—No quiero a una mujer a quien le guste solo porque me la follo bien.

Quería a una mujer que lo quisiera por él mismo.

—Anda que no tienes cuento. —Quan soltó el cuenco vacío y volvió a coger la cerveza para darle un trago—. Estuvo a punto de echarse a llorar cuando vio que la rubia te comía los morros. Está coladita.

El corazón de Michael amenazó con hacer un sinfín de piruetas imposibles al oír a su primo, y se reprendió en silencio mientras clavaba la mirada en el botellín de cerveza. Seguramente no era lo que él creía. No debía hacer suposiciones.

—Qué guay.

—¿Qué guay? —Quan enarcó una ceja—. Que ya no estás en el instituto. Deberías decir algo en plan «Qué bien, tío, gracias por decírmelo, porque no doy pie con bola». ¿Necesitas consejos sexuales? Porque tengo unos cuantos.

Fue incapaz de contener la carcajada que se le escapó del pecho.

—No, voy servido en el tema de consejos sexuales. Gracias. Pero si alguna vez necesitas una ayudita...

Quan recorrió con un dedo las letras de la etiqueta del botellín como si quisiera decir algo pero estuviera pensando la mejor manera de hacerlo. Tras mirar a Michael con expresión abrumada, acabó por preguntarle:

—¿No te recuerda un poco a Khai?

Michael esbozó una sonrisilla.

—Sí, pero solo un poquito. —Stella era tan inepta socialmente como Khai, pero ella era mucho más expresiva y sensible—. ¿Por qué me lo preguntas?

Quan enarcó las cejas y bebió un trago de cerveza.

—Por nada. —Después de sopesarlo un momento, señaló a Michael con el botellín—. ¿Ya habéis...? Ya sabes.

Michael bebió un buen trago.

—No.

—¿En serio? —Quan hizo una mueca—. ¿Es virgen? Joder, ¿se está reservando para el matrimonio? Sal corriendo como si mi madre te persiguiera.

Michael se encogió de hombros.

—Necesita que vaya despacio. No me importa. La verdad es que hasta me gusta. —Cada nueva respuesta que le arrancaba a Stella parecía especial, como anunciaban en los antiguos anuncios de eBay. «Es mejor cuando lo ganas.» A lo mejor, porque siempre le había resultado muy fácil.

—Mentiroso de mierda. Seguro que te la estás cascando diez veces al día.

—No he dicho que no me la estuviera cascando.

Quan se incorporó en el sofá.

—Me cago en la puta. ¿Estoy sobre los cojines en los que te corres?

—¿De verdad quieres saberlo? —le preguntó Michael con sorna.

—Eres un cerdo. Lo sabes, ¿verdad? —Quan se levantó y se sentó en la mesa auxiliar, sacudiéndose como si se hubiera contaminado.

Michael se echó a reír, tras lo cual los dos pasaron un rato con la vista clavada en sus respectivas cervezas.

Al cabo de un rato, incapaz de contenerse, Michael preguntó:

—¿Qué te ha parecido Stella? ¿Te ha caído bien? —Se preparó para la respuesta, y se dio cuenta de que le importaba la opinión de su primo.

Qué cosa más ridícula. Aunque aceptara la propuesta de Stella, solo sería su novio en prácticas. Su relación en prácticas terminaría en cuanto ella consiguiera la confianza necesaria para iniciar una relación de verdad con alguien mejor.

—Sí, es mona, mucho más dulce que las chicas a por las que solías ir. Tu madre se va a volver loquita con ella.

Michael apuró lo que le quedaba de cerveza. Ni de coña. Primero tendrían que conocerse, y no se imaginaba que eso pudiera pasar.

—¿Cómo se apellida? ¿Stella qué más? —le preguntó Quan al tiempo que se sacaba el móvil.

—¿Por qué?

—Porque quiero ver si tiene perfil de LinkedIn. Se lo hago a todas las citas de mi hermana. ¿No te pica la curiosidad?

Sí, le picaba.

—Lane. Stella Lane.

Un persistente zumbido sacó a Stella de otro sueño tórrido provocado por Michael. Durante la última semana, le había resultado imposible dejar de pensar en él.

En el trabajo intentaba concentrarse en los datos, pero las palabras y los números se convertían en partes del cuerpo que encajaban de forma fascinante. Fantaseaba con sus manos, con su boca, con su sonrisa, con sus ojos, con sus palabras, con sus carcajadas, con su mera presencia.

Cuando dormía, Michael la atormentaba en sueños, unos sueños tan intensos que los deseos de su cuerpo la despertaban a horas intempestivas.

El viernes anterior la hizo cruzar la línea. No había dudas.

Estaba oficialmente obsesionada con Michael.

Y tal vez no volvieran a verse jamás. Ya había llegado el viernes y él aún no la había llamado ni le había mandado un mensaje de texto. ¿Era una de esas situaciones en las que el silencio significaba que no? Se le cayó el alma a los pies, y la tristeza le provocó una gran pesadez física.

El infernal zumbido persistía, distrayéndola. Tanteó la mesilla de noche hasta que encontró el móvil. Miró la pantalla con los ojos entrecerrados y se dio cuenta de que se trataba de su ama de llaves.

Tosió para aclararse la garganta y eliminar cualquier rastro del sueño erótico.

—¿Diga?

—Señora Lane, no puedo ir hoy a trabajar. Mi hija está enferma y la guardería se niega a aceptarla.

—Oh, tranquila. Gracias por llamar. Espero que se mejore pronto.

—¿Puedo recuperar el tiempo la semana que viene?

—Claro, sin problemas. —Miró el reloj y casi se le paró el corazón. Eran casi las ocho de la mañana. A esas alturas solía estar ya en su despacho.

Estaba a punto de cortar la llamada cuando oyó que el ama de llaves decía:

—Ah, señora Lane, seguramente deba llevar la ropa a la tintorería, ya que yo no podré hacerlo.

—Ah, de acuerdo. Gracias por recordármelo.

—De nada. Adiós.

Stella sopesó la idea de saltarse lo de la tintorería. Además de no tener ni idea de cuál usaba, tampoco le gustaba tener que alterar su rutina matinal añadiendo un paso extra. Era... irritante, y también le provocaba ansiedad. Un lugar nuevo. Personas nuevas. Y, después del desastre en el club, su tolerancia por las novedades se encontraba en mínimos históricos.

Al final, la idea de tener el número erróneo de faldas y de camisas en el armario la llevó a buscar en Yelp las tintorerías más cercanas. Se decantó por una que tenía una valoración media más alta que las demás, aunque se desviaba un poco de su camino.

Con la rutina alterada y aturullada por la falta de tiempo —su jefe seguramente llamaría a la policía al no verla en su despacho a primera hora de la mañana—, condujo hacia el este por El Camino Real, dejando atrás Palo Alto para entrar en Mountain View. Unos cinco minutos después, enfiló el aparcamiento de un pequeño centro comercial con un lateral entero de madera bien conservada y con la acera principal flanqueada por robles. Unos letreros retro señalaban una cafetería, un estudio de artes marciales, una cafetería especializada en sándwiches y Tintorería y Arreglos Paris.

Se colgó el bolso y las bolsas con la ropa al hombro y echó a andar por el asfalto hacia la tintorería. Una ancianita con la espalda encorvada, mofletes como los de una ardilla y labios hundidos estaba delante de la puerta. Llevaba en la cabeza un pañuelo cuadrado de cachemira, doblado en diagonal y atado debajo de la barbilla. En la vida había visto una persona adulta más entrañable.

Tenía unas enormes tijeras de podar en las agarrotadas manos, y las blandía sin mucha suerte delante del roble que había frente a la tintorería.

Cuando Stella se detuvo, alucinada y estupefacta por la escena, la anciana estuvo a punto de cortarse una pierna al mover las tijeras para ofrecérselas a ella por el mango. Acto seguido, la señaló y luego señaló el árbol.

Stella miró por encima del hombro, pero, tal como se temía, la anciana se refería a ella de verdad.

—No creo que deba...

La anciana señaló una rama baja del roble.

—Corta.

Stella echó un vistazo por el aparcamiento, pero no había nadie más. Subió a la acera y cogió las gigantescas, y pesadísimas, tijeras de podar. Esos chismes estaban diseñados para provocar accidentes.

—A lo mejor deberíamos llamar a la empresa de jardinería. Seguramente, estarán encantados de enviar a alguien...

La anciana meneó la cabeza. Una vez más, señaló el pecho de Stella y luego el árbol.

—Corta.

—¿Que corte esto? —Señaló la rama baja con la punta de las tijeras.

—Mmm. —La anciana asintió con la cabeza enfáticamente, y al mirar su cara arrugada Stella vio el brillo de sus ojos negros.

Al parecer, no tenía alternativa. Si no lo hacía, mucho se temía que la anciana lo intentaría ella misma y acabaría con una herida mortal en el proceso. No alcanzaba a entender cómo había conseguido la anciana sujetar las tijeras de podar sin desencajarse todos los discos de la columna.

Con movimientos titubeantes debido a los zapatos de tacón, al bolso y a las bolsas de ropa que llevaba al hombro, y a las tijeras de podar, se preparó para internarse entre las plantas ornamentales que rodeaban el tronco del árbol a fin de acercarse lo suficiente para poder cortar la rama.

—¡No, no, no, no, no!

Stella se quedó inmóvil con un pie en el aire y con el corazón dándole más botes que un frijol saltarín.

La anciana señaló las plantas que, vistas desde más cerca, no tenían nada de ornamentales. Parecían... plantas medicinales.

Stella trastabilló hasta dejar el pie en la tierra, entre las plantas.

—Mmm —murmuró la anciana antes de señalar la rama una vez más—. Tú corta.

Gracias a un milagro o a la fuerza sobrehumana provocada por el subidón de adrenalina, Stella levantó las tijeras de podar por encima de la cabeza, las colocó alrededor de la rama y la cortó. La rama cayó a la acera de cemento como un pájaro herido. Al ver a la anciana apoyar una mano en la rodilla para agacharse y recogerla, Stella se apresuró a apartarse del árbol y cogerla en su lugar.

La anciana sonrió mientras cogía la rama y le daba unas palmaditas a Stella en el hombro. Luego vio la bolsa de ropa, abrió la cremallera para echar un vistazo dentro y le puso una mano en la correa para que entrara en la tintorería. La anciana abrió la puerta de cristal con sorprendente fuerza. Después de que Stella entrara, la anciana le quitó las tijeras de podar, se las escondió a la espalda, como si nadie pudiera verlas allí detrás, y desapareció por la puerta que había detrás del mostrador desierto.

Stella echó un vistazo a su alrededor, y observó con atención los dos maniquíes sin cabeza del escaparate, ataviados con un esmoquin negro perfectamente confeccionado, y un vestido de novia ceñido de encaje. El interior del establecimiento tenía las paredes pintadas de un relajante azul grisáceo, con cortinas blancas y mucha luz natural.

Estaban realizando una prueba en una estancia adyacente. Una mujer de mediana edad de aspecto respetable, ataviada con un mono blanco sin mangas, estaba sobre una plataforma elevada delante de tres espejos.

Stella se quedó de piedra por la sorpresa.

A los pies de la mujer, se arrodillaba Michael.

Vestía vaqueros sueltos y una camiseta de manga corta blanca que se ceñía a sus brazos, con aspecto perfecto, guapísimo, y transmitiendo la sensación de que se sentía como pez en el agua. Llevaba una cinta métrica colgada del cuello, y la musculosa muñeca lucía un pequeño alfiletero, con decenas de alfileres clavados. Detrás de la oreja derecha, llevaba un lápiz de tiza azul.

—¿Qué tacón piensas ponerte con esto? —le preguntó Michael.

—Pues pensaba ponerme lo que llevo. —La mujer se levantó un pernil del pantalón para dejar al descubierto unos zapatos blancos de tacón medio.

—Deberías ir con los dedos al aire, Margie. Y con un par de centímetros más de tacón.

Margie apretó los labios y movió el pie hacia un lado y luego hacia el otro. Al cabo de un momento, asintió con la cabeza.

—Tienes razón. Y tengo los zapatos perfectos.

—Pues voy a sacarle dos centímetros al bajo. ¿Qué tal notas la cintura?

—Es demasiado cómoda.

—Supuse que pensabas comer con esto puesto.

—Mi sastre piensa en todo. —Se dio la vuelta y contempló el perfil de su cintura cogida con alfileres en los espejos.

Michael puso los ojos en blanco, pero sonrió.

—Recuerda el pintalabios.

—Ya, ya, ¿cómo se me iba a olvidar? Rojo chillón. ¿Lo tendrás listo para el viernes que viene?

—Sí, estará listo.

—Genial.

La mujer se fue a un probador con el mono, mientras Michael recogía una prenda con estampado de flores del respaldo de una silla. Le ajustó los alfileres y se quitó el lápiz de tiza de la oreja para marcar la tela, con mirada concentra-da y manos diestras.

En la cabeza de Stella empezaron a encajar las piezas que faltaban. Ese era el estado natural de Michael. Eso era lo que hacía cuando no trabajaba de acompañante. Michael era sastre.

Lo vio sacudir la prenda y colocársela sobre un brazo antes de darse la vuelta para coger otra prenda con alfileres.

Al captar su presencia con el rabillo del ojo, dijo:

—Estaré con usted ense... —La miró a los ojos y se quedó blanco.

Inmóvil.

Ella se quedó paralizada.

—¿Cómo has...? —Michael miró por el escaparate como si pudiera encon-trar la respuesta a su pregunta a medias en la calle.

A Stella le dio un vuelco el corazón. La cosa pintaba mal..., mal en plan de que parecía estar acosándolo. Era injusto, era injusto. Acababa de darse cuenta de que estaba obsesionada con él. No había tenido tiempo de acosarlo como una loca. Y acababa de echar por tierra la escasa probabilidad de que él acepta-ra un trato a tiempo completo.

Retrocedió un paso.

—Me voy.

Michael atravesó la estancia a toda prisa y la cogió de la mano antes de que pudiera marcharse.

—Stella...

El corazón le dio un vuelco en respuesta al contacto, y quiso echarse a llorar.

—Necesitaba llevar la ropa al tinte. No sabía que trabajabas aquí. No-no te estoy acosando. Sé que pinta mal.

La expresión de Michael se suavizó.

—La verdad es que pinta como si tuvieras ropa que llevar al tinte. —Le quitó la bolsa con la ropa del hombro—. Deja que te atienda.

Michael se llevó sus cosas al mostrador y empezó a contar camisas con mucha profesionalidad. Sin embargo, tenía un rubor inusual en las mejillas.

—¿Te resulta raro? —le preguntó ella, detestando la idea de incomodarlo.

—Un poco. Te lo creas o no, es la primera vez que una clienta viene a la tintorería. Siete camisas. Supongo que también hay siete faldas. —Las colocó mientras las contaba en un montón aparte y la miró a la cara—. ¿Trabajas todos los días?

Ella asintió con un gesto rígido de la cabeza.

—Prefiero la oficina en fin de semana.

Michael esbozó una sonrisilla torcida.

—Me lo creo. —No la juzgaba, no la criticaba, no le decía que era malo para su salud y para su vida social. No creía que le pasara algo malo. Stella sintió ganas de saltar por encima del mostrador y arrojarse a sus brazos.

Michael hizo ademán de apartar la bolsa de la ropa, pero se percató de que quedaba algo dentro. Cuando la volcó, el vestido azul salió de su interior.

Levantó la vista y miró a Stella con expresión ardiente.

Ella se aferró al mostrador mientras los recuerdos del helado le pasaban por la cabeza. Labios fríos y sedosos, galleta de chocolate y menta, y el sabor de los labios de Michael. Besos lentos en una estancia llena de gente.

—¿Tienes alguna preferencia para la ropa? —le preguntó él con voz ronca.

Stella parpadeó para alejar los recuerdos y se obligó a pensar en el presente.

—Nada de almidón. No me gusta su tacto en...

—En la piel —terminó él en su lugar al mismo tiempo que le acariciaba el dorso de la mano con el pulgar.

Ella asintió con la cabeza y se devanó los sesos en busca de algo que decir. Sus ojos se posaron en el vestido azul de cóctel.

—Compré el vestido porque me gustó el color y el tejido. —Con la textura de la seda y su caída, debía de haber sido el complemento perfecto para el precioso traje de Michael...—. El traje —susurró—. ¿Lo hiciste tú?

Michael entornó los párpados y una sonrisa traviesa apareció en su cara.

—Ajá.

Se quedó boquiabierta. «Si es capaz de hacer algo así, ¿por qué trabaja como acompañante?»

—Mi abuelo era sastre. Al parecer, lo llevo en la sangre. Me gusta confeccionar ropa.

—¿Me la confeccionarías a mí?

—Tendrías que quedarte quieta mucho tiempo. No es muy erótico. ¿De verdad te apetece? —Lo dijo con voz tranquila, aunque su mirada no decía lo mismo. Stella tardó un segundo en darse cuenta de que veía vulnerabilidad en sus ojos.

¿Sería posible que Michael no creyese que alguien se interesara en él por otro motivo que no fuera su cuerpo?

—Ya me han hecho ropa a medida antes, ¿te acuerdas? Sé cómo es el proceso. Considero que merece la pena. Tienes talento. Quiero tus diseños.

—Es verdad. Se me había olvidado. —La sonrisa traviesa volvió a aparecer, casi con timidez, y Stella deseó abrazarlo y no soltarlo en la vida.

—Esperaba tener noticias tuyas —susurró ella.

La sonrisa desapareció y Michael se puso serio.

—Necesitaba pensármelo.

—¿Vas a aceptar mi propuesta? —«Por favor, no te niegues.»

—¿Todavía está vigente?

—Por supuesto. —A Stella no se le ocurría un solo motivo por el que cambiar de opinión.

—¿Nada de sexo?

Ella tomó una honda bocanada de aire y asintió con la cabeza.

—Así es.

Michael se inclinó hacia delante y le preguntó en voz baja:

—¿Porque así podrás estar segura de que el próximo hombre que te toque o te bese lo hará solo porque quiere?

—S-sí. —Se inclinó hacia él, esperando la respuesta, con tanto miedo que casi no se atrevía a soltar el aire.

—Acepto.

Le sonrió con un alivio deslumbrante.

—Grac...

Michael le puso una mano en la barbilla para instarla a levantar la cabeza y la besó. Una corriente eléctrica la recorrió por entero. De no ser por el mostrador, se habría caído. Al oírla murmurar, le introdujo la lengua en la boca justo como ella quería que lo hiciera...

La puerta que había al otro lado del mostrador se abrió y apareció una persona.

Se separaron como dos adolescentes pillados. Michael carraspeó y se afanó con la ropa que había sobre el mostrador. Stella apretó los labios, captó el sabor de Michael en ellos y se limpió la humedad con el dorso de la mano.

A juzgar por la expresión de la mujer que había aparecido, lo había visto todo y... le picaba la curiosidad. Llevaba unas gafas de montura redonda en la cabeza, colocadas en un ángulo que desafiaba las leyes de la gravedad, y el pelo negro recogido en una coleta, aunque se le habían escapado varios mechones alborotados. Iba vestida con un jersey de pata de gallo y unos pantalones verdes de cuadros. Al igual que Michael, llevaba una cinta métrica colgada del cuello.

La mujer sostuvo en alto una prenda a medio confeccionar y señaló un trozo de costura. Los dos empezaron a hablar muy rápido en un idioma tonal que debía de ser vietnamita.

Mientras Michael se inclinaba sobre la prenda con esa expresión pensativa tan sensual en la cara, la mujer la miró a ella con una sonrisa distraída y le dio unas palmaditas a Michael en el brazo.

—Le enseñé cuando era pequeño, y ahora él me enseña a mí.

Stella consiguió esbozar una sonrisa. ¿Los había pillado besándose su madre? Intentó buscar el parecido entre ambos, pero no encontró nada. Las facciones de Michael eran una equilibrada y maravillosa mezcla de ángulos orientales y occidentales. De hombros anchos, corpulento y enérgico, resultaba muy alto al lado de la diminuta mujer.

Stella se subió las gafas por la nariz y se alisó la falda con las manos, deseando llevar una bata blanca de laboratorio y un estetoscopio.

Al otro lado de la puerta abierta, vio un taller de costura atestado con percheros en los que colgaban prendas en diferentes estados de confección, y máquinas de coser industriales. Un perchero circular mecanizado con ropa envuelta en bolsas de plástico ocupaba el extremo izquierdo más alejado, e incontables carretes de hilo de todos los colores imaginables se alineaban junto a las paredes. La ancianita de antes estaba sentada en un desgastado sofá en el extremo derecho, viendo la tele sin sonido en un antiquísimo televisor de tubo. No había ni rastro de las tijeras de podar.

—¿A qué te dedicas? ¿Eres médica? —le preguntó la mujer, que apenas podía ocultar sus esperanzas.

—No, soy econometrista. —Stella entrelazó los dedos y clavó la vista en la punta de sus zapatos, a la espera de la decepción.

—¿Eso es como la economía?

Stella levantó la vista, sorprendida.

—Pues sí, pero con más matemáticas.

—¿Tu novia conoce ya a Janie? —le preguntó a Michael.

Él levantó la vista de la prenda con expresión preocupada.

—Mamá, no, todavía no conoce a Janie, y no es mi... —Dejó la frase en el aire y apartó la mirada de su madre para clavarla en Stella.

Su dilema era más que evidente. ¿Cómo se iban a referir el uno al otro en situaciones públicas como esa?

—¿No es qué? —le preguntó su madre, desconcertada.

Michael carraspeó y se concentró en la prenda que tenía entre las manos.

—No conoce a Janie todavía.

La calidez se apoderó del cuerpo de Stella en inesperadas oleadas. No había corregido a su madre. ¿Eso quería decir que iban a presentarse como novios en situaciones públicas?

Un anhelo desesperado la consumió, sorprendiéndola por su intensidad.

—¿Quién es Janie? —consiguió preguntar. Recordaba haber oído el nombre antes.

—Janie es su hermana. —La madre de Michael adoptó una expresión pensativa antes de sonreír y añadir—: Deberías venir a casa a cenar esta noche. Para hablar con Janie de economía, ¿sí? Está estudiando Economía en Stanford e intenta conseguir trabajo. Sus otras hermanas también querrán conocerte. No sabíamos que tenía novia nueva.

Esas palabras disiparon la euforia de que la hubiera llamado «la novia de Michael». Casa. Cena. Hermanas. Las palabras resonaron en su cabeza, negándose a adquirir sentido alguno.

—Tú ven, ¿sí? Aunque tengáis planes, tenéis que comer. Michael puede preparar *bún*. Su *bún* es muy bueno... Se me olvida preguntar. ¿Cómo te llamas?

Aturdida, Stella contestó:

—Stella. Stella Lane.

—Llámame Mẹ. —La pronunciación se parecía a «ma», pero alargando la vocal.

—¿Mę? —repitió ella.

La madre de Michael sonrió con aprobación.

—No comáis nada antes de venir, ¿sí? Tenemos mucha comida. —Tras decir eso, se frotó las manos, como si hubiera cerrado un trato, imprimió el recibo por la ropa de Stella y se lo ofreció—. Estará todo listo el martes por la mañana.

Presa del pánico, Stella se metió el recibo en el bolso, le dio las gracias en voz bajísima y echó a andar hacia el coche, pasando junto al huerto de hierbas medicinales de la abuela de Michael... Al menos, suponía que la anciana era su abuela. Mientras se sentaba al volante de su coche, las palabras de Mę resonaban en su cabeza.

Casa. Cena. Hermanas.

La puerta de la tintorería se abrió, y Michael corrió hacia ella. Stella bajó la ventanilla y él aferró la puerta con las manos.

—No tienes que venir si no quieres. —Frunció el ceño mientras titubeaba y añadía—: Pero, a lo mejor...

—A lo mejor ¿qué? —se oyó preguntar.

—A lo mejor es la clase de práctica que querías.

—¿Me dejarías practicar con tu familia? —El hecho de que confiara en ella como para presentarle a esas personas tan importantes de su vida la conmovió de un modo que no comprendía, la desestabilizó. El anhelo que había sentido antes la abrumó de nuevo.

—¿Te portarás bien con ellas? —le preguntó él con mirada inquisitiva.

—Sí, por supuesto. —Siempre se esforzaba por portarse bien con los demás.

—¿Y mantendrás nuestro acuerdo en privado? No saben... a qué me dedico.

Stella asintió con la cabeza. No hacía falta que se lo pidiera.

—En ese caso, me parece bien. Si quieres hacerlo. ¿Quieres?

—Pues sí. —Pero no porque le apeteciera practicar.

—Pues hagámoslo. —Michael clavó la vista en sus labios—. Acércate un poco.

Se inclinó hacia él, pero miró de reojo la tintorería.

—Podría estar mirand...

Michael le dio un dulce beso en los labios. Uno solo. Y se apartó.

—Nos vemos esta noche.

Cuando Michael entró en la tintorería, su madre lo esperaba con los brazos cruzados por delante del pecho. A través del escaparate tenía una vista perfecta del Tesla blanco de Stella, que estaba saliendo del aparcamiento. Estaba seguro de que los había visto besarse. Por eso le había puesto fin pronto al beso; aunque, en realidad, lo que quería era besarla hasta que perdiera el sentido.

Stella lo tenía tan aturullado que ni veía las cosas claras ni era capaz de pensar, y lo había pillado por sorpresa en la tintorería. Seguro que por eso había aceptado su propuesta cuando ya se había convencido de que debía hacer lo correcto y rechazarla. Stella no se había burlado de él ni se había reído. Se había sentido impresionada por su trabajo y por él..., por su yo real. Nadie quería a su yo real. Solo Stella. En ese momento de debilidad, había arrojado todas las reservas al viento de modo impulsivo. Le había dicho que sí por la sencilla razón de que quería estar con ella.

Pero, en ese momento, las cosas se escapaban a su control. Los límites se difuminaban y no distinguía su vida profesional de su vida personal. Tal vez incluso no quisiera hacerlo. Su madre pensaba que Stella era suya de verdad, y eso lo satisfacía demasiado para su gusto. Decirle que sí había sido un error mayúsculo. Ya se arrepentía y tenía claro que se había equivocado, aunque no estaba seguro del motivo. Claro que era demasiado tarde. Solo sería un mes. Él era un profesional. Podría soportarlo durante un mes.

—Stella —dijo su madre, como si estuviera comprobando cómo se pronunciaba su nombre.

Michael recogió la ropa de Stella y echó a andar hacia el taller de costura. Ella lo siguió.

—Me gusta mucho más que esa *stripper* con la que salías hace tres años.

—Era bailarina. —Que sí, que también era *stripper*. Era joven, tenía un cuerpazo y sabía moverse en la barra...

—Esa dejó unas bragas sucias dentro de una taza para que yo las encontrara cuando viniera.

Michael se frotó la nuca. Ni siquiera después de tres años trabajando como acompañante comprendía los extraños juegos de poder que entablaban las mujeres.

—Corté con ella.

De todas formas, entre ellos solo había sexo. Su padre había engañado a su madre y, en vez de herir a la gente, Michael se había pasado la época cercana a los veinte años intentando mantener relaciones impersonales. La verdad, había sido divertido y se había dejado llevar un poco por la locura al follarse a cualquiera que le demostrara interés. Sus recuerdos de aquella época eran un arcoíris borroso de ropa interior femenina.

Cuando se produjo el desastre y se vio en la necesidad de conseguir dinero, pensó: «¿Por qué no hacerlo para ganar pasta?» En su anterior línea de trabajo había tratado con muchas mujeres mayores ricas que le hacían proposiciones de vez en cuando. Lo único que tenía que hacer era aceptarlas. Además, era el bofetón perfecto para su padre..., el causante del desastre.

—Stella tiene un coche caro —comentó su madre.

Michael se encogió de hombros, dejó la ropa de Stella con las demás prendas que había que limpiar en seco y se sentó a la máquina de coser.

Su madre dijo en vietnamita:

—Le gustas de verdad. Tengo ojo para estas cosas.

—¿A quién le gusta? —preguntó Ngoại, que estaba viendo por enésima vez *Return of the Condor Heroes*, la versión antigua protagonizada por Andy Lau en la que el cóndor luchador de kung fu era un hombre con un gigantesco disfraz de pájaro.

—A una clienta —contestó su madre.

—¿A la de la falda gris?

—¿La has visto?

—Mmm, le eché el ojo la primera vez que la vi. Es una buena chica. Michael debería casarse con ella.

—Que estoy aquí —terció Michael—. Y no voy a casarme con nadie. —Era imposible si quería ejercer de acompañante. Todavía recordaba las ocasiones en las que su padre se había ido cuando él era pequeño y su madre se quedaba dormida llorando, destrozada, aunque intentaba mantenerse fuerte delante de sus hermanas y de él, y sin faltar un solo día al trabajo. Él jamás le haría daño a una mujer con una infidelidad. Jamás.

Claro que Stella no querría casarse nunca con él. De todas formas, ¿por qué narices estaba pensando en eso? Habían quedado tres veces. Pero no habían sido citas normales, sino lecciones. Trabajo. Lo suyo era una relación para practicar. No era real.

—¿Te he educado yo para que vayas por ahí besando a mujeres si no te vas a casar con ellas? —le preguntó su madre.

Él puso los ojos en blanco, frustrado.

—No.

—Michael, es lo bastante buena para ti.

Qué ridiculez. Como si él fuera algo especial.

Ngoai murmuró para expresar su acuerdo.

—Y, además, es guapa.

Michael sonrío al oírla. Stella era guapa, y ella no lo sabía. También era lista, tierna, cariñosa, valiente y...

Su madre rio y lo señaló.

—Mira qué cara has puesto. Ni se te ocurra decirme que no te gusta. Está más claro que el agua. Me alegro de que por fin demuestres tener buen gusto en mujeres. Quédate con esta.

Ngoai murmuró algo.

Michael sintió que se le congelaba la sonrisa. Tenían razón. Le gustaba Stella, aunque desearía que no fuera así. Sabía que no podría quedársela.

Stella aparcó en la dirección que Michael le había enviado en el mensaje de texto, preocupada porque las flores y los bombones que había llevado no fueran lo adecuado ni por asomo. Gracias a una búsqueda en Google sobre protocolo vietnamita, había descubierto que necesitaba llevar algo, aunque las recomendaciones sobre lo apropiado eran un poco confusas y tan dispares como fruta, té o alcohol. El consenso generalizado parecía ser algo comestible. De ahí los bombones Godiva que descansaban en el asiento trasero.

Pero ¿y si no les gustaba el chocolate?

Había estado tentada de preguntarle a Michael, pero no hacía falta que supiera lo neurótica que era o lo abrumador que le resultaba conocer gente nueva. Y no iba a conocer a cualquiera. Era la familia de Michael, gente importante, y quería causar buena impresión.

De modo que se había pasado todo el día sopesando posibles conversaciones, preguntas y respuestas, para así minimizar la necesidad de mejorar su capacidad de relacionarse con los demás, algo que casi siempre acababa mal. Si le preguntaban por su profesión, había preparado una explicación breve y tenía listas las respuestas de las preguntas que podían hacerle a continuación. Si le preguntaban por sus pasatiempos e intereses, estaba preparada. Si querían saber cómo había conocido a Michael, le pediría a él que lo explicara. Se le daba fatal mentir.

Durante varios segundos durante los cuales se le formaron unos cuantos nudos en el estómago, repasó la lista de recordatorios que siempre tenía en cuenta antes de una reunión social: pensar antes de hablar (cualquier cosa podía ser un insulto para alguien; en caso de duda, guardar silencio); ser educada; sentarse sobre las manos para evitar moverlas demasiado y estar tranquila; mirar a los ojos; sonreír (sin enseñar los dientes, que eso resultaba aterrador); no pensar en el trabajo; no hablar de trabajo (no le interesaba a nadie); pedir las cosas por favor y dar las gracias; disculparse con sinceridad.

Una vez que cogió el ramo de gerberas y los bombones de chocolate negro con trufa, salió del coche y contempló la casa de dos plantas situada en la parte este de Palo Alto. Cuando se mudó a esa zona hacía ya cinco años, era un gueto. Pero había incrementado muchísimo su valor urbanístico gracias a la continua expansión y al éxito de Silicon Valley. Todas las casas estaban valoradas en más de un millón de dólares, incluso esa modesta casa de color gris, con su camino de entrada agrietado y su descuidado jardín, que visto de cerca consistía en hierba de medio metro de altura.

Mientras andaba hacia la puerta, fijándose en los mosquitos y las polillas que revoloteaban en torno a la brillante luz del porche, pasó una mano por las ásperas plantas y disfrutó del fresco olor. Le encantaba que a la abuela le gustara mantenerse ocupada.

Llamó al timbre y esperó. Nadie abrió. Sintió un nudo en el estómago.

Llamó a la puerta.

Nada.

Llamó con más fuerza.

Nada.

Comprobó la dirección en el móvil. Estaba en el lugar correcto. El M3 de Michael estaba aparcado en el camino de entrada. Antes de que acabara volviéndose loca mientras decidía qué hacer, se abrió la puerta.

Michael le sonrió.

—Justo a tiempo.

Stella aferró con más fuerza los regalos que había llevado mientras por dentro la consumía la inseguridad.

—No sé si he traído lo correcto.

Él le quitó de las manos las flores y los bombones con una expresión extraña en la cara.

—No hacía falta que trajeras nada, de verdad.

El pánico la invadió.

—Ah, pues me lo llevo de vuelta. Dame que lo lleve al...

Michael dejó ambas cosas en la consola de la entrada y le acarició una mejilla con el pulgar.

—A mi madre le encantarán. Gracias.

Stella soltó el aire, aliviada.

—Y ahora ¿qué?

Lo vio esbozar una sonrisa torcida.

—Creo que lo normal es saludarse con un abrazo.

—¡Ah! —Extendió los brazos con torpeza hacia él, convencida de que lo estaba haciendo todo mal.

Hasta que él la rodeó con los brazos y la estrechó contra su cuerpo. Su olor, su calidez y la solidez de su persona la rodearon. Eso sí que estaba bien.

Cuando se apartó, la miró con expresión tierna.

—¿Lista?

Al verla asentir con la cabeza, la guio por el vestíbulo con suelo de mármol, atravesaron un comedor formal y llegaron a la cocina, un espacio amplio y abierto a la sala de estar contigua. Se fijó enseguida en el enorme televisor. Un hombre y una mujer ataviados con la indumentaria tradicional de la ópera china se turnaban para emitir una serie de notas. Tras el apasionado dúo, la abuela de Michael aplaudió. A su lado, sentada a la mesa de la cocina, estaba la madre de Michael, que dejó de pelar mangos para expresar su admiración.

Al verlos entrar, los saludó con el pelador en la mano.

—Hola. No tardaremos en comer.

Stella sonrió y le devolvió el saludo con la mano. Mientras se preparaba para una noche desquiciante de interacción social, se acercó a ellas y preguntó:

—¿Puedo ayudar?

La madre de Michael sonrió de oreja a oreja y soltó el pelador y el plato en el que estaba echando la cáscara del mango delante de la silla vacía que tenía a su izquierda. Stella se desabrochó los puños de la camisa y Michael le sonrió mientras encendía uno de los quemadores de gas de la cocina.

Mientras se lavaba las manos en el fregadero, observó a Michael calentar un wok enorme en el que echó un chorreón de aceite y varios ingredientes con la facilidad y la precisión de las personas que sabían cocinar. Cuando por fin se sentó al lado de su madre, en el aire flotaban los aromas de la ternera, el ajo, la hierba de limón y la salsa de pescado. Michael se había remangado la camisa hasta los codos y no pudo evitar admirar esos brazos que parecían esculpidos mientras removía el contenido del wok.

Le costó trabajo concentrarse en el mango, y estaba empezando a pelar el que la madre de Michael le había dado cuando oyó que alguien tocaba el piano en algún lugar de la casa. Las primeras notas de «Para Elisa» se enfrentaron al vibrato que surgía de la tele y Stella parpadeó bajo el asalto de los sonidos, ya que le dificultaba la tarea de pensar.

—La que toca es Janie —dijo la madre de Michael—. Es buena, ¿verdad?

Stella asintió con la cabeza de forma distraída.

—Sí que lo es. Pero el piano está desafinado. Sobre todo el la bemol. —Cada vez que sonaba esa nota, se estremecía por dentro—. Deberíais afinarlo. Es malo para el piano si está mucho tiempo desafinado.

La madre de Michael levantó las cejas con gesto interesado.

—¿Sabes afinar pianos?

—No —contestó Stella, que se echó a reír. La idea de intentar afinar su Stenway era ridícula. Seguramente haría una chapuza que acabaría destrozando el instrumento—. No es bueno afinar un piano sin saber.

—El padre de Michael era quien afinaba el nuestro —dijo su madre con el ceño fruncido mientras se concentraba en cortar la gigantesca semilla del mango que acababa de pelar—. Lo hacía bien. Decía que era malgastar el dinero cuando él sabía hacerlo.

—¿Dónde está? ¿No puede afinarlo ahora?

La madre de Michael se alejó de la mesa con una sonrisa tensa.

—Prueba esto que he preparado. Espera que lo caliente un poco.

Mientras rebuscaba en el frigorífico, la abuela de Michael señaló el cuenco de mango ya cortado y pelado. Stella cogió un trocito y se lo comió, disfrutando del dulce sabor de la fruta. La abuela murmuró algo y siguió pelando el mango que tenía en las manos.

Stella soltó un pequeño suspiro mientras sentía cómo se relajaba su estómago. Le gustaba sentarse con la abuela de Michael. La barrera del lenguaje hacía que mantener una conversación fuera casi imposible, y eso le parecía perfecto. «Para Elisa» acabó y la tensión que se había apoderado de su cabeza disminuyó en cuanto las piezas musicales se redujeron a una.

Una de las hermanas de Michael, de aspecto juvenil, ataviada con vaqueros, camiseta de manga corta y una coleta despeinada, entró en la cocina, cogió una judía verde de un colador que descansaba en la isla central y se la llevó a la boca. Al ver a Stella, la saludó con una mano.

—Eres Stella, ¿verdad? Yo soy Janie. —Cogió otra judía verde del colador, pero su madre le dio un guantazo en la mano y ella se apartó con un gritito. Su madre metió un cuenco en el microondas y la empujó hacia la mesa mientas le soltaba una retahíla de palabras en vietnamita.

Janie se sentó enfrente de Stella y esbozó una enorme sonrisa, un tanto torcida..., igual que la de Michael.

—¿Te gusta la ópera vietnamita?

Stella encogió un hombro a modo de respuesta evasiva.

Janie se rio mientras se llevaba a la boca un trozo de mango.

—Mucho por lo que veo, ¿eh?

Antes de que Stella pudiera pensar qué responder, la madre de Michael dejó en la mesa una fiambrera de plástico y la destapó. Del interior surgió una voluta de vapor, procedente de un bizcocho que tenía un color verde claro.

—Come, ¿sí? *Bánh bò*. Está muy bueno.

Stella soltó el pelador y la fruta y extendió un brazo hacia la fiambrera, momento en el que se percató de que era de plástico barato, como las que solían usar los restaurantes que servían a domicilio.

—No deberías usar este tipo de recipientes con el microondas. Seguro que el BPA ha pasado a la comida. —En su opinión, era veneno, simple y llanamente.

La madre de Michael se acercó la fiambrera a la nariz y olió el bizcocho.

—No, está bien. Nada de BPA.

—El cristal o el Pyrex son más caros, pero más seguros —siguió Stella. ¿Cómo era posible que nadie se lo hubiera dicho a la madre de Michael? ¿Querían que se pusiera enferma?

—Los uso siempre, y ningún problema. —La madre de Michael se llevó la tapa de la fiambrera al pecho, parpadeando con rapidez.

—No se nota de repente. Es la exposición continuada a lo largo del tiempo. De verdad que deberías invertir en...

Janie agarró la fiambrera, la acercó de un tirón y, tras coger un trozo de bizcocho venenoso verde, se lo metió en la boca.

—Son mis preferidos. A mí me encantan. —Miró a Stella con gesto elocuente, y se comió otro trozo de bizcocho.

Michael se acercó a la mesa y le quitó a su hermana la fiambrera de las manos antes de que se pudiera comer un tercer trozo.

—Es verdad, Mẹ. Estos recipientes son malos. No había caído en la cuenta. No deberías usarlos más.

Acto seguido, lo tiró a la basura y su madre protestó en vietnamita. ¿Estaba molesta la mujer porque ella no quería que comieran veneno?

Janie se levantó de la mesa y salió de la cocina mientras otras dos chicas entraban en tromba. Tendrían unos veintipocos años, largas melenas oscuras y la piel morena, y eran delgadas y de piernas largas. De no saber a esas alturas de la vida que a la gente le molestaba ese tipo de preguntas, les preguntaría que si eran gemelas.

—Gorda asquerosa, ¿por qué no me has preguntado antes de cogerlos y manchármelos de vino? ¡Mientras te enrollabas con mi novio! —gritó una de ellas.

Stella dio un respingo, y su ya ansioso corazón se encogió un poco más. Las discusiones eran lo que menos le gustaba de todo. Cuando la gente discutía, siempre tenía la impresión de que era un ataque personal hacia ella. Daba igual que solo fuera una espectadora del momento.

—Me dijiste que habíais cortado y me picaba la curiosidad. Además, no los habría manchado si me quedaran ajustados. ¿Quién es la gorda de la dos, eh? —replicó la otra chica, también a voz en grito.

La abuela cogió el mando a distancia negro y miró los botones entrecerrando los ojos. Una línea de rayas verdes apareció en la tele y, a medida que el volumen subía, la música pasó de distraer a Stella a molestarla.

—Se acabó. Devuélveme todos los vaqueros que te he prestado —gritó la primera chica, hablando más alto que el volumen de la tele.

—Venga, llévatelos. Demuestra lo egoísta que eres.

La abuela murmuró algo y subió otra vez el volumen de la tele.

Stella soltó el pelador con manos temblorosas e intentó respirar despacio. La situación comenzaba a sobrepasarla.

Dos mujeres más entraron en la cocina. Una era más baja y morena que las demás, y parecía de la edad de Stella. La otra parecía una adolescente. Debían de ser todas hermanas de Michael. Una, dos, tres, cuatro... y cinco.

La más baja señaló con un dedo a las gemelas.

—Dejad de discutir ahora mismo.

Ambas refunfuñaron y cruzaron los brazos por delante del pecho de forma casi idéntica.

—Desde que te fuiste y nos dejaste con los problemas de mamá, perdiste el derecho a darnos órdenes —protestó una de las gemelas.

La más baja se acercó a ella como si fuera un tanque.

—Ahora que está estable ha llegado el momento de que yo pueda vivir mi vida. A ver si aprendéis a pensar un poco en los demás algún día.

—¿Así que las egoístas somos nosotras? —preguntó la segunda gemela—. Tú disfrutando por ahí de las fiestas del trabajo y nosotras sosteniéndole el pelo a mamá después de las sesiones de quimio.

—Ahora mismo no le están dando quimio, ¿verdad? —La hermana más baja miró a Michael en busca de confirmación.

La madre de Michael le quitó el mando a distancia a la abuela y puso el volumen al máximo antes de irse a trastear al fregadero. Stella apoyó las palmas húmedas de las manos en la mesa de cristal. En algún momento pararían. Solo tenía que aguantar más tiempo que ellas.

—Estaba con quimio, pero no respondía bien, así que ahora la han pasado a un ensayo clínico con un medicamento en pruebas —contestó Michael.

—¿Por qué no me lo ha dicho nadie?

—Pues porque estás ocupadísima con tus cosas, ¿por qué va a ser? Mamá no quería que te estresaras más de lo que estás —contestó una de las gemelas.

—Enterarme de esta manera es lo que me estresa.

—Vaya por Dios, Angie —dijo la otra gemela.

Mientras las pullas seguían, sonó un pitido ensordecedor y la madre de Michael sacó un recipiente blanco del microondas. Usando unas pinzas alargadas, sirvió los largos fideos de arroz en el cuenco donde ya estaba la ternera y las verduras que Michael había frito en el wok.

Acto seguido, colocó el cuenco delante de Stella y la miró con una sonrisa educada.

—El *bún* de Michael. Seguro que te gusta.

Stella asintió con la cabeza con brusquedad.

—Gracias... —De repente, le surgió la sospecha y miró el recipiente donde estaban los fideos. Alejó al instante el cuenco con la comida—. El recipiente es de plástico. Nadie debería comerse esto.

La madre de Michael se quedó petrificada y se puso roja como un tomate mientras miraba primero el cuenco y, después, a Stella.

—Voy a hacer más fideos.

Antes de que su madre pudiera tocar siquiera el cuenco, Michael lo cogió.

—Yo lo haré. Siéntate, Mę. —Su expresión era tensa mientras quitaba de la mesa la comida venenosa y Stella tuvo la horrible impresión de que había metido la pata, pero no sabía de qué otra manera podía haber manejado la situación.

La madre de Michael se sentó y miró a sus hijas, que seguían discutiendo cerca del frigorífico. Suspiró y cogió el pelador para seguir pelando el mango que había abandonado un rato antes.

Stella mantuvo la vista clavada en lo que tenía entre manos, poniéndose más nerviosa a medida que pasaba el tiempo. Era muy consciente de la falta de conversación entre ellos, y el instinto le pedía que le pusiera fin al silencio..., si a lo que sucedía se le podía llamar «silencio». La madre de Michael no hablaba, pero sus hermanas sí, y la tele seguía a todo volumen. Cuando empezó a oírse otra vez el piano, sus nervios llegaron al límite. El la bemol sonó una vez, dos, tres y cuatro. ¿Había algo más irritante?

—Deberíais afinar el piano, en serio —dijo—. ¿Dónde está tu marido?

Al ver que la madre de Michael seguía pelando el mango sin responder su pregunta, supuso que no la había oído.

Así que le preguntó de nuevo:

—¿Dónde está?

—Se ha ido —contestó la mujer con rotundidad.

—¿Eso significa... que ha muerto? —¿Debía darle el pésame? No sabía qué decir.

La madre de Michael suspiró con la vista clavada en el mango.

—No lo sé.

La respuesta intrigó a Stella, que frunció el ceño y preguntó:

—¿Estáis divorciados, entonces?

—No puedo divorciarme si no lo encuentro.

Stella la miró, estupefacta.

—¿Qué quieres decir con eso de que lo no encuentras? ¿Ha sufrido un accidente o...?

Una mano grande se posó en su hombro y le dio un firme apretón. Michael.

—Los fideos casi están. ¿Comes cacahuetes?

Ella parpadeó por la interrupción.

—Claro, no soy alérgica. —Una vez que Michael asintió y regresó a la cocina, volvió a mirar a su madre—. ¿Cuánto tiempo hace que se fue? ¿Habéis denunciado la desaparición en...?

—¡Stella! —La voz de Michael se alzó por encima de la algarabía a modo de reprimenda.

Sus hermanas dejaron de discutir, y todos los ojos se clavaron en ella. El corazón empezó a latirle más alto que la tele y que el piano. ¿Qué había hecho?

—No hablamos de mi padre —dijo él.

Eso no tenía sentido.

—Pero ¿y si está malherido, o...?

—Es imposible herir a alguien que no tiene corazón —la interrumpió la madre de Michael—. Nos dejó para irse con otra mujer. Quiero divorciarme de él, pero no sé dónde enviar los papeles. Ha cambiado de número de teléfono. —Apartó la silla y se puso de pie—. Me está cansada. Niños, vosotros comed, ¿sí? Pedid algo para la novia de Michael si no le gusta lo que tenemos.

La mujer se fue y el piano se detuvo de inmediato. La abuela quitó la ópera y la cocina se quedó en silencio tras el último chasquido de la tele. El repentino silencio fue un alivio, pero de algún modo le pareció amenazador. Se le aceleró el pulso, empezó a palpitarle la cabeza y su respiración se convirtió en continuos jadeos, como si hubiera estado corriendo. O a lo mejor se estaba preparando para hacerlo.

Janie entró a toda prisa en la cocina.

—¿Qué ha pasado? ¿Por qué llora mamá?

Nadie le contestó, pero siete pares de ojos acusaron a Stella. Era peor que el ruido de antes. Muchísimo peor.

Había hecho llorar a la madre de Michael.

Se puso colorada por la vergüenza y la culpa mientras se ponía en pie de un brinco.

—Lo siento. Tengo que irme.

Agachó la cabeza, cogió su bolso y salió corriendo.

Michael siguió mirando la puerta por la que Stella acababa de irse con la sensación de haber visto un accidente de coche a cámara lenta. Una terrible mezcla de emociones le corría por las venas. Furia, horror, vergüenza, incredulidad, espanto. ¿Qué coño acababa de pasar? ¿Qué hacía? El instinto le decía que fuera tras ella.

—Será mejor que vayas a ver a mamá —le dijo Janie.

Tenía razón. Su novia en prácticas acababa de hacer llorar a su madre. Qué hijo más estupendo era. Fue a buscarla sin mediar palabra. Subió la escalera con pies y corazón de plomo, enfiló el pasillo enmoquetado y se detuvo al llegar a la puerta del dormitorio de su madre. Estaba entreabierta, así que se asomó por la rendija y vio que su madre estaba sentada en la cama. No hacía falta verle la cara para saber que estaba llorando. La espalda encorvada y la cabeza gacha lo delataban.

La imagen lo destrozó. Nadie le hacía daño a su madre. Ni su padre, ni sus antiguas novias. Ni siquiera Stella.

—¿Me?

Su madre no le hizo ni caso mientras entraba en el dormitorio y se acercaba a ella.

—Siento mucho todo lo que ha dicho. —Intentó hablar en voz baja, pero descubrió que le salía muy alta—. El piano, la comida, papá...

No sabía cómo lo había hecho Stella, pero en cuestión de minutos había descubierto todos los temas sensibles de su familia y no había parado de hurgar en ellos: la delicada situación económica, la falta de educación de su madre y el gilipollas de su padre. Sin pretenderlo. De eso no le cabía duda.

Joder, qué mal se le daba a Stella relacionarse con la gente. No se había dado cuenta de lo mal que se le daba hasta esa noche. Cuando estaban solos no se comportaba así.

Su madre le cogió una mano.

—¿Crees que tu padre está bien?

—Estoy seguro de que sí. —Torció el gesto al pensar en su padre, viajando en un yate por el Caribe con su última mujer.

—¿Puedes enviarle un mensaje de correo electrónico por Me?

—No. —Jamás volvería a hablar con su padre.

Su madre tomó una entrecortada bocanada de aire y se tapó la cara con las manos.

—Tu Stella tiene razón. Puede estar malherido. Es tan malo que nadie querría ayudarlo, mucho menos su nueva mujer. Solo estará a su lado mientras le dure el dinero.

Michael apretó los puños, mientras la conocida rabia se adueñaba de todos sus músculos.

—Esa cantidad de dinero debería durarle mucho tiempo.

—No con el tren de vida que lleva. Se cree que es un pez gordo. Nada era lo bastante bueno para él, ¿te acuerdas?

Otra vez no.

Michael apretó los dientes mientras su madre empezaba a contarle una historia que él había oído miles de veces. Se sentó a su lado y la escuchó a medias para poder hacer los sonidos apropiados cada vez que ella hacía una pausa.

Sí que se le quedaron grabadas expresiones como «se aprovecha de las mujeres», «mala persona» o «mentiroso», y no pudo evitar pensar en el hecho de que él podía aplicarse el cuento. Solo había que fijarse en las mentiras que contaba. En lo que hacía para pagar las facturas. Había aceptado dinero de Stella por hacer lo que cualquier otro tío haría solo por...

El horror lo dejó helado. Por eso le había parecido tan mal aceptar la propuesta de Stella. Porque estaba mal. Se estaba aprovechando de ella. ¿Qué clase de hombre aceptaba dinero de una mujer inocente para enseñarle a hacer cosas que podía aprender sin pagar?

Acababa de dar el último paso para convertirse en su padre. Eso no podía estar bien. Él no era así. Era mejor.

El acuerdo que tenían debía acabar en ese mismo momento. ¿Dónde estaba? Joder, ¿lo estaría esperando fuera?

Se puso en pie de un brinco antes de que su madre llegara al final de la historia.

—Tengo que irme, Mę. Siento lo de esta noche, todo lo que ha pasado.

—No tienes por qué disculparte. Si la quieres, nosotros también aprenderemos a quererla.

La simple mención de esa palabra le provocó un repentino sudor que le cubrió la frente.

—No la quiero. —Eso empeoraba sus actos, ¿verdad?

Su madre agitó una mano para restar importancia a sus protestas.

—Tráela otro día. Mę no meterá el plástico en el microondas cuando ella venga.

—No deberías hacerlo nunca.

—Vale, vale. —Lo dijo de tal manera que Michael supo que seguiría haciendo las cosas a su manera pese a lo que le dijeran, y se juró que tiraría todos los recipientes de plástico y los cambiaría por otros que fueran seguros. En cuanto hablara con Stella.

—Buenas noches, Mę.

—Conduce con cuidado.

Salió de la casa en tiempo récord, pero se detuvo en seco nada más pisar la calle.

Stella se había ido.

Se aferró a los pilares de madera del porche y tomó varias bocanadas de aire para aminorar el ritmo cardíaco y permitir que su mente se aclarara. El aire fresco, el zumbido de los insectos y el distante sonido de un motor.

Tal vez fuera mejor que Stella se hubiese ido. Necesitaba tiempo para pensar en cómo despedirse de forma decente. Unas frases cortas, pero bonitas. La culpa era suya, no de ella y...

Sin importar lo que dijera, Stella acabaría llorando. La idea le retorcía las entrañas. Pensaría que ella tenía la culpa. Por sus problemas en la cama y fuera de ella. Por el desastre involuntario de esa noche.

Echó a andar hasta su coche y se subió. Una vez que arrancó, colocó las manos en el volante. No sabía adónde ir. ¿A casa de Stella o a la suya? Tenían que hablar, pero no estaba preparado para ver sus lágrimas después de haber visto las de su madre.

La caja nueva de condones que descansaba en el asiento del copiloto le llamó la atención. Había comprado incontables cajas como esa a lo largo de los últimos tres años. No había deseado abrir ninguna tanto como había deseado abrir esa…, porque Stella era distinta. Pero debía volver a abrir la caja para usar el contenido con un sinfín de mujeres los viernes por la noche, ofreciendo un servicio por el que ellas pagaban un precio justo. Ni le hacía daño a nadie ni se aprovechaba de ellas. Eso era mejor que lo que hacía su padre. Podía seguir haciéndolo y ser quien era. Aunque fuera una pena que no deseara a esas mujeres tanto como deseaba a Stella.

Tiró la caja al suelo para no verla antes de ponerse en marcha hacia su apartamento. Al día siguiente. Haría lo correcto al día siguiente.

Stella completó su rutina nocturna sumida en el entumecimiento. Sin embargo, no empezó a llorar hasta que apoyó la cabeza en la almohada.

Se había terminado todo. Michael le había pedido que fuera buena con su familia y ella había hecho llorar a su madre. No se podía subsanar algo así.

El instinto le exigía que le contara la verdad a Michael. Aunque no estaba al tanto de lo graves que eran, ya conocía algunos de sus problemas: sensibilidad con los olores, con los ruidos y con el contacto físico; su obsesión con el trabajo; su necesidad de una rutina; y su incomodidad con otras personas. Lo que no sabía era que había etiquetas para eso, un diagnóstico.

Sin embargo, ¿era mejor la lástima que el odio? En ese momento la creía una desconsiderada y una maleducada, pero seguía considerándola una persona normal con alguna que otra rareza. Con las etiquetas tal vez fuera más comprensivo, pero dejaría de verla como a Stella Lane, econometrista rara a quien le encantaban sus besos. A sus ojos, se convertiría en la autista. Sería... menos.

Con otras personas, le daba igual lo que pensaran.

Con Michael, necesitaba con desesperación que la aceptase. Tenía un trastorno, pero no la definía. Era Stella. Era una persona única.

No había manera de reconducir la situación. No había manera de conservarlo.

De todas formas, tenía que disculparse con su madre. Nunca había hecho llorar a nadie, y eso la hacía sentirse fatal. Las evasivas de la madre de Michael tenían sentido una vez que conocía la historia de su padre. Ojalá lo hubiera podido comprender antes, pero solo podía controlar sus actos futuros, no los pasados.

Conforme la noche fue pasando, compuso y recompuso una disculpa, la repitió una y otra vez para sus adentros. Una vez que amaneció, se obligó a salir de la cama y se preparó para enfrentarse al día que tenía por delante.

Condujo hasta el mismo centro comercial al que fue el día anterior y aparcó delante del local que ocupaba Tintorería y Arreglos Paris. En cuanto le dieran la vuelta al cartel para indicar que habían abierto, se disculparía y luego se marcharía.

Pasar la noche en vela le había dejado la cabeza hecha un lío, y el corazón le dolía por la implacable presión de la ansiedad. Llevaba aferrando el volante tanto tiempo que se le habían agarrotado los dedos. Estaba exhausta y quería acabar con aquello para así ir a la oficina y zambullirse en el trabajo.

A las nueve menos cinco, el cartel cambió de Cerrado a Abierto. Stella inspiró hondo, cogió otra caja de bombones de chocolate y un ramo de rosas de color melocotón, y salió del coche. Dentro de la tintorería, Janie estaba sentada al otro lado del mostrador principal.

Al verla, levantó la vista del libro de texto que tenía en el regazo y parpadeó por la sorpresa. A juzgar por la tensa mueca de sus labios, no era una sorpresa de las buenas.

—Hola, Stella... Michael no trabaja los sábados.

—No lo busco a él. —¿Para qué? Se había terminado. Le enseñó las rosas y el chocolate—. He traído esto para tu madre. ¿Está por aquí?

La expresión de Janie se suavizó.

—Sí, está aquí.

—¿Puedo hablar con ella, por favor?

—Está trabajando en el taller. Te acompaño.

Siguió a Janie a la parte trasera y se detuvo delante de una máquina de coser industrial verde, donde la madre de Michael trabajaba guiando la tela por debajo del prensatelas con rapidez y eficiencia, con las gafas en la punta de la nariz.

Sintió que se le tensaban los músculos y se le desbocaba el corazón. Había llegado el momento de la verdad. Ojalá no metiera la pata. Ojalá dijera lo que tenía que decir.

Janie murmuró algo en vietnamita y la madre de Michael alzó la vista. Acto seguido, apartó la mirada de su hija y la posó en Stella.

Ella tragó saliva y se obligó a hablar.

—He venido a disculparme por lo de anoche. Sé que fui maleducada. No... no se me da bien tratar con las personas. Quería agradecerte la invitación a cenar. —Le ofreció las flores y los bombones—. Te he traído esto. Espero que te guste el chocolate.

Janie cogió la caja de bombones antes de que su madre pudiera cogerla siquiera.

—A mí sí me gusta.

La madre de Michael aceptó las flores y suspiró.

—Todavía queda mucha comida de anoche. Deberías intentar venir otra vez.

Stella se miró los pies. Michael se quedaría espantado si la viera esa noche en casa de su madre.

—Tengo que irme. Siento muchísimo lo de anoche. Gracias de nuevo.

Michael entró en el estudio y tiró la bolsa de deporte en el tatami azul, junto a otras dos.

Los luchadores que había en mitad de la estancia se separaron, retrocedieron cinco pasos, se cambiaron el sable a la mano izquierda e hicieron una reverencia.

—Mira lo que asoma por la puerta —dijo el luchador de la derecha. Era Quan. Llevaba la cara cubierta por un casco, pero Michael lo reconoció por la voz y también por el nombre que había bordado en su ropa negra de combate. Además, Quan era dos centímetros más bajo que su hermano pequeño.

Khai lo saludo con una mano enguantada y pasó del combate a hacer series de golpes usando el espejo como referencia. Diez rápidos golpes a la cabeza, diez golpes a la muñeca, diez golpes a las costillas. Y vuelta a empezar. Diez golpes más a la cabeza... Cuando Khai entrenaba, entrenaba de verdad. No había tiempo de descanso entre series. Su concentración era impresionante. Y le recordó a Stella. Soltó un hondo suspiro.

—No sueles venir los sábados. ¿Qué pasa? —le preguntó Quan.

—Quería combatir un poco —contestó él al mismo tiempo que se rascaba una oreja. Solía pasar los sábados corriendo y haciendo pesas..., cosas que podía hacer en solitario, porque estaba harto de gente después de lo que hacía los viernes por la noche. Ese día, en cambio, no quería estar solo. Sabía que no iba a dejar de pensar ni un solo minuto en Stella. Aunque había estado meditándolo toda la noche y casi todo ese día, seguía sin saber cómo cortar con ella sin hacerle daño. Claro que tenía que hacerlo. Y pronto. Debería llamarla después de la práctica y quedar para verse. Hacerlo cara a cara era lo mejor.

—Pues vístete —replicó Quan—. La clase empieza dentro de una hora. El profesor se ha tomado el día libre, así que el perdedor tiene que darla... Una clase de niños pequeños.

Era el incentivo perfecto para ganar. Los niños con palos ponían los pelos como escarpias. Cualquiera diría que los niños más pequeños eran menos peligrosos, pero solían ser los peores. Daban vueltas por el estudio como tornados en miniatura, golpeando por debajo de las protecciones y dando en las pelotas, todo por accidente. No sabían hacer otra cosa. Algo parecido a Stella en situaciones sociales.

Y a Khai.

Mientras se preparaba, Michael observó a Khai, que seguía haciendo sus series metódicamente, de diez en diez golpes. Siempre era el mismo número, y siempre las hacía en el mismo orden. Si a Stella le daba por practicar el kendō, se la imaginaba haciendo lo mismo. Después de lo de la noche anterior, encontraba muchas más similitudes entre su primo y Stella de las que había creído en un principio. Khai tampoco controlaba los temas de conversación sensibles cuando hablaba con los demás. Era tan sincero que daba miedo, creativo de forma muy rara, y...

De repente, las sospechas hicieron que mirara a Quan.

—Me preguntaste si Stella me recordaba a Khai.

Quan se desató las cintas que tenía detrás de la cabeza y se quitó el casco. Sus ojos oscuros lo miraron fijamente.

—Sí, cierto.

—¿Te contó algo que yo debería saber? —Recordó la noche del club, cuando salió y tuvo la impresión de haber interrumpido algo.

—Después de que terminara de hiperventilar por la sobrecarga sensorial. Me contó algo —dijo Quan.

—¿Estaba hiperventilando? —se oyó preguntar. El estómago le dio un vuelco y se quedó helado. ¿Qué clase de capullo era para no haberse dado cuenta y no haber estado a su lado? Debería haber sido él. No Quan.

—Demasiada gente, Michael. Demasiado ruido, demasiadas luces parpadeantes. No deberías haberla llevado a ese sitio.

Todo encajó de golpe.

—Es autista.

—¿Decepcionado? —le preguntó Quan ladeando la cabeza.

—No. —Contestó con voz ronca, y tuvo que carraspear antes de continuar—: Pero me gustaría que me lo hubiera dicho. —¿Por qué no se lo había dicho? ¿Y por qué había permitido que la llevara al club? Stella debía de saber lo que le iba a pasar.

Y lo de la noche anterior... Mierda, seguro que fue espantoso. La tele a todo volumen, el piano, sus hermanas gritando, todas esas cosas nuevas...

—Solo quiere gustarte.

Esas palabras lo golpearon como un puñetazo en el estómago. Stella le gustaba, y saber lo que era no cambiaba eso en absoluto. Seguía siendo la misma persona. Salvo que ya la entendía mejor. Al menos, de forma consciente, lo hacía.

De forma inconsciente, tenía la sensación de que siempre lo había sabido. Dado que se había criado con Khai, sabía cómo relacionarse con ella. Ni siquiera tenía que pararse a pensarlo. Seguramente por eso Stella podía relajarse con él cuando era incapaz de hacerlo con otros...

Una extraña descarga lo recorrió, tensándole los músculos y poniéndole el vello de punta. A lo mejor no tenía que cortar su relación.

A lo mejor aceptar su propuesta no era aprovecharse de ella. Dado que era autista, a lo mejor sí le iría bien tener una relación en prácticas antes de embarcarse en una real. A lo mejor él era el hombre perfecto para que practicase. A lo mejor podía ayudarla de verdad.

No tenía que aceptar los cincuenta mil en su totalidad. De hecho, si se paraba a pensarlo, no tenía que aceptar nada de dinero. Tenía tarjetas de crédito. Podría compensar la diferencia el mes siguiente. Al ayudarla sin motivación financiera, por fin demostraría que no era como su padre.

Se quitó las protecciones y las tiró al suelo sin muchos miramientos.

—Guárdalas, ¿quieres? Tengo que irme.

El móvil de Stella sonó, sacándola del mundo de sus datos. Su despacho se materializó, con la mesa, las pantallas de ordenador con el comando del sistema y todo el código que había escrito, con las ventanas y la oscuridad que había al otro lado.

La alerta del móvil decía: «Hora de la cena».

Abrió un cajón de la mesa y sacó una barrita de proteínas. Su madre se enfadaría si la viera comerse una de cena, pero le daba igual. Solo quería trabajar.

Mientras mordisqueaba sin muchas ganas la barrita acartonada con supuesto sabor a chocolate, hizo pequeños ajustes y cambios en el algoritmo. Era bueno. Tal vez de lo mejor que había hecho.

El móvil vibró y en la pantalla apareció un mensaje de texto de Michael.

¿El despacho del tercer piso que tiene la luz encendida a las 6 de la tarde aunque sea sábado es el tuyo?

Soltó la barrita de proteínas y se levantó para mirar por la ventana. Una silueta que le resultaba familiar estaba apoyada en una farola del aparcamiento. Se apartó enseguida de la ventana, demasiado humillada para que la viera.

El móvil vibró al recibir otro mensaje.

Baja. Tenemos que hablar.

Se dejó caer en el sillón. Había llegado el momento. Estaba allí para cortar con ella. Le temblaron los pulgares mientras escribía una corta respuesta.

Dímelo por mensaje.

Quiero hablar contigo en persona.

Arrojó el móvil a la mesa y se cruzó de brazos. Estaba cansada y avergonzada. No quería ser testigo de la disolución de su trato. ¿O querría hablar de otra cosa? ¿Había metido más veces la pata?

A lo mejor no debería haberse disculpado con su madre. ¿Había sido un gesto indiscreto y espeluznante? ¿Por qué no podía hacer las cosas bien?

Se pasó las manos por el pelo e intentó controlar la respiración. ¿Tendría que disculparse por haberse disculpado?

El móvil vibró de nuevo, y lo abrió con la punta de un dedo tembloroso para leer el mensaje.

Pienso quedarme aquí hasta que bajes.

Se frotó la sien. Le dolía la cabeza, y el sudor hacía que la ropa se le pegara al cuerpo. Necesitaba ir a casa y cambiarse.

Acabaría con eso de una vez por todas.

Tiró a la papelera la barrita, a la que solo le había dado un mordisco, guardó el trabajo y apagó el ordenador. Se colgó el bolso del hombro, apagó las luces y salió del despacho.

Los pasillos vacíos y las luces de cortesía que iluminaban las mesas solían reconfortarla. Esa noche, hicieron que se sintiera sola y triste. Mientras se dirigía al ascensor, se preguntó cuánto tardaría en desaparecer esa sensación. ¿Una semana? ¿Un mes? Ojalá pudiera volver todo a la normalidad..., como era antes de conocer a Michael. Semejante montaña rusa de emociones era agotadora.

El taconeo de sus zapatos sobre el suelo del mármol resonó por la recepción, y se obligó a abrir la puerta principal y salir a la calle.

Michael se enderezó y se metió las manos en los bolsillos, tan guapo como siempre a la luz de la farola.

—Hola, Stella.

—Hola, Michael. —Sintió una opresión dolorosa en el pecho. Empezó a tamborilear con los dedos sobre un muslo hasta que lo pilló mirándole la mano y apretó los puños.

—Mi madre me ha dicho que has estado en la tintorería.

Era por eso. Había metido la pata de verdad. Se le cayó el alma a los pies y a punto estuvo de echarse a llorar. Consiguió mantener una expresión tranquila a duras penas.

—Lo siento mucho si no debería haberlo hecho. No soportaba la idea de haberle hecho daño. Nunca quiero hacerle daño a la gente, pero lo hago a todas horas. Estoy trabajando para corregirlo, pero es muy complicado y yo..., es que..., es que..., es que...

Michael se acercó hasta que quedó al alcance de la mano.

—¿De qué hablas?

Stella clavó la vista en sus zapatos. Estaba cansadísima. ¿Cuándo iba a terminar la escena para poder irse a casa y dormir?

—Estás enfadado. Porque he ido a ver a tu madre. He sido una entrometida.

—No, la verdad es que no estoy enfadado.

Stella alzó la mirada y lo vio observándola con expresión triste.

—Pues no..., no lo entiendo.

—Como tu novio en prácticas, ¿no debería estar aquí? Se hace tarde.

Stella tomó aire, sorprendida.

—Después de todo lo que dije en casa de tu madre, ¿todavía quieres mantener una relación en prácticas conmigo?

—Ajá. Las cosas son complicadas en mi familia, y debería haberte preparado de antemano. Siento mucho no haberlo hecho.

Cuando le rodeó la cintura con un brazo y la pegó a él, Stella estaba demasiado sorprendida como para hablar. ¿Se estaba disculpando con ella?

—¿Estás bien? Tienes cara de estar a punto de desmayarte.

Ella se tensó por su cercanía, sin saber qué hacer.

—Estoy bien. No te preocupes.

—¿Cuándo comiste por última vez?

—No me acu... Ah, me he comido algo justo antes de tu primer mensaje.

—¿El qué?

No pensaba decírselo. Seguramente se comportaría como su madre y la regañaría. Era lo último que le hacía falta en ese momento.

Michael le acarició el mentón con los dedos antes de sujetarle la cara con la mano e instalar a echar la cabeza hacia atrás. El más leve de los besos le rozó los labios.

—Hueles a chocolate. ¿Te has comido una chocolatina de cena, Stella?

—Una chocolatina no. Una barrita de proteínas. Tienen vitaminas y más cosas.

—Vámonos ahora mismo. No discutas. Voy a darte de comer.

La acompañó a su coche, que estaba aparcado cerca, pero a esas alturas estaba demasiado cansada como para protestar.

Las puertas se abrieron al recibir la señal de la llave que ella llevaba en el bolso, y Stella se sentó en el asiento del copiloto. Intentó abrocharse el cinturón de seguridad, pero Michael se lo quitó de las manos y lo abrochó con gesto firme. Después, rodeó el coche, se sentó al volante y salió del aparcamiento.

El movimiento del coche la adormeció hasta sumirla en un duermevela, y pasaron varios minutos antes de que se diera cuenta de que Michael se alejaba del centro y se dirigía hacia la autopista.

—¿Adónde vamos?

—De vuelta a casa de mi madre.

Un subidón de adrenalina borró de un plumazo el sueño que la embargaba y se incorporó en el asiento, con los ojos como platos.

—¿Qué? ¿Por qué?

—Allí hay mucha comida. Mi madre me obligó a cocinar anoche para un regimiento.

Stella se colocó bien las gafas mientras su corazón cogía carrerilla como si fuera a despegar.

—Me gustaría mucho irme a casa.

—¿Tienes algo decente que comer en casa?

—Tengo yogur. Me lo comeré. Te lo prometo.

Michael meneó la cabeza a la vez que soltaba un suspiro.

—Te daré de comer rapidito y luego te llevaré a casa.

Antes de que tuviera tiempo de replicar, Michael ya enfilaba el camino de entrada de la casa gris. Cuando abrió la puerta del coche, a Stella le llegó el rumor de la misma música gracias al viento. Se aferró al cinturón de seguridad como si fuera un salvavidas.

—Esta noche no aguantaría la tele —susurró con voz angustiada. Después de lo de la noche anterior, la tolerancia habitual la había abandonado. Se derrumbaría y asustaría a todo el mundo. Michael cambiaría de opinión acerca del acuerdo... Y todavía no se creía que no quisiera ponerle fin. O tal vez empezaría a tratarla como si hubiera un objeto de cristal, que sería mucho peor.

—Espera un segundo. —Se sacó el móvil del bolsillo y escribió algo.

Al cabo de un momento, la música dejó de oírse.

—¿Les has dicho que apaguen la tele? ¿No se molestarán tu madre y tu abuela por no poder ver los programas que les gustan? —El cuerpo entero le ardía por la vergüenza. Detestaba que la gente tuviera que hacer cambios por ella.

Michael la miró con una expresión rara.

—Solo es la tele.

—No me gusta que la gente tenga que comportarse de forma distinta por mi culpa.

—A nosotros no nos importa. —Michael rodeó el coche, le abrió la puerta y le tendió la mano—. ¿Entramos, por favor?

Cuando la delicada mano de Stella se posó sobre su palma, el enorme nudo que Michael había sentido en el estómago se aflojó, aunque la bola de culpabilidad y de tristeza seguía carcomiéndolo por dentro.

Tenía un aspecto horrible. Llevaba el moño torcido y varios mechones alborotados le enmarcaban el rostro demacrado. Sus ojos, que normalmente brillaban y eran muy expresivos, estaban apagados, hinchados y ensombrecidos. Se le encogió el corazón al darse cuenta de que debía de haber llorado mucho para que estuvieran así. Él la había hecho llorar.

Esa no era su Stella.

En fin, el sudor de su mano sí que era Stella. Le dio un leve apretón y la condujo a la puerta de la casa.

Cuando abrió e hizo ademán de entrar, ella se tensó y se negó a moverse.

—Se me ha olvidado traer algo. Google dice que se supone que tengo que traer algo. Déjame ir a por...

—No pasa nada, Stella. —Le rodeó la cintura con un brazo y la obligó a entrar en la casa.

Una vez en el vestíbulo, la vio cerrar los ojos con fuerza mientras tomaba una honda bocanada de aire. Se daba cuenta de que estaba absorbiendo el silencio, sentía cómo el cuerpo de Stella se relajaba contra su brazo.

—Sabes que me puedes decir cuándo algo te molesta, en cualquier situación, ¿verdad? Como la tele anoche... o el club la semana pasada.

Stella abrió los ojos, pero, en vez de mirarlo a la cara, clavó la vista a un lado, tensa de nuevo.

—¿Te ha dicho algo Quan?

Michael titubeó antes de contestar. Algo le decía que era muy importante para ella que no lo supiera, de modo que hizo lo que había aprendido de su padre, por más que lo detestara. Mintió.

—Solo que el ruido y la gente fueron demasiado para ti. ¿Por qué no me lo dijiste? Ojalá me lo hubieras hecho.

—Ya te he dicho que no me gusta que la gente tenga que comportarse de forma distinta por mi culpa.

—Podríamos haber hecho cualquier otra cosa —replicó él, exasperado. Lo último que quería era hacerle daño o incomodarla.

—¿Por qué hay naranjas aquí? —le preguntó ella, señalando el plato con naranjas que había junto a la urna de incienso y al Buda de bronce de la consola del vestíbulo.

—No cambies de tema.

Stella suspiró.

—Vale. Me avergüenza. Mucho.

Toda esa autoflagelación... ¿porque se avergonzaba de admitir que era distinta? Lo derritió por dentro, de modo que le cogió la mano y le dio un apretón.

—¿Me vas a decir ahora lo de las naranjas?

Sonrió por la terquedad que demostraba Stella.

—Es una ofrenda para los difuntos. Se supone que tienen hambre en el más allá —contestó, y se encogió de hombros, algo incómodo. Con el cerebro tan científico que ella tenía, seguro que le parecía una tontería. A él también se lo parecía, pero era algo que les gustaba hacer a Ngoai y a su madre.

Una sonrisilla asomó a los labios de Stella.

—¿También les ofrecéis otra comida? Yo me cansaría de comer fruta a todas horas. ¿Chocolatinas?

Se echó a reír al oírla.

—Ya has agotado tu cupo de chocolatinas por hoy.

—¿Qué hacéis con la fruta una vez ofrecida? Porque supongo que los muertos no se levantan de las tumbas para comérsela...

—Nos la comemos nosotros. No tengo muy claro cuánto tiempo hay que esperar, pero creo que al menos un día o dos.

—Mmm —Stella examinó la estatuilla de Buda, con la cabeza ladeada para poder ver lo que había detrás. A juzgar por su expresión, estaba fascinada, y Michael recordó en ese momento que le encantaban las películas de artes marciales y DramaFever. No parecía condescendiente, aburrida ni importunada.

—¿Tienes la sensación de haber entrado en un rodaje de un drama asiático? ¿Es lo que te pasa ahora? —le preguntó él.

—Esto es mejor. Esto es la vida real. —Stella señaló la caja de incienso oculta tras la estatuilla—. ¿Puedo encenderlo? ¿Me enseñarás a hacerlo? Siempre he querido hacerlo.

Michael se frotó la nuca.

—La verdad es que no sé cómo se hace. Me refiero a que no recuerdo el orden en el que hay que encenderlo, las reverencias y todo lo demás. Cuando era pequeño, me negaba a hacerlo, de modo que Ngoai dejó de pedírmelo.

—¿Se tarda mucho? —le preguntó ella, con el ceño fruncido.

Michael esbozó una sonrisilla torcida.

—No, creo que no. Vamos a saludar a mi madre y a mi abuela, y luego comeremos. ¿Vale?

—Vale.

Stella lo siguió por el comedor para llegar a la cocina, donde Sophie y Evie estaban llenando unos cuencos grandes con fideos de arroz, menta picada y lechuga, y ternera. Parecía que otra vez se hablaban. Teniendo en cuenta que eran enemigas un día y mejores amigas al siguiente, estaban siguiendo su pauta normal. Ngoại y su madre estaba cortando un montón de mangos en la sala de estar donde comían siempre, ya que la mesa del comedor solo estaba de decoración. Ngoại llevaba su rebeca de punto negra preferida, mientras que su madre llevaba un jersey con estampado navideño, aunque todavía no era la época.

—Hola, Ngoại, Mẹ.

Su madre lo saludó con un gesto de la cabeza antes de mirar a Stella.

—Bienvenida de nuevo. La cena estará lista enseguida. Te sientas y comes, ¿sí?

Stella estaba sonriendo, pero le apretaba la mano con mucha fuerza.

—Claro, gracias. Tiene buena pinta.

—Estas dos son Sophie y Evie. No son gemelas —le dijo él, mientras conducía a Stella hacia la isla de cocina, que estaba atestada con recipientes nuevos de Pyrex—. Sophie, la que lleva una mecha roja en el pelo... Dios, ¿cuándo te la has puesto? Sophie es decoradora de interiores, y Evie es fisioterapeuta.

—Hola, Stella —la saludaron las dos al unísono. Su madre tenía que haberles contado lo de la disculpa de Stella, porque parecían dispuestas a hacer borrón y cuenta nueva.

Stella las saludó con un tímido gesto de la mano.

—Hola.

—¿Está Angie por aquí? —les preguntó Michael.

—No. Cosas del curro —contestó Evie.

—En sábado —añadió Sophie con una mueca burlona.

—Porque la gente trabaja...

—En *sábado*...

—A todas horas.

Las hermanas se miraron con expresión elocuente.

Michael le susurró a Stella al oído:

—Llevan acabando las frases de la otra desde pequeñas. Creo que son extraterrestres.

Los labios de Stella temblaron de nuevo hasta esbozar otra sonrisa, y se inclinó hacia él. Pobrecilla, tan tímida. Su familia debía de resultarle abrumadora, y ni siquiera estaban todos los miembros. Le dio un apretón en la mano y contuvo el deseo de besarla. Esa forma de pegarse a él en busca de refugio satisfacía una necesidad atávica que Michael no sabía ni que tenía.

Carraspeó antes de preguntar:

—¿Dónde están Janie y Maddie?

—Arriba, estudiando. Bajarán cuando tengan hambre. Las dos tienen exámenes pronto.

—Son las pequeñas —le explicó él a Stella—. Maddie es la menor de todas. Está en su segundo año en la San Jose State.

—Se me van a olvidar los nombres. —Parecía tan preocupada... que Michael se derritió un poco. ¿Qué le importaba a ella eso? Esas personas no podían ser especiales para ella. Solo eran sus familiares.

—Tranquila. Ojalá se me olvidaran a mí.

—Muy gracioso, Michael —replicó Evie poniendo los ojos en blanco—. Tú acuérdate de mí y ya está. Soy fisioterapeuta, así que, si tienes síndrome del túnel carpiano o algo, ya sabes a quién acudir. La postura lo es todo.

—¿Y por qué no pudiste hacerte doctora, E.? —le preguntó su madre mientras pelaba su décimo mango—. Solo quería un médico en la familia, y ninguno ha querido darme el gusto.

—Stella es doctora —dijo Michael con una sonrisa.

La aludida puso los ojos como platos.

—No, no lo soy.

—Sí que lo eres. Tienes un doctorado. Eso te convierte en doctora. Y fuiste a la Universidad de Chicago, la mejor universidad de Económicas de Estados Unidos, seguramente del mundo entero. Te licenciaste *magna cum laude*.

Tal como sabía que iba a suceder, su madre la miró con interés.

—Es fantástico.

Stella se ruborizó, haciendo que su cara recuperase un color que le hacía mucha falta.

—¿Cómo has...?

—Acoso a través de Google.

Los ojos de Stella se clavaron en los suyos y una sonrisilla sorprendida apareció en sus labios.

—¿Me has estado acosando?

Michael se encogió de hombros. Le tocaba a él sentirse incómodo.

—Muy bien, tortolitos, la cena está lista. A comer —anunció Sophie. Colocó un cuenco lleno de fideos, que había cortado con tijeras, y finísimos trozos de carne delante de Ngoại y la besó en la sien como besaría a un niño pequeño.

Una vez que se sentaron a la mesa, Michael observó cómo Stella imitaba el ritual de preparación de la comida de Sophie a medida que iba añadiendo salsa de chili, nabo daikon y zanahorias encurtidas, brotes germinados y salsa de pescado a su cuenco de fideos, verduras y ternera.

—¿Has probado ya este plato? —le preguntó Michael.

Ella meneó la cabeza con gesto distraído mientras lo mezclaba todo y lo probaba. Puso los ojos como platos y sonrió antes de taparse la boca.

—Cocinas bien.

—Michael es muy bueno con las manos —aseguró su madre con un gesto orgulloso de la cabeza.

Sophie puso los ojos en blanco antes de esbozar una sonrisa traviesa y preguntarle a Stella:

—¿Estás de acuerdo? ¿Es «bueno con las manos»?

Su madre miró a Sophie con el ceño fruncido, pero Stella se limitó a sonreír y a asentir con la cabeza.

—Pues sí.

Sophie levantó las cejas y miró a Michael con cara de «¿En serio?»

A medida que avanzaba la cena, Michael fue cambiando su forma de ver a Stella gracias al descubrimiento que acababa de hacer. No lo notaba tanto cuando estaban solos, pero Stella tenía problemas para mantener el contacto visual. Rara vez le hablaba a alguien a menos que le hicieran una pregunta directa, que contestaba con respuestas cortas y concisas. En cambio, cuando prestaba atención, usaba la misma concentración que usaría para sus complejos problemas económicos. Fruncía el ceño y escuchaba cada palabra como si fuera de vital importancia.

Su familia le importaba porque era importante para él.

—¿Dónde creciste, Stella? —le preguntó su madre después de terminar con el *bún* y empezar a comer mangos.

—En Atherton. Mis padres siguen viviendo allí —contestó Stella.

Su madre levantó las cejas al oír el nombre de uno de los barrios más ricos de California.

—¿Te gustan los bebés?

Michael casi dejó caer el mango, y dijo con voz ronca y horrorizada:

—Mẹ.

Su madre se encogió de hombros con expresión inocente.

—No tienes que contestar —le dijo él a Stella.

Ella lo miró a los ojos como no podía mirar a ninguno de los demás. Sus facciones se relajaron, pero no así la intensidad de su concentración. Su precioso cerebro estaba concentrado en él. Michael tuvo que admitir que le encantaba.

Stella encogió un hombro.

—No sé si me gustan los bebés. No me he relacionado con muchos. Aunque mis padres quieren nietos. Mi madre, en especial.

—Qué entrometidas son las madres...

Al oír su comentario, Stella sonrió, y le brillaron los ojos. A Michael se le olvidó de qué estaban hablando. Como no pudiera besarla pronto, se volvería loco.

—Cuando llegues a mi edad —dijo su madre, cruzándose de brazos—, querrás bebés con los que jugar. Es natural.

Sophie se puso en pie de un salto.

—¿Me ayudas con los platos, Stella?

—Claro, me encantaría echar una mano —contestó ella—. ¿Sigues un método en particular?

—Lo justo para que queden limpios.

Evie recogió la mesa mientras Sophie y Stella metían las cosas en el fregadero. Su madre y Ngoại lo miraban con seriedad. Michael se preparó para algo malo.

—Me conquistó hoy en la tintorería. Es importante saber admitir que te has equivocado. Deberías quedártela —le dijo Mẹ en vietnamita.

Michael meneó la cabeza y apretó los labios.

—No es tan sencillo.

—¿Por qué?

—Somos demasiado distintos. Ella es muy lista y gana un montón de pasta.

—Tú eres listo —protestó su madre.

Puso los ojos en blanco al oírla.

—No eres como tu padre quería, pero eso no quiere decir que no seas listo. Y no ganas tanto porque estás muy ocupado ayudándome en la tintorería. Te he dicho que ya no te necesito. Dejas escapar muchas oportunidades por mi culpa. No quiero eso para ti, Michael, y tampoco quiero que pierdas a esta mujer. Es de las buenas. Quédatela.

—No es tan sencillo.

—Lo es. Le gustas. Y a ti te gusta.

Si tuviera menos control, le habría recordado la relación que mantuvo con su padre, pero sería un golpe bajo. Su padre la quería... a su manera. Pero también le encantaba ser infiel. Nunca comprendería por qué su madre lo perdonaba siempre.

—Prométeme que lo intentarás al menos, ¿de acuerdo? Esta me gusta —le dijo su madre.

Michael se habría echado a reír. De todas las mujeres que había llevado a casa, le gustaba la única a quien no podía tener. Su clienta. Su rica, educadísima y preciosa clienta, que le estaba pagando para que le enseñara cómo conseguir a alguien mejor.

—Lo dices porque está fregando los platos.

Michael sabía cuál era la forma de conquistar a su madre, y no era la comida. Era la limpieza, fregar los platos. Él no tenía que fregar los platos porque cocinaba. Por algún motivo, ninguna de las mujeres de la casa cocinaba. Él había aprendido por mera supervivencia.

—No le molesta trabajar —replicó su madre—. Eso es importante.

—Mmm —convino Ngoai.

Durante unos segundos, los tres observaron a Stella mientras esta fregaba los cuencos, los enjuagaba y se los pasaba a Sophie para que los secase. Se había remangado la camisa y trabajaba con gran concentración, escuchando y sonriendo con gesto distraído mientras Sophie charlaba con ella.

—Llévala a casa —dijo Ngoại—. Parece cansada.

Su madre asintió con la cabeza.

—Llévala a casa.

Michael se levantó de la mesa y se acercó a Stella para rodearle la cintura con los brazos. Como era incapaz de resistirse, le recorrió la nuca con los labios hasta que ella se estremeció. El estropajo enjabonado dejó de moverse, y Stella lo miró por encima del hombro con expresión desconcertada. Michael le deslizó una mano por el delicado antebrazo y le quitó el estropajo. Terminó de fregar la sartén y el resto de los platos con ella delante, deteniéndose de vez en cuando para besarla en la oreja, en la nuca o en el mentón.

Sophie lo miró con cara de «buscaos a un dormitorio» cuando él le ofreció el último recipiente de plástico, uno de los tantos que había obligado a prometerle a su madre que no metería en el microondas, y se dio cuenta de que Sophie se moría por hacer algún comentario sarcástico, pero que se contenía porque no quería avergonzar a Stella.

Stella tenía los párpados entornados y había clavado las uñas en las baldosas de la encimera mientras intentaba, sin éxito alguno, no responder a sus caricias.

—¿Lista para volver a casa? —susurró él.

Ella asintió con la cabeza.

Se despidieron de la familia y se metieron en el coche de Stella, que procedió a arrancar pulsando el botón.

Antes de que Stella pudiera abrocharse el cinturón, él le preguntó:

—¿Qué condiciones tienes para el tema de dónde vamos a vivir y de la frecuencia de las visitas?

—¿Qué suele hacer la mayoría de las parejas cuando mantiene una relación estable?

—Viven juntos y se ven todos los días. ¿Eso es lo que quieres? —Le resultaba raro pronunciar las palabras en voz alta. Eso era lo que llevaba evitando toda su vida de adulto, pero con Stella a lo mejor estaba preparado para vivirlas. Si también las quería.

Stella se frotó la mejilla con el hombro.

—En ese caso, lo quiero. Tengo un dormitorio de invitados que puedes usar. Pero si no te sientes cómodo viviendo conmigo, lo entenderé. No todas las parejas comparten casa.

—¿Y si quiero compartir tu cama, Stella? —le preguntó en voz baja.

Pese a lo mucho que quería ayudarla y demostrar que no era su padre, no estaba seguro de poder hacerlo si el sexo estaba fuera de la ecuación. La deseaba demasiado. Además, la mayoría de los problemas de Stella radicaban en su falta de confianza. La cama era un lugar magnífico para tratar esos temas.

—No tienes por qué hacerlo —contestó ella.

—Esa no es la cuestión. Sé que no tengo que hacerlo.

Con la vista clavada al otro lado de la ventanilla, Stella dijo:

—Tienes acceso a mi cama siempre que quieras, pero ya sabes en qué punto están mis habilidades al respecto. No han cambiado desde nuestro último encuentro.

Sonrió al oírla. Parecía preocupada por complacerlo. Algo que a sus clientas nunca les había importado.

—Pues cerremos el trato.

—De acuerdo. —Sacó una mano de debajo del muslo y se la tendió.

—Vamos a formar una pareja en prácticas. Creo que deberíamos cerrar el trato con un beso.

Stella lo miró fijamente a los ojos a la vez que entreabría los labios, y él no necesitó más invitación. Se inclinó sobre el cuadro de mandos entre los dos asientos y la besó. La idea era que fuese un beso seductor, incitarla despacio, pero el suspiro que soltó Stella lo volvió loco. Se apoderó de su boca con ansia y le introdujo la lengua. Stella le enterró los dedos en el pelo y después los bajó para arañarle el torso y el abdomen, antes de meterlos en la cinturilla de sus vaqueros. ¡Sí! Por fin podrían volver a marcar casillas...

Alguien golpeó con los nudillos la ventanilla del conductor. Una voz amortiguada dijo algo ininteligible.

Michael se echó atrás en el asiento antes de bajar la ventanilla.

Sophie tenía los brazos cruzados por delante del pecho y golpeaba el suelo con un pie descalzo, luego se inclinó hacia delante, entrecerró los ojos y masculló un claro «pervertido».

—Mamá quería que te dijera que la luz de los faros está entrando en el dormitorio de Ngoại y que así no puede dormir.

—Lo siento, se me ha olvidado. Ya nos vamos a casa.

Sophie se inclinó un poco hacia delante y dijo:

—Buenas noches, Stella. Espero que vuelvas pronto.

Stella se apartó los mechones que le habían caído sobre la cara y carraspeó para poder hablar:

—Buenas noches, Sophie.

Su hermana le dirigió otra mirada de reproche antes de entrar en la casa. Pocos segundos después, el móvil de Michael se iluminó al recibir varios mensajes de texto seguidos de Sophie.

Jor, Michael, córtate un poco.

Vas a asustarla, y nos cae muy bien.

De verdad. ¿¿En el coche delante de casa?? ¿Cuántos años tienes?

¿13?

Michael se atragantó por la risa y le ofreció el móvil a Stella para que pudiera leer los mensajes.

Ella se mordió una uña mientras sonreía.

—No me has asustado.

Michael se pasó una mano por el pelo, inspiró hondo y se ajustó la dolorosa erección que presionaba contra la cremallera.

—Mejor te llevo a casa.

Condujo con un evidente desprecio por los límites de velocidad a través de las calles desiertas del barrio residencial mientras se imaginaba arrancándole esa ropa de bibliotecaria y pegándola a la pared o al suelo, le daba igual el sitio.

Iba a ser genial con Stella, incluso espectacular. Iba a... La miró de reojo mientras decidía qué iba a hacer primero, y sus esperanzas se hicieron añicos. Iba a meterla en casa y a acostarla en la cama.

En los pocos minutos transcurridos desde que salieran de casa de su madre, Stella se había quedado dormida. Tenía la cabeza ladeada y las gafas, torcidas sobre la nariz. Ni se inmutó cuando la puerta del garaje se abrió con un chasquido, ni cuando las ruedas chirriaron sobre el suelo de resina.

Aunque intentó despertarla, ella no reaccionó. Su respiración permaneció profunda y regular; su cuerpo, relajado. Con un suspiro, la sacó en brazos del coche y echó a andar hacia el dormitorio de Stella..., el de ambos, a partir de esa noche.

Stella se despertó poco a poco. Se percató de que el sol le daba en la cara, del ladrido distante de algún perro en el vecindario y del delicioso olor de Michael. La rodeaba por completo, tan agradable y tan concentrado, y se acurrucó entre las sábanas con un suspiro de contento.

No podía tirar de la sábana para envolverse con ella como si fuera una fajita mexicana porque algo pesado se lo impedía. Frunció el ceño. ¿Qué era? Levantó la sábana y contempló, horrorizada, el musculoso brazo que tenía sobre la cintura. ¡Y su cintura estaba desnuda! Había dormido en sujetador y bragas.

Y se había saltado la rutina nocturna. Se sentía sucia. ¡La boca! Seguramente se había formado en su interior un ecosistema de bacterias resistentes a los antibióticos. Se incorporó en la cama, dispuesta a salir corriendo al cuarto de baño. Hilo dental, cepillo de dientes, ducha y pijama. Hilo dental, cepillo de dientes, ducha y pijama.

Michael tiró de ella para que regresara a la cama y la besó en la nuca.

—Todavía no.

—Estoy asquerosa. Tengo que lavarme. Tengo que...

Le dio un chupetón en el cuello y tiró hacia atrás de sus caderas mientras él movía las suyas hacia delante, logrando de esa manera que fuera dolorosamente consciente de la parte de su cuerpo cubierta por los bóxers que acababa de sentir en la parte posterior de los muslos.

Su cuerpo sufrió un fallo sistémico. Se le aflojaron las extremidades. El deseo le provocó un hormigueo entre los muslos. Era tan intenso que la asustaba y la avergonzaba. Necesitaba tener el control de su mente y de su cuerpo. Pero lo había perdido.

—Buenos días. —La voz de Michael era ronca y le provocó un escalofrío en la espalda.

—Bu-buenos dí... —Una mano se coló por debajo de su sujetador y le cubrió un pecho. Michael le acarició el pezón hasta que lo tuvo dolorido y duro, y las sensaciones se extendieron hasta su sexo. Acto seguido, dicha mano descendió por su torso hasta el abdomen, haciendo que se le contrajeran los músculos.

—Quiero tocarte aquí. —Le cubrió el pubis con descaro y el calor de su mano traspasó el algodón de las bragas, abrasándola.

Stella lo agarró por la muñeca con la intención de alejarlo, pero descubrió que su mano se negaba a cooperar. Sentía la firmeza de los músculos de su brazo, la suavidad de su piel, y eso la distraía muchísimo.

—¿Eso significa que me das permiso? —susurró él.

Le dio permiso la noche anterior. Quería hacerlo, pero no sabía cómo manejar esa faceta de sí misma. Su cuerpo le pedía que contestara de forma afirmativa. Pero la mente le decía lo contrario.

Su cuerpo ganó la batalla, de manera que levantó las caderas para presionarlas contra su mano. Él le apartó las bragas y le besó el cuello mientras acariciaba la húmeda entrada con los dedos. Stella soltó el aire de golpe. Se sentía dividida entre el pánico y el placer.

—Stella, ya estás mojada. Eres como un Lamborghini. Pasas de cero a cien en dos segundos y siete décimas.

—¿Te gustan los Lamborghini? —Intentó aferrarse con desesperación a un pensamiento coherente. Necesitaba pensar en todo momento, analizar sus actos y sus palabras. Cuando se dejaba llevar, siempre cometía errores. Siempre metía la pata, siempre le hacía daño a alguien, siempre acababa mortificada.

Michael siguió acariciándola con suavidad, trazando lentos y enloquecedores círculos en torno a la entrada de su cuerpo. Le mordisqueó el cuello antes de darle un lametón y un beso. La asaltó una miríada de escalofríos.

—Sí, me gustan. Pero no me compres ninguno —contestó.

—¿Por qué no? —Le acarició las espinillas con las plantas de los pies al mismo tiempo que le clavaba las uñas en el brazo. «Aléjalo. Acércalo. Recupera el control. Déjate llevar.»

—No va con mi estilo de vida y a mi madre le picaría mucho, muchísimo, la curiosidad por saber cómo lo he conseguido. —Enfatizó la palabra «muchísimo» con unas cuantas caricias sobre el clítoris. Los espasmos la sacudieron y se quedó al borde del orgasmo. Michael le besó el lóbulo de la oreja—. Estás a punto de correrte, ¿verdad? No te hace falta más.

—Porque llevo desde el viernes fantaseando contigo. —¡Por Dios! Pero ¿qué acababa de decir?

Él dejó de acariciarla y se incorporó hasta sentarse en el colchón. La miró con expresión tierna mientras le apartaba unos mechones de pelo de la cara.

—¿Y qué hace Michael en tus fantasías?

—De todo.

Se rio y, después, sus ojos adoptaron una mirada intensa.

—¿Te provoca un orgasmo con la boca? Porque el Michael real quiere hacerlo.

Stella se retorció, dividida entre la necesidad de complacerlo y las inhibiciones. Esa era una de las cosas que el Michael de sus fantasías no había hecho.

—Me interesa más aprender a practicar el sexo oral que experimentarlo en mi persona.

—A lo mejor deberíamos ponerlo en práctica —dijo con un tono de voz resignado, algo extraño en él—. No soy el único tío al que le encanta hacerles cunnilingus a las mujeres.

Stella se mordió el labio inferior y aferró la sábana con fuerza. Mujeres. En plural. Si fuera un hombre normal podría pensar en un número del uno al diez, quizá veinte incluso. Pero, tratándose de Michael..., podrían ser cientos. Incluso miles, a saber. La ansiedad la abrumó de repente. ¿Podría estar a la altura de todas las clientas con las que había estado?

—No quiero asquearte.

—No lo harás.

—¿Qué hago para que a ti te guste? ¿Hay mujeres que lo hacen mejor que otras mientras les practican el sexo oral? ¿Qué hacen? —Quería hacerlo bien. Quería superar a todas las demás. Pero... ¡eran tantas!

—¿Qué está pensando ese cerebro tan bonito que tienes? —le preguntó Michael, desconcertado.

—Es que... Quiero... Necesito... Creo que...

—No pienses más —le ordenó mientras le colocaba un dedo sobre los labios.

Acto seguido, la acarició desde los hombros hasta las muñecas, entrelazó los dedos con los suyos y le dio un apretón. Stella se tensó, preocupada por la posibilidad de que no estuviera respondiendo de la forma adecuada. ¿Qué se suponía que debía hacer? Segura ya de que lo que él buscaba era darle placer, su afán era que él también lo sintiera. Quería que fuera feliz.

—Stella, te estás tensando. —Sus ojos la miraban con expresión preocupada.

—Lo siento. —Sintió el sudor entre sus manos, entre sus dedos, y dio un respingo. Se le aceleró el corazón. Estaba fastidiando el momento.

Él la rodeó con los brazos y la estrechó mientras le pasaba una mano por el pelo con suavidad.

—¿Todo esto es por el sexo oral? No tenemos por qué hacerlo.

Stella le pegó la frente al cuello y aspiró su olor. Poco a poco, se relajó entre sus brazos.

—Soy muy competitiva.

Él le dio un beso en la sien.

—Vale, pero ¿qué tiene que ver eso ahora?

—Pues que quiero complacerte más que el resto de tus clientas.

—Stella, aquí soy yo quien recibe dinero a cambio de complacerte.

—Pero ya no te pago para acostarme contigo, ¿no te acuerdas?

Michael soltó un gruñido frustrado y la abrazó con más fuerza.

—¿Qué hago contigo? Te tengo excitada en la cama y todavía no estás preparada.

Stella suspiró y se relajó contra él. Comenzó a trazar con gesto distraído los contornos del dragón sobre el bíceps.

—Podríamos usar el hilo dental y el cepillo de dientes, darnos una ducha y ponernos el pijama.

Michael apartó la sábana.

—Vamos a hacerlo.

—¿No tienes ropa informal?

Michael le apartó el pelo húmedo y le besó el cuello mientras ella contemplaba el contenido de su armario e intentaba elegir la ropa que iba a ponerse ese día.

—No la necesitaba cuando empecé a trabajar, así que la doné —contestó.

—Pero sí que tenías, ¿no? ¿O también eran camisas y faldas de tubo hasta la rodilla? —Le rodeó la cintura con un brazo por encima del albornoz y la pegó a su torso desnudo. Stella no sabía si relajarse o tensarse.

Sospechaba que Michael buscaba seducirla. Y lo estaba consiguiendo. Le costaba pensar, aunque eso era bueno. Porque la estaba distrayendo del dolor de cabeza y del hecho de haberse saltado por completo la agenda del día, algo que, por regla normal, la irritaba y frustraba, hasta el punto de empezar de cero para hacer las cosas bien.

—Sí que eran camisas y faldas. ¿Cómo es que me conoces tan bien?

Sintió la abrasadora caricia de su aliento en la oreja cuando le contestó con sorna:

—Últimamente eres mi rompecabezas preferido. Quiero verte con un vestido, Stella.

—No tengo ninguno.

—Es domingo. Podemos ir de compras.

Se volvió, abrumada por la ansiedad al pensar en aparecer en público, en ir a un sitio nuevo y en lo peor de todo: probarse ropa áspera e irritante que seguramente hubiera estado en contacto con heces de rata en el suelo de algún almacén.

—¿Puedes hacérmelos tú? Cuando te dije que quería diseños firmados por Michael, hablaba en serio. De todas formas, cualquier cosa que me compro tengo que arreglarla de arriba abajo antes de ponérmela.

En vez de contestar, Michael cogió una camisa rosa de una percha y examinó las costuras interiores.

—Costuras francesas. La tela es... —La frotó entre los dedos—. Algodón.

—Me encanta el algodón. Y la seda. También soporto algunos tejidos sintéticos como el acrílico o la licra, siempre y cuando sean suaves, pero no soporto la tela vaquera tiesa, la lana de cachemira ni la angora.

Michael esbozó una sonrisa satisfecha mientras seguía examinando la confección de la camisa.

—Mi novia en prácticas tal vez sepa más de tejidos que yo. Impresionante.

Su cumplido le provocó una sensación cálida y burbujeante, pero su mente se centró en la expresión «novia en prácticas». No le gustaba, más concretamente la parte de «en prácticas», pero sabía que debía ser realista sobre lo que podía tener y lo que no. Era mejor pensar en la ironía de que su aversión por los tejidos ásperos les había proporcionado un interés común. Tenía que controlarse para no leer sobre los tipos de tejidos y sus características, cual enciclopedia.

Michael colgó de nuevo la camisa en la percha y se puso delante de ella, colocándole las manos en las caderas.

—Stella, de verdad que quiero verte con un vestido. Me encantan las faldas de tubo. Hacen maravillas con una de las partes de tu cuerpo que más me gustan, pero son una tortura constante.

—¿Cómo? ¿Por qué?

—Porque no me dejan hacerte esto. —La miró con expresión apasionada mientras le subía el albornoz. El roce contra sus vaqueros provocó un frufrú a medida que le dejaba las piernas al aire. Le acarició la cara externa de un muslo con la palma de una mano que se detuvo al llegar a la cadera y después se trasladó a su trasero desnudo para darle un apretón. El deseo se apoderó de ella al instante.

Los rizos castaños de su sexo quedaron totalmente expuestos, y vio que Michael la miraba con avidez. Sin preguntar, sin titubear y sin darle tiempo para pensar, deslizó una mano, por su cadera hasta llegar al pubis. Acto seguido, esos atrevidos dedos le exploraron el vello rizado y acariciaron la parte superior de su sexo.

Las caricias le abrasaron la piel y le aflojaron las rodillas. Se apoyó en los hombros de Michael.

—Esta es mi chica —susurró mientras se inclinaba para besarla.

El sabor a limpio de su boca era delicioso y se oyó emitir un sonido gutural, pero agudo, que surgió desde el fondo de su garganta cuando le devolvió el beso. Intentó besarlo tan bien como él le había enseñado, pero no podía concentrarse. Sus dedos le estaban haciendo algo diabólico. Bastante tenía con seguir en pie y le estaba costando lo suyo. Cada caricia de sus dedos la derretía un poco más. Estaba empezando a temblar incluso.

Sin apartarse de sus labios, Michael la levantó en brazos y la llevó a la cama. El contacto con las sábanas la devolvió a la realidad. Por fin iban a hacerlo. Sexo. Sin programación, sin planes. Iba a hacerlo mal, y él tendría que decirle qué debía cambiar, qué debía mejorar, e intentaría asumir las críticas de forma objetiva, aunque le resultara humillante...

Michael le abrió el albornoz y su boca se apoderó de un pezón, que chupó con avidez. Stella arqueó la espalda al mismo tiempo que soltaba un jadeo que se transformó en un gemido cuando él volvió a tocarla entre los muslos. Tensó esa zona de tal forma que incluso le resultó doloroso.

—Tranquila —le dijo él contra el pecho.

Un dedo largo la penetró, y se oyó emitir un sinfín de suspiros y murmullos agradecidos. Eso era lo que necesitaba. Michael añadió un segundo dedo, y la sensación hizo que echara la cabeza hacia atrás. No, eso era lo que necesitaba. Hundió los talones en el colchón mientras tensaba los músculos internos en torno a sus dedos, que salían y entraban, y frotaban para aumentar el placer hasta dejarla sin aliento.

Emitió una protesta cuando los dedos la abandonaron.

—Michael, más, quiero...

Él se llevó los dedos empapados por su flujo a la boca y los chupó. La intensidad de su mirada, sumada a la diabólica sonrisa que esbozaba, hizo que Stella se aferrara a las sábanas y que su sexo se tensara.

Al cabo de un segundo, Michael retomó las caricias con un ritmo lánguido. Le gustaba, pero no la estaba tocando donde ella lo necesitaba. Movió las caderas mientras intentaba aliviar el creciente malestar. Michael apartó los dedos por segunda vez y ella bajó las manos por su abdomen acicateada por la frustración, pero descubrió que sus propias caricias no la excitaban en absoluto.

Michael le aferró las rodillas y se las separó hasta tener su sexo a la vista. Lo vio tomar aire tan hondo que se le hinchó el pecho y vio cómo el tatuaje parecía aumentar de tamaño. Acto seguido, tragó saliva.

—Debería haber imaginado que tendrías un precioso...

—Michael, no lo digas —lo interrumpió al instante.

Él la miró con un brillo travieso en los ojos.

—¿Te refieres a... coño?

Un calor abrasador se apoderó de su cara y deseó poder refugiase en sí misma.

Michael esbozó una sonrisa torcida.

—Con razón le gustas tanto a mi madre. Es muy vietnamita mostrarse pudoroso con relación al sexo. No aprendí cómo se llamaban en vietnamita las partes femeninas hasta que pasé de los veinte años. La mayoría de la gente usa eufemismos como «pajarito». Mi tía lo llama «batata». Pero no son nombres correctos para el tuyo. Tú tienes coño, Stella.

La cara le ardió todavía más y el rubor se extendió por el cuello y pecho, llegando a todas partes.

—Tienes un coño húmedo para mí y quiero comérmelo. —Tras mirar sus partes íntimas con expresión voraz, le acarició los labios mayores, la penetró brevemente y, después, empezó a trazar círculos allí donde más lo deseaba—. Y eso es el clítoris. Y tiene tantas ganas de que lo acaricie con la boca que está rojo. Compadécete de los dos y déjame probarte. Si no te gusta, pararé.

En ese momento cayó en la cuenta de que Michael deseaba hacerlo. Con ella. Le gustaba lo que veía. Ese deseo desinhibido por sus partes íntimas era real. Y sucio. Y... excitante. Una Stella secreta se agitó en su interior, se despertó y se despertó, atraída por Michael y sus palabras.

—¿Te llevarás una decepción si no me gusta y no respondo como las demás mujeres? —Quería que le gustara, quería correrse con sus labios como tantas otras mujeres habían hecho y, por culpa de esa ansia, la excitación se evaporó poco a poco mientras la ansiedad por lo que debía hacer ocupaba su lugar.

—Si no te gusta, seguiremos con otra cosa. —Le acarició la cara interna de los muslos con las palmas de las manos y se los separó más. Vio cómo se llevaba la punta de la lengua al labio superior.

Acto seguido se inclinó hasta casi rozarla con la boca, lo que aumentó su nerviosismo hasta un punto enloquecedor y se vio obligada a respirar hondo.

—Empiezo a entender tu adicción a mi olor. Eso sí, menos mal que no hueles así por todos lados. Porque me pasaría el día empalmado. Bastante mal lo paso ya tal y como están las cosas.

Sintió un beso suave en el clítoris y se tensó de la cabeza a los pies. Eso no se lo esperaba.

—¿No te gusta? —le preguntó él.

—E-es...

Otro beso, seguido de un lametón. Michael murmuró para expresar su aprobación sin separarse de ella y, después, la acarició con los labios, succionó y la acarició con la lengua. Todo con delicadeza, suavidad y ternura. Stella sintió que su cuerpo se relajaba por completo mientras el deseo se adueñaba de ella.

—Ya veo que no te gusta —murmuró él—. Voy a ver si así... —La penetró con la lengua y lamió el flujo que la empapaba—. Lo probaré por última vez. —Regresó al clítoris y lo acarició con los dientes antes de besarlo de nuevo, de chuparlo y de lamerlo.

Stella ladeó la cabeza contra la almohada mientras el placer se extendía por su cuerpo. La lengua de Michael la acariciaba con maestría, pero el orgasmo la eludía. Todo era demasiado novedoso. Su cuerpo estaba en estado de *shock* por culpa de las sensaciones que lo bombardeaban. Michael se detuvo y ella estuvo a punto de echarse a llorar.

La penetró con dos dedos y Stella puso los ojos en blanco. Empezó a penetrarla con un ritmo estable mientras le acariciaba el clítoris con la lengua, y no pudo evitar levantar las caderas para salir a su encuentro. Dios, estaba moviéndose contra su mano y frotándose contra su cara. Eso debía de estar mal. Se ordenó detenerse. Pero no pudo.

Sin saber cómo, acabó enterrándole las manos en el pelo corto. La tensión se había adueñado de ella y su cuerpo se cerraba en torno a los dedos de Michael, tan mojados a esas alturas que oía el sonido que hacían cada vez que la penetraba.

—Voy a pararme, Stella. Está claro... —Su lengua la acarició con fuerza y precisión y ella tensó los músculos en torno a sus dedos—. Está claro que detestas el sexo oral.

—¡Michael! —Esa voz desesperada y aguda era la suya. Le daba igual. Frotó esa parte de su cuerpo tan necesitada contra la lengua de Michael y estuvo a punto de echarse a llorar cuando él la chupó de nuevo.

Lo hizo con la presión adecuada y se corrió entre increíbles estremecimientos. Michael exprimió el placer al máximo con las livianas caricias de su lengua. Cuando los estremecimientos cesaron, le dio un beso de despedida y se colocó sobre ella, cubriéndola como si fuera una manta. Stella le enterró la cara en el pecho, sintiéndose más expuesta y vulnerable que nunca.

Le había permitido que le hiciera eso. Había emitido todos esos sonidos, había perdido el control por completo.

—Te has corrido contra mi boca como una estrella del porno, Stella. He estado a punto de correrme encima.

—¿He tardado mucho? ¿Te he dado mucho... trabajo? —Le incomodaba pensar que había sido la única que había disfrutado del acto. Prefería ser ella quien provocara placer.

Michael rio entre dientes.

—Lo he retrasado a propósito, Stella. Ha sido muy erótico verte. —Se alejó de ella para sentarse sobre los talones y se sacó un condón del bolsillo—. ¿Quieres?

Stella se incorporó hasta sentarse y el albornoz se le bajó por los hombros. Contuvo el impulso de cubrir su desnudez, pero fue incapaz de mirarlo a los ojos. El corazón le latía sin control.

—Sí, quiero. —Le quitó el condón de las manos y rasgó el envoltorio con dedos temblorosos.

Michael se bajó de la cama para desabrocharse los pantalones. Vio cómo sus músculos se abultaban con cada movimiento y el dragón le guiñó un ojo mientras se quitaba los pantalones con elegancia masculina. Ese era Michael en toda su gloria masculina. La perfección. Incluso esa parte de su cuerpo.

Dios, sobre todo esa parte de su cuerpo. Erecta, gruesa y con venas, perfectamente proporcionada con el resto de su precioso cuerpo. Acababa de experimentar el orgasmo más intenso de su vida, pero quería más. Quería hacerlo. Se le hacía la boca agua, aunque no tenía experiencia en felaciones.

Cuando lo vio arrodillarse en la cama y cogerle una mano para que se la tocara, se quedó sin respiración. La tenía muy caliente y su tacto era suave, pese a la rigidez. «Lo deseo. Lo deseo. Lo deseo.» De cualquier manera. Como a él le gustara.

—Stella, la cara que has puesto —dijo Michael con voz ronca, casi un gemido. Guio su mano para que lo acariciara arriba y abajo—. Esta es mi polla. Cuando la quieras, cuando la necesites, esa es la palabra que quiero que uses.

Incapaz de hablar, ella asintió con la cabeza. A la Stella secreta le encantaba la idea de exigir su... polla y de que él se la diera, aunque no se creía capaz de pronunciar esa palabra en voz alta. A menos que estuvieran hablando de gallináceas. Y tal vez ni siquiera entonces.

—¿Quieres ponérmelo? —le preguntó Michael, refiriéndose al olvidado condón que ella tenía en la otra mano.

Ella se lamió los labios y carraspeó antes de contestar:

—Sí.

Como le temblaban las manos, al final acabaron poniéndoselo los dos juntos. Una vez que acabaron, Michael la atrajo hacia su cuerpo, y ella se estremeció por el contacto. Sintió el roce de su torso en los pezones y la ardiente presencia de su miembro pegado a la parte inferior del abdomen. Michael le acarició la espalda de arriba abajo mientras ladeaba la cabeza, intentando buscar su mirada.

—¿Por qué no me miras?

Stella clavó la vista en el hueco de su garganta y encorvó los hombros.

—Me da vergüenza.

—Los dos estamos desnudos.

No sabía cómo explicar que se sentía desnuda por dentro. Si Michael la miraba a los ojos, la vería de verdad. Vería a la persona que llevaba oculta en su interior. Y nadie quería verla. Esa experiencia debería ser divertida y educacional, no tan reveladora.

Michael la instó a echar la cabeza atrás poniéndole un dedo en la barbilla, y ella atisbó la expresión tierna de esos ojos antes de cerrar los suyos con fuerza.

—Bésame, por favor —le suplicó.

Unos labios cálidos rozaron los suyos y reconoció en ellos su propio sabor, el de Michael y el del sexo. Sus manos comenzaron a acariciarla con avidez. Le aferró un muslo y la invitó a rodearle la cadera, exponiéndola por completo. Acto seguido, comenzó a moverse justo sobre su sexo. La fricción hizo que el deseo corriera por sus venas.

—Ahora, Stella.

Ella le rodeó el torso con los brazos y pegó los labios a su cuello.

—Estoy preparada.

Michael la tumbó sobre la cama y la cubrió con su cuerpo. Después, le frotó el mentón y la oreja con la nariz y dejó una lluvia de besos sobre la mejilla, los labios y la comisura de estos.

—Tienes que hablar, ¿vale? Si te duele, si no te gusta algo, si quieres más o si es perfecto. Dímelo todo.

Con los ojos aún cerrados, Stella contestó:

—Lo... intentaré.

De repente y sin esperárselo, Michael la giró sobre el colchón, dejándola apoyada sobre las manos y las rodillas.

—Creo que te dará menos vergüenza si estás así.

Stella abrió los ojos y los clavó en la almohada arrugada y en el cabecero de madera. Tenía razón. Así era mejor. No podía verla. Se relajó de inmediato.

—¿A ti te gustará así? —Los otros hombres habían preferido la postura del misionero.

—Me va a encantar.

Sintió el roce áspero de sus manos en la espalda, masajeándola con movimientos sensuales. Acto seguido, pegó el torso a su cuerpo al apoyarse con una mano sobre el colchón, al lado de la suya. Con la otra mano empezó a acariciarle la cara interna de un muslo hasta llegar a su sexo y penetrarla con los dedos. La torturó hasta que Stella comenzó a mover las caderas y sintió que su flujo los empapaba a ambos, momento en el que sus dedos se trasladaron al clítoris para acariciarlo con suavidad.

—Michael...

—Stella —replicó él, y su aliento entrecortado le rozó la oreja.

Sintió algo duro en la entrada de su cuerpo, algo que la penetró lentamente. Dejó de respirar. El sexo en el pasado había sido doloroso, pero en ese momento solo sentía una deliciosa invasión que no cesó hasta que Michael estuvo enterrado en ella. Intentó tragar saliva, hablar. No pudo. Sus cuerpos encajaban a la perfección.

Michael se mantuvo inmóvil durante un buen rato. Consciente de la tensión de su cuerpo, Stella lo miró por encima del hombro.

—¿Michael?

Tenía el rostro desencajado, como si algo le doliera.

—Llevo mucho tiempo esperando este momento. Es fantástico. Eres... —Soltó el aire—. Como me mueva, adiós.

Stella no pudo contener la sonrisa. No era la única que se sentía así entonces.

—Muévete. —Arqueó la espalda y se movió contra él, haciendo que la penetrara un poco más, hasta el fondo.

Oyó el gemido que brotó de su garganta.

—Stella, lo digo en serio. Necesito un momento para relajarme. Es nuestra primera vez. Quiero que veas los fuegos artificiales.

«Nuestra primera vez.»

Dicho así era como si pensase que iba a haber muchas veces más. La idea le provocó tanta felicidad que el corazón amenazó con estallarle en pedazos. No necesitaba fuegos artificiales, solo lo necesitaba a él.

Sintió un reguero de besos húmedos en el cuello, acompañados de algún que otro mordisco y lametón. Los dedos de Michael la acariciaron allí donde la estaba penetrando y después subieron por su sexo. La primera caricia sobre el clítoris hizo que se tensara en torno a él y le arrancó un gemido.

Solo entonces empezó a moverse. Salió de ella y la penetró de nuevo. Se la sacó, se la metió. Y siguió así hasta adoptar un ritmo constante. El doble asalto de sus dedos y de la penetración hizo que su cuerpo estallara en llamas, que se fueron extendiendo poco a poco bajo su piel.

—Stella —lo oyó decir con voz ronca—. Me pones a mil. Mi dulce Stella.

Sus palabras la calmaron y la excitaron a la vez. Intentó hablar, tal como él le había dicho, pero lo único que salía de sus labios eran suspiros y gemidos de placer. Así que se comunicó con el cuerpo. Separó más los muslos y empezó a moverse al ritmo de sus embestidas. ¿Le gustaba eso a Michael o estaba siendo demasiado atrevida? En ese momento, él le cubrió una mano con la que tenía sobre el colchón y entrelazó sus dedos.

—Así —susurró él—. Genial.

Stella se tensó en torno a él. Por un instante, se mantuvo al borde del abismo, incapaz de respirar, sintiéndose amada, poseída. El orgasmo llegó poco después y se estremeció alrededor de Michael mientras él seguía penetrándola una y otra vez. Ella intentó acompasarse al ritmo de sus caderas, pero los intensos estremecimientos afectaban su coordinación.

Los labios de Michael ascendieron por su cuello hasta posarse en su mentón y, cuando ella volvió la cabeza, él capturó su boca y le introdujo la lengua. Las caricias entre sus muslos no cesaron, y antes de que el primer orgasmo acabara sintió que se acercaba otro. Sus músculos internos se tensaron de nuevo en torno a su miembro y estalló una vez más. Michael dejó escapar un gemido ronco y se hundió en ella por última vez.

Mientras le frotaba la mejilla y el cuello con el mentón, instó a su tembloroso cuerpo a tumbarse en la cama, abrazándola como si fuera suya. Ella acarició con torpeza el brazo que le rodeaba la cintura y lo abrazó a su vez.

Hasta que recordó que el sexo no significaba nada para él y que, de alguna manera, ella había perdido el control de la situación. Michael disfrutaba de la intimidad física. Nada más.

De cualquier forma, la emoción le provocó un nudo en la garganta. Si eso era la práctica, no quería conocer la realidad. ¿Cuánto tiempo podría vivir en una fantasía?

16

Mientras abrazaba a una desmadejada y satisfecha Stella, Michael tenía la impresión de que el corazón le hacía eses en el pecho.

Lo que acababan de hacer no había sido un polvo de práctica ni uno gratuito por su parte para demostrar que era mejor que su padre.

Había follado con cientos de mujeres, pero nunca se había sentido tan sincronizado con el cuerpo de una mujer. Nunca se había sentido tan desesperado por complacerla, ni tan emocionado al oírla gritar su nombre y correrse una y otra vez.

No sabía cómo definirlo, pero estaba convencido de que eso no había sido un polvo sin más.

Stella lo abrazó con más fuerza, le besó el hombro y el cuello, y la sintió sonreír contra su piel. Trazó una serie de arabescos sobre su pecho, un gesto que al parecer no siempre era un mal augurio, y sintió unas cosquillas terribles.

Cubrió esa mano con la suya sobre su corazón para detener los movimientos e intentó adoptar una actitud profesional.

—Mírate. Espero otra crítica de cinco estrellas.

—De seis. —Su sonrisa se ensanchó y esos ojos del color del chocolate relucieron y se olvidaron de apartarse de los suyos, permitiéndole verla por primera vez esa mañana. Tuvo la impresión de haber ganado algo de valor incalculable, y lo dejó sin aire en los pulmones.

—Eres mala para mi ego. Ya es bastante grande de por sí —se obligó a decir con despreocupación.

—No creo que seas egocéntrico. Eres modesto, pero seguro. Esa es una de las muchas cosas que me encantan de ti.

¿Eso era una confesión de amor?

Sintió una dolorosa punzada en el pecho.

Stella no podía enamorarse de él. Lo tenía clarísimo. El amor requería de confianza, y solo una tonta confiaría en él. Era el hijo de su padre.

Pero podía demostrar que era mucho más si hacía las cosas bien. Eso era lo único que pedía. Le echó un vistazo al reloj y se sorprendió al comprobar que ni siquiera eran las diez. Tenía la impresión de que los acontecimientos de la mañana le habían cambiado la vida, y solo llevaban dos horas despiertos.

—Me muero de hambre, y necesito café —dijo—. También tengo que ir a por mi coche. Toda mi ropa limpia está en él.

Pero, sobre todo, necesitaba espacio. Stella estaba demasiado cerca, y necesitaba poner distancia entre ellos. Salió de la cama y se puso los vaqueros, consciente de su mirada de admiración. Se sintió un poco ridículo, pero era posible que se hubiera vestido más despacio de la cuenta. A lo mejor, incluso flexionó los bíceps y los abdominales mientras se subía la cremallera y se abrochaba el botón de los pantalones. Porque, en fin, ponerse unos pantalones requería mucho músculo.

—Date prisa y vístete, Stella.

Ella frunció el ceño.

—¿Por qué?

—Porque nos vamos de compras. Eso es lo que hacen las parejas los domingos.

Stella torció el gesto mientras se miraba en el espejo. Michael acababa de descubrirle todo un nuevo estilo de vestuario.

Ropa para practicar yoga.

Más concretamente, pantalones.

Era muy posible que estuviera en el paraíso. Los pantalones no resultaban molestos en absoluto y eran muy ceñidos. Le encantaba la ropa que se amoldaba a su cuerpo. Y lo mejor era que le resaltaban las piernas y el culo. Parecía una bailarina. O una yogui. O un híbrido de las dos cosas.

—Sal para que te vea —le dijo Michael, que la esperaba fuera del probador.

Stella se mordió el labio para disimular la sonrisa, abrió la puerta y salió.

Michael esbozó su sonrisa torcida en toda su gloria, y ese hoyuelo que rara vez se veía apareció.

—Lo sabía.

—¿Te gusta? —Se pasó una mano por el abdomen al tiempo que giraba lentamente.

Michael se levantó de la silla y se acercó mientras admiraba sus curvas. Le pasó una mano desde el cuello hasta un hombro y, después, bajó por la manga de la estrecha camiseta hasta entrelazar sus dedos.

—Me encanta.

—Me siento provocativa con esto.

Él le pasó un brazo por la cintura y la atrajo hacia su cuerpo.

—Lo estás. —La besó en los labios y, después, le dejó una lluvia de besos por la cara hasta llegar a la oreja y al cuello, haciéndole cosquillas, de manera que Stella tuvo que obligarse a contener la risilla tonta, que no era nada provocativa.

Vio de reojo a una dependienta que la observaba con envidia. La chica movió los labios para decirle: «Qué suerte» y Stella sonrió, aunque tenía sentimientos encontrados. Nada de eso era real. Estaba pagando por un servicio. No le importaba el gasto, la verdad. Porque Michael valía cada centavo.

—Supongo que lo vas a comprar, ¿no?

—Quiero uno de cada color.

—Me niego a que te lleves el naranja fosforito con lunares amarillos. Es un dolor para la vista —dijo al mismo tiempo que hacía una mueca.

—Nada de naranja fosforito y amarillo, vale. Ah, tienen vestidos. —Abrió los ojos de par en par al pensar en las posibilidades.

Cuando se detuvieron a almorzar en una pequeña panadería francesa de Stanford Mall llevaban tres enormes bolsas que ocupaban el espacio entre sus pies. Michael afirmaba que el establecimiento vendía los mejores bocadillos no asiáticos de toda California, algo que a Stella le resultó interesante, porque ni siquiera sabía que los bocadillos asiáticos existieran.

Aunque esperaba que los panecillos estuvieran a rebosar de deliciosos manjares, lo que Michael llevó a la mesa eran unas sencillas *baguettes* con pavo, queso y mantequilla. Al menos, le había comprado un cruasán de almendra... Así que se llevó una sorpresa cuando dio el primer bocado y descubrió que estaba buenísimo.

—El secreto es buen pan y buena mantequilla. Los elementos básicos son esenciales —le dijo Michael, guiñando un ojo, y ella tuvo la sensación de que no solo se refería a la comida.

Mientras contemplaba cómo iba disminuyendo el tráfico a medida que la tarde avanzaba y el sol brillaba entre las copas de los árboles, Stella decidió que a lo mejor podía repetir la experiencia otro día. Su rutina dominical estaba bien establecida, pero no le cerraba la puerta a la posibilidad de crear una nueva para el fin de semana. Podía adaptarse a las circunstancias, sobre todo en lo referente a Michael.

Ataviado con unos chinos informales y una camisa blanca remangada hasta los codos, parecía la portada de una revista..., como siempre. Cayó en la cuenta de que habían pasado toda la mañana comprando cosas para ella. Qué egoísta por su parte, y qué poco considerada.

—¿Quieres mirar ropa de hombre? —Le echó un vistazo a las tiendas de los alrededores y se preguntó si alguna le gustaría.

Él negó con la cabeza y esbozó una sonrisa extraña.

—No, gracias.

—¿Seguro? ¿Me dejas que te regale algo? —Al ver que su expresión se tornaba incómoda, Stella sintió que se le aceleraba el pulso e intentó quitarle hierro a la situación añadiendo—: Ya que no me dejas regalarte un Lamborghini.

Él la miró con gesto serio.

—¿De verdad me regalarías un Lamborghini si quisiera?

Stella bajó la vista hasta las migas que se habían quedado en el envoltorio del bocadillo y asintió con la cabeza.

—Puedo permitírmelo, si eso es lo que quieres. En realidad, no sé cómo hablar sobre dinero, pero gano mucho y no hay muchas cosas en las que me apetezca gastármelo. Así que me encantaría regalarte un coche. Sobre todo si... —Dejó la frase en el aire antes de decir algo que pudiera enfadarlo.

—¿Si qué?

—Prefiero no decirlo. Estoy segurísima de que metería la pata.

Él ladeó la cabeza y su expresión se volvió inescrutable.

—Me gustaría oírlo.

—Iba a decir... —Respiró hondo, incómoda—. Que, sobre todo, si otra mujer te regaló el que tienes ahora.

Michael se concentró en doblar el envoltorio del bocadillo hasta convertirlo en un cuadrado perfecto.

—¿Me estás preguntado si mi coche fue un regalo?

Estaba segurísima de que lo era, y eso la enfurecía.

—Sí.

—Sí que lo fue.

—Te lo regaló la rubia del club.

Él frunció el ceño.

—¿Cómo lo sabes?

—Ella es la clienta que no te dejaba tranquilo. —El recuerdo del beso que le dio esa mujer pasó por su mente, y se cabreó todavía más. No solo eso, además había mantenido relaciones sexuales con ella... en múltiples ocasiones. Clavó las uñas en la mesa de cristal mientras se le aceleraba la respiración.

Él se las cubrió con las suyas y su pulso recuperó poco a poco la velocidad normal.

—No me gusta recibir ese tipo de regalos. No lo hagas, por favor.

—Vale. —Sin embargo, no pudo evitar pensar que Michael se había quedado con el coche porque le gustaba la mujer que se lo había regalado. ¿No era eso lo que se hacía cuando alguien significaba algo? Las cosas que esa persona regalaba se conservaban.

Quería que Michael tuviera algo que ella le hubiera dado. El hecho de que no le permitiera regalarle nada le provocaba algo rayano en la desesperación.

—Stella, vas a tener mucho trabajo si empiezas a ponerte celosa de mis antiguas clientas —comentó él con gesto y voz serios, como si el trabajo de acompañante fuera una triste realidad que tuvieran que aceptar.

Las preguntas se le amontonaron en la punta de la lengua. Si no le gustaba, ¿por qué se dedicaba a eso? Tenía mucho talento con la ropa. ¿Por qué no diseñaba y confeccionaba más en vez de limpiarla en seco y hacer arreglos? ¿En qué se gastaba el dinero que ganaba trabajando como acompañante? ¿Tendría alguna adicción secreta? ¿Estaría en peligro?

¿Por qué no podía ser suyo de verdad?

Claro que, de momento, lo era. No quería estar con la rubia. No había estado con la rubia esa mañana.

Mientras acababan el almuerzo, la última pregunta siguió dando vueltas en el fondo de su mente.

¿Por qué no podía ser suyo?

Solo se le ocurría un motivo: él no la quería.

Sin embargo, ese tipo de cosas no eran definitivas. Cuando comenzó esa aventura, ella estaba preparada para aprender habilidades que la ayudaran a seducir a un hombre, a Philip James quizá. Pero ¿por qué conformarse con Philip cuando a lo mejor podía conseguir a Michael? ¿Podía usar lo que le enseñara para conquistarlo a él? ¿Sería capaz de seducir a su acompañante?

17

Se suponía que tenía que estar trabajando. El proyecto de venta de ropa interior *online* era interesante. Normalmente, lo habría terminado a esas alturas. Sin embargo, era incapaz de mirar ropa interior, de pensar siquiera en el concepto de «ropa interior», y no pensar en Michael.

El cajón donde guardaba el móvil la tentaba. Quería mandarle un mensaje de texto. ¿Estaba... permitido? Salvo por la noche aquella de su despacho, solo se habían mensajeado por temas logísticos.

Tamborileó con los dedos sobre la mesa antes de cerrar el puño. ¿Cómo se suponía que iba a seducirlo si ni siquiera era capaz de reunir el valor necesario para mandarle un mensaje de texto? Sacó el móvil.

Hola.

Borró el mensaje antes de enviarlo.

Te echo de menos.

Ver esas palabras bastó para que le sudaran las palmas de las manos. Demasiado directo. Borrado.

Quería confirmar nuestros planes para esta noche.

Le dio a enviar y soltó el móvil en la mesa mientras clavaba la vista en los monitores del ordenador sin ver nada. La pantalla del móvil estaba en negro por falta de actividad. Seguramente, Michael estaba ocupado.

El móvil vibró, pero en vez de vibrar una sola vez para indicar que había llegado un mensaje de texto, siguió haciéndolo. Una llamada.

Miró la pantalla y el corazón le dio un vuelco al ver que era Michael. Se llevó el móvil al pecho antes de contestar.

—¿Diga?

—Hola, Stella. —De fondo, su madre parloteaba en vietnamita y se oía el runrún de una máquina de coser—. Necesito las manos libres, así que he preferido llamarte en vez de andar con mensajes. Sigue en pie lo de esta noche. En ese restaurante tailandés en Mountain View.

—Vale, nos vemos allí.

—Perfecto.

La máquina de coser se detuvo y se hizo el silencio en el espacio virtual que los separaba. Lo instó sin palabras a hablar. Quería oír su voz de nuevo.

—Acuérdate de llevar ropa. Para mi casa. A menos que no quieras quedarte allí. No tienes por qué hacerlo —le recordó ella a toda prisa.

—No, me parece bien. Pero se me había olvidado. Gracias por recordármelo. —Michael soltó una carcajada y Stella aferró con más fuerza el móvil. Lo echaba mucho, muchísimo de menos, y eso que solo había pasado un día desde la última vez que se vieron.

Me dijo algo y Michael suspiró.

—Tengo que dejarte. Estoy deseando que llegue esta noche. Te echo de menos. Adiós.

Stella se quedó sin aliento antes de susurrar:

—Yo también te echo de menos. —Ya había colgado, así que pronunció las palabras para sí misma.

¿Cómo soportaban los demás seguir con sus vidas cuando se echaba de menos tanto a otra persona? Quería verlo.

Accedió a la biblioteca del móvil y la encontró, tal como sabía que iba a estar, vacía. Se dejó llevar por la impulsividad y le mandó otro mensaje a Michael.

Quiero una foto tuya para el móvil.

Por favor.

Esperó.

Ya había perdido la esperanza de que le respondiera y había soltado el móvil en la mesa cuando lo oyó vibrar.

Era un primer plano de la cara de Michael con una ceja levantada. Estaba haciendo el payaso, pero también estaba monísimo. Suspiró y le acarició la mejilla con el pulgar.

El móvil vibró con más mensajes de Michael.

¿Dónde está la mía?

Te quiero con el pelo suelto.

Soltó una carcajada incrédula al leerlo.

¿En serio?

Pelo suelto. Foto. Ya.

Y desabróchate los dos primeros botones de la camisa.

Se sentía tonta, pero se llevó la mano a la goma del pelo e intentó quitársela de un tirón. Sin embargo, se le trabó y, al tirar con más fuerza, se partió, se le escapó de los dedos y acabó en el suelo. Se peinó los mechones con las manos y después se desabrochó los dos primeros botones de la camisa. Su cara le devolvía la mirada desde la pantalla del móvil, pero parecía... distinta. No parecía la Stella de siempre. Parecía la Stella Secreta, la mujer que iba a ver a su amante esa noche.

Pulsó sin querer el botón para hacer la foto, capturando su cara en el momento preciso en el que asimilaba ese pensamiento. Porque eso eran. Eran amantes. Le gustaba cómo sonaba, le gustaba mucho.

Le envió la foto a Michael.

El móvil vibró casi al momento.

Joder, Stella.

Provocativa que te cagas.

Se le escapó una carcajada al leer el mensaje y estuvo tentada de mandarle algo provocativo de verdad. Claro que no tenía la menor idea de cómo hacerlo. Seguramente la clave estaba en el ángulo de la cámara y en la postura del cuerpo, y su despacho estaba rodeado de ventanas. O sus compañeros acababan viendo más de la cuenta o encontraba la manera de meterse el móvil bajo la ajustada ropa.

Soltó el móvil, derrotada, y se obligó a concentrarse en el trabajo, que todavía le encantaba. Mientras repasaba los datos, encontró un detalle muy interesante: la gran mayoría de casados no compraba ropa interior, ni siquiera para ellos. Lo hacían sus esposas. Mientras filtraba y dividía los datos, repasando todos los años que le habían proporcionado, descubrió que los hombres dejaban de comprar ropa interior incluso antes de que hubiera registro público del anuncio de su boda.

¿Qué pasaba? ¿Qué clase de fenómeno antropológico tenía delante?

La emoción de un nuevo rompecabezas le corrió por las venas y la capturó. Contrastó los datos con diferentes variables; analizó las curvas y los gráficos que, a simple vista, parecían dispersos; comprobó las estadísticas. Era incapaz de resolverlo. Le encantaba no poder resolverlo.

El móvil vibró y leyó en la pantalla: «Cena con Michael».

Miró con añoranza los monitores del ordenador, pero no permitió que sus manos regresaran al teclado. Para ella, nunca eran «cinco minutos más». Si volvía al trabajo, la siguiente vez que apartara la vista de los datos ya sería bien pasada la medianoche. Por eso programaba las alarmas.

Además, Michael era tan interesante como los datos y también la hacía reír. Su olor era maravilloso, sus caricias eran maravillosas, su sabor era maravilloso y... Se abrazó mientras sus pies bailaban sobre la moqueta. Era casi demasiado perfecto todo. Trabajo emocionante de día. Michael emocionante de noche. Quería eso todos los días, para siempre.

Guardó el trabajo, apagó el ordenador y recogió sus cosas. Recorrer el pasillo mientras quedaban personas en sus mesas era algo que hacía muy pocas veces, pero sus compañeros no solían prestarle atención. Esa noche, en cambio, la atención tan poco habitual al pasar junto a ellos la desconcertó. Los jefes de departamento dejaron fórmulas a medio escribir en las pizarras de sus despachos. Los analistas más jóvenes la miraron sorprendidos desde sus mesas.

Al pasar por delante del despacho de Philip, él levantó la vista de los documentos que tenía delante y se quedó de piedra. Lo saludó con un gesto de la mano y se acercó a los ascensores. Justo cuando las puertas se cerraban, Philip se metió de un salto.

—Hoy sales pronto del trabajo —le dijo él.

Cuando empezó a colocarse bien las gafas, se dio cuenta de que llevaba el pelo suelto. Por eso todo el mundo se comportaba de forma tan rara. Puso los ojos en blanco. Solo era pelo.

—He quedado para cenar.

Los ojos claros de Philip la recorrieron de los pies a la cabeza.

—¿Con un hombre?

Stella se colocó un mechón de pelo detrás de una oreja.

—Sí.

—Ya veo que has seguido mi consejo, ¿eh? —le soltó él con su habitual mueca burlona.

—Pues la verdad es que sí. Gracias.

Philip parpadeó y levantó las cejas.

—Me sorprendes, Stella, y te queda muy bien el pelo suelto.

La admiración de sus ojos la incomodaba muchísimo, tanto que se moría por abrocharse de nuevo los dos primeros botones de la camisa.

—Gracias.

—Bueno, ¿quién es? ¿Lo conozco? ¿Va la cosa en serio?

Stella empezó a tamborilear con los dedos sobre su muslo.

—No creo que lo conozcas. Ojalá que vaya en serio. Va en serio para mí.

—No le pidas que se case contigo demasiado pronto, ¿vale? Eso acojona a los tíos.

Lo miró con el ceño fruncido.

Philip carraspeó.

—Lo siento, ha sonado mal. Tú ve despacio. A eso me refería.

Cuando el ascensor pitó y se abrieron las puertas, Philip pegó la mano al sensor para que no se cerraran.

—Las damas primero.

Stella salió del ascensor, con la esperanza de que su larga zancada le permitiera dejarlo atrás, pero Philip apretó el paso para caminar a su altura.

—¿Adónde vais a ir?

—A un restaurante tailandés. —Vio su coche en el aparcamiento y deseó poder teletransportarse al interior. No pensaba volver a soltarse el pelo en el trabajo.

—Así que te gusta la comida picante...

—Pues sí. Ya te diré si el restaurante es bueno, así podrás llevar a Heidi.

—Ya no salgo con Heidi. La verdad es que es demasiado joven para mí. No tenemos nada en común. Me dijo que tengo que mejorar mis habilidades comunicativas con los demás. Al parecer, hablo de forma condescendiente. Es frustrante. No tengo la culpa de saber cosas. —Tosió—. Olvida que he dicho eso.

Sus palabras la hicieron recapacitar. Sabía lo que era tener problemas de comunicación. ¿Quería eso decir que Heidi había roto la relación? Bajo su apariencia irritante, ¿Philip estaba triste? ¿Era capaz de estar triste?

—Entiendo.

—Tú y yo tenemos cosas en común. —A juzgar por la expresión de sus ojos, Philip hablaba en serio. Parecía verdaderamente interesado en ella.

Stella se detuvo junto a su coche.

—Las tenemos.

Su madre creía que eran perfectos el uno para el otro. Si no la hubiera inspirado para que buscara ideas distintas con el consejo tan gilipollas que le dio, tal vez correspondería su interés. Al menos, tal vez hubiera dejado que se convirtiera en su cuarto encuentro sexual desastroso.

Ya no. Ya solo deseaba a Michael.

—Tengo que irme o llegaré tarde.

Philip retrocedió.

—Que te lo pases bien, Stella. Bueno, no demasiado bien. Nos vemos mañana.

Después de meterse en el coche y de abrocharse el cinturón de seguridad, vio cómo Philip se metía en su coche. Un flamante Lamborghini rojo chillón. En absoluto su estilo. Habría detestado el coche nada más verlo de no ser porque a Michael le encantaban.

Suspiró y arrancó para reunirse con Michel. El trayecto fue rápido y tardó poco en entrar en el húmedo restaurante. Michael la esperaba en una mesa para dos junto a la ventana. Estaba para comérselo con unos pantalones de pinzas negros, una camisa negra de raya diplomática y un chaleco de seda negro que se le ceñía a la estrecha cintura.

Sus ojos relampaguearon mientras se daba unos golpecitos en los labios con el índice al tiempo que la observaba sortear las mesas hasta llegar a él. Cuando llegó a la mesa, se levantó y la abrazó con fuerza, pegándole los labios al cuello mientras le peinaba los mechones con los dedos.

—Mira qué pelo. Mi Stella está guapísima esta noche.

Stella aspiró su aroma y se pegó a él. La sensación de que todo era como tenía que ser se apoderó de ella, y su determinación se cimentó. Iba a seducirlo. Si conseguía averiguar cómo hacerlo.

—Se me rompió la goma al quitármela. Ahora todo el mundo en el trabajo cree que me he metido a *stripper*.

Michael se echó a reír.

El camarero se acercó y tuvieron que separarse a regañadientes para tomar asiento.

—Pues podrías hacerlo, que lo sepas. Tienes el cuerpo indicado —le dijo él con una sonrisa traviesa.

—Con la mala coordinación que tengo, acabaría con un chichón en la cabeza.

Michael tuvo el buen juicio de no opinar acerca de su coordinación.

—¿Es otro original de Michael? —le preguntó ella, señalándole el chaleco, que le encantaba.

—Por supuesto. Y, a juzgar por tu expresión, te mueres por tocarlo. Mi trabajo ha terminado.

Fue en ese momento cuando Stella se dio cuenta de que estaba extendiendo el brazo por encima de la mesa, hacia él. Apartó las manos y se sentó sobre ellas, y se subió las gafas frunciendo la nariz.

—Podrás examinarlo más de cerca después. —Michael dejó la mano sobre la mesa, con la palma hacia arriba, y ladeó la cabeza, a la espera, y ella se dio cuenta de que quería cogerle la mano.

¿Cómo iba a seducirlo si él la estaba seduciendo de forma tan efectiva?

Levantó una de las manos y la colocó encima de la de Michael. Él cerró los dedos en torno a los suyos y le acarició el dorso de la mano con el pulgar.

—¿Có-cómo te ha ido el día? —En cuanto pronunció las palabras, se dio cuenta de que era la primera vez que se lo preguntaba. No era la primera vez que había sentido curiosidad por el tema. ¿Era demasiado personal? ¿Podía preguntarle cosas así?

Michael torció el gesto y esbozó algo entre una sonrisa y una mueca.

—Es temporada de bailes de graduación. No es mi época preferida.

—¿Muchos arreglos de ropa?

—Y adolescentes chillonas.

—Seguro que todas se enamoran de ti nada más verte. —Eso tenía que ser agotador.

—Mi madre se encarga de casi todas las pruebas, así que no está tan mal. Pero me estoy quedando bizco por culpa de tanto tirante fino. Tu foto ha sido el mejor momento del día.

Eso sonaba espantoso. Su foto ni siquiera era buena.

—¿Eso quiere decir que te gustaría dedicarte más a la ropa masculina?

La idea de que no estaba haciendo lo que más le gustaba fue como si le clavaran algo en el costado. Ella necesitaría terapia si tuviera que trabajar día sí y día también en algo que odiara.

Michael se encogió de hombros, pero adoptó una expresión pensativa.

—Prefiero el lado creativo del trabajo, crear algo nuevo. No me molesta tener que confeccionar la prenda y hacer arreglos, pero no supone un desafío.

—¿Has pensado en crear tu propia línea de ropa? —Se tapó la boca nada más ocurrírsele la idea—. Podrías participar en uno de esos concursos de moda. Seguro que ganabas.

Michael miró sus manos unidas con una sonrisa, pero no era de felicidad.

—Hace tres años me eligieron para participar en uno. Creo que les gustó más mi cara que mis diseños, pero da igual. Una oportunidad es una oportunidad. Pasaron cosas y mi madre enfermó. Tuve que rechazar la propuesta.

Stella se quedó blanca al mismo tiempo que el corazón se le hacía añicos. Pues claro que haría algo así por su madre.

Cuando Michael la miró la cara, su expresión se volvió tierna.

—No estés tan triste. Ahora está muy bien.

—¿Es... cáncer? —Recordó haber oído a sus hermanas hablar de quimio mientras estaban discutiendo, pero en aquel entonces estaba tan abrumada que no asimiló del todo la información. ¿Cómo había podido pasarlo por alto? ¿Qué clase de persona era?

—Cáncer de pulmón en estadio cuatro, incurable, inoperable. No, nunca ha fumado. Solo ha tenido mala suerte. Pero el último tratamiento parece que funciona. Las cosas han estado mejorando —le dijo él con una sonrisa para animarla.

Stella le dio un fuerte apretón en los dedos mientras lo miraba. ¿Sabría lo maravilloso que era en realidad?

El camarero apareció de nuevo y Michael le preguntó:

—¿Quieres que pida yo? —Al verla asentir con la cabeza, pidió una serie de platos sin mirar la carta siquiera—. ¿Y qué tal tu día? —le preguntó.

—Bien.

Michael sonrió y le pellizcó la barbilla.

—Detalles, Stella.

—Ah. En fin..., me he encontrado un rompecabezas muy interesante en el trabajo. Hay un fenómeno fascinante que no puedo expli... ¿Por qué me miras así?

Él había ladeado la cabeza y la miraba con una sonrisa especialmente tierna.

—Estás muy mona y sensual cuando hablas de trabajo.

—Esos dos conceptos no puede ir juntos.

Michael se echó a reír.

—Contigo sí. Sigue, rompecabezas fascinante.

—Ya te lo contaré cuando haya encajado las piezas. Que lo haré. Bueno, ¿qué más? Ah, mi jefe me está presionando para que contrate a un asistente en prácticas. Y me he hecho mi primera foto hoy. —Se calló todo lo referente a Philip. No había necesidad de mencionar ese encuentro tan incómodo.

—¿Tu jefe cree que trabajas demasiado?

Stella se encogió de hombros.

—¿Quién no lo cree?

—No es demasiado si te encanta. Como a ti.

—Eso mismo. Por favor, díselo a mi madre.

—Si la veo, se lo diré —le aseguró él. Pero, a juzgar por su tono de voz, Michael creía que la probabilidad de conocer a su madre era muy baja.

—Lo harás dentro de un mes, en la gala benéfica que está organizando. Si quieres acompañarme, claro. No tienes por qué hacerlo —se apresuró a añadir.

Michael apretó los dientes mientras la miraba fijamente.

—¿Quieres que te acompañe?

Ella asintió con la cabeza.

—Ha amenazado con prepararme una cita a ciegas si no llevo a alguien. —Y ella solo quería estar con Michael. Con nadie más.

—Muy directa, ya lo creo. ¿Cuándo es?

—Un sábado por la noche. Atuendo formal. Aunque eso no debería ser un problema para ti.

Michael esbozó una sonrisilla, pero la tensión de sus ojos no desapareció.

—Muy bien, lo señalaré en el calendario. Me encantará ir.

—¿De verdad?

—Sí.

Stella se mordió el labio, titubeó, pero luego decidió lanzarse y le preguntó:

—¿Me harás el vestido?

Michael la miró fijamente a los ojos un buen rato.

—Vale.

—Te pagaré, por supuesto...

—Espera a verlo antes —la interrumpió él, que se llevó su mano a los labios para besarle los nudillos.

—Me va a encantar.

Michael se echó a reír de nuevo.

—Creo que sí.

Llegó la cena y la conversación, pero conversación de verdad, continuó de forma fluida mientras comían platos especiados con hierba de limón, hojas de lima kaffir, albahaca y chiles rojos que le abrasaron la boca. Le preguntó a Michael por sus diseñadores preferidos, que eran Jean Paul Gaultier, Issey Miyake e Yves Saint Laurent, y descubrió que había asistido a clases de diseño en San Francisco. Él le preguntó cuándo descubrió su pasión por la economía, que fue en el instituto, y cuándo tuvo su primer novio... Nunca. Michael salió en serio con una niña en cuarto de primaria, a la que veía en el autobús escolar. Stella comió más de lo acostumbrado. Quería alargar la velada.

Cuando les llevaron la cuenta, hizo ademán de cogerla, pero Michael le dio al camarero su tarjeta de crédito con un gesto rápido. Stella entrecerró los ojos.

No era la primera vez que insistía en pagar cuando estaba con ella, y la incomodaba muchísimo. Esa clase de gastos eran insignificantes para ella, y saltaba a la vista que él tenía problemas de dinero. ¿Por qué no le permitía pagar? ¿Cómo podían llegar a un acuerdo en ese tema? No tenía ni idea de cómo hablar de dinero sin insultarlo.

Mientras salían del restaurante, Michael le dijo:

—Tengo que pasarme por casa y coger algo de ropa. Se me había olvidado hasta que me lo recordaste.

—¿Significa eso que puedo verla? —¿O estaba pasándose de lista al suponer que iban a pasar la noche juntos?

—Si te apetece de verdad... Pero no es nada del otro mundo. —Michael se frotó la nuca y puso una cara de incomodidad monísima.

—No puede ser peor que la mía.

—¿Qué quieres decir con eso?

—Mi casa está vacía y resulta... estéril. —Los demás decían lo mismo de ella cuando creían que no podía oírlos.

Michael le acarició la mejilla y luego descendió por su pelo.

—Solo necesita muebles. Venga, vamos. Está muy cerca de aquí.

Con «muy cerca», se refería a que vivía en el edificio de apartamentos del portal de al lado. Podría haberse ahorrado el tener que buscar aparcamiento. Después de dar unas cuentas vueltas por el aparcamiento sin encontrar un hueco libre, Michael le dijo que usara su plaza. Él aparcó en la otra punta de la calle mientras lo esperaba junto al jardín acuático de la comunidad.

Michael la cogió de la mano y la condujo por las escaleras exteriores hasta su apartamento, situado en el tercer piso.

—No recogí antes de irme, así que prepárate para lo peor. No vaya a darte un infarto, ¿vale?

Stella se preparó.

—Te lo prometo.

Michael contuvo la respiración mientras Stella entraba en su apartamento de un dormitorio. No estaba sucio, porque era una persona muy organizada, pero tampoco era una maravilla.

Intentó ver el espacio a través de los ojos de Stella. Un pequeño sofá marrón de Ikea estaba junto a una de las paredes del salón, al otro lado de un modesto televisor de pantalla plana. Al fondo de la estancia estaba su banco de musculación y un soporte con varias mancuernas. El saco de boxeo colgaba al lado, en un rincón, en flagrante violación de su contrato de alquiler.

La cocina era un espacio muy reducido con encimera de formica, una vitrocerámica y una mesita de madera con cuatro sillas a juego. Tenía una maceta como centro de mesa para darle color, porque, sí, le gustaban esas cosas. Había un archivador metálico pegado a la pared del fondo, con facturas y cosas encima que todavía no había organizado.

Stella se quitó los zapatos de tacón y los dejó junto a los suyos. La vio soltar el bolso en el sofá con gesto descuidado mientras inspeccionada los DVD que se alineaban en el mueble de la tele.

Se inclinó para echarles un vistazo más de cerca y le ofreció una vista fantástica de su maravilloso trasero.

—Los organizas por orden alfabético.

Fue incapaz de contener la carcajada. Stella nunca se comportaba como él esperaba.

—¿Te están haciendo los ojos chiribitas, Stella?

—¿Qué es esto? *¿Laughing in the wind?* —Abrió la puerta de cristal y sacó la gruesa caja con los DVD.

—Solo tengo las mejores series de televisión *wuxia* de la historia.

Stella levantó la vista de la caja con los labios entreabiertos, con cara de haber descubierto el Santo Grial, y a Michael le costó la misma vida no sonreír de oreja a oreja. Ninguna de sus antiguas novias sabía lo que era el término *wuxia*, mucho menos compartía su frikismo.

Mientras intentaba mantener las formas, se quitó los zapatos con los pies y los dejó junto a los de Stella.

—Te la presto si quieres.

Stella se pegó su tesoro al pecho.

—Vale, gracias.

—Pero ten cuidado. Es muy adictiva, y tiene como ochenta episodios. —Se borró la sonrisa de los labios con los dedos y luego se llevó la mano al pelo—. Date una vuelta por la casa mientras cojo mis cosas.

Sin embargo, en vez de quedarse fuera cuando él entró en el dormitorio, lo siguió y se sentó en el borde de la cama, sonriéndole antes de inspeccionar el sencillo espacio con mirada curiosa. Vestida con su cara ropa de trabajo, parecía tan fuera de lugar en su barato apartamento que se preguntó por qué narices la había llevado.

Para atormentarse, seguramente.

Era un lugar donde no entraban ni clientas ni mujeres en general, un lugar en el que se refugiaba para recuperar la normalidad en su cabeza. ¿Cómo iba a aclararse las ideas cuando terminaran las cosas entre ellos si tenía el recuerdo de verla sentada en su cama, esperándolo, sonriéndole como solo le sonreía a él?

Escapó a su armario y miró los trajes y las camisas que tenía, dejando que le recordaran una época en la que no había vivido con una soga al cuello. Escogió las prendas que se iba a llevar a casa de Stella y sacó una bolsa de deporte negra del estante superior. De camino, cogió más calcetines y calzoncillos de la cuenta. Si cogía para una semana, debería...

Stella se había acurrucado con sus mantas y estaba frotando la cara contra su almohada con una expresión de puro éxtasis. Era raro de narices. No debería excitarlo.

Pero lo hizo.

Soltó la bolsa en el suelo y se inclinó sobre ella.

—Ahora que tienes mi ropa de cama, ya no me necesitas. ¿A que no? —le susurró.

Stella abrió los ojos de golpe y se ruborizó.

—Huelen muy bien.

—¿No te preocupa que estén sucias?

Stella puso los ojos como platos y se apartó la ropa de cama del pecho. Parecía a punto de vomitar, casi como si la hubiera traicionado.

Antes de que pudiera ponerse a hiperventilar, Michael se tumbó en la cama y la abrazó contra su cuerpo.

—Aquí solo duermo yo, Stella. Estaba bromeando. Y me ducho por las noches. —Tenía que ducharse para desprenderse del olor de sus clientas antes de dormir. Ni de coña las metería en su cama.

En fin, salvo por esa clienta en concreto. Ninguna de sus reglas era válida para Stella.

Ella le golpeó el pecho con los puños, aunque sin fuerza alguna.

—No tiene gracia, Michael.

—Lo siento. —Le apartó el pelo de la cara y le colocó bien las gafas para que ella no tuviera que hacerlo—. Solo estaba bromeando. Y no pensé en... las otras... hasta que te he visto reaccionar así.

—¿De verdad que nunca has traído a nadie?

¿Estaba celosa? ¿Quería que Stella estuviera celosa? Joder, sí, lo quería.

—Nunca.

Stella frunció los labios como si se estuviera mordiendo por dentro.

—Debería irme. Me he invitado sola, ¿verdad? Gracias por enseñarme tu casa. Me gusta. Debería comprar una planta.

Estaba preparada para levantarse y Michael se dijo que tenía que dejarla marchar. Ese espacio no era para clientas, y él no necesitaba más recuerdos de ella en su cama.

«Déjala marchar.»

Sus brazos se negaron a hacerle caso. La abrazaron con más fuerza de modo que sus cuerpos encajaban a la perfección, como si estuvieran hechos a medida.

—En mi cabeza no te equiparo con ellas, Stella.

—¿No?

Lo miraba con una expresión tan esperanzada que Michael no pudo contenerse y añadió:

—No. Para mí, no eres una clienta más.

—Lo dices como algo bueno, ¿no? —le preguntó ella con una sonrisa temblorosa.

—Como algo estupendo. —Le acarició el pelo suelto y ella cerró los ojos para disfrutar de la caricia, demostrándole una confianza que lo desarmó.

Cuando le quitó las gafas y las dejó en la mesilla de noche, Stella abrió los ojos y tragó saliva, haciendo que se concentrara en el pulso que le latía, desaforado, bajo la barbilla. Stella se había ruborizado. Lo deseaba. Nunca le había gustado tanto ver que lo deseaban de esa forma.

—Eres guapísima, Stella.

Le acarició el labio inferior con el pulgar, y ella suspiró y se lo besó antes de sorprenderlo al metérselo en la boca y chupárselo. Le lamió el dedo antes de darle un mordisco, provocándole un ramalazo ardiente que se la puso dura al instante.

—¿Dónde leches has aprendido a hacer eso?

Stella le soltó el dedo.

—Solo quería hacerlo. Pero mañana pienso investigar sobre los mordiscos eróticos en los dedos.

—Sabes que puedes preguntármelo a mí, ¿no? —Se llevó su delicada mano a los labios y le mordisqueó la base de la palma.

A Stella le hormiguearon los dedos y soltó el aire con un suspiro largo y entrecortado.

—Quiero saber todo lo que te encanta hacer. —Le cogió la mano y se la llevó a la boca. Sus blancos dientes le mordisquearon la piel, y Michael sintió que se le erizaba el vello del cuerpo entero.

—Me encanta besarte —admitió él.

Stella le acarició los labios con las puntas de los dedos.

—¿Eso quiere decir que puedo besarte?

—No tienes que pedirme permiso. —Era la única que lo había hecho. A lo mejor por eso lo tenía tan loco.

—¿Tengo permiso para besarte donde quiera? —Le estaba mirando la boca como si lo que había dicho fuera demasiado bonito para ser verdad.

—Ajá.

Stella unió sus bocas y lo besó como si él fuera oxígeno y a ella le faltara el aire. Michael le bajó las manos por la espalda hasta las caderas, y luego le cogió el precioso trasero y la pegó contra su erección. Stella se afanó por pegarse todavía más y le enterró los dedos en el pelo mientras se entregaba al beso.

Muy dulce, toda ella era dulce. Pero estaba cubierta por la ropa. A él le encantaba la ropa, pero en ese momento la ropa la mantenía alejada de sus manos. Jamás había sentido el impulso de arrancar botones como lo sentía en ese momento. Interrumpió el beso y le cogió una mano para desabrochar el puño que se ceñía a su elegante muñeca.

—La ropa fuera —gruñó.

Después de desabrocharle los puños, Stella empezó a desabrocharle a él la camisa, y Michael se dio cuenta de que era la primera vez que lo desvestía. Lo habían desvestido cientos de personas distintas. En ese instante, no recordaba una sola de sus caras.

Solo veía a Stella.

Los dos se pusieron manos a la obra, sus brazos se cruzaron mientras se desabrochaban las camisas y el chaleco de Michael, mientras se sacaban los faldones. Stella le acarició el pecho con las manos y le arañó los pezones con las uñas, abrasándole la piel.

Él le recorrió la clavícula con los dedos para después bajar por el valle entre sus pechos cubiertos por el sujetador y continuar por el torso hasta llegar a la cinturilla de la falda. Después de desabrochar el corchete que la cerraba a un costado, le bajó la cremallera por la dulce curva de la cadera.

—Falda fuera, Stella. Me volveré loco si no puedo tocarte. —Necesitaba tener las manos entre sus piernas, necesitaba saborearla.

Stella se puso de rodillas y se bajó la falda. Luego se sentó de nuevo y se quitó la falda del todo antes de dejarla sobre la mesilla de noche. Lo miró con los párpados entornados al mismo tiempo que se sentaba sobre las piernas y jugueteaba con los puños de la camisa, una camisa que dejaba al descubierto su sujetador y sus bragas de color carne, y su sedosa piel.

—Todavía llevas demasiada ropa encima —le dijo él.

Stella se quitó la camisa con un movimiento tímido de los hombros y se desabrochó el sujetador, que dejó que cayera sobre la cama. Michael estuvo a punto de gemir al ver sus endurecidos pezones. Cuando Stella se acarició los pechos y se frotó los pezones con gesto nervioso, gimió de verdad. Joder, lo ponía a mil, y ella no tenía ni idea.

—Los siento arder cuando me miras así —susurró ella.

—¿Cómo? —le preguntó con voz ronca, sin saber si iba a contestarle.

—Como si qui-quisieras...

—¿Lamerlos? ¿Chuparlos?

Se puso colorada, pero asintió con la cabeza.

—Ven aquí.

Stella se acercó a él gateando y se pegó a su torso antes de acariciarle el cuello con la nariz y de meterle las manos por debajo de la camisa para aferrarse a su espalda. Los endurecidos pezones le rozaron el pecho, y Michael fue incapaz de resistirse a la tentación de cubrirlos con las manos y de frotarlos con los dedos. Sintió la respiración entrecortada de Stella en el cuello antes de que lo mordisqueara.

—Tú tienes más ropa que yo, Michael.

—Pues quítamela.

A Stella le brillaron los ojos y sus labios esbozaron una sonrisa. Tal como había supuesto, a su Stella le encantaba la idea de desnudarlo. Le pasó las manos por la seda negra del chaleco antes de quitárselo y dejarlo en la mesilla de noche con mucho cuidado..., porque era una creación suya y lo respetaba. Un gesto sencillísimo que, sin embargo, lo instaba a abrazarla con fuerza y a no dejarla marchar en la vida.

Le quitó la camisa, que también dejó sobre la mesilla de noche, y cuando volvió a mirarlo, Stella perdió la concentración por completo. Le recorrió los brazos, el pecho y los abdominales con dedos ansiosos, dibujó con los dedos su tatuaje. Besó el ojo del dragón, le dio un lametón.

—Me gusta tu tatuaje.

—No pareces ser muy de tatuajes.

—Es tuyo, Michael —se limitó a replicar ella.

Michael tiró de sus caderas para pegarla a su cuerpo, de modo que notara el efecto que tenía sobre él.

Stella echó la cabeza hacia atrás y su cuerpo se relajó. Se consideraba un buen amante, pero nunca lo había sido tanto. Era como si estuviera hecha para él, diseñada especialmente para responder a él. Y solo a él. La idea le provocó un intenso afán posesivo.

Empezó a acariciarla con creciente ardor, pegándola a él al mismo tiempo que se apoderaba de su boca. El beso fue una caricia apasionada, con dientes y lengua, pero ella no protestó. En cambio, le devolvió la pasión y lo besó hasta que empezó a jadear.

Michael no estaba preparado cuando ella se la acarició. El placer lo recorrió como una oleada ardiente. Sintió que se le ponía más dura, y se le escapó un gemido gutural. Se le tensaron los abdominales mientras intentaba recuperar el aliento.

—Me encanta esta parte de ti —le susurró ella, acariciándolo de nuevo—. Enséñame qué te da placer.

Una especie de instinto de supervivencia le dijo que rechazara su petición, lo avisó de que no debería darle las armas que lo llevarían a su destrucción; pero, como era habitual, fue incapaz de negarle nada. Se desabrochó los pantalones y se la sacó, y casi perdió la cabeza cuando vio que a los ojos de Stella asomaba un deseo descarnado.

—Así. —Le cogió la mano y se la cerró en torno a su erección, y con un gemido le enseñó qué ritmo le gustaba más, qué presión lo volvía loco, le enseñó cosas que nunca les había enseñado a sus clientas. Porque solo se preocupaban por sí mismas.

Stella era distinta. Todo su ser se concentraba en darle placer. ¿Lo hacía porque quería hacerlo con otra persona o porque él le importaba como ningún otro? Sabía la respuesta. Pero la deseaba de todas formas.

Le acarició la elegante espalda con las manos hasta llegar a las bragas e introdujo los pulgares bajo el elástico para bajárselas por los muslos. Las tenía empapadas, y el olor de su deseo lo llevó al límite. Estuvo a punto de correrse en su mano. Tal vez Stella le estuviera dando placer como parte de su educación sexual, pero también lo estaba disfrutando al máximo. Era imposible fingir su excitación.

Después de instarla a tumbarse en la cama, le quitó las bragas de un tirón, hizo una bola con ellas y se las llevó a la nariz para inhalar su olor.

—Me las voy a quedar.

—No son..., no son...

Michael le separó los muslos y se deleitó con su precioso coño. Los húmedos pliegues estaban hinchados y se abrían para él. Sus dedos la acariciaron por voluntad propia, y la penetró.

Joder, esa ardiente humedad, esa estrechez... Era perfecta para él. Su cuerpo se convirtió en una dolorida masa de deseo.

—Stella, no tienes ni idea de lo que me hace tu...

—Michael —protestó ella, que dobló las rodillas, inquieta—, no lo digas.

Él se quedó callado. Con la boca le decía que no, pero con el cuerpo... Stella respiraba entre jadeos y se cerraba en torno a los dedos con los que la penetraba.

—Creo que te gusta que te diga guarrerías —le susurró.

Ella negó con la cabeza, frenética.

—Me da vergüenza.

—Tu coño no piensa lo mismo. Me estás estrujando los dedos, Stella.

Se los apretó todavía más en respuesta y arqueó las caderas contra su mano, haciendo que la penetrara todavía más.

—Son tus de-dedos. Me encanta cuando me tocas. —Stella cerró los ojos y se frotó la mejilla con la sábana.

Con la mano libre, Michael le pellizcó el clítoris y se lo acarició con gesto lento y firme. Stella se llevó el dorso de una mano a los labios y se tensó alrededor de sus dedos. Pero no con tanta fuerza como antes.

A su Stella le gustaba que le hablasen. Mucho.

No había problema. A él le gustaba hablar.

—Creo que son las palabras —dijo mientras seguía acariciándola con las manos—. Es una pena que no puedas verte ahora mismo. Te he metido los dedos en el coño hasta el fondo y me estás empapando la mano. ¿Te gusta?

Stella arqueó la espalda y se aferró a las sábanas con ambas manos mientras gritaba su nombre.

Se fijó en sus pezones y se le hizo la boca agua al recordar su sabor y su textura.

—¿Te duelen esos pezones tan bonitos?

Ella asintió con la cabeza, levantó la cadera contra su mano y, acto seguido, deslizó las manos por el abdomen hasta sus tetas. Un gemido atormentado brotó de su garganta cuando se pellizcó los pezones. Después, dejó caer las manos a los costados.

—Solo me gusta cuando lo haces tú.

Porque necesitaba que le sedujeran la mente al mismo tiempo que el cuerpo y, al parecer, a su supercerebro le gustaba mucho lo que él le decía. Él solo era su novio en prácticas, pero respondía a sus caricias como no había respondido a ningún otro hombre.

Acabó con la tortura para ambos al meterse un endurecido pezón en la boca.

—Eres como una golosina, Stella. Dulce, dulce, dulce.

Ella se movió contra sus manos con frenesí.

—¿Ya te vas a correr? Ni siquiera te he comido el coño todavía.

Un gemido brotó de los labios de Stella y su expresión se tensó. Se quedó tan rígida que creyó que había echado por tierra el momento, pero tras un tenso silencio, sus músculos se relajaron.

—A lo mejor tengo que llamarlo de otra manera —le susurró mientras dejaba un reguero de besos por su estómago.

Sus músculos internos se contrajeron en torno a sus dedos, y Michael supo que estaba cerca del orgasmo. Stella se mordió el labio inferior al mismo tiempo que echaba la cabeza hacia atrás y tomaba una honda bocanada de aire.

Le lamió el clítoris antes de preguntarle:

—¿Es tu... vaina?

—No.

—¿Tu... jardín?

Stella sonrió contra las sábanas.

—No.

—Tu preciosa vagina.

La sonrisa de Stella se ensanchó antes de que meneara la cabeza.

Michael le dio otro lametón antes de chuparle el clítoris con tiento, y ella se arqueó contra su boca. De todas formas, seguía al borde del clímax, justo donde él la quería.

—Ya sé. —Le besó la cara interna del muslo—. Es tu... —Remarcó cada palabra con un beso sobre la húmeda piel—. Húmeda. Ardiente. Batata.

Stella se echó a reír, y las carcajadas lo envolvieron y se le metieron hasta lo más dentro, azuzando los rescoldos hasta que el fuego crepitó. Le encantaban sus carcajadas. Le encantaban sus sonrisas. Le...

Dejó la idea a medias, antes de cristalizarla en su mente. No era el momento de pensar. Era el momento de sentir. Le chupó el clítoris, y las carcajadas de Stella se convirtieron en un largo gemido. Ella le enterró los dedos en el pelo y comenzó a moverse contra su cara, y Michael se sumergió plenamente en su sabor, en su olor, en los gemidos sensuales que emitía y en la piel que tocaba su lengua. Nada era tan bueno como eso.

Cuando ella lo sujetó por los hombros y empezó a tirar de él, Michael levantó la vista, confundido.

—Michael, lo deseo. Lo necesito. Ahora. Por favor —suplicó ella entre jadeos.

—¿Cómo?

Joder, ¿iba a empezar Stella a decirle guarrerías?

Ella siguió dándole tirones en su intento porque se pusiera encima.

—Me muero por ti, Michael.

Al final resultó que era demasiado tímida, pero sus palabras lo golpearon con el mismo efecto. Tuvo que pararse un momento para concentrarse en la respiración a fin de no correrse en las sábanas; después, se bajó de la cama, la instó a ponerse bocabajo y tiró de ella hasta que sus caderas estuvieron al borde del colchón. Eso era lo que Stella necesitaba. Era demasiado personal para ella hacerlo cara a cara. A lo mejor con el siguiente hombre sí podía...

Consiguió desentenderse de esa horrorosa imagen acariciándole el magnífico trasero. Tal vez solo fuera una relación en prácticas para ella, pero ese momento, ese preciso instante, era real.

—Me encanta tu cama, pero es demasiado baja. La mía es perfecta para una cosa.

Stella enterró la cara en las sábanas.

—Ya, por favor.

Sin embargo, al meter la mano en el bolsillo del pantalón, lo encontró vacío. Gimió con incredulidad. Ni azules ni leches. Tenía los huevos morados.

—No tengo condones. —Era un acompañante, joder, y se le habían olvidado los condones. Había estado demasiado ansioso por ver a Stella y no había repasado su habitual lista de preparativos antes de una sesión.

—No me tortures así, Michael. —Stella arqueó las caderas, ofreciéndole una vista de su ardiente coño. ¡Dios!

Tenía tantas ganas de metérsela que le dolía.

—No es tortura. Me he dejado la caja en el coche.

Stella lo miró con gesto atormentado.

—Vuelvo ahora mismo.

Tras decir eso, consiguió ponerse como pudo los pantalones y cubrirse la dolorosa erección y salió corriendo del apartamento.

Stella se desplomó sobre la cama de Michael. Después de sus tres primeras experiencias sexuales, estaba convencida de que el sexo no le gustaba. Era algo sucio, doloroso en ocasiones e incomodísimo. Sin embargo, en ese momento, era incapaz de pensar en otra cosa.

Le palpitaba el cuerpo por la fuerza del deseo, por el anhelo de sentirlo en su interior, de que la abrazara y... de que le hablara.

Sonrió al recordar lo que Michael había dicho. ¿Se reían otras personas mientras echaban un polvo?

Tamborileó con los dedos sobre la cama mientras esperaba, pero la paciencia nunca había sido una de sus virtudes. Era una persona de acción. Odiaba perder el tiempo. Y no había acabado de explorar el apartamento.

Bajó los pies al suelo, cogió las gafas y se puso la camisa de Michael, sonriendo al ver que le llegaba casi a las rodillas. Las costuras, que no eran francesas, le resultaron ásperas, pero su olor compensó la irritación. Además, no le llevaría mucho tiempo.

Una miradita al interior de su armario le provocó una gran alegría. Sí, era una maravilla. Todos sus preciosos trajes y camisas, perfectamente colgados y organizados por color, tipo de tela y tamaño de la raya diplomática. Pasó los dedos por las mangas de las chaquetas antes de volverse para mirar la cómoda. Quería abrir los cajones y ver cómo guardaba los calcetines, pero le parecía muy indiscreto. ¿Y si la pillaba fisgando? ¿Pensaría que estaba buscando algo?

¿Estaba buscando algo en realidad? A lo mejor sí, pero no buscaba nada en concreto. Solo quería entenderlo mejor.

Atravesó el dormitorio descalza, pasó junto a la tele, ya había visto casi todas las películas que había y se había guardado en el bolso *Laughing in the Wind*, y acarició con las yemas de los dedos la fría superficie de las mancuernas, ordenadas por tamaño junto al banco de musculación, tras lo cual golpeó con un puño el saco de boxeo y acabó frotándoselo porque le había dolido.

Un vistazo a su frigorífico le indicó que Michael cocinaba con asiduidad. Estaba lleno de condimentos asiáticos con misteriosas etiquetas, de productos frescos y de todo tipo de productos saludables, tantos que ella no sabría por dónde empezar. Eso sí, había unos cuantos yogures.

Mientras se acercaba a la mesa del comedor para admirar la planta que había encima, se fijó en los papeles que descansaban sobre el archivador metálico. Facturas, por lo que parecían.

Y Michael tenía problemas económicos.

Miró de reojo la puerta del apartamento, pero seguía cerrada. Aguzó el oído por si oía sus pasos. Nada.

El corazón le latía con fuerza. Sabía que sería una violación de su privacidad. No debería hacerlo.

Desdobló la primera factura y la leyó tan rápido como pudo. Solo era la factura eléctrica. Menos de cien dólares al mes. Estaba a punto de doblarla de nuevo cuando se percató del nombre. Michael Larsen.

Un extraño dolor le atravesó el pecho. No le había dicho su verdadero nombre.

Torció el gesto. Si no sabía quién era no podría acosarlo después, cuando todo acabara. Dejó la factura tal y como la había encontrado; pero, aunque se sentía mal, no puedo evitar mira la segunda. Una factura médica emitida por la Fundación Médica de Palo Alto. Sin embargo, no iba dirigida a Michael. Estaba a nombre de Anh Larsen.

La cogió y leyó la pormenorizada lista de pruebas médicas: TAC, resonancia magnética, rayos X, extracción de sangre, análisis de sangre, etc. El coste total ascendía a 12.556,89 dólares.

¿No se suponía que un seguro médico cubría todas esas pruebas?

Se llevó una mano temblorosa a la frente. ¿Había enfermado la madre de Michael sin contar con un seguro médico? ¿Estaba Michael pagando las facturas? ¿Cómo estaba pagando las...?

Empezó a respirar de forma superficial mientras sentía un nudo en el estómago y se le caía el alma a los pies. Michael no era adicto a las drogas ni al juego.

Solo quería a su madre.

Se le llenaron los ojos de lágrimas y empezó a verlo todo borroso. Colocó las facturas tal cual las había encontrado y tragó saliva para deshacer el nudo que tenía en la garganta. Se había acostado con todas esas personas, con ella, porque su madre estaba enferma.

Se llevó un puño a los labios mientras se acurrucaba en el sofá. La puerta se abrió en ese momento.

Michael la miró y corrió hacia ella.

—¿Qué te pasa?

Stella abrió la boca para hablar, pero no fue capaz de articular palabra.

Él la cogió en brazos, se sentó en el sofá y la estrechó con fuerza mientras la besaba en la sien y le limpiaba las lágrimas de las mejillas. Después, le acarició la espalda.

—¿Qué te pasa?

¿Qué hacía?, se preguntó. ¿Cómo solucionaba ese problema? No sabía cómo curar el cáncer. A lo mejor debería haber estudiado Medicina después de todo.

Le echó los brazos al cuello y lo besó.

Michael intentó alejarse.

—Tienes que decirme...

Ella lo besó con más pasión. Michael se rindió y le devolvió el beso durante un vertiginoso segundo, antes de apartarse de sus labios.

—Dime qué te pasa —le dijo con voz firme—. ¿Por qué lloras? ¿Otra vez he ido demasiado rápido? ¿He hecho algo para lo que no estás preparada?

No sabía cómo explicar lo que estaba sintiendo. El pecho le iba a estallar por culpa de las emociones. Era demasiado, todo era demasiado intenso..., aterrador.

—Michael, estoy obsesionada contigo —le confesó—. No quiero pasar contigo una noche o una semana o un mes. Quiero estar a tu lado a todas horas. Me gustas más que el cálculo, y eso que las matemáticas son la base que integra el universo. Cuando me dejes seré esa clienta desquiciada que te persigue para poder verte, aunque sea de lejos. Voy a llamarte hasta que te veas obligado a cambiar de número. Te compraré un coche de lujo, cualquier cosa que se me ocurra, para poder sentirme unida a ti. Te mentí al prometerte que no me obsesionaría contigo. Yo soy así. Tengo...

Michael capturó sus labios y el frenesí de su beso la abrasó. La abrazó sin muchos miramientos, pero a ella le dio igual. Stella forcejeó con su bragueta hasta que logró desabrocharle los pantalones y sacársela. Después, se apartó de sus labios y descendió por su cuerpo hasta metérsela en la boca.

Se la chupó y se la lamió con torpeza. No sabía lo que estaba haciendo, pero a Michael no parecía importarle. De hecho, él empezó a mover las caderas, para enterrarse aún más en su boca con movimientos sinuosos. Ella le acarició el tatuaje y esos muslos tan fuertes. La tensión de su cuerpo, lo rápido que se movía y los gemidos roncos que se le escapaban le indicaron que estaba a punto de correrse. Eso aumentó su excitación e hizo que apretara los muslos, que tenía húmedos por el deseo.

—Quiero metértela —dijo Michael mientras intentaba que se apartara de él.

Pero Stella no quería parar. Necesitaba sentirlo en la boca, necesitaba saborear su orgasmo.

Michael gimió mientras ella resistía sus intentos por apartarla. Cuando por fin cedió y permitió que se la sacara de la boca, la besó con ferocidad y la colocó de espaldas en el sofá. Él se sentó para sacarse algo del bolsillo. El pecho le subía y le bajaba con cada respiración mientras rompía el envoltorio del condón con los dientes y se lo ponía.

Después se tumbó sobre ella y la besó en la boca, en el mentón y en el cuello. Stella sintió la dureza de su erección en la entrada de su cuerpo. Mientras la penetraba, sus miradas se encontraron de forma accidental. El pánico la invadió. Demasiado visceral, demasiado expuesta. Intentó apartar la vista hasta que comprendió que la vulnerabilidad que sentía era la de Michael. Esos ojos oscuros la atravesaban por completo y veían su verdadero yo mientras ella veía el suyo.

Sus cuerpos adoptaron una cadencia animal. Sus caderas se movían, se acercaban y se alejaban, entregaban y exigían. Michael introdujo la mano entre ellos hasta poder tocarla donde lo necesitaba. Un placer ardiente se apoderó de ella mientras la tensión crecía y crecía cada vez más. Empezó a gemir mientras arqueaba la espalda. Sus miradas no se separaron en ningún momento. Michael lo veía todo, lo oía todo. Se habría sentido avergonzada de no ser por su sonrisa y por cómo le apartó el pelo con ternura antes de entrelazar los dedos de la mano libre con los suyos. Stella se sintió querida, y le resultó increíble.

Y justo entonces llegó al orgasmo. Los espasmos le impidieron moverse, hablar o pensar. Michael le dio un apretón en la mano que le aferraba y aumentó el ritmo de sus movimientos. Tras hundirse en ella hasta el fondo por última vez, se dejó llevar por el orgasmo.

El mundo se detuvo.

Se hizo el silencio, que solo rompían los latidos de sus corazones mientras intentaban sincronizarse.

Michael salió de su cuerpo mientras susurraba su nombre y la besaba con ternura, y la llevó al dormitorio. La dejó en la cama y la arropó hasta la barbilla. Después, entró en el cuarto de baño y abrió un grifo. Antes de que Stella pudiera echarlo de menos, volvió y se metió en la cama, de manera que quedaron cara a cara.

Le pasó los dedos por la mejilla y le pellizcó la barbilla.

—¿Mi Stella quiere quedarse o prefiere irse a casa?

Sintió que aparecía una sonrisa en sus labios. ¿Desde cuándo la llamaba así? «Mi Stella.» ¿Sabía que no había nada que deseara más que ser suya? Ansiaba preguntarle qué quería decir con ese posesivo, pero tenía miedo de que dejara de usarlo.

—¿Puedo quedarme esta noche aquí? —¿En su apartamento, en su cama, donde no atendía a sus clientas? ¿Estaba cogiéndole cariño? A lo mejor había esperanza. Tal vez Michael pudiera ser suyo.

—Si quieres, quédate. Pero no te has traído tus cosas. Tendrás que usar mi cepillo de dientes, y no tienes pijama. Tendrás que dormir desnuda —añadió él al mismo tiempo que levantaba una ceja con gesto sugerente.

Esas cosas la molestaban, cierto. Seguramente dormiría fatal y estaría irritada al día siguiente. Pero merecería la pena con tal de estar con él. Y de dejar su marca en su apartamento tal como hacían los animales..., tal vez incluso como el tejón melero.

—Quiero quedarme.

Solo por verlo sonreír ya merecía la pena.

Michael aprendió los ritmos de Stella a lo largo de la siguiente semana.

En la cama respondía mejor cuando iba despacio y le susurraba guarrerías al oído, pero si quería algo más intenso, fuera lo que fuese, participaba de buena gana, siempre dispuesta a complacer. No podía pedir mejor amante que ella. Así que era consciente de la ironía de la situación.

Fuera de la cama, Stella funcionaba espléndidamente si había una rutina. Se levantaba todos los días a la misma hora; se duchaba para librarse de la evidencia del polvo matinal... porque a él le encantaba empezar con buen pie; desayunaba yogur; y se quedaba en el trabajo hasta las seis de la tarde. Las noches le pertenecían a Michael. Cuando no se comportaban como un par de adolescentes con subidón hormonal, dedicaban su tiempo a largas cenas, conversaciones interminables y silencios amistosos que jamás había experimentado con una novia real.

El sábado por la noche, después de pasarse el día recorriendo uno de los museos de San Francisco mientras se turnaban para hacer ridículos comentarios sobre las obras de arte expuestas, vieron otro episodio de *Laughing in the Wind* en la cama. Bueno, *ella* lo vio. Él se dedicó a contemplar a Stella mientras le pasaba los dedos por el pelo.

Le había apoyado la cabeza en un hombro sin quitarle ojo a la enorme tele colocada en la pared del dormitorio. De vez en cuando, jadeaba o se tensaba como reacción a lo que pasaba en la serie y movía las piernas desnudas, cubiertas por una larga camiseta de manga corta. Una camiseta que era suya, pero de la que Stella se había adueñado desde la primera noche que pasaron juntos.

No sabía cómo describir lo que sentía al verla vestida así, consciente de que había guardado su camiseta y de que la había estado usando como pijama todo ese tiempo, pero le gustaba lo que sentía. Y llevaba ya un tiempo experimentando dicha sensación. Cada vez que Stella sonreía, le pedía un beso o atravesaba la estancia para acercarse a él, pero también cuando no estaban juntos. Llevaba una semana entera de subidón, sonriendo por el simple motivo de que estaba pensando en ella.

No le cabía duda.

Estaba enamorado como un idiota.

Sabía que era algo temporal, que no era real, que seguramente no acabaría bien, pero había hecho lo que ningún acompañante debía hacer: enamorarse de su cliente.

—Así que ella le ha salvado la vida y ahora se esconde detrás de esa cortina y finge ser una anciana. ¿Le verá él la cara algún día? —le preguntó Stella, devolviendo la atención de Michael a la tele—. ¿Es ella de la que se enamora?

—¿De verdad quieres que te lo diga?

Stella meditó la respuesta durante unos segundos antes de asentir con la cabeza.

—Sí. Dímelo.

Michael rio mientras la pegaba a su cuerpo y la besaba en la sien. Tan reflexiva y seria, pero también tan excéntrica. Le encantaba eso de ella.

—Lo siento. Tendrás que seguir viendo la serie para descubrirlo. —Sin poder evitarlo, le besó el mentón y le mordisqueó la oreja. Dios, le encantaba sentirla cerca. Había nacido para quererla.

Ella cruzó los brazos por delante del pecho.

—Pero ¿por qué se esconde de él? Está claro que le gusta.

—Porque sabe que nunca podrán estar juntos.

—¿Por qué no?

—Su padre es un villano. —Un detalle que a Michael le recordaba a sí mismo y al gilipollas de su padre, y que le hacía trizas las entrañas.

—Pero ella no es mala —insistió ella con obstinación—. Pueden conseguir que funcione.

Michael guardó silencio. La heroína de la serie no era mala persona; pero, en su caso, el jurado no había llegado a una conclusión. Intentaba ser bueno, pero cuando las cosas se ponían difíciles y sentía que la vida lo estrangulaba, se le pasaban cosas horribles y muy tentadoras por la cabeza. Atajos, caminos sencillos para obtener la libertad, recursos solapados. Conocía a gente. Sería fácil aprovecharse de ella. Había pocas cosas que le impidieran hacerlo: un tambaleante código ético y el deseo de no seguir los pasos de su padre.

Si fuera mejor persona, le contaría su pasado a Stella y dejaría que ella tomara las precauciones necesarias, la dejaría marchar. Pero no era capaz de dejar que las cosas acabaran así. Quería más de ella, no menos. Día a día, veía cómo aumentaba su confianza, cómo sonreía, cómo reía e, incluso, cómo bromeaba. Pronto decidiría que estaba preparada para avanzar.

Hasta entonces, estaba decidido a disfrutar de cada momento que pasara a su lado. Le frotó el cuello con la nariz al mismo tiempo que le acariciaba un sedoso muslo con una mano que acabó colándose por debajo de *su* camiseta. Después, gimió al sentir que se le ponía dura.

—¿No llevas ropa interior? ¿Intentas decirme algo, Stella? —le susurró al oído, encantado al verla estremecerse y separar las piernas para facilitarle el acceso. Nunca rechazaba sus avances. Lo deseaba en la misma medida que él a ella.

—Siempre las tiras por ahí y tardo un montón en encontrarlas. He pensado que lo mejor era... —Jadeó cuando él le acarició el clítoris, y apoyó de nuevo la cabeza en su hombro.

—Sigue viendo el episodio para no perderte nada. —Joder, ya estaba mojada. Su flujo le empapó los dedos mientras la acariciaba y sintió que se le ponía dura por debajo de los vaqueros, como si llevara semanas sin echar un polvo, en vez de horas. La deseaba de nuevo. Deseaba esa conexión, ese placer tan increíble y arrollador. Era imposible saciarse.

Stella intentó obedecerlo, siempre lo hacía, pero no tardó mucho en claudicar y se volvió para besarlo con frenesí. Un beso llevó a otro, y a otro y a otro...

Cuando miró de nuevo la tele, solo se veía el menú principal. El DVD se había reproducido por completo mientras ellos estaban ocupados con otras cosas. Después de lavarse y de apagar la tele y las luces, Michael se metió en la cama. Stella murmuró cuando la estrechó contra su cuerpo, y le dio un beso adormilado en el cuello.

Sintió un afán posesivo mezclado con una oleada de ternura mientras le apartaba el pelo de la cara y recorría con los dedos un suave hombro iluminado por la luz de la luna.

Su Stella.

De momento.

Hasta que ella decidiera que la práctica había llegado a su fin. O hasta que descubriera lo de su padre.

Cuando Stella llegó a casa del trabajo a mediados de la siguiente semana, la encontró vacía. Michael le había enviado un mensaje de texto diciéndole que llegaría tarde, así que se lo esperaba. Lo que no se esperaba era la tristeza que la engulló, la gélida soledad.

Solo llevaban una semana y media inmersos en esa relación de práctica, pero ya se había acostumbrado a él. Michael ya formaba parte de su rutina, parte de su vida, y su ausencia le provocaba un malestar interior. Cuando todo acabara, solo le quedaría ese vacío.

Si acababa, claro.

Si fracasaba en su afán de conquistarlo. Ya no quedaba nada de su plan original de recibir clases. Ni una sola lección. Lo había comprobado. Había llegado el momento de ponerse en plan seductor.

Deseó que Michael pudiera enseñarle también cómo hacerlo, porque no tenía la menor idea de cómo empezar. Las búsquedas en Google le habían proporcionado consejos opuestos y que no resultaban útiles en una situación como la que ellos tenían, una especie de relación monógama. Un artículo especialmente abominable aconsejaba a las mujeres que concentraran todos sus esfuerzos en mejorar su aspecto físico y que, después, bajaran el listón.

En fin, pues el suyo estaba en el once en la escala del uno al diez. Y solo Michael cumplía ese requisito. En cuanto a su propio aspecto físico, era incapaz de ponerse lentillas o de maquillarse, salvo para las ocasiones especiales. Teniendo en cuenta el incansable apetito sexual de Michael, estaba claro que no le importaba su aspecto físico.

Sus músculos internos se tensaron al recordar lo que le había hecho esa mañana..., cómo la había besado y acariciado y las cosas que le había dicho. Se acarició con una mano desde el pecho hasta un muslo y deseó que fuese él quien la tocara en ese momento. Pero, aunque se acostaran otra vez, seguiría deseándolo. La faceta que conocía de Michael fuera del dormitorio la atraía tanto como su faceta de amante, si no más. La hacía reír y la escuchaba, aunque no estuviera diciendo nada particularmente interesante. Parecía estar cómodo con ella, y eso hacía que ella estuviera cómoda con él. A veces, incluso quería pensar que las etiquetas que la definían no importaban. Solo eran palabras. No cambiaban quién era en realidad. Si él las descubría, a lo mejor no le importaban.

A lo mejor.

Por costumbre, echó a andar hasta el piano. Se sentó en la banqueta y levantó la tapa. La frescura de las teclas en los dedos la tranquilizó. Durante años, la música había sido su método para lidiar con las emociones; con las buenas, con las malas y con las intermedias. De las cuerdas surgían notas musicales, arrancadas del instrumento gracias a la memoria, y se dejó llevar por la música, vertió en sus dedos todo lo que estaba sintiendo. Cuando la canción acabó, mantuvo las manos sobre las teclas y escuchó cómo las últimas notas se desvanecían.

—Sabía que tocabas, pero no sabía que lo hicieras así —le dijo Michael, que estaba justo detrás.

Stella no pudo evitar sonreír cuando lo miró por encima del hombro.

—Has vuelto.

Él esbozó una sonrisa cansada que se reflejó en sus ojos. En una fracción de segundo, todo se había arreglado. La frialdad había desaparecido. Las piezas que faltaban habían regresado a su lugar.

—¿Qué canción era? Creo haberla oído antes —dijo Michael.

—«Claro de luna» de Debussy. Es mi canción preferida.

Él le colocó las manos sobre los hombros y le dio un beso en la nuca.

—Es bonita, pero muy triste. ¿Sabes tocar algo más alegre?

Triste. Sus labios esbozaron algo que no le parecía una sonrisa. Ese era un tema común en su repertorio musical.

—Bueno, esta quizá.

Se mordió el labio y empezó a tocar una melodía muy conocida, preguntándose si eso era lo que él entendía por «alegre».

La sorprendió al sentarse a su lado en la banqueta y decir:

—Creía que «Heart and Soul» era un dúo.

Ella se encogió de hombros.

—Siempre la he tocado sola.

Michael capturó su mano derecha y se la colocó en el regazo. Esbozó una lenta sonrisa mientras señalaba el teclado con la cabeza.

—¿Tocas? —le preguntó ella.

—Un poco, pero esta me la sé.

Stella se quedó sin respiración. Sus dedos no lograron tocar bien las primeras notas, pero después cogió el ritmo sin problemas. Las notas bajas se repetían en secuencia y las repeticiones eran algo natural para ella. Al ver que Michael interpretaba la melodía a la perfección con su acompañamiento, la invadió una placentera calidez que se extendió desde la espalda hasta el resto del cuerpo. Nunca había tocado un dúo con otra persona que no fuera su maestro de piano, y siempre para hacer ejercicios técnicos, para nada especial.

—Se te da bien esto —comentó, mirándolo mientras seguían tocando.

La sonrisa de Michael se ensanchó, pero mantuvo la vista clavada en sus dedos.

—Como éramos seis y queríamos tocar a la vez, tuvimos que aprender a compartir. Además, ninguno aprendimos nunca a tocar con una sola mano la parte que estás interpretando tú. Eres muy buena.

—Solo es cuestión de práctica. —Y de necesidad.

Ver sus manos juntas sobre las teclas la hipnotizaba. El contraste era intenso y precioso: grande y pequeña; morena y blanca; masculina y femenina. Tan distintas, pero perfectamente sincronizadas. Estaban creando música. Juntos.

La canción llegó a su fin, y Stella apartó los dedos de las teclas a la vez que desviaba la vista. Volvía a sentirse desnuda.

Michael la besó en el cuello y le pasó los dedos por el mentón antes de instarla a volver la cabeza para que lo mirara a los ojos. Pensaba que iba a hablar, pero no lo hizo. Se limitó a sonreír.

Quería preguntarle si le gustaba estar con ella, si le gustaba lo que compartían, pero reunir el valor para hacerlo requería un gran esfuerzo. ¿Y si le contestaba que no?

—¿Tienes hambre? Vamos a comer —dijo él, y el momento pasó.

Ya se lo preguntaría más adelante. Después de que hubiera tenido la oportunidad de seducirlo en condiciones.

Una semana después, Stella seguía sin saber lo que estaba haciendo con respecto al plan de seducir a Michael. La verdad es que *parecía* contento, y ella sabía que lo estaba, pero el final de su primer mes juntos se acercaba y no estaba segura de que él quisiera continuar más tiempo.

Esa noche, su madre la había invitado a cenar otra vez. Se devanó los sesos en busca de formas inteligentes de pedirles consejo sobre Michael. Si alguien lo conocía, era su familia. Pero ¿cómo iba a preguntarles sin que sospecharan que había algo raro en su relación? Todas pensaban que estaban saliendo de verdad.

Tal como él le había dicho que hiciera, Stella entró en la casa y se quitó los zapatos, que dejó junto a la pared, al lado de los de Michael. Sus zapatos de tacón negros parecían diminutos al lado de los de él, pero le gustó verlos allí juntos. La satisfizo en lo más hondo.

Colocó una caja de peras en la consola, al lado del Buda de bronce, y, al oír una serie de resoplidos y gruñidos procedentes del comedor situado a la derecha, miró en esa dirección. Se acercó y vio dos cuerpos entrelazados sobre la moqueta, al lado del piano. Al parecer, eran Michael y una chica. Debería sentirse celosa, pero la verdad es que tenía que ser muy incómodo.

—Ríndete y dilo —masculló Michael.

—No, te he hecho una palanca, pero te has librado porque abusas de los esteroides.

—No tomo esteroides, y has logrado hacerme la palanca porque no he querido aplastarte las tetas.

—La próxima vez voy a por las pelotas.

Stella se acercó y vio que ambos se aferraban por el cuello. Como si fueran anacondas en una lucha a muerte. Y ninguno parecía dispuesto a separarse.

—¿Podemos dejarlo en empate? —sugirió ella.

—Hola, Stella —la saludó una voz alegre. La cara de la hermana de Michael estaba cubierta por una cortina de pelo oscuro, así que no sabía cuál de ellas era. Porque había muchas—. Michael, tu novia está aquí al lado. Ríndete.

—La cena estará lista dentro de diez minutos. —Michael tenía la cara colorada, lo que resultaba algo preocupante, pero él tenía la culpa, al menos en opinión de Stella—. Ahora mismo estoy contigo.

—Solo si te rindes. ¿Quién es mejor que tú? —le preguntó su hermana mientras flexionaba el impresionante brazo con el que le rodeaba el cuello.

—Una niñata no.

Giraron sobre la moqueta, dándose patadas y agitando las piernas.

—Voy a saludar a tu madre y a tu abuela —dijo Stella. Habría preferido que Michael la acompañara para saludarlas, pero lo que se traía entre manos con su hermana parecía que iba para largo.

Ninguno de los dos replicó. Seguramente no podían malgastar el oxígeno hablando.

Atravesó la casa, que era enorme, aunque desde fuera no lo pareciese. La madre y la abuela de Michael estaban sentadas en la sala de estar, pelando pomelos de sus respectivos montones mientras hablaban en vietnamita, que tenía una cadencia musical. En la tele, que estaba silenciada, había dos hombres disfrazados, uno de mono y otro de cerdo, que volaban de un lado para otro.

—¡Hola! Wai? —Inclinó la cabeza con gesto torpe. Era incapaz de pronunciar correctamente la palabra vietnamita para «abuela», *ngoại*.

La abuela de Michael sonrió y le hizo un gesto para que se sentara a su lado en el desgastado sofá de piel. Como era habitual en ella, llevaba un pañuelo en la cabeza, atado debajo de la barbilla. Una abuela muy tierna. ¿Se mantendría alejada de las tijeras de podar últimamente?

Saludó a la madre con una inclinación de cabeza mientras decía:

—Hola, Mẹ.

Acto seguido, se sentó en el lugar indicado, con un nudo en el estómago y el cuerpo en tensión. Aunque a esas alturas ya había visto varias veces a la madre de Michael, seguía poniéndose muy nerviosa cuando la tenía cerca. Debía sopesar cada palabra antes de pronunciarla, debía sopesar cada acto. No quería meter la pata otra vez. Esa era la madre de Michael, la mujer más importante de su vida, ya que no tenía una novia de verdad. La ansiedad borró de su mente la idea de pedir consejo sobre Michael.

Me le ofreció un cuenco lleno de gajos de pomelo ya sin piel. Era la primera vez que veía el pomelo cortado de esa forma, y cogió un trozo con una mezcla de curiosidad y miedo de insultarla. En cuanto mordió el gajo, el dulce sabor explotó sobre su lengua, libre del amargor de la piel.

Se tapó la boca, sorprendido.

—Qué rico.

—Coge más. —La madre de Michael le sonrió y le dejó el cuenco en el regazo. Ese día llevaba una camisa de rayas de color rosa y unos vaqueros estampados con flores. Se había colocado las gafas sobre la cabeza, y las tenía ladeadas—. Si quieres sal, coge. A E. le gustan con sal.

—No, gracias. —Se comió un trozo más, otros dos más y se detuvo. Pelarlos de esa forma parecía un trabajo arduo. En un intento por mantener ocupadas las manos, cogió medio pomelo e intentó copiar la técnica que usaban las mujeres, muy consciente del silencio reinante en la estancia.

La madre de Michael la observó pelar la fruta y asintió con la cabeza.

—Michael va a preparar *bún riêu* esta noche. Está muy rico. ¿Te lo ha hecho alguna vez?

Ella negó con la cabeza sin apartar los ojos del pomelo.

—No. —¿Sabía que su hijo pasaba las noches con ella? ¿Lo desaprobaba?

—Mamá, ¿cuándo estará el *bún riêu*? —preguntó Janie, que entró en la estancia y se detuvo, con una sonrisa, al verla—. Hola, Stella.

Ella se la devolvió.

—Hola. Michael ha dicho que dentro de diez minutos.

Janie se dejó caer en un sillón ajado y colocó una de las piernas, enfundadas en unos vaqueros, sobre el reposabrazos.

—Me muero de hambre, y para almorzar solo he comido unas cuantas galletas saladas. Llevo estudiando desde esta mañana a las diez.

Stella le ofreció en silencio el cuenco con los pomelos pelados mientras Mẹ miraba a su hija con el ceño fruncido.

—Estás demasiado pálida. —Se volvió hacia Stella y preguntó—: ¿Ves lo pálida que está?

Janie le quitó el cuenco de las manos y empezó a comer trozos de pomelo a velocidad de vértigo. Stella se quedó boquiabierta. ¿No sabía lo que se tardaba en pelar uno?

—¿Un poco, quizá? —replicó.

Mẹ le dijo algo a Ngoại en vietnamita, y esta miró a Janie con gesto de reproche. Stella no entendió lo que le dijo, pero le parecía una buena reprimenda.

—Gracias por echarme a los leones, Chị Hai. —Janie le guiñó un ojo y esbozó una sonrisa torcida casi idéntica a la de Michael. Stella sintió que se le derretía el pecho.

—¿Qué significa *Chị Hai*?

Mẹ sonrió mientras seguía pelando fruta.

Janie se llevó a la boca el último trozo de pomelo.

—Significa «hermana dos». Michael es mi Anh Hai, que significa «hermano dos». Yo estoy abajo del todo, con el número seis, porque tuve la mala suerte de nacer la quinta. No empezamos con el uno, por cierto. Creo que eso se reserva para los padres o algo. Así lo establece la convención vietnamita para los nombramientos familiares. Tú tienes el número de Michael porque eres suya.

Una sonrisa tontorrona pugnó por brotar de los labios de Stella mientras el corazón le daba un vuelco. Le encantaba la idea de compartir el número de Michael. Porque eso los convertía en una pareja. Como los zapatos junto a la puerta y sus manos en el piano.

Janie se rio y les dijo algo en vietnamita a su madre y a su abuela. Ambas miraron a Stella y se rieron como si estuvieran de acuerdo con Janie.

—Michael ha estado muy contento durante este mes —comentó la chica—. Tanto que daba reparo verlo. La opinión generalizada es que tú eres la culpable.

Stella se quedó sin aliento.

—¿En serio?

—Sí. Y cuando está contento, es insoportable.

Stella se mordió el labio para ocultar una sonrisa. Tenía la impresión de que le iba a estallar el pecho por las emociones que se agitaban en tu interior, y de que le brotaría un arcoíris y purpurina.

—Nunca es insoportable.

Janie resopló.

—Seguro que no te obliga a oler sus calcetines.

Stella se atragantó de la risa.

—¿Qué está pasando aquí? —preguntó Michael desde el vano de la puerta.

Tenía el pelo de punta, totalmente despeinado, y todavía estaba colorado por la pelea con su hermana. Llevaba una camisa blanca arrugada, una camiseta de manga corta debajo y unos vaqueros desgastados. Estaba buenísimo.

—Le estoy contando lo de los calcetines, capullo —contestó Janie al mismo tiempo que esbozaba una sonrisa malévola.

Me la miró con los ojos entrecerrados y Janie se encogió en el sillón.

—Anh Hai, quería decir —murmuró.

—Exacto. Respétame. —Michael sonrió con gesto de superioridad, altanería y... como si fuera insoportable. A Stella le encantó—. Vamos, la cena está preparada.

Una vez en la cocina, la madre de Michael sirvió los fideos de arroz en cuencos gigantescos a los que después añadió caldo. Janie cogió el primer cuenco y lo llevó a la mesa a la que ya se había sentado Ngoại, que estaba cortándolo todo en trocitos pequeños con unas tijeras antes de añadirle zumo de lima.

Michael la apartó un poco.

—Hola. —La recorrió de arriba abajo con la mirada y le pasó las manos por la espalda, acercándola un poco más a él—. Me gusta cómo te queda este vestido. ¿Te molestan las costuras?

—No, están bien. El problema está en la parte delantera.

—¿Qué le pasa? ¿Quieres que te lo arregle? —Le desabrochó la rebeca negra y frunció el ceño mientras le echaba un vistazo al vestido ajustado de licra—. No veo cuál puede ser el problema.

—¿Puedes coserle un..., un...? —Stella miró de reojo a la familia de Michael, que estaba llevando cuencos a la mesa, y bajó la voz—. ¿Puedes coserle un sujetador?

Michael esbozó una sonrisa traviesa y le apartó más la rebeca para mirarle los pezones.

—Podría, pero no voy a hacerlo.

La llevó hasta el comedor y la atrapó contra la pared. Acto seguido, le cubrió el pecho con las manos y le pellizcó los pezones, haciendo que Stella jadeara y que su cuerpo se derritiera al instante.

—En fin, es que este vestido es impecable desde el punto de vista estético. —Se inclinó para besarle la sien, la mejilla y, por último, la boca. Apenas un roce de sus labios que la dejó insatisfecha—. Y ya sabes lo que opino sobre la moda y la estética.

Stella introdujo las manos por debajo de la camiseta para acariciarle los duros abdominales.

—Es indecente.

Él la besó de nuevo, en esa ocasión de forma apasionada y lenta, y se apartó con los ojos entrecerrados por el deseo.

—Además, sin la rebeca tendrías frío. Nada de sujetador. —Le frotó los pezones de tal forma que se le aflojaron las piernas—. Me encanta cuando se te aflojan las piernas por mi culpa. Me pones a cien, Stella.

Capturó sus labios y le introdujo la lengua en la boca. Después le pegó las caderas a su cuerpo para que notara lo dura que la tenía, y Stella sintió que un ardiente deseo le corría por las venas. No debería experimentar esa ansia de nuevo. Habían tenido una mañana especialmente acrobática, y le había faltado poco para llegar tarde al trabajo.

La tirantez del cuello cabelludo desapareció de repente cuando él le deshizo el recogido. Michael le introdujo una mano por debajo del vestido y le acarició la cara interna de un muslo.

—¡Puaj! ¡Buscaos un dormitorio! —dijo una de sus hermanas, que pasó junto a ellos en ese momento.

Michael se apartó de ella con una expresión jocosa y la cara colorada.

—Estás enfadada porque no has ganado.

—Capullo —replicó Maddie.

Después de que su hermana entrara en la cocina, Michael le pasó los dedos por el pelo.

—¿Estás bien? ¿Te avergüenza que nos hayan pillado?

Stella negó con la cabeza. Le daba igual que la pillaran, siempre y cuando fuera con él.

Michael apoyó las manos en la pared y se pegó a ella. Sus cuerpos encajaban a la perfección, su dureza contra su suavidad, sus músculos contra sus curvas.

—Me pones a cien, Stella.

Sus labios se unieron en otro tórrido beso.

—Madre mía, buscaos un dormitorio.

Stella dio un respingo al escuchar el brusco comentario de Sophie, y Michael se rio mientras se apartaba de ella. Sin mirarlos siquiera, Sophie pasó junto a ellos en dirección a la cocina.

—Vamos a comer. —Michael cogió a Stella de la mano y la guio hasta dos sillas que aún estaban desocupadas en la mesa de la cocina.

Al ver que todas la miraban con expresión elocuente, Stella se puso colorada y clavó la vista en su cuenco. Vio rodajas de tomate y algunas hierbas aromáticas flotando sobre un caldo de color naranja, que habían espesado con lo que parecían huevos revueltos.

—Stella, deberías dejarte el pelo suelto más a menudo —dijo Sophie—. Aunque tal vez sea mejor que te lo recojas para comer. Se te puede ensuciar. —Le ofreció un bote que contenía algo de color marrón—. ¿Quieres?

Stella alargó un brazo.

—¿Qué es?

Michael se lo quitó al instante y lo dejó en la mesa.

—Si lo huele, se desmaya, Soph. Tiene un olfato muy sensible.

Sophie se encogió de hombros.

—Apesta, pero está buena.

La etiqueta estaba escrita casi toda en caracteres chinos, pero en la parte inferior consiguió leer: «Salsa de gambas».

—Me gustan las gambas —dijo Stella.

Michael colocó el bote en el otro extremo de la mesa.

—Este tipo de gambas no lo creo. Ni siquiera yo soy capaz de comerla.

—Michael, deja que la pruebe —insistió Sophie.

Stella miró a Janie y Maddie, que negaron con la cabeza, espantadas.

Mẹ soltó un suspiro impaciente, cogió el bote y lo colocó delante de Stella.

—Esto es *mắm ruốc*. La forma correcta de comer *bún riêu* es con *mắm ruốc*.

Stella cogió el bote. Sintiéndose un poco como Blancanieves con la manzana, se lo acercó a la nariz. Nada más captar el olor se le llenaron los ojos de lágrimas. Olía a pescado, a marisco, muchísimo. Aspiró un par de veces más y, de alguna forma, el olor no le pareció tan fuerte.

—¿Hay que ponerlo en el caldo?

Mẹ puso una cucharada en el cuenco de Stella.

—Así. Y ahora tienes que añadir zumo de lima y salsa picante —dijo al mismo tiempo que estrujaba media lima y añadía una cucharada de salsa de color rojo que parecía muy picante.

Mientras Stella cogía los palillos y la cuchara para probar el caldo, Michael la miró con los ojos de par en par y expresión contrita. Ella lo mezcló todo bien, usó los palillos para coger los fideos y los colocó en la cuchara, en la que ya había un poco de caldo, tal como había visto que hacía Sophie. Acto seguido, se la llevó a la boca.

Sabía... bien. Un poco salado, un poco dulzón, un poco ácido. Sonrió mientras preparaba otra cucharada.

—Me gusta.

—Está bueno, ¿verdad? —le preguntó Sophie—. Choca esos cinco.

Stella chocó los cinco con la hermana de Michael, sintiéndose ridícula, pero también con la sensación de haber reparado la mala impresión que dio al negarse a comer la comida contaminada con BPA. Mẹ sonreía, Ngoại murmuró algo, y Janie y Maddie empezaron a cuchichear entre ellas.

—Se niegan a probarlo así —dijo Mẹ, señalando a sus dos hijas menores.

—Huele a bicho muerto —replicó Janie.

Maddie asintió con fervor.

—A muchos bichos muertos.

Mẹ las regañó en vietnamita y las chicas se encogieron en sus asientos. Michael le dio un apretón en la pierna por debajo de la mesa. Después, se inclinó hacia ella y le susurró al oído:

—¿De verdad te gusta? No tienes por qué comértelo. Puedo prepararte otra cosa.

—Me gusta de verdad. —De todas formas, se lo comería, aunque no le gustara. La madre de Michael parecía orgullosa y contenta. Y, además, la comida no estaba envenenada. Que ella supiera.

Michael le dio un beso fugaz en los labios antes de separarse de ella, tras lo cual tosió y soltó una carcajada.

—Hueles a salsa de gambas.

Ella se llevó otra cucharada a la boca y lo miró, ofendida, mientras se apartaba el pelo de la cara con un brazo.

—Espera, yo te lo recojo. —Se quitó de la muñeca la goma del pelo y le hizo una coleta, para mantenerle el pelo apartado de la cara.

—Gracias.

Michael sonrió y le pellizcó la barbilla. A juzgar por su mirada, la habría besado de nuevo si su familia no los hubiera estado mirando... y ella no oliera a salsa de gambas y a bichos muertos.

—Qué asco, deja de desnudarla con la mirada —protestó Sophie.

—Anda que... —añadió Maddie.

—¿Desde cuándo tienes gomas del pelo a mano para hacerle coletas? Te tiene dominadito, ¿no? —terció Janie.

Stella sopesó la idea de meter la cabeza en el cuenco de caldo.

Michael se limitó a menear la cabeza y a sonreír. Después, le pasó un brazo a Stella por los hombros y la besó en la sien.

Tuvo la sensación de que la cena pasaba en un suspiro, entre las pullas y las bromas que se lanzaban las hermanas de Michael. Mẹ intervino de vez en cuando para mediar con firmeza o para mirarlas con gesto serio, pero le dio la impresión de que la mujer estaba contenta. Una vez que todos acabaron el caldo y se pusieron hasta arriba de pomelos cortados y pelados, Mẹ les ordenó a Janie y a Maddie que quitaran la mesa y fregaran los platos.

Michael cogió a Stella de la mano, preparado para irse a casa, pero su madre les hizo un gesto para que entraran en la sala de estar.

—Stella, quiero enseñarte una cosa.

Michael gimió.

—Mẹ, hoy no.

—¿Qué es? —preguntó Stella, muerta de curiosidad.

—¿La próxima vez mejor? —insistió Michael.

—Era monísimo —dijo Mẹ.

—¿Fotos de cuando era un bebé? —Stella estuvo a punto de ponerse a bailar—. Michael, quiero verlas.

Michael la siguió a regañadientes mientras Stella lo obligaba a entrar en la sala de estar. Mẹ le ofreció a Stella un grueso álbum de fotos y madre e hijo se sentaron en el sofá, uno a cada lado de Stella.

Ella pasó los dedos por la tapa de terciopelo del álbum. Era casi idéntico al que su madre tenía con sus fotos, de aquellos con las páginas cubiertas con una hoja de plástico transparente que se pegaba y se despegaba. En la primera página se veía una ecografía de mala calidad y la foto de un recién nacido con la cara arrugada que parecía tener mil años por lo menos. Sin embargo, Michael mejoró según avanzaban las páginas.

Había fotos en las que estaba en los brazos de Ngoại, otras en las que estaba aprendiendo a andar, y otra en la que intentaba levantar una sandía. En una, un Michael regordete que ya andaba llevaba un traje diminuto, ¿sería su primer traje?, y posaba entre una pareja. La mujer era una versión muy joven y muy guapa de Mẹ, ataviada con el tradicional vestido blanco vietnamita, adornado con un bordado de flores rosas en la parte delantera. El hombre tenía que ser su padre. Alto, rubio y con la misma sonrisa torcida de Michael.

—Qué guapa estabas, Mẹ —dijo Stella mientras pasaba los dedos sobre el vaporoso vestido—. Me encanta el vestido.

—Todavía tengo ese *aó dài*. Si quieres, llévatelo esta noche a casa.

—¿En serio puedo llevármelo?

—Ya no me queda bien, y las hermanas de Michael no lo quieren. Solo se peleaban por las joyas, pero hace mucho que desaparecieron —contestó Mẹ con voz triste mientras sus ojos se demoraban sobre la cara del hombre rubio—. Este es el padre de Michael. Muy guapo, ¿verdad?

Michael volvió la página sin decir palabra.

El niño regordete no tardó en convertirse en un adolescente desgarbado y muy guapo. Sonreía mucho, y parecía lleno de vitalidad y alegría. Había muchas fotos en las que estaba con sus hermanas, rodeados por una muchedumbre de primos vietnamitas. Al lado de estos, que no tenían mezcla genética, parecía fuera de lugar, tan blanco y con rasgos poco asiáticos, tal y como debió de parecer fuera de lugar con sus compañeros de colegio por todo lo contrario. ¿Cómo sería haber crecido sintiéndose que no encajaba en ningún sitio?

A lo mejor no había sido una experiencia tan distinta de la suya mientras crecía.

Había fotos de Michael en la adolescencia jugando al ajedrez con su padre, con el ceño fruncido por la concentración; otras en las que fruncía el ceño mientras trabajaba en distintos proyectos de ciencias; otras en las que iba vestido con la armadura de kendō, con pinta de malote, y con su apellido estampado en mayúsculas en los faldones delanteros: «LARSEN».

Al ver que Michael se apresuraba a pasar la página y le dirigía una mirada alarmada, Stella mantuvo una expresión relajada y fingió no haberse percatado del detalle. No se le daba bien mentir, pero sabía cómo fingir que estaba bien. Llevaba haciéndolo desde que era pequeña.

Pero odiaba tener que hacerlo con él.

¿Tan importante era para Michael que ella no supiera su verdadero apellido? ¿Qué creía que iba a hacer con esa información? La certeza de que no confiaba en ella mermó la sensación de calidez que le había proporcionado la velada. ¿Era tonta al pensar que podía hacerlo suyo?

Cuando volvió a realidad, dejando atrás sus pensamientos, y se fijó de nuevo en las fotos, casi habían llegado al final del álbum. El Michael de las fotos casi era un adulto, tan guapo que no pudo contener un suspiro. Estaba al lado de su sonriente padre, con un trofeo que había ganado jugando al ajedrez; con un trofeo después de un combate de kendō; con otro trofeo después de haber ganado con un proyecto de ciencias.

—Cuántos trofeos —comentó.

—A mi padre le gustaba que ganase, así que me esforzaba mucho.

—Michael pronunció el discurso de despedida cuando celebraron la graduación en el instituto —dijo su madre, mirándolo con un amor infinito.

Stella sonrió.

—Sabía que eras listo.

—Me esforzaba mucho. Descubrí cómo sacar buenas notas en los exámenes. Tú eres mucho más lista que yo, Stella.

Ella intentó descifrar la expresión de su rostro y se preguntó por qué rebajaba sus méritos de esa manera.

—Yo no pronuncié el discurso de despedida durante la graduación. Solo se me daban bien las matemáticas y las ciencias.

—Mi padre habría preferido eso. —Michael avanzó hasta la última página.

La foto de graduación del San Francisco Fashion Institute. Con los hombros erguidos y una expresión decidida. Sus padres también estaban en la foto. Mẹ a punto de reventar por el orgullo y la alegría. Su padre, como si lo hubieran obligado a posar. Tenía el pelo casi blanco y, aunque seguía siendo atractivo, parecía cínico y mal conservado. La sonrisa torcida había desaparecido.

—No quería que estudiaras Diseño de Moda.

Michael se encogió de hombros.

—No era decisión suya —replicó él sin inflexión en la voz, y con una mirada apagada en esos ojos que normalmente brillaban de alegría.

Stella le cubrió una mano con la suya y le dio un apretón. Él le dio la vuelta para entrelazar sus dedos y se lo devolvió.

—Michael tiene mucho talento. Cuando se graduó, recibió cinco ofertas de trabajo. Trabajó en Nueva York para un gran diseñador antes de que lo necesitáramos en casa porque su padre se fue. —Mẹ parecía perdida en sus recuerdos, con un rictus amargo en los labios, aunque parpadeó y miró a Michael—. Pero me alegro de haberte pedido que volvieras. Eras un desastre, Michael. Demasiadas mujeres. No necesitas cientos de mujeres. Solo una que sea buena. —Le dio unas palmaditas a Stella en la pierna, y ella sintió que un anhelo terrible creía en su interior.

En ese momento, Mẹ la consideraba una buena mujer. ¿Qué pensaría si descubriera las etiquetas que llevaba colgadas? ¿Se volvería de repente inadecuada para su hijo? ¿Qué tipo de madre quería una nuera autista que le diera nietos posiblemente autistas?

Y ¿desde cuándo pensaba ella en matrimonio y en niños? Michael y ella no tenían una relación verdadera. ¿Saldría Michael con ella si no necesitara el dinero? Si fuera libre para estar con quien quisiera, ¿la elegiría a ella?

—Vale —dijo Mẹ de repente—. Ya no hay más fotos. Michael, ven a ayudar a Mẹ con el iPad mientras busco el *aó dài*.

Michael soltó un suspiro resignado y se puso en pie.

—¿Puedo seguir mirando las fotos? —preguntó Stella.

Mẹ sonrió y asintió con la cabeza, pero solo le dio tiempo a mirarlas un par de minutos antes de que Janie entrara en la estancia con un voluminoso libro de texto en las manos.

—¿Es verdad que eres economista? —le preguntó la chica, que fue moviendo los pies descalzos sobre la moqueta hasta que tuvo las piernas pegadas.

—Es verdad. Estás cursando tercero en Stanford, ¿no? Tienen un buen programa de estudios. —Stella recordó que la madre de Michael quería que hablara con Janie sobre su trabajo—. ¿De qué es el libro? ¿Necesitas ayuda con algún tema?

Janie se pegó el libro al pecho y se sentó en el sillón en el que se había sentado antes.

—Esperaba más bien... —Respiró hondo—. Esperaba que me ayudaras a conseguir un contrato de prácticas en alguna empresa. Que le mandaras mi currículo a gente que conozcas y que estén contratando personal y eso. Me está costando mucho conseguir entrevistas de trabajo. No tengo experiencia, obviamente, y el primer año tuve unas notas pésimas. Mi nota media no se ha recuperado. Pero lo tengo claro. Esto es lo que quiero hacer.

—¿Tienes alguna copia de tu currículo a mano? —Tan pronto como lo preguntó, quiso retractarse. Parecía haberse puesto en modo entrevista, y Janie tenía cara de estar nerviosa.

La vio sacar una hoja del libro de texto, que era un volumen sobre macroeconomía internacional, y se la entregó.

En el currículo presentaba de forma concisa su pasión por la teoría económica y describía los distintos proyectos que había realizado, así como sus habilidades, y también detallaba su nota media. Un 3,5 en la especialidad. Un 2,9 en el total. Definitivamente, no eran las cifras que necesitaba para conseguir trabajo en alguna empresa de renombre, aunque se graduara en Stanford.

Stella le preguntó con toda la delicadeza de la que fue capaz:

—¿Puedo preguntarte qué te pasó durante el primer año?

Janie clavó la vista en el libro de texto.

—Fue cuando mi madre enfermó. Todos lo pasamos mal. Teníamos que turnarnos para cuidarla y llevar el negocio, y además estábamos agobiadas con lo de la separación y sus consecuencias. No supe gestionar bien el tiempo. La verdad, en aquel momento los estudios me importaban poco, aunque fue una idiotez, porque es una pasta y estábamos necesitados de dinero.

Un momento, ¿por qué necesitaban dinero? ¿Por algo relacionado con el padre de Michael? Desde fuera, a la familia parecía irle bien. El negocio parecía ir bien. Tenían esa casa en propiedad. Ansiaba preguntarle el porqué, tanto que tuvo que clavar las uñas en los bordes del álbum de fotos, pero sería una grosería. Aunque tuviera la impresión de conocer a esas personas, hacía muy poco que formaba parte de sus vidas.

Y la última vez que preguntó algo personal, la madre de Michael acabó llorando. No quería hacer llorar a nadie más.

Así que dijo tontamente:

—Entiendo.

—¿Crees que con esas notas puedo tener la oportunidad de conseguir un contrato de prácticas? ¿Puedo mejorar mi currículo de alguna manera?

Dadas sus notas, su currículo era fácil de pasar por alto. Sin embargo..., una idea empezó a tomar forma en su mente y ladeó la cabeza, mirando a Janie desde una nueva perspectiva.

—¿Te interesa la econometría?

Stella había rellenado la mitad de los formularios para crear el puesto de asistente en prácticas en su departamento, un departamento en el que ella era la única integrante, cuando oyó que el móvil vibraba. Lo sacó del cajón y sonrió al ver el mensaje de Michael.

¿Qué está haciendo mi Stella?

Le contestó:

Papeleo.

¿Puedo invitarte a un almuerzo largo?

Se llevó el móvil al pecho e hizo girar el sillón en un círculo completo antes de contestar.

Sí.

Le dio igual el almuerzo que acababan de entregarle, y que seguía junto al teclado sin haberlo tocado. Podía guardarlo en el frigorífico para el día siguiente. Su respuesta hizo que sonriera con más ganas.

Ve a la tintorería cuando puedas.

Recogió los formularios, los apiló y se preparó para marcharse. Era la hora del almuerzo del viernes y todos se habían marchado a algún restaurante del centro. Recorrió los pasillos y entró en el ascensor, esperando salir sin que la vieran.

Philip se coló entre las puertas cuando empezaban a cerrarse.

—¿De verdad vas a salir a comer? ¿Te importa si te acompaño? —le preguntó él.

—Voy a comer con alguien.

—¿El mismo tío?

Asintió con la cabeza.

—Qué suerte tiene.

Stella clavó la vista en el indicador de pisos, deseando que bajara del tres al uno mucho, muchísimo más deprisa.

—Me he enterado de que piensas contratar a un asistente en prácticas.

—Así es.

—Mi primo es el candidato ideal.

Apartó la vista de los números y la clavó en la cara de Philip.

—Ya tengo a alguien en mente.

Philip se metió las manos en los bolsillos y se encogió de hombros.

—Vale.

—Espera... —Suspiró—. Mándame el currículo de tu primo. —Por más que quisiera contratar a Janie, tenía que ser justa en el proceso. Eso era la integridad profesional. La plaza tenía que ocuparla el candidato más cualificado.

Michael lo entendería. No había dejado que su hermana ganase la pelea solo porque era más joven, más pequeña y más débil. Debía seguir el proceso de selección al dedillo. Sin embargo, tenía la sensación de que Janie era su chica. Cuando algo gustaba mucho, tanto como a Janie y a ella les gustaba la economía, se era bueno en esa materia. Y si no se era bueno al principio, se acababa siéndolo.

Philip soltó un suspiro socarrón.

—Vale, muy bien.

El ascensor pitó y Stella atravesó el vestíbulo. Se sintió frustrada al ver que Philip la seguía hasta el coche.

—¿Vas a asistir a la gala benéfica de mañana? —le preguntó él.

—¿Cómo te has enterado?

—Tu madre y la mía están en el comité organizador. Lo sé, el mundo es un pañuelo, ¿no? La cosa es que me preguntaba si tenías pareja. Mi madre me buscará una si no la consigo yo primero. —Sonrió y encorvó los hombros de tal forma que pareció más cercano que de costumbre.

Estaban en una situación tan parecida que Stella se compadeció de él.

—La mía me amenazó con lo mismo.

—Oye, Stella, sé que estás saliendo con alguien, pero... Antes has dicho que esperabas que fuera en serio, como si no estuvieras seguro. ¿Es tu novio o no?

Stella clavó la vista en el asfalto del aparcamiento.

—Es complicado.

—¿Y eso qué quiere decir?

—Tengo que irme. No quiero llegar tarde. —Cogió el tirador de la puerta del coche.

Philip bajó la mano hacia la suya, pero se detuvo antes de tocarla. ¿Se había dado cuenta de que necesitaba espacio? A lo mejor sí la entendía de verdad.

—¿Eso quiere decir que solo os estáis acostando? Porque te mereces algo mejor. Ojalá lo sepas. Todas las cosas que te dije de necesitar práctica y demás... eran chorradas. Me acojonas, así que intentaba que me vieras como más interesante. Es una tontería. Lo único importante es conectar con la persona adecuada. Creo que puedes ser esa persona para mí, Stella. Me gustas desde hace mucho.

—¿Por qué me lo dices ahora? Llevamos años trabajando juntos. —No daba crédito a lo que oía. ¿Le gustaba desde hacía mucho? ¿Ella?

—Porque tengo problemas, y se me traba la lengua cuando estoy contigo y solo me salen gilipolleces, como si fuera un capullo. Esperaba que tú me invitaras a salir porque soy muy inseguro, pero ahora te lo estoy pidiendo. La idea de que estés saliendo con otro que no te valora me vuelve loco. Para mí eres un diez, Stella.

¿Philip creía que era un diez? Alguien creía que ella era un diez. El corazón le dio un vuelco, y sintió que le escocían los ojos.

—No soy un diez. Yo también tengo... problemas.

—Lo sé. Tu madre se lo contó a la mía. Y ella a mí. Tengo un montón de problemas que cambian de nombre cada vez que voy a un nuevo terapeuta. Somos perfectos el uno para el otro. Sigues siendo un diez para mí.

Sin embargo, él no era su diez perfecto. Aunque tal vez lo habría sido si todo fuera distinto. Hubo un tiempo en el que le habría interesado explorar la posibilidad de que albergara a un buen hombre en su interior. No podía culparlo por parecer condescendiente cuando a ella solía pasarle lo mismo. Además, ella quería que, tras la fachada, fuese bueno de verdad. La idea le daba esperanzas para sí misma.

—Lo siento, Philip. Ya le he pedido que me acompañe a la gala benéfica. No puedo echarme atrás ahora. Es más, no quiero hacerlo. Estoy obsesionada con él.

Philip la miró con expresión terca.

—Las obsesiones se pasan.

—En mi caso, no.

—Te aseguro que solo es una fase. No estás enamorada —replicó él, muy convencido.

Stella entreabrió los labios. ¿Enamorada? ¿Era eso lo que sentía? ¿Estaba enamorada de Michael?

—¿Por qué estás tan seguro de que no estoy enamorada?

—Lo sé porque yo soy de quien te vas a enamorar. ¡Yo! —insistió él.

—Philip, no sé lo que estás haciendo, pero déjalo.

—Tienes que darnos una oportunidad.

Tras decir eso, dio un paso al frente y se inclinó hacia ella.

Stella intentó retroceder, pero tenía el coche justo detrás, cortándole la escapatoria. Volvió la cabeza. Philip no llevaba una colonia fuerte, pero su olor estaba mal. Le empujó el pecho con las manos. Su cuerpo le parecía mal. No era Michael.

Philip pegó los labios a los suyos. Piel seca contra piel seca. Una húmeda lengua se coló en su boca y a Stella se le paró el corazón. Su cuerpo se quedó petrificado. Era como los tres primeros encuentros sexuales que había tenido.

Estaba mal, mal, mal...

Se retorció para apartarse y se limpió la boca con la manga. Unas emociones sucias y oscuras le corrían por la piel, por dentro y por fuera.

Philip hizo una mueca y apretó los dientes antes de cerrar los puños.

—Solo tienes que acostumbrarte a mí, Stella. Te has acostumbrado a ese cabrón.

Ella lo apartó de un buen empujón.

—Ni se te ocurra volver a hacerlo.

Con el corazón en la garganta y las manos temblorosas, se metió en el coche. Cuando por fin llegó a la tintorería, se había calmado casi del todo, pero la sensación de estar sucia persistía. Quería lavarse los dientes.

Una vez dentro, localizó a Michael, que estaba agachado en la zona de probadores a los pies de un hombre, cogiéndole el bajo de los pantalones. Llevaba unos vaqueros y una camiseta negra de manga corta. Le encantaba verlo con ropa de trabajo. Seguro que vestía así cuando diseñaba en Nueva York, dibujando patrones en mesas de dibujo bien iluminadas y envolviendo con telas a maniquíes ingratos.

Como si hubiera presentido que estaba allí, Michael alzó la vista, la vio y sonrió.

Quiso devolverle la sonrisa, pero el mal sabor de boca le recordó lo que había pasado en el aparcamiento. ¿Y si Michael la besaba en ese momento? Lo impregnaría de Philip. «¡Qué asco!», pensó.

—El baño. Necesito ir al baño.

Michael se levantó con el ceño fruncido por la preocupación.

—Está al fondo.

Stella corrió hacia el fondo, vio la puerta del cuarto de baño y se lanzó hacia el lavabo. Después de abrir el grifo, se enjabonó las manos y se frotó los labios y la lengua. Se llenó la boca de agua, se enjuagó y escupió, y repitió el proceso una y otra vez.

Michael abrió la puerta del cuarto baño y vio que Stella se enjuagaba la boca como si hubiera comido algo asqueroso. ¿Estaba enferma? Se le formó un nudo en el estómago cuando su mente imaginó el peor escenario posible, uno que conocía demasiado bien.

La puerta se cerró tras él mientras acortaba la distancia entre ellos para recorrerle la tensa espalda con las manos.

—Oye, ¿qué pasa?

«Por favor, dime que estás bien.»

Durante un buen rato, en el cuarto de baño solo se escuchó el ruido del agua en el lavabo. Stella observaba cómo el agua desaparecía por el desagüe con el ceño fruncido. Cuando sus ojos se encontraron a través del espejo, ella cerró el grifo y dijo:

—Un compañero de trabajo me ha besado.

El cuerpo de Michael se paralizó por entero y una gélida rabia empezó a correrle por las venas. Con su adiestramiento, no era la clase de persona que podía ir por ahí buscando pelea. Pero, joder, bien que podía acabarlas. Iba a disfrutar poniéndole fin a esa. Le crujieron los nudillos cuando cerró los puños.

—¿Cómo se llama? ¿Qué aspecto tiene? ¿Dónde lo encuentro? —Las preguntas salieron de su boca con un tono brusco y seco. Ese hijo de puta iba a disfrutar de unas vacaciones en el hospital.

Stella se dio la vuelta de repente para mirarlo a la cara, con los ojos como platos.

—¿Por qué?

—Nadie te fuerza, Stella.

—¿Piensas hacerle algo? No quiero que te metas en problemas.

—Te has pasado un minuto entero lavándote la boca. Ahora voy a lavársela yo a él. —Con sangre.

Stella se retorció las manos mientras intentaba encontrar las palabras adecuadas.

—Estoy bien. Como puedes ver.

—Si no estuvieras bien, sería hombre muerto —masculló él.

—¿Podemos olvidarnos del tema? ¿Por favor?

Meneó la cabeza sin dar crédito a lo que oía. Alguien la había tocado, la había besado, le había metido la puta lengua en la boca.

—¿Cómo puedes estar tan tranquila? ¿Querías que te besara?

—No, pero... —Stella apartó la vista—. A lo mejor hubo un tiempo en el que sí lo quise.

Una idea espantosa surgió en su cabeza.

—¿Por eso me contrataste? ¿Querías practicar para ese tío?

Vio cómo se ponía colorada.

—¿Tal-tal vez? Me pareció un buen candidato entonces. Pero ya no lo quiero, por irónico que parezca, porque... —Se interrumpió con una mueca.

—Porque ¿qué?

—Hoy me ha dicho que le gusto desde hace mucho tiempo, que..., ¡sorpresa!..., soy un diez para él. —Lo miró con expresión interrogante al decir—: Me ha dicho que no le importa que yo sea distinta.

Michael fue incapaz de contenerse y la pegó contra su pecho. Él no le había dicho algo así, pero eso no implicaba que no lo sintiera.

—Porque eres un diez, Stella. Y todas las cosas que te hacen distinta también te hacen perfecta.

—No soy perfecta, Michael. De verdad que no —protestó ella con voz triste.

—¿Le devolviste el beso? —A esas alturas, era lo único que haría que fuera imperfecta para él. Tal vez ni siquiera eso.

Stella meneó la cabeza.

—No.

—¿Te gustó? Cuando te besó. —Porque tenía que saberlo.

—Qué va —susurró ella.

—¿Por qué? ¿Qué hizo mal? ¿No sabe besar?

—Me pareció que estaba mal.

—¿Por qué?

—Porque no eras tú. —Su mirada tierna lo destrozó. Haría cualquier cosa para que lo mirase así. Cualquier cosa.

La instó a echar la cabeza hacia atrás con una mano en la barbilla, queriendo ser tierno pese a la violencia que le corría por las venas.

—Voy a besarte. —Tenía que hacerlo. Si no la besaba, se volvería loco.

—No. Lo tengo en la boca. Todavía noto su sabor. Soy incapaz de sacármelo.

Michael soltó un gruñido feroz.

—Lo necesito, Stella.

Cuando ella asintió con un breve gesto de la cabeza, se apoderó de su boca y la besó con pasión. Necesitaba erradicar todo rastro de ese cabrón, necesitaba marcarla como suya. Stella se amoldó a su cuerpo y se sometió, y la abrazó con fuerza, acariciándola con frenesí.

—¿Todavía notas su sabor? —le preguntó con voz ronca contra los labios.

—No —contestó ella con un jadeo.

Le desabrochó la falda y le metió las manos en las bragas, y casi gimió cuando sus dedos la encontraron mojada. ¿Por quién estaba así? ¿Por su compañero de trabajo o por él?

—Michael...

Oír su nombre de sus labios apaciguó algo en su interior, y el ansia viva de oírlo una y otra vez se apoderó de él. Le bajó la falda hasta que cayó al suelo, en torno a sus pies, y se abrió la cremallera de los vaqueros para sacársela. Después, se sacó un condón del bolsillo, lo abrió como pudo y se lo puso.

Cuando ella hizo ademán de bajarse las bragas, Michael negó con la cabeza. Le levantó una pierna para que le rodeara la cadera al mismo tiempo que pegaba a Stella contra la pared.

Ella gimió, impaciente.

—No me atormentes, Michael. Te necesito.

Le apartó las bragas y la penetró de una sola embestida, hundiéndose en ella. Stella se quedó sin respiración y pronunció su nombre con un gemido. Joder, lo ponía a mil. Le acarició cada milímetro de la boca con la lengua, apoderándose de ella mientras movía las caderas para poder estimularle el clítoris.

La forma en la que su cuerpo se aferraba a él, su dulce boca, sus piernas alrededor de las caderas, su aliento en el cuello... eran la perfección. Disfrutaba de cada parte de Stella. El corazón le latía a mil por hora y la sangre le corría por las venas. Cuando Stella llegó al orgasmo y se tensó a su alrededor sin control, la penetró con más ardor.

Le aferró las caderas, los muslos, y pegó sus frentes de modo que pudiera ver esos preciosos ojos nublados por el deseo mientras la penetraba una última vez, llenándola con todo lo que guardaba en su interior, perdiéndose en ella. Mientras la respiración brotaba entre jadeos de su boca, la abrazó con fuerza. No quería soltarla jamás.

Cuando por fin reunió la fuerza necesaria para separarse, la dejó en el suelo y se alejó para tirar el condón. Se limpió, consciente de la admiración en los ojos de Stella mientras lo observaba, disfrutándola. No miraba a nadie más de esa forma. Solo a él.

Después de convivir con ella durante casi un mes, podía asegurarlo sin lugar a dudas. Había partes de ella, muchas partes, las mejores, que solo compartía con él, y eso lo ayudaba a olvidar que su relación no era real.

Sin embargo, necesitaba recordarlo. No deseaba el beso de ese compañero de trabajo, pero, de haberlo deseado, no había motivos para que no lo besara. No eran monógamos. Él no era su novio, ni su prometido ni su marido. Ella era su clienta, y él era... su proveedor. Sonaba repugnante, pero era la verdad. No tenía derecho a defenderla ni tampoco tenía derecho a sentir ese afán posesivo. Ella le pagaba para que la ayudase, o eso era lo que ella creía, y él tenía que guardar las distancias y mantener la profesionalidad.

Era una pena que se hubiera enamorado de ella. Cuando por fin se separaran, acabaría destrozado. Pero ella saldría ganando. Sabría cómo ser ella misma con otra persona y qué esperar de una relación, qué se sentía cuando la querían. Ojalá que nunca se conformara con menos.

Usó sus años de experiencia como acompañante y esbozó una sonrisa antes de decir:

—Voy a tener que comprarte otras.

Cuando Stella lo miró desconcertada, Michael señaló con un gesto de la cabeza la costura lateral rota de las bragas, que ella había estado acariciando sin darse cuenta todo ese tiempo.

Stella sonrió y se llevó la mano a la cadera.

—No pasa nada. Ya lo haré yo.

—No me importa. Aunque en la mayoría de las parejas son las mujeres quienes compran la ropa interior.

Stella ladeó la cabeza y lo miró.

—¿Por qué?

Se encogió de hombros antes de contestar.

—Creo que es porque se encargan de muchas de las compras y les gusta cuidar a sus seres queridos.

Nada más pronunciar esas palabras, Stella jadeó, sorprendida. Fue como si se le encendiera una bombilla antes de que desenfocara la vista y se concentrara en algo que pasaba en su cabeza.

—¿Adónde te has ido? —Michael agitó una mano delante de su cara hasta que ella volvió a mirarlo con atención. Era algo tan propio de Stella que sonrió pese al vacío que tenía en el pecho. Le encantaba lo inteligente que era. Todo lo que hacía lo maravillaba. Absolutamente todo—. Estás pensando en el trabajo, ¿a que sí? Yo hablándote de comprarte unas bragas para reemplazar las que te he roto por echar un polvo en el cuarto de baño y tú en tu mundo econométrico.

Stella se enderezó las gafas frunciendo la nariz.

—Lo si-siento. No siempre puedo evitarlo. Intento mantenerme en el presente, pero...

—Estoy tomándote el pelo. Me encanta tu supercerebro —admitió. Y como era incapaz de contenerse, aun estando triste, le besó los dulces labios una vez, dos, y una última vez—. Vamos, Ngoại seguramente tenga que usar pronto el baño, y quiero enseñarte una cosa.

Stella contuvo un jadeo cuando Michael descolgó una percha de un gancho que había en la pared y descubrió un vestido corto blanco confeccionado con una suave tela.

—¿Es para mí?

—He tenido que adivinar tus medidas, así que tal vez no te quede del todo bien. ¿Te lo pruebas para que te lo vea?

Stella miró el vestido, maravillada. Su propio vestido Michael Larsen.

Después de encerrarse en el probador sin espejos, se desnudó deprisa. Por supuesto, el vestido era palabra de honor, sin tirantes, por lo que no podía usar sujetador, pero el interior estaba forrado de seda. No había una sola costura vista que pudiera irritarle la piel. Se moría por ver cómo le sentaba.

Se pegó el corpiño al pecho y salió del probador antes de darle la espalda a Michael.

—¿Me lo abrochas, por favor?

Los labios de Michael le rozaron la nuca mientras le subía la crema-llera en un momento tan íntimo que le provocó un escalofrío. Parecía sentarle como un guante. Se le ceñía al cuerpo mejor que la ropa de yoga, y eso que esas prendas le encantaban. Cuando se dio la vuelta, Michael la examinó con ojo crítico y esos sensuales brazos cruzados por delante del pecho.

—¿Puedo verme?

Los labios de Michael esbozaron una sonrisilla antes de que le indicara con un gesto de la cabeza la plataforma elevada que había delante de los espejos, donde él hacía las pruebas.

Stella subió a la plataforma y sintió que el corazón se le paraba, se resetea-ba y volvía a ponerse en marcha. El vestido era una inmaculada prenda de marfil que seguía las curvas de su cuerpo, desde las rodillas hasta el pecho. La tela del corpiño estaba un poco descentrada, lo justo para dar la impresión de que era una voluptuosa cala. No se le veían los pezones.

Era perfecto. Sencillo. Recatado, pero atrevido. Como ella.

Se pasó las manos por las caderas, se dio la vuelta y jadeó al ver lo que la experta confección del vestido le hacía a su trasero. Su culo nunca había pare-cido tan respingón ni voluptuoso. Puso una mano sobre la curva de una de las nalgas, y Michael carraspeó.

Cuando él se subió a la plataforma, le pasó los dedos por los costados.

—Me gusta cómo te sienta. Mis manos sabían tus medidas.

—Me encanta. Gracias, Michael.

—Es mi regalo. Por todos los cumpleaños durante los que no te conocí. ¿Cuándo *es* tu cumpleaños?

Una calidez burbujeante le corrió por las venas, como el champán. Un re-galo. De Michael. Uno que había creado con sus propias manos. Cada costura, cada puntada, cada trozo de tela había sido escogido solo para ella.

—El solsticio de verano, el veintiuno de junio. ¿Y el tuyo?

—El veinte de junio. Pero soy dos años más pequeño que tú.

—¿Te importa que sea mayor que tú? —Sabía a los hombres les gustaban las mujeres más jóvenes.

Michael sonrió.

—Qué va. Cuando era adolescente me volvían loco las mujeres mayores. Todavía recuerdo a la señorita Rockaway inclinada con su falda de *tweed* cuando recogía el borrador de la pizarra.

—¿Quién era? —Una emoción muy desagradable se apoderó de Stella.

—La profesora de Química de segundo. Ojalá que estés celosa, porque así ya sabes lo que he sentido yo por el beso de Dexter —le dijo él con expresión pensativa mientras le recorría el brazo con los dedos.

—¿Dexter?

—A lo mejor se llama Stewart. El nombre le pega a la clase de hombre que me imagino.

—No te lo imagines.

—Mortimer.

Se echó a reír al escucharlo.

—No.

—Niles.

—Michael...

—No me digas que se llama Michael.

—No, no se llama así. Tú eres mi único Michael. ¿De verdad quieres saber cómo se llama?

Él se quedó callado un momento antes de soltar un suspiro pesaroso y decir:

—Será mejor que no lo sepa. Porque no querrás que le dé una paliza de muerte a ese cabrón. —Al ver que ella se tensaba por su forma de hablar, Michael esbozó una sonrisa agresiva.

Stella se quedó sin aliento, sin saber qué decir. No le preocupaba Philip. Su preocupación era Michael. Si iba a por Philip, podría haber consecuencias espantosas. Demandas, cárcel, reclamaciones de daños y perjuicios. Aunque le habría gustado ver a Michael en acción, no merecía correr ese riesgo por un beso repulsivo.

—Me alegro de que te guste el vestido —dijo Michael con una expresión más tierna—. Me muero por vértelo puesto mañana.

Después de almorzar sopa de pescado con piña y apio con acompañamiento de arroz, Stella corrió de vuelta al trabajo. Quería repasar los datos.

Philip la saludó con un gesto de la mano cuando pasó por delante de su despacho, pero no tenía tiempo para lidiar con él. Llegó a su despacho a toda prisa, soltó el bolso en el cajón de la mesa y se sentó, tras lo cual empezó a hacer clic en las diferentes pantallas hasta llegar a la función que había formulado para modelar el patrón de compra de los hombres en lo referente a calzoncillos de diseñador. Era una ecuación elegante con cinco variables clave que incluía cosas como la edad, el nivel de ingresos y varias variables menores.

Había reducido la finalización de la compra masculina de calzoncillos a una sola variable binaria, ß, y había encontrado marcadores que conducían a su activación, cosas como el aumento del gasto en cenas caras y regalos de lujo. Se le había antojado ilógico que, durante una época en la que se reducía la sensibilidad al precio de las cosas, los hombres dejaran de repente de comprar su propia ropa interior. Además, los calzoncillos de marca tampoco eran tan caros.

En ese momento, mientras repasaba las matemáticas y los números, las palabras de Michael resonaron en su cabeza: «A las mujeres les gusta cuidar de sus seres queridos». De alguna forma, de alguna manera, había usado los datos de mercado, las matemáticas y la estadística para cuantificar el amor en una sola variable.

ß era el amor.

ß era cero o uno. Sí o no.

Y estaba íntimamente ligado al momento en el que los hombres dejaban de comprar su propia ropa interior. No era un absoluto, por supuesto. Las personas eran personas, y detestaban ser del todo predecibles. Pero era un indicativo sólido. Se podía apostar con esos datos y ganar más que perder.

Si una mujer le compraba ropa interior a un hombre, eso implicaba que lo quería.

Ella era más que capaz de comprar ropa interior.

Ese día salió antes del trabajo para ir de compras. Cuando volvió a casa con su compra, la envolvió con un lazo rojo y la escondió en el fondo del cajón del que Michael se había apropiado para su ropa interior. Si Michael dejaba de comprar ropa interior en ese momento, significaba que también la quería.

Si la quería, sus etiquetas no importarían. Y ella se lo contaría todo.

Michael se pasó una mano por el pelo mientras miraba los trajes que tenía colgados en el vestidor de Stella e intentaba decidir cuál se pondría esa noche para la gala benéfica. Iba a conocer a sus padres. Los nervios le decían que iba a ser espantoso, pero de todas formas pensaba asistir.

Stella le había pedido que la acompañara.

Ella se asomó por la puerta, sonriendo.

—¿No te decides por uno?

—Elige tú.

Con timidez, Stella entró en el vestidor. Llevaba el vestido sujeto contra el pecho.

—¿Me subes antes la cremallera?

Incapaz de resistirse, Michael le besó la nuca y le dio un tierno chupetón al tiempo que metía las manos por dentro del corpiño suelto y le acariciaba el pecho. Cuando le pellizcó los pezones, Stella emitió el jadeo más erótico que había oído en la vida.

—Vamos a llegar tarde como sigas así.

—Todo el mundo llega tarde a estas cosas. —Le mordisqueó la nuca mientras le deslizaba una mano por el abdomen y se preparaba para metérsela en las bragas. Le encantaba tocarla allí, le encantaba cómo respondía Stella.

—Mis padres nunca llegan tarde. Quieren conocerte.

Detuvo la mano al oírla. Incapaz de decir que quería conocerlos, porque ¿por qué iba a querer conocer a alguien que lo miraría por encima del hombro?, dijo:

—Va a ser interesante.

—Gracias por acompañarme. Sé que preferirías hacer otra cosa.

Preferiría estar haciendo las pruebas de los vestidos para los bailes de graduación, pero no se lo dijo.

—Sabes lo mucho que me gusta ponerme un traje. —Al menos, eso era verdad. Sacó la mano de debajo del vestido y le subió la cremallera.

—Un tres piezas. Me encanta verte con un tres piezas.

—Pues el negro. Quedará muy bien al lado de tu vestido.

Stella sonrió y se volvió para mirarlo.

—Cualquier cosa queda bien con mi vestido. La gente me va a preguntar de dónde lo he sacado. ¿Puedo decirles que es un original de Michael Larsen?

Titubeó al oír su nombre completo de labios de Stella.

—Conoces mi verdadero nombre.

Ella entornó los párpados.

—Estaba en tu factura eléctrica y en el uniforme de tu foto. ¿Estás enfadado?

—¿Y tú? —¿Había buscado en Google información sobre él o sobre su familia? Había artículos en la prensa local que detallaban todas las putadas que había hecho su padre. ¿Los había leído? No, era imposible. No lo miraba con recelo mal disimulado. Aunque era cuestión de tiempo.

Se le cayó el alma a los pies y sintió que le ardía la piel. *Tictac, tictac.* Sin embargo, el reloj no marcaba los segundos hasta el momento en el que explotara y les hiciera daño a los demás. En ese instante, marcaba los segundos hasta el momento en el que ella lo descubriera todo y lo que había entre ellos llegara a su fin.

Stella levantó un hombro, pero no lo miró, ni tampoco replicó.

—Estás enfadada —dijo él, en cuanto se le encendió la bombilla.

—«Enfadada» no es el término correcto.

—¿Y cuál es?

—No lo sé. Tengo la sensación de que no confiabas en mí. —Se abrazó la cintura—. Como si quisieras asegurarte de que no podría encontrarte cuando acabara todo entre nosotros.

—No, confío en ti. Es que... —Le daba miedo perderla—. Detesto mi apellido. —Eso también.

—¿Por qué?

—Es el de mi padre.

Stella lo miró fijamente, con el ceño fruncido.

—¿Por qué odias a tu padre? ¿Porque abandonó a tu madre?

Michael tragó saliva con dificultad. Si contestaba la pregunta con sinceridad, la perdería esa noche, en ese preciso instante.

La maldad que albergaba en su corazón le aconsejó mentir. Sería muy fácil mentir sin más. Eso era lo que siempre hacía su padre.

—Lo siento —se apresuró a decir ella, que parpadeó deprisa y se colocó bien las gafas a la vez que se frotaba un codo—. Es demasiado personal, ¿verdad? Olvida que te lo he preguntado.

—Stella, puedes hacerme preguntas —dijo él con una opresión en el pecho que se le extendió por todo el cuerpo. No era una relación si no podían hablar el uno con el otro—. Lo odio por cómo se fue, porque es un mentiroso y una mala persona. Llevo años sin verlo, pero estoy seguro de que sigue engañando a otras mujeres, haciéndoles daño a las personas, abandonándolas de la peor manera posible. Es lo que hace siempre.

—¿También te abandonó a ti? —le preguntó ella con expresión triste.

—Sí, y a mis hermanas.

Su madre le había dicho que no le tuviera en cuenta a su padre lo que le había hecho, que lo perdonara, pero ¿cómo se perdonaba a alguien que ni siquiera estaba allí? En lo referente a padres, mientras no fueran maltratadores, un mal padre era mejor que ninguno. Él no tenía padre. E intentar en solitario mantener la familia unida lo estaba destrozando.

Stella se arrojó a sus brazos y lo abrazó con fuerza, sin decir nada, y él la besó en la frente. Con cada aliento que tomaba, su dulce olor le llegaba más adentro, calmándolo. Lo necesitaba. La necesitaba. Cuando la gente se enteraba de lo de su padre, lo maldecía y luego se compadecían de su madre. Nadie pensaba en lo que significaba para él. Nadie salvo Stella.

Sabía que tenía que contarle la otra parte de la historia sobre su padre, pero era incapaz. Todavía no la había amado lo suficiente.

Tras apartarla de él, le dijo:

—Deberíamos arreglarnos.

La gala benéfica se celebraba en un exclusivo club de campo en Page Mill Road, entre pistas de tenis iluminadas, campos de golf y relucientes piscinas. Michael aparcó el Tesla de Stella delante de un edificio de estilo moderno, con la horrorosa fachada marrón tan típica de la arquitectura de Palo Alto.

Después de que la ayudara a salir del coche, ella clavó la vista en las ventanas del club. Su nerviosismo era evidente, pero el resplandor dorado del interior le confería una belleza mística. Llevaba un recogido a un lado de la cabeza, adornado con una flor de seda blanca. No necesitaba bolso, ya que él tenía su móvil y sus tarjetas en el bolsillo, y sus manos vacías trazaban arabescos sobre sus muslos.

—¿Te importa interrumpirme si empiezo a hablar de trabajo?

Michael le cogió una mano y le dio un apretón, y así sintió el sudor frío que le cubría la palma.

—¿Por qué? Tu trabajo es interesante.

—Me dejo llevar y me apropio de la conversación. Eso molesta a la gente.

—Me gusta cuando te dejas llevar. —En esos momentos era cuando resultaba más atractiva, cuando le chispeaban los ojos. Michael se llevó su mano a los labios para besarle los nudillos.

A Stella le temblaron los labios hasta que esbozó una trémula sonrisa al tiempo que lo miraba a los ojos.

—Esa es una de las cosas que te hacen ser tan maravilloso.

—Me alegro de que lo sepas.

Stella se echó a reír mientras él la conducía a la puerta. Una vez dentro, el murmullo de cientos de conversaciones los envolvió. La sala de banquetes estaba a rebosar con la flor y nata de Silicon Valley, y un grupo tocaba jazz melódico desde una plataforma, al fondo. Una pared de cristaleras dejaba ver la piscina y el campo de golf iluminado que había en el exterior.

—¿Cómo te va con todo este ruido?

Stella se volvió para mirarlo con sorpresa.

—¿A ti también te molesta?

—Estoy bien. Eres tú quien me preocupa. —No quería que acabara fuera, hiperventilando, de nuevo.

—El ruido no está tan mal. Me preocupa más la distribución de las mesas. A mi madre le gusta rodearme de gente nueva. Estoy mejorando en la conversación, pero todavía me cuesta mucho.

Michael ladeó la cabeza mientras asimilaba sus palabras. Para él, entablar conversación era... solo eso, hablar. No había que esforzarse.

—Le das demasiadas vueltas.

—Tengo que darle muchas vueltas cuando hablo. Si no lo hago, acabo diciendo groserías y espanto a la gente.

—Eso es porque eres sincera.

—A la gente no le gusta la sinceridad. Salvo cuando dices cosas buenas. Averiguar qué consideran los demás que es algo bueno es muy difícil, sobre todo si no conoces a la persona. Eso convierte la conversación en un campo de minas.

Una mujer que solo podía ser la madre de Stella se acercó ataviada con un collar de perlas y un holgado vestido blanco que le dejaba un hombro al aire y le caía hasta la mitad de la pantorrilla. Llevaba el pelo oscuro recogido en un moño igual que el que solía llevar Stella, acentuando una estructura ósea con la que ya estaba muy familiarizado. Esa elegante cincuentona sería Stella dentro de veinte años. El futuro marido de Stella era un cabrón con mucha suerte.

La mujer abrazó a Stella y luego se apartó para admirarla con orgullo maternal.

—Stella, cariño, estás preciosa. —Desvió la mirada hacia Michael y sonrió—. Y aquí está. Me alegro mucho de verte, Michael. Soy Ann, la madre de Stella. —Le tendió la mano con los nudillos por delante, y él se la llevó a los labios para darle un beso fugaz. Sabía que estaba entre la flor y nata de la sociedad cuando el saludo habitual era besar la mano de una mujer.

—Lo mismo digo, Ann.

—Y también tiene una voz preciosa. Stella, no dejo de mirarte el vestido. ¿Dónde lo ha encontrado tu estilista? Pareces una flor.

Stella la miró sonriendo de oreja a oreja.

—Michael es diseñador. Es una de sus creaciones.

¿No sonaba eso maravilloso de sus labios? El único problema era que no había diseñado mucho en los últimos tres años y tampoco se veía diseñando a corto plazo. Su madre le decía que no lo necesitaba en la tintorería, pero, con su enfermedad, no podía quitarle el ojo de encima. Ya se la había encontrado dos veces tirada, inconsciente, en el cuarto de baño. De no haber llegado a tiempo, a saber lo que habría pasado.

La ambición podía esperar. Madre solo había una.

Si se sentía acorralado y sofocado en la prisión que era su vida, era problema suyo. No sería así para siempre. No quería que su madre muriera. La quería. Pero era una verdad inevitable que su muerte sería una liberación.

El amor, había descubierto, era una cárcel. Atrapaba y cortaba las alas. Ponía cortapisas, obligaba a ir a sitios donde no se quería estar..., como ese club al que él no pertenecía.

Ann se acarició las perlas.

—Oh, y es perfecto para ti, Stella. ¿Lo ha confeccionado él? —Revoloteó alrededor de Stella, comprobando la cremallera e incluso mirándole las costuras internas—. Costuras ocultas. Sin etiquetas. Y es muy suave.

Ann lo miró con ojos vidriosos antes de susurrarle algo a su hija al oído y besarla en la mejilla, haciendo que Stella se ruborizara.

—En fin, vamos, te presentaré a su padre. —Ann se colgó del brazo de Michael y los condujo hasta una mesa medio vacía lejos del grupo de música.

Un hombre de mediana edad con una barriga abultada, pelo canoso y gafas de montura metálica estaba sentado a una mesa con cuatro sillas vacías. Mantenía una animada conversación con un rubio que no tenía mal aspecto.

—Edward, te presento a Michael. Michael, te presento a Edward, el padre de Stella.

El susodicho se levantó y se estrecharon las manos. Fue un apretón amistoso, firme pero sin una lucha por establecer la dominancia; aunque los ojos de color castaño claro que lo miraron tras las gafas lo examinaron como si fuera un espécimen de laboratorio de origen desconocido. Michael tuvo la sensación de que estaba en la noche del baile de graduación conociendo al padre de su cita por primera vez, de que tenía que haber llevado su currículo y una analítica para descartar enfermedades de transmisión sexual. Reprimió el impulso de sacudir las manos y los pies, como hacía antes de un combate de competición.

—Encantado de conocerlo —le dijo Michael.

—Un placer —replicó el padre de Stella con una sonrisa tensa que le recordó mucho a su propio padre... En fin, si su padre hubiera sido medianamente normal, claro.

—Este es Philip James —dijo Ann, que señaló al rubio—. Philip, te presento a Michael, el novio de Stella.

Philip se levantó y se enderezó la chaqueta negra del traje, que se le ceñía al torso atlético de tal forma que cualquier sastre se sentiría orgulloso.

—Encantado de conocerte. —Le tendió la mano con gesto amable. Sin embargo, cuando Michael se la estrechó, le apretó los dedos con mucha fuerza. ¿Qué coño? Los ojos verdosos de Philip lo miraron con dureza de arriba abajo—. Stella me ha hablado de ti en el trabajo.

¿En el trabajo? Michael miró a Stella y ella apartó la vista, incómoda. El beso. Ese tío era Dexter Stewart Mortimer Niles.

Michael le soltó la mano antes de ceder al impulso de estamparlo contra la mesa.

—Philip —replicó con voz tersa.

Ese cerdo le había metido la lengua en la boca a Stella. No era ni mucho menos como se lo había imaginado. Debería ser más delgado, con la espalda encorvada y menos músculos. Además, debería llevar gafas, unas buenas gafas de culo de vaso que parecieran casi prismáticos.

Ajena, al parecer, a la tensión que crepitaba en el ambiente, Ann siguió presentándole a las personas bien vestidas que había sentadas a la mesa: un empollón soltero que encajaba a la perfección con la idea que Michael tenía de Philip y que encima era el dueño de una conocida empresa tecnológica; una pareja india con muchos estudios; y una mujer blanca ya mayor, con un traje de chaqueta y falda de color lavanda, que tenía las orejas, el cuello y los dedos llenos de enormes diamantes.

Michael se desabrochó la chaqueta y se sentó entre Stella y el último asiento libre de la mesa con el aplomo que le habían proporcionado tres años como acompañante.

—Bueno, Michael, háblame de ti —dijo el padre de Stella, que se cruzó de brazos y se echó hacia atrás en la silla, mientras lo miraba con expresión interrogante.

Ajá, igualito que la noche del baile de graduación.

Michael sabía muy bien lo que iba a pasar.

—¿Qué quiere saber? —le preguntó él.

—Para empezar, ¿a qué te dedicas?

Philip lo miraba con hosco interés.

Su padre quiso que fuera astrofísico o ingeniero. Poco antes de que se fuera, se conformó con que fuera arquitecto. Eso seguía siendo respetable.

—Soy diseñador.

—Ah, qué interesante. ¿Qué diseñas? ¿O tu nivel de seguridad te impide contar en qué trabajas?

Una vez que comprendió a qué se refería, casi se echó a reír.

—No, no soy un contratista de defensa. Diseño ropa.

—Ha diseñado el vestido de Stella, cariño —dijo la madre de Stella con una sonrisa amable—. Tiene muchísimo talento.

Edward torció el gesto, disgustado, pero después se recompuso y le otorgó a Michael el beneficio de la duda.

—Debe de ser un sector difícil para triunfar. ¿Trabajas para uno de esos diseñadores de Nueva York?

—Ahora mismo no.

—Seguro que estás creando tu propia línea. Es emocionante —dijo Ann.

—La verdad, me he tomado un respiro.

Stella hizo ademán de hablar, pero él le cogió una mano y meneó la cabeza con disimulo. No le hacía falta que esas personas se enterasen de que lavaba, planchaba y hacía arreglos todo el día. Ya era bastante malo que fuera la realidad.

No, no era malo. No se avergonzaba. Era un trabajo honrado y... ¡a la mierda! ¿Qué sentido tenía mentirse a sí mismo? Sentado a esa mesa, al lado de esas personas con sus licenciaturas y su exorbitante riqueza, sí, se avergonzaba. No era la clase de hombre que podían emparejar con Stella.

—Eso quiere decir que... ¿no haces nada? —preguntó Philip, incrédulo.

Michael lo miró con expresión neutra y se encogió de hombros.

—Más o menos. —La enfermedad de su madre no era asunto suyo, joder, y no quería que toda la mesa lo mirase con lástima.

Sendas muecas cruzaron por las caras de Edward y de Philip, y Michael apretó los dientes. Seguramente creían que quería casarse con Stella por su dinero. ¿No sabían que Stella era demasiado lista para esas chorradas? Cuando se enamorase, lo haría de un hombre que sería su igual.

—Yo me volvería loco del aburrimiento. —La expresión de Philip se volvió pensativa mientras miraba a Stella—. Tú no soportas la inactividad, ¿verdad, Stella? Estás entregada a tu trabajo y te gusta saber que tiene impacto real en el mundo. Por eso nos llevamos tan bien.

—Es verdad. Me gusta trabajar —convino Stella, pero miró con preocupación a Michael.

—Ed, deberías haber visto lo que hizo en el último proyecto en el que trabajamos juntos —continuó Philip—. Enfocó el problema de un modo que nunca había visto antes, y ella sola revolucionó la forma de contacto de los vendedores *online* con sus clientes.

—Estoy seguro de que no podría haberlo hecho sin tu ayuda, Philip. —El padre de Stella le dio un apretó a Philip en el hombro.

¿Eso quería decir que ya se conocían? ¿Eran pareja de golf o algo de eso? Quince formas distintas de dejar seco a un hombre le cruzaron de repente por la cabeza. Además, ¿qué era eso de que ella necesitaba a Philip? Stella no necesitaba a nadie. Ni siquiera a él, ya no. No estaba seguro de que lo hubiera necesitado en algún momento.

Una sonrisa genuina asomó a los labios de Stella.

—Eso es verdad. Trabajamos bien juntos.

En serio... Detestaba la idea de que trabajara con Philip y le gustara algo del proceso. Ese cabrón debería irritarla tanto como lo irritaba a él. Sintió el infantil deseo de besarla en público y reclamarla para sí, y le soltó la mano antes de que pudiera hacerlo. Ella no se dio cuenta. Seguía sonriéndole a Philip... Una sonrisa real, la que solía reservar para él. Joder, eso le dolía como si le estuvieran arrancando las pelotas.

—Es una de las pocas personas capaz de tolerarme. Sé que soy un capullo. Pero tengo principios, y no soporto la vagancia ni la ineptitud. —Philip le dirigió a Michael una mirada elocuente.

Michael tomó una honda bocanada de aire y la soltó despacio. Examinó las paredes del salón en busca de un reloj. ¿Cuánto tenía que aguantar?

La conversación en la mesa tomó el rumbo de la teoría económica y la estadística avanzada, y él observó con un nudo en el estómago cómo Stella se abría y empezaba a hablar. Le había dicho que la interrumpiera si se ponía a hablar de trabajo, pero estaba disfrutando. Saltaba a la vista que era su pasión. No quería negársela. Philip, aunque se había proclamado un capullo, se mantuvo a su altura de un modo del que él jamás sería capaz.

Recordó lo del beso. Stella le dijo que no le había gustado y que Philip era irritante, pero desde luego que no le molestaba relacionarse con él en ese momento.

No pudo evitar percatarse de que Philip y Stella hacía una pareja estupenda. Con intereses comunes y de orígenes parecidos, eran tan perfectos el uno para el otro que daban ganas de vomitar. Recordó que fue Philip quien indujo a Stella a contratar a un acompañante. Su intención era la de conquistar a Philip. Tal vez... Joder, detestaba tener que admitirlo, pero tal vez debería hacerlo.

Al fin y al cabo, lo que había entre ellos era físico. No conectaban a nivel intelectual, y sabía lo importante que era mantener estimulado el cerebro de Stella.

Le jodía admitirlo, pero no era lo bastante bueno para ella. En varios aspectos. Nunca podría enamorarse de él. Solo valía para estar en prácticas. A medida que continuaba la conversación sobre economía, la sensación de que lo estaban desgarrando por dentro lo abrumó. Todo parecía estar mal. Incluso sentía que tenía mal la piel.

—Oh, me alegro de que la madre de Philip haya podido llegar —dijo Ann.

Una uña roja se apoyó en el respaldo de la silla que Michael tenía al lado, y lo asaltó una combinación conocida de olores. Canela y tabaco. Los cubitos de hielo tintinearon antes de que alguien dejara un vaso medio lleno de whisky en la mesa.

—Hola, queridos míos. Siento llegar tarde. —Una mujer menuda con una larga melena rubia de bote y un ceñido vestido negro de cóctel se sentó en la silla vacía. Aunque estaba de perfil, Michael la reconoció. Había besado esa barbilla—. Me he tenido que pasar un momento por... —Ella se volvió y adoptó una expresión sorprendida, al menos, en la medida que el bótox le permitía tener expresiones—. Vaya, vaya, vaya. Hola, Michael.

—Hola, Aliza. —Qué maravillosa ocasión para encontrarse con la antigua clienta que menos le gustaba.

—¿Os conocéis? Qué bien —dijo la madre de Stella, uniendo las manos.

Stella estaba a punto de vomitar. La mujer del club era la madre de Philip. La que le había regalado el coche a Michael. El coche que conducía todos los días. El que no quería que ella reemplazara con otro.

Michael se apoyó en el respaldo de la silla con una sonrisa distante en la cara y expresión relajada, como si estuviera cómodo, y guapísimo con el traje negro.

—Desde hace mucho.

Aliza soltó una carcajada ronca y le acarició un brazo.

—Pues sí.

Al ver que Michael ni siquiera se encogía por el contacto, Stella sintió un nudo en la garganta. A él le gustaban las mujeres mayores; dicho por él mismo. Y Aliza era la personificación del sexo con un busto generoso, una figura delgada, esa voz sensual y su estilo sofisticado. Tuvo que recordarse que Michael había decidido alejarse de ella. Que no era a Aliza a quien le había provocado tres orgasmos gloriosos con la boca antes de hacerle al amor como si no pudiera saciarse.

—Dime, si no te importa, ¿con quién has venido? —Aliza recorrió la mesa con la mirada y se detuvo un instante al llegar a la madre de Stella, antes de mirar de nuevo a Michael.

—Está conmigo. —Stella se acercó a él y le cubrió una mano con las suyas. Esperaba que él hiciera lo de siempre, que volviera la mano para entrelazar sus dedos. Al ver que no reaccionaba, se le cayó el alma a los pies. ¿Qué significaba eso?

Aliza cogió su whisky y la miró por encima del borde del vaso.

—Vaya, qué buen aspecto tienes. Tu hija es guapa, Ann. Ahora entiendo por qué le gusta tanto a Philip. Es una pena que no esté libre.

Stella vio que su madre sonreía, pero se percató de que el gesto irradiaba cierta tensión, lo que delataba que estaba preocupada.

—Gracias, Aliza. Parecen muy felices, así que, de pena, nada.

Stella le dio un apretón a Michael en la mano mientras contemplaba su perfil. Hasta ese momento, habían sido muy felices. ¿Qué estaba pasando? Michael seguía impasible, con la mirada clavada en Aliza. Aunque lo estaba tocando, él parecía encontrarse a kilómetros de distancia.

—Así que, ¿van en serio? —Aliza miró a los padres de Stella antes de soltar una risilla burlona y mirar a Michael con gesto socarrón—. ¿Ahora te presentan a los padres, Michael? ¿Habrías conocido a los míos por el precio adecuado?

—¿A qué te refieres? —Philip miró a su madre con los ojos entrecerrados y después miró a Michael. Sus ojos fueron varias veces del uno a la otra.

Aliza bebió un generoso trago de whisky y sonrió de forma sensual.

—Es que hubo un tiempo... en el que estuvimos saliendo.

—Estás de broma. —Philip miró a Michael con asco—. ¿Te has acostado con mi madre?

—No exactamente —contestó él con una sonrisa tensa.

Aliza rio entre dientes.

—Si no recuerdo mal, acostarse, lo que se dice acostarse, no nos acostamos.

—¡Por el amor de Dios! Necesito una copa. —El padre de Stella se levantó de la mesa.

—Ya que vas, tráeme otro whisky con hielo, guapo —le dijo Aliza mientras agitaba su vaso.

—Ya has bebido bastante —replicó su padre, que se alejó con muchas prisas hacia la barra situada al fondo de la estancia.

La risa ronca de Aliza flotó sobre la mesa antes de que apurara el líquido ambarino y soltara el vaso.

—Nunca es suficiente.

Como Stella estaba sentada muy cerca de Michael, vio que la mujer le acariciaba el muslo con las uñas pintadas de rojo. Él no se movió. Se limitó a mirarla mientras su mano ascendía lentamente, acercándose poco a poco a la bragueta. ¿Por qué no la detenía? ¿Quería que lo tocara?

De repente, se puso en pie y dijo:

—Voy a tomar un poco el fresco. Perdonadme.

Antes de que Aliza pudiera perseguirlo, Stella se levantó de un brinco y lo siguió hasta la puerta trasera. El aire de la noche olía a hierba cortada y a cloro, y la frescura le provocó un escalofrío en los brazos y en los hombros desnudos.

—Michael —lo llamó.

Él se detuvo junto a la piscina, que relucía con un brillo azulado.

—Deberías volver dentro, Stella.

Se acercó a él. La distancia que percibía entre ellos le estaba provocando un pánico atroz. ¿Qué hacía para sentirlo cerca de nuevo? Lo cogió de la mano y se pasó su brazo por la cintura mientras se pegaba a él.

—Pero te echaré de menos.

Su mirada se suavizó mientras la estrechaba. Stella suspiró y le apoyó una mejilla en el pecho, aspirando su olor. Si la abrazaba así, las cosas entre ellos seguían bien.

—Te lo estabas pasando bien hasta que mi pasado se sentó a la mesa —comentó él mientras sus manos le acariciaban la espalda arriba y abajo.

—Preferiría haberme quedado contigo en casa. —Se acercó aún más a él y lo besó en la garganta—. ¿Por qué has dejado que te toque así? Me ha cabreado mucho. —Michael era suyo.

—¿Ah, sí? —Le acarició el mentón con los labios, dejando una lluvia de besos sobre esa piel tan sensible.

—Sí —contestó ella.

—Desde el punto de vista profesional, no está bien montar una escena con una antigua clienta. Aunque en el momento no lo agradezcan, tal vez más adelante sí lo hagan. Intentaré ofrecerte la misma cortesía a ti en el futuro.

En el futuro. Después de que se separaran.

—No quiero.

Michael formaba parte de su vida, una de sus mejores partes. No podía marcharse.

—Eso me facilita las cosas —repuso él.

—No, no me refiero a eso.

—¿Qué es lo que quieres, Stella?

—Quiero... —Se humedeció los labios y respiró hondo. ¿Podía decir que lo quería a él? ¿Podía decir que lo amaba? Le pasó las manos por el torso y lo aferró por los hombros mientras él la miraba, cautivado. Deseó ser mejor con las palabras. Deseó poder dejar que su cuerpo hablara por ella. Su cuerpo siempre sabía cómo comunicarse con el de Michael sin problemas. Incluso en ese momento, se descubrió respondiendo a su proximidad, apoyándose en él, amoldándose a la perfección.

Vio que se le movía la nuez al tragar saliva mientras se alejaba de ella.

—Vámonos, entonces. A tu casa. A menos que quieras hacerlo en el coche.

—¿De qué estás hablando?

—De sexo, Stella —contestó él de forma sucinta y brusca.

Sintió tal opresión en los pulmones que apenas podía respirar.

—No iba a decir eso.

—En ese caso, tendremos que ponerle fin a esta farsa. Porque no tengo nada más que ofrecerte.

—Sí que lo tienes. Me escuchas, hablas conmigo y...

—Nunca podré hablar contigo al nivel que lo hace ese gilipollas de ahí dentro. Ni siquiera quiero hacerlo. Soy demasiado idiota como para que me gusten las matemáticas y la economía.

—Eso no es verdad. Eres listo.

—No he conseguido nada. No he llegado a ningún sitio. Follo por dinero, y cuando eso no es suficiente... —La miró a los ojos con expresión seria—. He pensado en robar. Lo he planeado mentalmente, a quién robarle, las mentiras que diría, cómo cubrir el rastro... Porque me parezco a mi padre.

Ella negó con la cabeza. ¿De qué estaba hablando? Michael nunca robaría. No le cabía la menor duda.

—Querías saber por qué lo odio. Pues te lo voy a contar todo. —Tras un tenso segundo de silencio, añadió—: Es tan bueno engañando que se ha hecho famoso. Hace poco salió en las noticias. ¿No lo recuerdas? Frederick Larsen.

—No... —Sin embargo, el nombre le resultaba conocido y empezó a recordar. Jadeó de repente—. El estafador. Seducía a las mujeres y...

—Les robaba. Le decía a todo el mundo que tenía una empresa de *software* informático. Hacía muchos «viajes de negocios». Mi madre sabía que la estaba engañando, pero siempre volvía. Hasta hace tres años, cuando desapareció y un día su otra esposa apareció en la puerta de la casa de mi madre, buscándolo. Resultó que todo el dinero que decía ganar procedía de alguna mujer engañada. Mi madre es la más estafada de todas. Antes de que se fuera la última vez, mi padre sacó todo el dinero de las cuentas del banco y firmó unos préstamos enormes a su nombre. Así que se vio obligada a hipotecarlo todo para poder pagar las deudas, pero ni siquiera eso bastó. Iba a perder el negocio y la casa como no lo remediara. Mi hermana tendría que dejar la universidad porque, de repente, era un coste que no se podía permitir. —Le dio la espalda a Stella y empezó a desabrocharse la corbata a tirones—. El trabajo que tanto me gustaba, por el cual tuve que irme a la otra punta del país pensando que mi familia estaba segura con mi padre, me daba tan poco dinero que tuve que dejarlo. No tenía otras habilidades que me proporcionaran dinero rápido, no soy como tú. Así que me aproveché de la herencia genética de mi padre, de este cuerpo que es tan alto como el suyo; de mi sonrisa, que es igual que la suya; y lo vendí. Me follé a media California con él, día y noche durante meses, y con ese dinero conseguí solucionar las cosas. Pero para entonces, mi madre ya estaba enferma y...

La corbata cayó al suelo y se desabrochó los botones superiores de la camisa como si lo estuviera asfixiando. Se tapó los ojos con las manos y empezó a respirar de forma superficial.

Stella se acercó a él, titubeante. Le colocó una mano en la cara, y unas abrasadoras lágrimas se la mojaron. Tenía un nudo en la garganta que le impedía hablar, así que le echó los brazos al cuello y lo estrechó con fuerza. Él le enterró la cara en el pelo y le devolvió el abrazo.

—Tú no tienes la culpa de que tu padre hiciera algo tan horrible y no te pareces en nada a él —susurró. ¿Cómo era posible que Michael creyera algo así?

—Si hubiera estado en casa, me habría dado cuenta de lo que estaba haciendo y podría haberlo impedido.

—Tranquilo —dijo ella, pasándole las manos por el pelo—. Aunque hubieras estado en casa, no habrías descubierto lo que pasaba hasta que fuera demasiado tarde. Ha engañado a mucha gente. Esa es su especialidad.

Michael la estrechó con más fuerza y la besó en la mejilla. Cuando habló, lo hizo con voz ronca, baja e íntima.

—Lo más espantoso es que, después de todo lo que ha hecho, de lo avergonzado que me siento de él y de lo mucho que lo odio, lo echo de menos. Es mi padre. Mi padre es un delincuente mentiroso que estafa a la gente, y yo lo quiero.

Stella no tenía palabras que ofrecerle a esas alturas, así que siguió abrazándolo. ¿Qué se le decía a alguien tan dolido? Solo atinó a pegarse a él para que sus corazones latieran juntos, y a compartir su sufrimiento.

Después de una eternidad y un poco más, Michael se apartó de ella. Mientras limpiaba las lágrimas que humedecían las mejillas de Stella, dijo:

—Acepté tu propuesta porque quería ayudarte con tus problemas, y está claro que los hemos superado. Estás preparada para mantener una relación real. Si algún cabrón no te quiere porque eres autista, no te merece. ¿Me oyes? No tienes nada de lo que avergonzarte.

Stella sintió que la sangre se le helaba en las venas y que se le detenía el corazón de repente.

—¿Lo sabes?

Él esbozó una sonrisilla.

—Lo supuse después de la primera noche en casa de mi madre.

¿Lo había sabido durante todo ese tiempo? ¿Eso era bueno o malo? No lo sabía.

—¿Quieres irte? —se oyó preguntar.

—Ha llegado la hora de pasar página, Stella. No nos estamos dando todo lo que necesitamos.

Stella entendió al instante que se refería a ella. Ella no era suficiente para él. Por quien era y por lo que era. Por sus incapacidades y sus excentricidades. Por su etiqueta.

La desesperanza la engulló. Había sido tonta al creer que podría seducirlo. Empezó a temblarle la barbilla, pero se mordió el interior del labio para detener el temblor.

—Entiendo.

Él le acarició una mejilla con las yemas de los dedos y le colocó un mechón de pelo detrás de la oreja.

—Necesitas algo más que sexo, y yo no puedo dártelo.

Stella clavó la mirada en sus zapatos. A lo mejor para él solo era sexo, pero a ella le había parecido amor, por patético que resultara.

Las cálidas manos de Michael descendieron por sus brazos hasta coger las suyas y darles un apretón.

—Gracias por todos estos meses. Han sido especiales para mí.

«No lo suficiente.»

—Gracias, Michael. Por ayudarme con mis problemas de ansiedad.

—Prométeme que, después de esto, no contratarás a más acompañantes.

—Nada de acompañantes. Te lo prometo. —Solo había un acompañante que ella deseara.

—Estupendo. —Le dio un beso en el pelo—. Me voy.

—Puedo llevarte en coche a casa —se ofreció ella, porque no quería que se separaran todavía.

—Prefiero llamar a un taxi. Quiero recoger mis cosas de tu casa, y es mejor que no estés allí mientras lo hago. Cuídate, ¿vale?

—Vale.

Se sacó de los bolsillos su llave, su móvil y sus tarjetas de crédito, y se lo dio todo.

—Adiós, Stella.

—Adiós, Michael.

Lo observó alejarse, inmóvil como una estatua y entumecida. Después, se dio media vuelta y regresó al interior. Preferiría irse a casa, pero él quería recoger sus cosas con tranquilidad. Cualquier otra vía de escape estaba vetada también. La idea de cruzarse con él en el aparcamiento o en la calle hizo que se le llenaran los ojos de lágrimas.

Mejor regresar a la cena. Aunque fuera el último lugar donde le apetecía estar en ese momento.

Tras ir al cuarto de baño para retocarse el maquillaje como pudo, regresó a la mesa y se sentó.

—Stella, cariño, ¿dónde está Michael? —le preguntó su madre en voz baja.

—Se ha ido. Acabamos de cortar.

Philip soltó una risilla burlona.

Aliza la miró con lástima desde el otro lado de la silla vacía de Michael y le colocó una mano en el hombro.

—Los hombres como él necesitan ser libres, preciosa.

Stella apartó la mano de la mujer sin replicar.

Su padre la miró con los ojos entrecerrados, contrariado. Sabía que no le gustaban los malos modales.

—Es lo mejor.

Por raro que pareciera, su madre no supo qué decir, se limitó a mirarla con preocupación.

—Puedes encontrar a alguien mucho mejor —apostilló Philip. Su mirada le dejaba bien claro que por ese «alguien mucho mejor» se refería a sí mismo.

Stella apretó las manos con tanta fuerza sobre las rodillas que se le quedaron los nudillos blancos. Sentía las emociones en ebullición dentro del pecho, pugnando por salir, pero las contuvo.

—Estoy de acuerdo —replicó su padre—. No he visto nada bueno en ese hombre.

La punzada que le atravesó las entrañas fue tan dolorosa que su autocontrol se esfumó.

—Eso significa que no has mirado con mucha atención. Porque no es un hombre sin ocupación. No es un vago. Pero, a veces, hay cosas más importantes que la pasión o que la ambición. Aparcó su carrera profesional para poder cuidar a su madre, que se está muriendo de cáncer. Es el tipo de persona que daría cualquier cosa por sus seres queridos, cualquier cosa. Es un hombre bueno por encima de todo.

Y no la quería.

Su padre la miró con expresión furiosa.

—En ese caso, ¿por qué no lo ha dicho?

—¿Por qué iba a querer compartir esas cosas con gente que lo mira con desprecio?

—Yo no lo he...

—Edward, ya basta —lo interrumpió su madre—. Lo que pensabas era evidente. Quieres que Stella esté con un hombre centrado en su carrera profesional, con alguien que la mantenga. No pareces entender que ella ya tiene su propia carrera profesional y que no necesita a nadie que la mantenga. Stella, cariño, vámonos. No soporto tanto ruido. —Le tendió la mano y Stella la aceptó, dejando que la guiara hasta el exterior, hasta una zona con asientos que estaban desocupados. En la mesa auxiliar, había un enorme ramo de calas y ramas de sauce.

Stella acarició el borde de una de las flores antes de sentarse y cerrar los ojos. Allí fuera no había tanto ruido, y parte de la tensión que sentía en la cabeza desapareció. Pero el dolor de su corazón no se atenuó en absoluto. Al contrario, se extendió y aumentó hasta llenarla de desesperanza y abatimiento. Sintió el suave peso de la mano de su madre en una pierna y abrió los ojos.

Su madre la abrazó, rodeándola con la frialdad de las perlas de su collar y con el olor a Chanel N.° 5. El perfume no le gustaba porque era muy fuerte, pero en ese momento la familiaridad del aroma la tranquilizó. Se relajó y dejó que la abrazara como cuando era pequeña, sin darse cuenta de que estaba llorando hasta que su madre empezó a mecerla.

—Lo siento mucho, cariño. Siempre he deseado que encontraras a un artista, alguien sensible que te antepusiera a todo lo demás. Ya idearemos una estrategia para que encuentres al hombre perfecto. Deberías probar con Tinder, en serio.

Su madre seguía importunándola incluso en ese momento. No se rendía jamás.

Stella soltó un suspiro largo y entrecortado.

—Ese hombre era Michael.

—Stella, no seas obstinada. Hay miles de millones de personas en el mundo, y no puedes obligar a alguien a quererte. Si te lo propones, encontrarás a un hombre que encaje mejor contigo.

Stella guardó silencio. Michael era como el helado de galleta de chocolate y menta para ella. Podía probar otros sabores, pero siempre sería su preferido.

Sus diferencias siempre tenían el mismo efecto. La aislaban cuando estaba rodeada de gente. Normalmente, le daba igual. No necesitaba a nadie. Era mucho más feliz cuando disponía del tiempo y del espacio para concentrarse en las cosas que le interesaban. Michael le interesaba, y no se sentía sola cuando estaba con él. Al contrario. La certeza de que no la correspondía era muy dolorosa.

—Mamá, ¿te crees capaz de dejar la conversación sobre encontrar al marido adecuado y tener nietos una temporada? Quiero hacerte feliz, pero ahora mismo estoy cansada.

Su madre la estrechó con más fuerza.

—Claro. Vamos a olvidarnos de los nietos. No quería presionarte. Solo quiero que seas feliz.

Stella suspiró y cerró los ojos. Le daba igual lo de ser feliz. Lo único que ansiaba en ese momento era no sentir nada.

En casa de Stella, el silencio era absoluto. Le resultó gracioso no haberse percatado antes de ese detalle. Siempre estaba tan ocupado hablando con ella, escuchando sus ingeniosos comentarios, cocinando en su enorme cocina o dándole de comer, besándola, haciéndole el amor...

Echaría de menos esa casa. Echaría de menos a Stella. Mucho. Ya la echaba de menos. Estaba hecho polvo por lo mucho que le dolía. Aunque ponerle fin a su acuerdo había sido lo correcto. Ya no necesitaba más su ayuda y se merecía a alguien mejor que él. A alguien más inteligente que no tuviera a un delincuente por padre. Alguien que pudiera impresionar a sus padres y que no se encontrara con sus antiguas clientas cuando salieran a cenar.

Eso le recordó que debía retomar su trabajo de acompañante el viernes por la noche. La idea no le apetecía en lo más mínimo. Ni siquiera estaba seguro de poder empalmarse con otra mujer a esas alturas. Solo deseaba el olor de Stella, su sabor y su piel. Su cuerpo se había amoldado al suyo, y no quería otra cosa. Las antiguas fantasías que antes lo interesaban le parecían tontas y aburridas.

Había desarrollado una nueva, protagonizada por una mujer tímida que soñaba despierta sobre economía.

Se sentó en la cama de Stella y enterró la cara en las manos. Esa sería la última vez que se sentaría allí. Joder, otro hombre se acostaría pronto en esa cama. Experimentó una sensación espantosa. Stella era suya para besarla, para tocarla y para quererla. Ansiaba arrancar las sábanas de la cama y hacerlas jirones. Si él no podía acostarse en ella, que no se acostara nadie. Que se comprara otra puta cama.

Apretó los puños y se obligó a acercarse al vestidor antes de destrozar el dormitorio. Metió sin muchos miramientos las camisetas de manga corta y los vaqueros en la bolsa de deporte y, después, fue en busca de la ropa interior al cajón. Quería acabar pronto para poder irse. Guardó los calcetines en la bolsa, seguidos de los bóxers. En el fondo del cajón, vio una caja sin abrir. La marca y la talla que él usaba, aunque normalmente él los compraba azul marino y esos eran rojos. La caja tenía un lazo.

Stella le había comprado ropa interior.

Era el primer regalo que le hacía. Qué gracioso. ¿Había pensado que los suyos estaban muy usados? A lo mejor lo estaban. Arrojó la caja al interior de la bolsa de deporte y la cerró con la cremallera. No eran muy caros y ella no los iba a usar, lógicamente. Ella se los había comprado, así que se los llevaba.

Mientras salía del dormitorio, se sacó la cartera del bolsillo, cogió un papel doblado y lo dejó en la mesilla. Allí estaba, la prueba de que no era como su padre.

Aunque tal vez no fuera por ese motivo por lo que se sentía tan bien haciéndolo. Tal vez le parecía lo correcto porque estaba enamorado.

Atravesó la casa vacía, apagando las luces a su paso. Una vez que cerró con llave la puerta, dejó las llaves debajo del felpudo y, tras un silencioso adiós, se fue.

Cuando Stella tanteó para coger las gafas a la mañana siguiente, sus dedos dieron con un trozo de papel. Frunció el ceño, lo cogió y se lo acercó a los ojos hinchados de tanto llorar. Un cheque. El suyo. De cincuenta mil dólares.

Se sentó en la cama y acarició con dedos temblorosos el papel. ¿Qué quería decir eso? ¿Por qué no se lo había quedado Michael y lo había cobrado?

Las palabras que le dijo la noche anterior resonaron en su cabeza.

«Acepté tu propuesta porque quería ayudarte.»

No porque quisiera estar con ella, ni siquiera por dinero, sino porque le tenía lástima.

Porque era autista.

Una emoción horrorosa se apoderó de ella como si fuera un veneno, y se tapó la boca para acallar los sonidos que brotaban de su garganta. Creía que empezaba a caerle bien. Creía que era especial. Creía que él podría corresponder su amor. Pero siempre que estuvieron juntos fue por caridad. Todos los besos, todos los momentos..., caridad. Y como Michael ya había terminado con su buena acción, pasaba página.

El dolor la abrumó y la desgarró, destruyéndola por dentro. Ella no era una buena acción. Era una persona. De haber sabido lo que él sentía, nunca le habría propuesto el acuerdo. No era una obra de caridad. Su dinero era tan bueno como el de cualquier otra. ¿Por qué no lo había aceptado sin más?

Se secó las lágrimas con rabia y se dijo que era una mujer fuerte. No iba a derrumbarse porque un hombre no la quisiera.

Hizo la cama con movimientos furiosos y entró en el cuarto del baño para lavarse los dientes. Se pasó el hilo dental mentolado con tanta fuerza que le sangraron las encías. Cuando cerró los dedos en torno al cepillo de dientes, un impulso la llevó a soltarlo y a meterse en la ducha. Con suma deliberación, ejecutó su rutina al revés, lavándose de los pies a la cabeza. No era un robot ni una autista discapacitada. Era ella misma. Era suficiente. Podía ser lo que quisiera. Podía obligarse a ser cualquier cosa. Demostraría que todos se equivocaban.

Cuando salió de la ducha, respiraba entre jadeos. Iba a hacerlo, e iba a hacerlo bien. Cuando terminara, se habría reinventado y estaría fenomenal. Se merecía esas cosas.

Se secó con movimientos bruscos y pasó junto al cepillo de dientes sin hacerle caso antes de entrar en el vestidor, donde sacó el vestido negro que a Michael tanto le gustaba. Se negó a ponerse una rebeca. Que mirase quien quisiera.

Se miró en el espejo que había sobre el lavabo una vez que se permitió cepillarse los dientes y descubrió que los ojos le brillaban por la determinación. Tenía el pelo alborotado, pero no pensaba peinárselo. No estaba para controlar sus emociones. Otras mujeres permitían que sus emociones dictaran sus actos y cambiaran sus rutinas. Ella haría lo mismo.

Después de tragarse como pudo una rebanada de pan, echó un vistazo por su casa vacía. ¿Y qué hacía luego? Sentía la abrasadora necesidad de moverse, de cambiar, de hacer algo violento. Ese día no podría trabajar. Las personas no trabajaban los domingos. Saldrían a comprar cuando abrieran las tiendas. Harían recados. Harían cosas juntos.

Ya no habría más «juntos» para ella.

Se sentó delante del brillante Steinway negro y levantó la tapa. De forma automática, tocó los primeros acordes de «Claro de luna», pero la canción era demasiado lenta y romántica, y le recordó a Michael. Cambió de melodía tras el primer *crescendo*. En vez de dejar que la música fluyera hasta un remanso de ternura, la llevó más arriba, derramó toda su angustia en ella. Sintió un nudo en la garganta, y su corazón se derramó en las notas.

No era suficiente. Le dio al piano toda su rabia. Golpeó las teclas con rapidez, como el mar embravecido golpeaba los acantilados durante una tormenta. Ola tras ola tras ola de rabia. Seguía sin ser suficiente.

Hizo algo que no había hecho nunca. Siempre había sido amable. Hablaba en voz baja. No les hacía daño a los demás de forma intencionada. Le encantaban la música, el orden y los patrones.

Golpeó las teclas con ambas manos, produciendo un montón de notas discordantes. Un caos absoluto. Cada vez más alto, ensordecedor. Una y otra vez, hasta que le dolieron las palmas de las manos, le castañetearon los dientes y el cuerpo le tembló por la sobrecarga sonora. Llegada a ese punto, golpeó las teclas con más saña, luchando contra el ruido y contra sí misma.

Algo se partió en el interior del piano y el chasquido resultante le corrió por los dedos y los brazos. Solo entonces permitió que sus manos temblorosas se apartaran de las teclas. Levantó el pie del pedal y eso amortiguó las vibraciones residuales de las cuerdas. El doloroso latido de su corazón le resonaba en los oídos.

Había que afinar el piano.

Ya se preocuparía por eso después. Las tiendas abrirían pronto y ella quería ir de compras. A por perfume.

La tintorería cerraba los domingos, pero algo instó a Michael a ir. Abrió la puerta y entró. Después de atravesar la zona de probadores vacía, entró en el taller. Una vez allí, miró el perchero mecanizado donde se colgaba la ropa que se lavaba en seco, las paredes llenas de hilos de todos los colores y las máquinas de coser industriales de color verde.

Ese lugar era el modo de vida de su madre, y se sentía orgullosísima de ser la dueña de un negocio tan rentable. Era una de las pocas personas de su extensa familia que más éxito tenía. En fin, lo habría sido, de no ser por su padre.

Para él, ese lugar era una cárcel. No quería verse obligado a hacer los aburridos arreglos, ni tener que tomar medidas, ni lavar ropa en seco. Quería crear algo desde cero.

Se acercó al escritorio emplazado al fondo del taller y sacó el cajoncito que reservaba para sus cuadernos de dibujo. El primero lo sintió frío y familiar bajo los dedos; y el papel, suave. Se sentó a una de las mesas de trabajo y abrió el cuaderno por una página en blanco antes de apoyar la punta del lápiz en el papel.

Normalmente empezaba diseñando el cuello y los hombros de las prendas; a veces, la cintura, si era la base del diseño. La cara solía ser apenas una impresión, un perfil, la curva de la barbilla. Las manos y las piernas eran rápidos trazos, ideas vagas. Ese día, empezó con la cara. Era lo único que le ocupaba la mente.

Los ojos y las espesas pestañas. Las cejas curvadas. La nariz. Los labios tan besables. Cuando terminó, Stella lo miraba desde la página. Había capturado su esencia a la perfección. Sus manos se conocían todas y cada una de sus curvas.

El parecido era tal que sintió un nudo en la garganta, y se sacó el móvil del bolsillo en busca de mensajes o de llamadas perdidas.

Nada. Como las otras noventa y nueve veces que lo había mirado ese día.

Stella le dijo que lo acosaría y lo llamaría, y él estaba tan mal que quería que lo hiciera. Si solo podía ser su obsesión, quería se empleara a fondo. Cuanto más drama, mejor. A lo mejor así no les quedaba más remedio que volver.

La pantalla del móvil se apagó y la cruda realidad se abrió paso en su mente. La obsesión de Stella no fue lo bastante fuerte para resistir el pasado criminal de su familia, sumado al resto de sus inconvenientes. Solo había sido para practicar y por el sexo.

El móvil vibró por una alerta de la aplicación de la agencia. Alguien había contratado sus servicios para el viernes. Por un segundo, creyó que podía ser Stella, y la felicidad más absoluta lo inundó. Aun sabiéndolo todo de él, seguía queriéndolo. Pulsó la pantalla todo lo rápido que pudo, pero cuando se cargó la aplicación vio que se trataba de una clienta nueva. Se le cayó el alma a los pies.

Hubo un tiempo en el que le encantaba la variedad que le proporcionaba su trabajo como acompañante. En ese momento, se le revolvía el estómago al pensar en tocar a otra mujer, mucho menos besarla o acostarse con ella. Se sentía... emparejado de por vida, como un puñetero cisne. Con la salvedad de que el cisne con quien había elegido emparejarse no lo correspondía.

¿Por qué iba a corresponderlo?

Solo había que ver a toda la gente que se había tirado. ¿Qué había conseguido en la vida? ¿Qué había hecho en realidad? Limpiar un montón de ropa, nada más. No era nada. Estaba bien para dar una vueltecita, pero no para llevárselo a casa. Debería sentirse orgulloso de haberle subido la confianza a

Stella y haber demostrado que era mejor que su padre, pero era un capullo egoísta y solo quería tener más de ella.

En un futuro bastante cercano, ella le daría placer a otro hombre, a ese cerdo de Philip, con esa precisión que a él lo volvía loco. Las manos de Stella tocarían otro cuerpo, su boca...

Se cubrió los ojos con las manos y respiró hondo para contener las arcadas. Si ella iba a follar con otro tío, él también follaría con otras. Lo haría en ese preciso instante. Hizo además de levantarse, pero se quedó parado. Era domingo por la mañana. No era momento de salir a ligar.

Y, físicamente, era incapaz.

Tocar a otra mujer en ese momento lo haría vomitar. O, peor todavía, haría que se echara a llorar como un niño pequeño.

Ya le estaba costando la misma vida mantener el tipo. Le escocían los ojos, le quemaba la garganta y le dolía todo el cuerpo. Nada de mujeres. A menos que la mujer en cuestión tuviera los ojos castaños, una sonrisa dulce, le gustara la economía y emitiera los jadeos más increíbles mientras lo besaba y...

Joder. Se acabó. Se mesó el pelo e intentó sacarse la imagen de Stella de la cabeza.

«Échale un par y tira para delante.»

Sin embargo, estaba harto de echarle un par y tirar para delante. Llevaba haciéndolo tres interminables años. Estaba atrapado en ese lugar, atrapado en esa vida, atrapado en una deuda impagable. Atrapado por el amor.

Ese era su problema. Siempre quería demasiado. Si pudiera arrancarse el corazón y dejar de sentir, sería libre. Una especie de locura desatada se apoderó de él mientras miraba el cuaderno de dibujo.

Mientras se disculpaba mentalmente, arrancó el dibujo de Stella y lo rompió por la mitad antes de hacerlo pedacitos. Los trozos de papel flotaron hasta el suelo como las hojas de un árbol seco. Acto seguido, abrió el cuaderno por la primera página. Las mañanas llenas de luz con Stella habían inspirado el vestido blanco y amarillo de esa página. Era su preferido. Arrancó la hoja y la destruyó. Y el siguiente diseño, también. Y el siguiente. Todos los diseños. Después, fue hasta el escritorio, cogió todos los cuadernos de dibujo y los tiró a la papelera. Cuando terminó, abrió el cajón inferior, donde guardaba los proyectos en los que había estado trabajando en secreto. Apretó los dientes y desgarró la tela, costura a costura, prenda a prenda, sueño a sueño.

Cuando por fin destruyó todo lo que se podía destruir, contempló la escabechina que había en el suelo y que sobresalía de la papelera.

Había funcionado. Ya no sentía nada.

Se acercó a la máquina de coser que solía usar, se sentó y examinó el montón de prendas inacabas que había al lado. Unos pantalones necesitaban que les remataran el bajo, había vestidos a los que había que meterles en las costuras y también una chaqueta con un desgarro en el forro. Eran prendas que había diseñado otra persona. La visión de otra persona.

Bien podía acabarlas. A lo mejor así podía darle a su madre más tiempo libre esa semana.

Empezó a coser.

A finales de esa semana, Sophie se quedó en la tintorería, con Ngo̱ai, mientras Michael llevaba a Me̱ al médico para la revisión mensual y la analítica de sangre. El trayecto era corto, pero a él se le hizo eterno porque su madre se lo pasó con los brazos cruzados por delante del pecho, atravesándolo con la mirada. Así que puso la música a todo volumen y se concentró en la carretera.

Me̱ quitó la música.

—Ya no lo soporto más. Te pasas el día como un gato que hubiera perdido a su ratón. No hablas. Asustas a la clientela. Y trabajas como si te fueras a morir. Michael, dile a Me̱ qué está pasando.

Él aferró el volante con más fuerza.

—No pasa nada.

—¿Cómo está Stella? Dile que venga el sábado. Los pomelos estaban de oferta, así que tenemos muchos.

Guardó silencio.

—Me̱ no es tonta. ¿Has cortado con esa muchacha?

—¿Y cómo sabes que no fue al contrario? —Stella lo habría dejado en algún momento. Cuando decidiera que ya había practicado lo suficiente.

—Su amor por ti es apasionado, tan claro como el agua. No te dejaría.

Michael apretó los dientes para luchar contra una repentina e inoportuna emoción. Sabía que Stella se sentía atraída por él, pero el único sitio donde se había mostrado «apasionada» era en la cama.

—He conocido a sus padres, Me̱.

—Ah, y ¿son buenas personas?

—Su padre no me cree lo bastante bueno para ella —contestó con un rictus amargo en los labios.

—Claro que no.

Michael apartó la mirada de la carretera y la clavó en el perfil de su madre.

—¿Cómo que «claro que no»? —Era su único hijo. Nunca había hablado así de él.

—Eres demasiado orgulloso, como tu padre. Debes mostrarte comprensivo. Solo quiere lo mejor para su hija. Es su única hija, ¿verdad? ¿Cómo crees que fueron las cosas cuando me casé con tu padre?

—Los abuelos te quieren.

—Sí. Ahora. Pero, al principio, no lo aprobaron. ¿Por qué iban a querer que su hijo se casara con una chica vietnamita sin estudios y que apenas hablaba inglés? Se negaron a venir a la boda, hasta que tu padre los amenazó con cortar todos los lazos con ellos. Tuve que esforzarme mucho para ganármelos. Las cosas no pasan de la noche a la mañana. Pero mereció la pena.

—No lo sabía. —Esa información hizo que contemplara a sus abuelos bajo una perspectiva nueva y poco favorecedora.

—Michael, cuando quieres a alguien, luchas por esa persona con uñas y dientes. Si le pones empeño, su padre acabará aceptándote. Si tratas bien a su hija, él te querrá.

—Creo que sería egoísta por mi parte luchar por ella. Hay hombres más adecuados que yo. Más ricos, con mejor educación y más... —Dejó la frase en el aire mientras su madre se volvía despacio para mirarlo, con los ojos entrecerrados y expresión asesina.

—¡Te pareces a tu padre! Si no soportas estar con una mujer que tiene más éxito profesional que tú, déjala tranquila. Estará mejor sin ti. Si de verdad la quieres, reconoce el valor de ese amor y comprométete. Es lo único que Stella necesita de ti.

—¿Crees que soy como papá? ¿Me crees capaz de hacer lo que hizo él? —Las palabras de su madre lo habían arrojado a un lago helado y le habían paralizado los pulmones. Joder, que su propia madre pensara así...

—Nunca harías algo así —contestó al mismo tiempo que agitaba la mano para restarle importancia al asunto—. Él no tiene corazón. Tú sí, y te lleva en la dirección correcta. Pero crees que necesitas ser mejor y hacerlo todo por ti mismo. Tu padre y tú tenéis ese mismo problema.

—No, yo no...

—Entonces, ¿por qué sigues trabajando en la tintorería? Y ¿por qué haces todos los arreglos que tendría que hacer yo? ¿Crees que esta mujer no es capaz de hacer una costura derecha? —le preguntó, exasperada.

—No, yo no...

—No puedo seguir más en la casa. Sé que no coso tan rápido como lo hacía, pero sigo cosiendo bien. Me encuentro mejor. La medicación está funcionando. Tenéis que dejarme salir de casa y, Michael, tú tienes que dejar de venir a la tintorería. No quiero verte más por allí, mucho menos si sigues de tan mal humor. No eres bueno para el negocio.

—Me, no puedo dejarte sola y no quieres contratar a alguien ajeno a la familia. —Era una verdad de la que no podía escapar, pero que había acabado aceptando como uno de los barrotes de la celda en la que vivía de forma voluntaria. Porque quería a su madre.

—¿Crees que eres el único de la familia que sabe coser? ¿Cuántos primos tienes? ¿Y Quan? El sábado vino a la tintorería para arreglarse la cremallera de una cazadora con la máquina de coser. Sabía lo que hacía y no le gusta trabajar para su madre. Grita mucho.

Michael dio un respingo y se removió en el asiento mientras su cerebro trataba de asimilar lo que había oído.

—¿Dejarías que atendiera a la clientela? ¿Con todos esos tatuajes?

Su madre le señaló el brazo en el que se veía el inicio del tatuaje negro por debajo de la manga de la camiseta.

—Tú también tienes. No creas que no me he dado cuenta. No sé por qué os hacéis algo así la gente joven.

Michael apartó la mano izquierda del volante para bajar el brazo y quitarlo de su vista.

—A las chicas les gusta.

—¿A mi Stella le gusta?

—Pues sí. —Había besado tantas veces el dragón que era probable que a esas alturas la echara de menos tanto como lo hacía él. De repente, se le ocurrió que Philip James seguramente estuviera tan blanco como un bebé debajo de la ropa. En sus labios apareció una sonrisa satisfecha. Por cierto, ¿desde cuando se había apropiado su madre de Stella?—. No es tan inocente como crees —añadió, intentando mitigar la desilusión que acabaría llevándose su madre.

Ella lo miró de reojo con cara de: «¿Te estás quedando conmigo?» y, después, se volvió para mirar los edificios frente a los que pasaban.

—Como si una mujer pudiera ser inocente durante mucho tiempo con mi hijo. Además, toda suegra quiere una nuera capaz de ponerse al lío. Quiero tener nietos.

Michael se ahogó por la sorpresa y tosió.

—No te saltes la entrada —dijo su madre, señalando el desvío hacia el hospital.

La dejó en la puerta y él se alejó para dejar el coche en el aparcamiento subterráneo del complejo. Su mente era un hervidero de pensamientos mientras cogía el ascensor y echaba a andar hacia la sala de espera de oncología para buscarla.

Su madre le había dicho que el corazón lo guiaba en la dirección correcta y que no lo creía capaz de hacer lo que su padre había hecho. Quería que luchara por Stella. Creía que el amor bastaba.

Pero el amor no bastaba si solo lo sentía uno.

Su recepcionista preferida, Janelle, le hizo un gesto.

—Ya ha entrado. Antes de que vayas a buscarla, necesito que firmes unos documentos.

Se acercó al mostrador de recepción con un mal presentimiento. En su experiencia, el papeleo no era nada bueno. Las facturas eran papeles.

—Ya que tienes un poder notarial, firma aquí y aquí —le dijo Janelle.

Miró los papeles con el ceño fruncido. No parecían documentos médicos en absoluto.

—¿Qué es esto?

—La fundación acababa de poner en marcha un programa de ayudas para los enfermos que no están plenamente cubiertos por su seguro médico y a los que se les ha denegado la ayuda federal o estatal por distintos motivos. Tu madre ha sido una de las pocas afortunadas elegidas para cubrir todos sus gastos. Menudo alivio, ¿verdad?

Michael cogió los papeles y empezó a leer la letra diminuta tan rápido como pudo. Cuanto más leía, más pasmado se quedaba. La incredulidad le estaba provocando un hormigueo en la piel.

—¿Esto es real? ¿Todos los gastos están cubiertos?

—De verdad de la buena. Solo tienes que firmar, cariño. —La mirada de Janelle era cariñosa y comprensiva, y él no supo cómo reaccionar. Era demasiado bueno para ser verdad.

No más facturas médicas. No más facturas. Adiós a las facturas. ¿Sería posible? Él nunca había tenido ese tipo de suerte. Siempre le pasaban cosas malas. La vida para él consistía en seguir hacia delante pese a los puñetazos que recibía. Seguro que era un fraude.

—¿Cómo nos han seleccionado? —Apenas si oía su voz por culpa de los desesperados latidos del corazón.

Janelle meneó la cabeza con una sonrisa.

—Desconozco los detalles del proceso de selección, pero el programa ya ha hecho felices hoy a unas cuantas familias. Créetelo, cariño. Es oficial y está en marcha. —Le dio un apretón en la mano antes de ofrecerle un bolígrafo con una margarita de plástico en el extremo.

Leyó los documentos una vez más y se detuvo en expresiones como «existencia de dificultades económicas» y «cobertura médica completa». No había nada que hiciera saltar las alarmas, no había exigencia de pagos, ni contingencias, ni cláusulas confusas. Era legal. El instinto le decía que era legal. Colocó la punta del bolígrafo en el lugar donde tenía que firmar, resaltado en amarillo.

—¿Cómo se financia este programa? —quiso saber.

—Es financiación privada. Ya conoces la Fundación y todas las organizaciones filantrópicas que se mueven alrededor. Vamos, fírmalo. Me estás poniendo nerviosa.

El corazón dejó de latirle tan rápido, la mano dejó de temblarle y, por fin, firmó en la zona resaltada de las distintas páginas, llenas de verborrea legal.

Janelle recogió todos los papeles, entró en su oficina para llenarle un vaso de agua y se lo ofreció.

—Bebe. Tienes mala cara. Y ahora ve a buscar a tu madre y dale las noticias. Está en la sala de reconocimiento.

Michael se bebió el agua y entró en la sala de reconocimiento, dirigiéndose a la segunda habitación desde el fondo. Su madre estaba tumbada en la camilla, y una serie de cables salían de debajo de su jersey mientras le realizaban un electrocardiograma. Había un enfermero controlando los resultados y anotando algo en un portapapeles, tras lo cual ayudó a su madre a incorporarse y le quitó los sensores del pecho.

—¿Qué tal está? —le preguntó Michael mientras ella se sentaba.

—La doctora hablará con vosotros en cuanto venga —contestó el enfermero, que sonrió, recogió sus papeles y se marchó.

—Van ser buenas noticias. —Su madre se alisó el jersey lila de cachemira que, por una vez, conjuntaba con los pantalones que llevaba, blancos y sin estampado—. Me se siente bien.

Eso sería tener demasiadas buenas noticias en el mismo día, pero su madre tenía buen color de cara y las ojeras ya no eran tan oscuras.

—¿Has engordado? —le preguntó.

—Un kilo y medio.

La respuesta alivió en parte la tensión que se había apoderado del cuerpo de Michael.

—Genial.

—Deja de preocuparte y confía en Me.

Alguien llamó a la puerta y, acto seguido, entró la doctora de su madre. Una mujer voluptuosa con el pelo rubio hasta los hombros y una actitud que tranquilizaba de inmediato a todo aquel con el que hablara.

—Bueno, tenemos buenas noticias. Sé que he vuelto a sorprenderte, Michael. Tu madre va fenomenal —dijo con una carcajada antes de mirar a Me de nuevo—. Las últimas pruebas dan un resultado estable, así que vamos a espaciarlas un poco más. Las dosis seguirán siendo las mismas, y la analítica de sangre seguirá siendo mensual. Por supuesto, si hay algún cambio, queremos verte de inmediato, pero no lo veo probable.

—Dígale a mi hijo que no pasa nada si trabajo un poco más. Sus hermanas y él intentan mantenerme encerrada en casa.

La doctora Henningan lo miró con una sonrisa comprensiva.

—Si quiere trabajar, Michael, que trabaje. Mantenerse activo es saludable, tanto desde el punto de vista físico como mental.

Michael cruzó los brazos por delante del pecho.

—A lo mejor, en vez de trabajar, podía empezar a salir con hombres.

—Ah, no, no, no y no. Se acabaron los hombres para mí. —Su madre movió las manos con énfasis y meneó la cabeza—. Ni uno más.

La doctora levantó las cejas con gesto pensativo.

—Tiene razón. Podrías empezar a salir, Anh. Puede ser divertido.

Su madre lo miró, enfadada, y él no pudo evitar soltar una carcajada.

Poco después, salieron de la sala de reconocimiento y pasaron por delante del mostrador de recepción. Janelle les sonrió con afecto y su madre la miró con gesto distraído.

—¿Está en *shock*? —quiso saber Janelle.

Me frunció el ceño.

—Quiere que me busque novio. ¡Yo! A mis casi sesenta años.

Janelle asintió con la cabeza.

—Nunca es tarde para encontrar el amor verdadero.

—Bah. Yo solo quiero trabajar. El dinero es mejor que los hombres. Quiero un bolso de Hermès.

—Bueno, a lo mejor ahora te lo puedes permitir —comentó Janelle con una sonrisa de oreja a oreja.

Michael instó a su madre a salir antes de tener que explicarle por qué podía permitírselo. Cuando entraron en el coche y salió del aparcamiento al sol del exterior, deseó poder hablarle del programa de ayudas; pero si lo hacía, tendría que confesarle las mentiras que le había contado sobre el fantástico, pero inexistente, seguro médico del que disfrutaba y que había sido él quien se había estado haciendo cargo de las facturas médicas todo ese tiempo.

La única que podría entenderlo sería Stella, pero se había ido. No, tenía que guardarse las noticias para él solo.

Stella apoyó la frente en una mano y repasó metódicamente los rasgos de su carácter que asociaba a su trastorno: hipersensibilidad sensorial, ya fuera al sonido, al tacto o al olor; necesidad de establecer rutinas; torpeza a la hora de manejarse en sociedad; tendencia a la obsesión.

A lo largo de la última semana había trabajado en todas ellas salvo en las dos últimas. No sabía cómo enfrentarse a ellas. Podía escuchar música horrible mientras trabajaba, ponerse perfume, descoser las costuras francesas de las camisas y destrozar sus rutinas, pero no podía ponerse a hablar con la gente de repente como si tal cosa, y tampoco podía dejar de obsesionarse con algo que le encantara.

Su mente siguió girando y girando, mientras trataba de encontrar la solución a su problema. Aunque lo de hablar no se le daba bien, había mejorado mucho con los años. Si se concentraba y pensaba todo lo que decía, era capaz de relacionarse con la gente sin incomodar a nadie... más o menos. Así que solo quedaba la obsesión.

¿Cómo no obsesionarse por algo maravilloso? ¿Cómo era posible que algo gustara hasta un punto razonable? Siendo realista, debía admitir que en su caso era un imposible. No podía gustarle algo a medias. Lo había intentando con Michael y había sido un estrepitoso fracaso. ¿Eso significaba que tenía que abstenerse por completo de todas las cosas con las que disfrutaba?

Suponía que podía dejar el piano, las películas de artes marciales y las series asiáticas. Pero ¿qué hacía con su pasión más importante?

La econometría.

Dejarla sería la mejor muestra de su compromiso. El trabajo era una parte esencial de su vida y, si renunciaba a él, todo cambiaría. Sería una nueva persona.

Dejó las gafas sobre la mesa y se tapó los ojos con una mano, para dejar de prestarles atención a las cifras del monitor. Su mente estaba demasiado saturada como para concentrarse. Si era incapaz de hacer su trabajo, debería renunciar.

A lo mejor debería dedicarse a hacer algo más beneficioso para la sociedad. Algo en el campo de la medicina. Podría ser médica si se lo proponía. No le gustaba la fisiología ni la química, pero ¿qué más daba eso? La mayoría de los médicos seguro que se concentraba en el resultado final de su labor en vez de en la realidad diaria de su trabajo. La verdad fuera dicha, era mejor que el trabajo la aburriese. Así no se obsesionaría con él.

Eso era. Tenía que renunciar a su trabajo.

Con dedos tensos y una determinación vehemente, empezó a redactar una carta para su jefe.

Querido Albert:

Gracias por estos cinco años. Formar parte de tu equipo ha sido una experiencia valiosísima. Aprecio en gran medida la oportunidad no solo de haber analizado datos económicos reales y fascinantes, sino también de haber provocado cambios sustanciales en la economía mediante la aplicación de los principios de la econometría. Sin embargo, debo marcharme porque

Porque ¿qué? Albert no entendería ninguna de las razones que le pasaban por la cabeza. Era economista. Solo le importaba la economía.

Si le decía que era autista, le daría igual. Porque no afectaba de forma negativa a su eficacia como econometrista. Al contrario, su tendencia obsesiva a concentrarse de forma excesiva durante largos periodos de tiempo, su amor por la rutina y por los sistemas y su mente extremadamente lógica e incapaz de comprender una conversación informal la convertían en una buena econometrista.

Era una pena que esas cualidades la hicieran antipática.

Alguien llamó con suavidad a la puerta, y miró el reloj antes de volverse para ver quién era. Janie entró puntual en su despacho. Se apresuró a minimizar el documento con la carta de renuncia y se puso en pie para recibir a su candidata.

Janie sonrió y, aunque le temblaban los labios por los nervios, el gesto le recordó tanto a Michael que le dio un vuelco el corazón.

Reaccionó un poco tarde y la saludó con un apretón de manos.

—Me alegro mucho de verte. Por favor, siéntate.

Janie se pasó las manos por la falda del traje negro y se sentó. Golpeó el suelo con las puntas de los pies varias veces antes de cruzar las piernas a la altura de los tobillos.

—Yo también me alegro de verte, Stella.

Durante el incómodo silencio que siguió a su saludo, Stella se rascó el cuello con gesto distraído. Las costuras abiertas de la camisa eran como filas de hormigas moviéndose sobre su piel.

—¿Cómo estás? —le preguntó en un intento por distraerse del picor.

—¿Yo? Mmm..., pues bien. —Janie se había dejado el pelo suelto y se colocó un largo mechón castaño oscuro detrás de una oreja mientras clavaba la vista en la carpeta de cuero que había dejado sobre la mesa de Stella—. Michael no está bien.

Stella sintió una opresión en el pecho y un hormigueo en la cara.

—Ah, vaya, ¿por qué? ¿Qué ha pasado? ¿Tu madre está bien?

—Mi madre está bien. No te preocupes —le contestó Janie al mismo tiempo que hacía gestos con las manos para tranquilizarla—. Bueno, está molesta con Michael. Quiere que deje de venir a la tintorería, pero no le hace caso. Además, últimamente está de un gruñón que no hay quien lo aguante y no para de trabajar. Es como si estuviera poseído. Todas estamos preocupadas y enfadadas.

—No..., no entiendo por qué no es feliz. —Era imposible que estuviera triste por el mismo motivo que lo estaba ella. La desesperanza se sumó a las incómodas rozaduras de las costuras abiertas sobre la piel, y deseó poder arrancarse la camisa y gritar.

—Es por ti. Te echa de menos.

Stella negó con la cabeza. Eso era imposible. Oír en voz alta su mayor deseo la llenó de una amargura que rayaba en la ira.

—¿Qué te parece si empezamos con la entrevista? —Cogió los documentos que había preparado y se los dio a Janie.

En vez de mirarlos, esta los colocó encima de su carpeta.

—¿Por qué cortasteis?

Porque, para empezar, nunca estuvieron juntos. Porque solo había sido un caso de caridad para él.

Stella trató de disimular las lágrimas que le nublaban la visión rebuscando algo en el cajón archivador. Tras parpadear con rapidez varias veces, el peligro de echarse a llorar pasó. Tragó saliva, carraspeó y dijo:

—Eso no es relevante para la entrevista. Te daré cinco minutos para que leas esos documentos y estudies el caso, y luego hablaremos.

—Creo que necesitáis hablar.

—*Tuvimos* una larga conversación. —Una que no quería repetir. Si volvía a oírlo decir que no era suficiente, se desmoronaría.

—Bueno —dijo Janie—, estar separados es evidente que no funciona para ninguno de los dos. Necesitáis hablar otra vez.

Stella se frotó la sien, aspiró el perfume que se había echado en la muñeca y sintió que se le subía el almuerzo a la garganta. Se apartó la mano de la cara y respiró varias veces por la boca.

—No puedo.

—Venga ya, Stella. Sé que ha debido de meter la pata de alguna manera, pero dale otra oportunidad. Está loco por ti.

—No fue Michael quien metió la pata. Fui yo. —Había metido la pata al ser ella misma.

—Me cuesta mucho creerte. A Michael se le dan fatal las relaciones. Tiene problemas.

Eso sorprendió a Stella. La de los problemas era ella. ¿No?

—¿Qué tipo de problemas?

—¿Estás de broma? ¿No te lo ha contado? —Janie puso los ojos en blanco y murmuró algo antes de añadir—: Mi padre hizo que se sintiera fatal por rechazar todas las universidades que lo aceptaron para estudiar alguna ingeniería. Dijo que Michael no llegaría a ningún lado, que sería pobre y que tendría que ganarse la vida con su cara bonita porque no servía para otra cosa. Dejó de mantenerlo y lo obligó a pagarse sus estudios de Diseño de Moda. Michael tiene muchísimo talento y demuestra una actitud segura. Pero tú eres la primera mujer con la que ha salido que de verdad es buena para él.

Una vez que Stella asimiló esa información y la guardó para analizarla más tarde, se obligó a sonreír.

—Bonito comentario. Te lo agradezco.

—Madre mía, ¿tú también? Está claro que sois tal para cual. Bueno, en ese caso, mi motivo para venir a verte ha fracasado. Me voy. —Janie hizo ademán de ponerse en pie.

—¿No quieres hacer la entrevista?

Janie se colocó el mechón de pelo otra vez detrás de la oreja.

—¿No sería favoritismo al conocernos?

Stella sonrió.

—Tendrás que hablar con seis personas y la decisión de contratarte debe ser unánime. Creo que eso debería eliminar tu preocupación de que puedas tener un trato de favor. Además, aunque no te contratemos, creo que podrás aprender algo si te sometes al proceso. Lee los documentos que te he dado, ¿vale?

—Vale. —Janie se encorvó sobre los papeles y los leyó con una expresión concentrada que hizo que le recordara mucho a Michael.

Janie fue superando preguntas según avanzaba la entrevista e incluso demostró esa capacidad resolutiva tan fuera de lo común que la ayudaría en el futuro. Aunque hubiera sufrido un bache durante el primer año de universidad, era evidente que lo había superado y que tenía ganas de progresar.

—Una última pregunta —dijo Stella—. Dime por qué estás interesada en labrarte un futuro profesional en el ámbito de la economía y de las matemáticas, y no en otros.

Los ojos de Janie relucieron mientras se inclinaba hacia delante.

—Muy sencillo. Las matemáticas son lo más elegante del universo, y la economía es lo que mueve el mundo. Si se quiere entender a la gente desde un punto de vista sofisticado, creo que la economía es la herramienta.

—Pero ¿por qué quieres entender mejor a la gente? Tienes una familia numerosa y muchos amigos, supongo.

—Tengo muchos amigos y familiares. —Janie se encogió de hombros—. Pero solo son una minúscula parte de la sociedad, no conforman un mercado ni una nación. Y, la verdad, no son tan interesantes. No me fascinan. No van a provocar una crisis mundial. Daría mi vida por ellos, pero no puedo vivir por ellos. Al contrario que por la economía. Es mi vocación, de la misma manera que es la tuya.

Con los ojos llenos de lágrimas y emocionada por razones que no alcanzaba a entender, Stella se puso de pie e intercambió un apretón de manos con Janie.

—Creo que les vas a gustar a todos.

Janie sonrió, y Stella la acompañó hasta la siguiente entrevista y le deseó suerte. Cuando regresó a su despacho, clavó la vista en la ultima frase de su carta de renuncia: «Sin embargo, debo marcharme porque...»

¿Por qué estaba pensando en abandonar su vocación?

Por Michael. Por un hombre.

Se pasó los dedos por el pelo y se deshizo la coleta. No tenía sentido intentar seducir a un hombre que no la quería tal como era. Nadie saldría beneficiado, mucho menos ella. Era injusto y deshonesto. Ella no era así.

La cruzada para arreglarse llegaba a su fin. No había nada roto en su interior. Simplemente, veía e interactuaba con el mundo de una forma distinta, pero así era ella. Podía cambiar su forma de actuar, también podía cambiar sus palabras o cambiar su aspecto físico, pero no podía cambiar quien era. En el fondo, siempre sería autista. La gente lo llamaba «trastorno», pero a ella no le parecía tal. Para ella, solo era su forma de ser.

Y tenía que aceptar que Michael y ella no encajaban, simple y llanamente. Mutilarse para obligarlo a ser su pareja era una ridiculez. Dejar su trabajo era una ridiculez, y no lo haría. Apretó los dientes y cerró el documento con la carta de renuncia sin guardarlo.

Recogió sus cosas y se preparó para salir temprano. Necesitaba quitarse esa camisa destrozada y lavarse para no oler a perfume. El comportamiento que había demostrado durante las pasadas semanas la asqueaba.

Sí, estaba sola. Sí, tenía el corazón destrozado. Pero al menos se tenía a ella.

El tintineo de la campanilla de la puerta le advirtió a Michael de que alguien había entrado. Levantó la vista de la costura a tiempo para ver a Janie entrar en tromba en el taller.

—¡Tengo una oferta!

Michael dejó la costura a un lado.

—¡Oye, qué bien!

Su madre gritó y corrió a abrazarla.

—Me está muy orgullosa. Buen trabajo.

—Ni siquiera sabía que tenías una entrevista de trabajo —comentó Michael—. ¿Qué empresa es?

Un brillo beligerante iluminó los ojos de Janie mientras su madre le daba unas palmaditas en la cabeza antes de volver a su máquina de coser.

—La empresa de Stella. Advanced Economics Analytics.

El silencio fue ensordecedor.

—¿Cómo?

—Le pedí que me ayudara a encontrar una empresa donde ofrecieran contratos de prácticas y lo ha hecho. Empiezo dentro de unas semanas. Estoy muy emocionada. —Se puso a bailar de felicidad con una sonrisa de oreja a oreja.

—¿Stella te ha conseguido trabajo? —Debía de haber oído mal. Era imposible que Stella le hubiera buscado trabajo a su hermana.

—No me has dicho nunca que trabajaba para Advanced Economics Analytics. Hasta mis profesores me envidian por haber conseguido entrar. Si les gustas, te conceden una beca de investigación hasta el posdoctorado. Así que ya lo tengo, si no meto la pata.

—Tienes que llamarla para darle las gracias, Michael —le dijo su madre con voz seria—. Esto es un gran favor.

¿Eso hacía la gente cuando sus ex les conseguían trabajo a sus hermanos? Un momento. Era imposible que hubiera un precedente. Los ex no hacían eso. Solo Stella. ¿Cómo iba a dejar de quererla cuando hacía cosas así?

Janie sacó pecho y se sopló las uñas.

—En mi defensa, debo decir que me los he comido con patatas durante las entrevistas. He hablado con sus seis superiores, todos econometristas, y la decisión para ofrecer un puesto a alguien tiene que ser unánime.

Michael comprendió que Stella había visto a Janie. Hacía poco tiempo. Se le aceleró el corazón. Tenía que saberlo.

—¿Cómo está?

La mirada de Janie se endureció al oír la pregunta.

—Bien. La verdad es que tiene muy buen aspecto.

—Me-me alegro. —Aunque no se alegraba. Se sentía fatal. Debería alegrarse de que le fuera bien, pero no era así. Quería que estuviera triste sin él, tan triste como él lo estaba sin ella.

Había pasado página entonces. Joder, una puñalada en el costado sería mejor que eso.

—Sí, yo también me alegro. Es para alegrarse —replicó Janie.

Su madre la regañó con la mirada, pero Janie se limitó a cruzar los brazos por delante del pecho y a levantar la barbilla.

Michael se levantó de la máquina de coser.

—Ya que estás aquí, yo me voy temprano.

Se metió en el coche sin un destino concreto en mente. Lo único que tenía claro era que tenía que salir de la tintorería.

Janie empezaría en su primer trabajo pronto. La salud de su madre era lo bastante buena como para que empezara a salir con hombres. Stella estaba pasando página.

Todo el mundo avanzaba menos él.

¿Qué lo frenaba? Las facturas habían desaparecido y ya no necesitaba trabajar como acompañante. Su madre quería que dejara de trabajar en el negocio familiar. Todos los barrotes de la celda habían desaparecido, pero seguía sentado en el mismo sitio, asustado por la idea de moverse.

A lo mejor había llegado el momento de cambiar eso.

Detuvo el coche en el aparcamiento de un restaurante vietnamita en Milpitas, especializado en platos con fideos. El tintineo de la campanilla de la puerta anunció su llegada. Quan estaba limpiando mesas con un paño húmedo y colocando los platos sucios en los contenedores de plástico que llevaba en un carro de servicio. La hora punta del almuerzo había pasado, y era el único en el comedor del restaurante de sus padres, si no se contaba a los peces que vivían en el acuario que cubría la pared del fondo desde el suelo hasta el techo.

Miró de reojo a Michael, se detuvo un instante y dijo:

—Estás hecho un desastre.

Michael se frotó la nuca.

—No duermo mucho últimamente. —Después de haber compartido la cama con Stella durante tanto tiempo, le estaba costando trabajo acostumbrarse a dormir solo otra vez. Y cuando se dormía, soñaba con ella... y se corría en las sábanas. Eso le recordó que tenía que poner la lavadora... otra vez.

—Hace mucho que no te veo. ¿Cómo van las cosas con tu chica?

Michael se metió las manos en los bolsillos.

—Lo hemos dejado.

El brazo tatuado de Quan se detuvo con el paño húmedo, aunque no había acabado de limpiar la mesa.

—¿Por qué?

—No funcionaba.

—¿Por qué no, joder?

—A ver, he venido para pedirte consejo sobre otro tema.

Su primo levantó las cejas.

—Así que por eso tienes tan mala cara. ¿Qué has hecho para que te haya dado la patada en el culo? No sé, ¿has intentado pedirle perdón, por ejemplo? ¿Enviarle flores? ¿Ositos de peluche? ¿Bombones? A las mujeres les gustan esas cosas. Ya tendrías que saberlo.

—Fui yo quien cortó.

Quan arrojó el trapo húmedo a la mesa.

—Joder, tío. ¿Por qué?

Michael se pasó una mano por el pelo y torció el gesto cuando sintió que el puñal que llevaba en las costillas se retorcía. Porque no era lo bastante bueno para ella. Y aunque lo fuera, Stella no lo quería. Había pasado página.

Quan soltó el aire de golpe al ver la reacción de Michael.

—En fin, ¿con qué necesitas ayuda? ¿Has pensado en comprarte una moto por fin?

—No, nada de motos. Quiero..., quiero buscar un sustituto para la tintorería. —Decirlo en voz alta lo hizo sudar.

—Y me lo estás contando porque...

—Porque tú sabes coser, y... —Miró de reojo hacia la puerta de vaivén de la cocina y bajó la voz para añadir—: Porque te repatea trabajar para tu madre, pero te llevas bien con la mía. Y lo más importante: porque confío en ti. No me puedo ir si mi madre no estás en buenas manos.

—¿Qué planeas hacer? ¿Vas a volver a Nueva York?

—No, me quedo aquí. Necesito estar cerca, aunque no trabaje en el negocio familiar, ¿lo entiendes? Estoy pensando en diseñar mi propia línea de ropa.

Había sido su sueño desde siempre, pero se había visto obligado a abandonarlo. Durante todo ese tiempo, las ideas y los conceptos habían ido creciendo en su mente, haciéndose cada vez más grandes y más difíciles de reprimir, pero a esas alturas...

—Ya era hora. —Quan le dio un puñetazo en un hombro con una sonrisa.

—Entonces, ¿lo harás? ¿Trabajarás en la tintorería?

Quan lo miró con una cara rara antes de decir:

—Si lo necesitas, puedo hacerlo de forma temporal, pero no permanente. Los arreglos me aburren. Pero Yen está buscando trabajo y le gusta coser. Mientras pueda llevar al niño, podría encargarse ella.

Michael sintió que un alivio inmenso se adueñaba de su cuerpo.

—Me parece perfecto.

—Deberías haberlo dicho mucho antes. Siempre hay alguien en la familia que necesita trabajo. Nadie entiende por qué te has quedado tanto tiempo en la tintorería. Es evidente que lo detestas. No estás solo, que lo sepas. La familia te apoya.

Mientras Michael contemplaba la expresión seria de su primo, cayó en la cuenta de que jamás se le había pasado por la cabeza pedir ayuda hasta ese momento. El problema con sus padres y la salud de su madre habían sido su cruz personal. ¿Por qué había actuado así? ¿Porque se sentía culpable por haberse ido a Nueva York? A lo mejor sentía que debía expiar su egoísmo. O a lo mejor, igual que su padre, era demasiado orgulloso.

—Tienes razón. Debería haber dicho algo mucho antes. —Un tropel de ideas acudió a su cabeza y dijo—: En realidad, podrías echarme una mano con el diseño de mi línea de ropa. Soy diseñador, no empresario, y sé que estás estudiando Ciencias Empresariales...

Quan cruzó los brazos por delante del pecho y le preguntó con mucha seriedad:

—¿Me estás pidiendo que seamos socios?

Michael le devolvió la mirada seria.

—Sí. Creo que sí. Al cincuenta por ciento.

Quan siguió limpiando mesas.

—Tengo que pensarlo.

—Claro. Sí. Te mandaré los diseños.

—No hace falta que lo hagas —replicó Quan sin abandonar el trabajo.

—Ah, pues vale. —Michael retrocedió un paso, un poco inseguro. A lo mejor no debería haberle pedido eso a su primo. En el pasado sí habían hablado sobre ser socios, pero a lo mejor eran solo eso, palabras.

Quan lo miró con gesto impaciente.

—Michael, sé lo que eres capaz de hacer.

Michael soltó el aire que había estado reteniendo en los pulmones y pasó de preocuparse por la desconfianza de su primo a preocuparse por la posibilidad de que tuviera demasiada confianza.

—Claro, redactaremos los documentos que hagan falta, contratos y demás, para que no acabes jodido como acabó mi madre con mi padre.

Quan puso los ojos en blanco mientras se enderezaba.

—¿Qué te parece un apretón de manos? —Le tendió la mano.

Los ojos de Michael volaron de la cara de su primo a la mano varias veces.

—¿Para qué? ¿Ya te has decidido? ¿Así de repente? Ni siquiera han pasado dos minutos.

—¿Quieres hacerlo o no?

Fue incapaz de contener la sonrisa mientras le daba un firme apretón a Quan en la mano. Parecía que todos confiaban en él, menos él mismo.

—Sí, lo haremos. Al cincuenta por ciento.

En vez de soltarlo, Quan tiró de él para darle un abrazo.

—Eres un cabrito, que lo sepas. Llevo no sé cuánto tiempo esperando a que me lo pidas. Te ha costado.

Stella se detuvo delante del despacho de Philip, respiró hondo y llamó. Él estaba de espaldas a la puerta, mirando los monitores, y se volvió al oírla. En cuanto la reconoció a través del cristal, se levantó para abrir la puerta.

—Hola, Stella. —Sonrió, pero la miraba con expresión cautelosa.

—Me voy ya. ¿Te apetece cenar conmigo? —Lo último que quería era aguantar a Philip, pero les había dicho a sus padres que lo consideraría como opción y se tomaba sus promesas muy en serio. A sus padres les gustaba. A lo mejor a ella también le acababa gustando. Además, estaba segura al cien por cien de que no era el tipo de hombre que estaría con ella por lástima. Eso era importante.

—Me encantaría. —La sonrisa de Philip se volvió deslumbrante—. Dame un segundo para guardar mi trabajo.

Mientras recorrían las bien iluminadas aceras de camino al restaurante del centro de la ciudad, Philip le colocó una mano en la base de la espalda. Aunque Stella intentó pasarlo por alto, acabó aumentando la distancia entre ellos al cabo de unos minutos.

Apretó los dedos en torno a la correa del bolso.

—No estoy lista para eso.

Philip apartó la mano de ella.

—Ya veo que sigues pensando en él.

—Estoy intentando olvidarlo. —Esa semana le había dado permiso al ama de llaves para que lavara las sábanas. Ya no olería más a Michael.

—Stella, se acostó con mi madre. Eso debería ayudarte a olvidarlo rápidamente.

Stella miró el perfil de Philip.

—Tú te acostaste con Heidi.

—Heidi no es... vieja.

—Tu madre tampoco lo es.

Lo vio poner los ojos en blanco.

—Como intentes ligarte a la chica nueva, me enfadaré mucho contigo. Prácticamente es una niña. Es hermana de Michael, por cierto.

—¿Janie? ¿Ese bombón es su hermana?

—Era la mejor candidata.

—Lo era —admitió a regañadientes—. Entendía a la perfección el análisis de la regresión y la estadística. No me puedo creer que sea su hermana.

Ya sentados en el restaurante, Philip siguió murmurando sobre Janie.

—Philip, hace tres años estaba en el instituto.

—¿Y?

Stella soltó el aire, exasperada. En vez de señalar lo hipócrita que era, le dijo:

—Hablemos sobre pasatiempos. ¿Tienes alguno? ¿Cuáles son?

Eso lo alegró al instante.

—Me tomo muy en serio el golf. Además, no se me da mal. Y me gusta ir al gimnasio.

Bebió un sorbo de agua y recorrió con la mirada el elegante interior del restaurante.

Stella esperó a que le preguntara por sus pasatiempos. Lo vio tamborilear con los dedos sobre la mesa, al ritmo de la música de la guitarra española que sonaba por los altavoces. Después, bebió más agua.

—Alterno entre natación y salir a correr —añadió.

—¿No te gustan las artes marciales?

—Uf. En la universidad tomé unas clases de esgrima, pero me pareció ridículo hoy en día.

Eso significaba que Michael seguramente pudiera darle una paliza si se enfrentaban. Le encantaría ver algo así.

—A mí me gustan las películas de artes marciales —dijo.

—No te pega nada. Yo soy más de documentales.

Mientras Philip parloteaba sobre el último documental que había visto, Stella dejó que su mente vagara. Se descubrió imaginando una nueva versión de la noche de la gala benéfica. En la suya, Michael no cortaba con ella. En cambio, le confesaba que estaba irremediablemente enamorado de ella. Furioso hasta un punto rayano en la locura, Philip lo retaba a duelo y ambos se enfrentaban junto a la piscina. Como no tenían sables a mano, usaban palos de golf.

Philip interpretó como un aliciente que sonriera a causa de sus fantasiosos pensamientos, y comenzó a animarse cada vez más mientras hablaba de su fascinación por los documentales de denuncia y de crítica política.

Stella se preguntó cómo sería un duelo entre un artista de kendō y un esgrimista. Seguramente sería muy gracioso si usaban hierros y *putters*, suponiendo que tuvieran suficiente control como para no matarse a golpes. Deberían poner alguna escena así en una serie coreana. La vería mil veces.

El protagonista ni siquiera tenía que ganar. Solo tenía que luchar por la chica para conseguirla. Si perdía, ella le daría un beso de consolación.

Cuando salieron del restaurante a la concurrida acera, Philip sonrió y le cogió una mano.

—Stella, creo que congeniamos muy bien. Deberíamos repetirlo.

Se inclinó hacia ella para besarla.

Mientras se dirigía con Quan hacia su restaurante barbacoa coreano preferido de University Avenue, Michael no pudo evitar buscar a Stella entre la multitud que caminaba por las aceras. Su casa estaba a un par de manzanas de allí. Aunque era poco probable que hubiera salido de compras tan tarde, era posible.

De todas formas, no estaba preparado cuando la vio salir de un restaurante de comida mediterránea al otro lado de la calle. Tenía el pelo recogido como era habitual e iba vestida como de costumbre: camisa blanca, falda de tubo y talones puntiagudos. Su Stella, su inteligente, dulce y...

¿Ese era Philip James? ¿Y estaba a punto de besarla?

Lo vio todo rojo.

Sus músculos se tensaron y se abalanzó hacia delante. Sin embargo, el firme agarrón de Quan lo detuvo.

—Tranquilo, tío.

Antes de que los labios de Philip pudieran tocarla, Stella giró la cara y retrocedió un paso. Se zafó de la mano que la agarraba y dijo algo que Michael no pudo oír a esa distancia, pero que estaba claro que era una negativa.

En vez de tomárselo como un hombre maduro, Philip se acercó a ella con ademanes agresivos.

—Vale, se lo ha ganado —dijo Quan al mismo tiempo que soltaba a Michael, que atravesó la calzada sin ser consciente de haber dado un solo paso. Ni siquiera se percató de que hubiera coches. Tal vez incluso pasó entre ellos. Antes de que ese cabrón pudiera rozar con sus sucios labios la mejilla de Stella, lo apartó de ella y le asestó un puñetazo en un ojo.

Mientras Philip trastabillaba hacia atrás, Michael estrechó entre sus brazos a una atónita Stella. Bajo la furia que latía en su corazón, experimentó una sensación de bienestar. La presencia de Stella, su olor... Era suya.

—¿Estás bien? —susurró.

Ella parpadeó, sorprendida.

—¿Acabas de darle un puñetazo en un ojo?

—Ese cerdo estaba a punto de besarte en contra de tu voluntad. Otra vez. Nadie te obliga a hacer algo que no quieras. Nadie.

Philip apartó la mano del ojo, que ya empezaba a hinchársele, y lo señaló con un dedo acusador.

—Esto es una cita. No la he obligado a nada.

Stella se alejó de Michael y se colocó la correa del bolso en el hombro.

—Me voy a casa. Sola. Buenas noches.

—Stella, espera. —Philip intentó seguirla, pero Michael se interpuso en su camino.

—Ya la has oído. Se va a casa sola.

Al ver que Philip quería insistir, Quan se colocó junto a Michael. Su pose era relajada, con los brazos al lado del cuerpo, pero se notaba que estaba preparado para ejercer la violencia y lo miraba con frialdad.

—¿Algún problema?

Philip contempló la barricada conformada por Michael y Quan, y retrocedió. Movió los labios como si quisiera hablar, pero al final apretó los dientes y, tras mirar con deseo hacia el lugar por el que se había alejado Stella, se marchó.

Michael le dio un apretón a Quan en un hombro.

—Gracias.

Su primo esbozó una sonrisilla e hizo un gesto con la cabeza en dirección a Stella.

—Deberías ir a ver cómo está.

—Coge mesa. Nos vemos en el restaurante.

Echó a correr en pos de Stella hasta darle alcance, pero, en vez de aminorar el paso, ella empezó a andar más deprisa y mantuvo la vista clavada al frente.

—Tenía la situación controlada. Que no se te olvide que tengo una pistola Taser.

Su brusquedad y el tono impersonal con el que habló traspasaron sus barreras y lo cabrearon muchísimo. Seguía soñando con ella todos los días y allí estaba Stella, saliendo con otros. Ni siquiera habían pasado dos semanas.

—Ya veo que no podías esperar para poner en práctica tus nuevas habilidades.

Ella aferró con fuerza la correa del bolso y apretó el paso. La acera acabó y se oyó el taconeo de sus zapatos sobre el asfalto mientras recorría la calle peatonal que conducía a su casa.

—Si querías acostarte con él, lo estabas haciendo todo del revés. Deberías haber permitido que te besara. ¿Por qué no lo has dejado? ¿Estabas nerviosa?

—Michael, vete.

—Quiero saber por qué no lo has besado. Él es lo que buscas. ¿No?

Stella se quedó paralizada. Vio que su pecho subía y bajaba con cada respiración, aunque mantuvo la vista apartada de él.

—¿Por qué me has seguido y por qué me estás hablando? No sé cómo enfrentarme a esto. No sé cómo debo actuar o qué debo decir.

—¿No podemos actuar como amigos? —Había pensado que al menos serían eso, amigos.

Stella enfrentó su mirada. Bajo la luz de las farolas y de la luna, sus ojos parecían velados por las lágrimas, y vulnerables.

—¿Somos amigos?

—Eso espero.

—No me sirve. —Stella se alejó de él con los dientes apretados y los ojos entrecerrados. Michael creyó que estaba enfadada hasta que vio que empezaba a llorar—. No quiero tu amistad por lástima.

Ver sus lágrimas le provocó una opresión en el pecho y lo dejó sin aliento.

—¿Quién ha hablado de lástima?

Ella se limpió las mejillas, pero la barbilla siguió temblándole.

—Tú. Tú dijiste que me habías ayudado, pero que aun así yo no era suficiente. Lo dijiste de verdad. No puedes retractarte ahora.

—No me refería a ti. Me refería a nosotros. —Tragó saliva—. ¿Nunca has pensado que podía estar hablando de mí? ¿Que puede que yo no sea suficiente para ti?

Esos ojos cándidos lo miraron, abiertos de par en par porque no lo entendía.

—¿Por qué iba a pensar eso?

—¡Porque me prostituyo por dinero y mi padre es un delincuente!

Stella torció el gesto y retrocedió un paso.

—Eso no me importa. Nada de eso influye en quién eres ni en tu forma de tratarme. Estás usando esas cosas como excusa, porque no quieres hacerme daño. Pero quiero que sepas que soy capaz de enfrentarme a la verdad. Si no soy suficiente para ti, es justo y lo acepto. Algún día conseguiré olvidarte. No quiero que me protejan ni que me mientan por lo que soy. No necesito una amistad por lástima.

Con esas palabras, pasó a su lado y se alejó por la calle. Caminaba con rapidez y decisión. Sus caderas no se movían con un vaivén seductor ni con elegancia. No parecía una modelo en la pasarela. Y a él le encantaba.

Porque la quería.

Y ella estaba intentando olvidarlo.

Para olvidarlo, antes tenía que haberse enamorado de él. Stella estaba al tanto de que se prostituía, de su situación económica, de su educación y de su padre. Y, aun así, lo quería.

Eso lo cambiaba todo.

Se sintió embargado por la determinación. Sus inseguridades lo habían cegado hasta el punto de alejar a Stella y de hacerle daño, en vez de luchar por ella, que era lo que debería haber hecho.

La lucha empezaba en ese momento. Si ella era capaz de confiar en él y de aceptarlo por lo que era, él también podía hacerlo. Stella se merecía ese tipo de hombre. Por ella, iba a convertirse en ese tipo de hombre.

La siguió a cierta distancia para asegurarse de que llegaba sana y salva a su casa, y después corrió en busca de Quan. Necesitaba ayuda para trazar un plan de batalla.

Unos golpecitos en la puerta del despacho distrajeron a Stella del nuevo algoritmo que estaba formulando. Cuando hizo girar el sillón, la puerta se abrió y un enorme ramo de calas entró en el despacho.

La recepcionista principal, Benita, una voluptuosa morena de cuarenta y pocos años, dejó el jarrón en la mesa y soltó el aire por la boca.

—Vale, esto pesa mucho. Parece que tienes un admirador.

Stella sacó una tarjeta de entre las flores. Reconoció la letra inclinada de Michael enseguida.

Para mi Stella. Pienso en ti. Con amor, Michael.

—No sé qué quiere decir esto. —Clavó la vista en la tarjeta que tenía en la palma de la mano.

Benita ladeó la cabeza para leer la nota manuscrita de Michael y sonrió.

—Michael es el bombón con el que sales, ¿no? Está buenísimo.

—Hemos cortado.

La sonrisa de Benita se tornó traviesa.

—Pues parece que quiere volver. ¿Vas a darle otra oportunidad?

Antes de poder contestarle, Philip pasó por delante del despacho. Pasada una milésima de segundo, retrocedió y fulminó el ramo de flores con la mirada. Un impresionante ojo morado le adornaba la cara.

—Qué hijo de puta. —Philip entró en tromba, derecho a por las flores.

Stella se colocó delante del ramo.

—¿Qué haces?

—Voy a tirarlas a la basura, donde tienen que estar.

—No, no vas a tirarlas. Son mías. —Eran las primeras flores que le regalaba un hombre.

—Te compraré un ramo mejor —masculló Philip—. Esas tienen que desaparecer.

—No quiero que me compres flores.

—Estamos saliendo, ¿no te acuerdas?

—No estamos saliendo. Salimos a cenar, y no quiero repetir. No somos compatibles en lo más mínimo.

Benita hizo un mohín con los labios y miró a Philip con las cejas levantadas, claramente disfrutando del espectáculo.

Philip se acercó a Stella con los hombros tensos y los puños apretados.

—¿Y con él sí eres compatible?

Stella cerró los dedos en torno a la tarjeta. ¿Podía llamarse compatibilidad cuando solo lo sentía una de las partes?

—Era muy feliz cuando estábamos juntos. Es un buen oyente. Se interesaba por mí, por cómo había pasado el día, por lo que estaba haciendo, y...

—A mí solo me importa si es bueno en la cama o no —la interrumpió Benita.

Stella se mordió el labio y se ruborizó antes de clavar la vista en la moqueta. La palabra «bueno» no le hacía justicia a Michael. «Fenomenal» se le acercaba más.

—Qué suerte la tuya. —Benita se volvió hacia Philip y lo cogió del brazo—. Venga, PJ, vamos a la cocina. Ese ojo necesita un poco de hielo.

«¿PJ?», se preguntó Stella.

Philip masculló algo y miró las calas echando chispas por los ojos antes de permitir que Benita lo sacara del despacho. Mientras los dos se perdían por el pasillo, Philip le puso a Benita una mano en la base de la espalda que después deslizó hacia abajo para darle un buen pellizco. En vez de darle un guantazo como ella creía que iba a hacer, Benita le apartó el pelo de la frente y chasqueó la lengua mientras le miraba el moratón.

Eso era... interesante.

Al parecer, a Benita le daba igual que Philip fuera un capullo integral con las mujeres. A ella le parecía estupendo. Así no tenía que sentirse mal por no salir con él de nuevo.

Hizo girar el jarrón y jugueteó con los tallos de las calas. Las flores siempre le habían parecido una tontería. Apestaban, se marchitaban y luego había que limpiarlo todo. Sin embargo, esas flores se las había enviado Michael.

El móvil empezó a sonar con insistencia, y cuando lo sacó del cajón de la mesa, vio que era él. Pensó en dejar que saltara el buzón de voz, pero su pulgar pulsó el botón para aceptar la llamada por voluntad propia.

—Diga.

—¿Las has recibido? —le preguntó él.

—Sí... Gracias.

—¿Cómo tiene hoy el ojo Philip Dexter?

—Morado.

Michael emitió un gruñido satisfecho, y ella se imaginó la sonrisa perversa en su cara. Casi suspiró como una adolescente. Su salvajismo no debería complacerla de esa forma.

—Se pondrá verde dentro de un par de días —dijo él.

—No deberías haberle puesto un ojo morado. —Pero le encantaba que lo hubiera hecho. Porque la hacía sentirse más que especial que nunca. Era una villana sanguinaria.

—Tienes razón. La próxima vez le daré también un puñetazo en los huevos. Si alguien va a besarte, mejor que sea yo. —Tras un incómodo silencio, Michael le preguntó—: ¿Cenas conmigo esta noche?

Su tonto corazón dio un vuelco por la idea de verlo de nuevo, pero lo controló sin compasión. No comprendía por qué Michael estaba haciendo eso, no confiaba en sus motivos.

—No.

Se produjo un largo silencio antes de que él dijera:

—Bien, me gustan los desafíos.

—No intento desafiarte.

—Ya lo sé. Estás intentando olvidarte de mí, que es peor.

—Michael...

—Tengo cosas que hacer. Hablamos luego. Te echo de menos. —Cortó la llamada.

Stella se puso a andar de un lado para otro de su despacho, presa de los nervios. Michael no quería que se olvidara de él. Qué irritante. ¿Qué se suponía que debía hacer ella? ¿Llorar por él toda la eternidad?

El arrebato de furioso cortejo comenzó justo después de que viera a Philip intentando besarla, cuando ella no quería. Michael intentaba espantar a Philip porque no la creía capaz de protegerse sola.

Todavía era su obra de caridad.

Con la respiración alterada, hizo una bola con la tarjeta de las flores y la tiró a la papelera. Esa opinión le merecía su lástima.

Si quería olvidarse de un hombre, iba a olvidarse de dicho hombre.

Se sentó y releyó las últimas líneas de código en la pantalla del programa. Su cerebro estaba demasiado distraído como para concentrarse. No dejaba de pensar en Michael. Su cuerpo seguía ansiando sus caricias y las guarrerías que le decía. Más aun, lo echaba de menos a él, y también echaba de menos las rutinas que habían creado juntos.

Seguro que no quería recuperarla de verdad, pero sería maravilloso que quisiera hacerlo. Cuando se percató del giro esperanzado de sus pensamientos, se reprendió y se ordenó concentrarse en los datos. No funcionó. Con un gemido frustrado, sacó la tarjeta de la papelera, la alisó y la guardó en uno de los cajones.

Michael la llamó todos los días de esa semana y la invitó a cenar. Ella se negó todos los días. No necesitaba ni quería su ayuda. Podía arreglárselas sola muy bien, muchas gracias.

El viernes por la noche, su mesa lucía el jarrón con las calas, que seguían muy bien; otro jarrón con rosas en tonalidades desde el rojo sangre al rosa; un montón de globos; y un suave osito de peluche negro con un kimono de karate. Era demasiado mayor para animales de peluche, y verlo le daba vergüenza. La extravagancia de Michael la estaba convirtiendo en la comidilla de la empresa. Tenía que averiguar cómo ponerle fin a aquello.

Cuando llegó la hora de irse, apagó el ordenador, cogió el bolso y echó a andar hacia la puerta, aunque cogió al Oso Karateca de camino. No lo quería, pero pensar que iba a quedarse allí solo en su despacho toda la noche le rompía el corazón.

Se metió el oso debajo del brazo, aplastándolo todo lo posible, y salió del edificio. Nadie debía verla con un peluche a cuestas.

—¿Te vas a casa? —La solitaria voz sonó a su espalda mientras cruzaba el aparcamiento vacío, y el corazón casi se le salió por la boca.

Stella se dio la vuelta, con una mano en el pecho.

Michael se apartó de la fachada del edificio de oficinas, con los pulgares enganchados en los bolsillos de los pantalones. Llevaba un chaleco ceñido sobre una camisa, con los primeros botones desabrochados, y unos pantalones chinos oscuros. Demasiado guapo. Stella apartó los ojos y se agachó para recoger el osito de peluche de su abandono en el suelo.

Mientras sacudía el peluche, le dijo a Michael:

—Que sepas que esto se puede considerar acoso.

Michael inclinó la cabeza con una sonrisilla tímida.

—Lo sé.

—Tienes que parar.

—¿No te resulta romántico? No tengo mucha experiencia en esto del cortejo, así que tendrás que perdonarme si me paso.

Stella frunció los labios. Con su cara y su carisma, estaba segura de que normalmente le bastaba con mover un dedo para que las mujeres corrieran hacia él. Ya no quería ser una de esas idiotas.

—Ya vale, Michael. Los dos sabemos que no me estás cortejando.

Él se tensó.

—¿Qué quieres decir?

—Ya no tienes que protegerme de Philip. Ha centrado sus atenciones en la recepcionista.

—Esto no tiene nada que ver con Philip. —Echó a andar hacia ella con paso firme, el ceño fruncido y los dientes apretados.

El instinto le dijo a Stella que retrocediera ante su avance, pero la terquedad la instó a quedarse donde estaba. Levantó la barbilla. No le tenía miedo.

—Se acabó lo de ser tu obra de caridad. No quiero...

Michael le tomó la cara entre las manos y la besó. Las sensaciones la recorrieron como una corriente eléctrica, derribaron sus defensas antes de levantarlas siquiera. Sus sedosos y cálidos labios sabían al paraíso. Cuando le metió la ardiente lengua entre los labios, su conocido sabor salado la embriagó. Se aferró a sus hombros y se pegó a él. Michael la rodeó con los brazos y la amoldó a su cuerpo, de modo que su suavidad se pegaba a su dureza. El anhelo le derritió las piernas.

—Mírate, te mueres por mí —murmuró él contra su boca—. Cómo te he echado de menos.

Michael volvió a besarla, lentamente, saboreándola, e hizo que un millar de mariposas le revolotearan en el estómago y que suspirara contra sus labios. Se le soltó el recogido y se estremeció cuando Michael le enterró los dedos en el pelo.

—Stella preciosa —susurró él al tiempo que le acariciaba los mechones sueltos—, puede que no se me dé bien lo de cortejar, pero te beso de maravilla.

El comentario la sacó de la nube en la que el beso la había sumergido. Se apartó de sus brazos y se limpió la boca con la manga.

—No me beses. No me toques. No quiero que hagas nada conmigo por lástima.

—¿Por qué insistes con lo de la lástima? Nunca he dicho que te tuviera lástima —protestó él con el ceño fruncido.

—¿Y por qué no aceptaste mi dinero? —Sin esperar a que le respondiera, volvió a recoger el peluche del suelo. Quería abrazarlo contra su pecho; en cambio, se obligó a devolvérselo—. Lo de esta semana ha estado bien, pero ya me he cansado. Te pido que pares. Por favor.

—¿Eso quiere decir que ya no sientes nada por mí?

Se le llenaron los ojos de lágrimas y le dio la espalda a toda prisa.

—Tengo que irme.

—Porque yo siento algo por ti.

Se quedó helada, y sintió la mano de Michael cerrarse en torno a la suya antes de obligarla a darse la vuelta para mirarlo. Después, él la instó a levantar la barbilla. Y, en ese momento, las lágrimas estuvieron a punto de brotar de sus ojos. ¿Lo había dicho de verdad? Seguro que no lo había oído bien, porque el corazón le atronaba los oídos.

Michael respiró hondo, soltó el aire y volvió a inspirar.

—No acepté tu dinero porque estoy enamorado de ti. Me convencí de que me necesitabas, de que al ayudarte demostraría que no era como mi padre, pero solo eran excusas para estar contigo. Tú no me necesitas, y yo no tengo que demostrar que no soy como mi padre. Sé que no lo soy. Corté contigo porque estaba seguro de que no me querías. Pero cuando dijiste que ibas a olvidarme, me diste esperanza.

Stella sintió que le ardía el cuerpo: las manos, el cuello, la cara y hasta las orejas se le pusieron coloradas. Michael no le tenía lástima. La quería. ¿Lo había oído bien? ¿Era verdad?

Michael tragó saliva una vez.

—¿Te importaría decir algo? Cuando un hombre le dice a una mujer que la quiere, no espera la callada por respuesta. ¿Es demasiado tarde? ¿Has conseguido olvidarme?

—¿Llevas puesta la ropa interior que te compré?

A Michael se le escapó una carcajada.

—A veces no entiendo cómo funciona tu mente.

—¿La llevas? —Se colocó el peluche debajo del brazo y le metió los dedos en la cinturilla de los pantalones, por encima del cinturón de cuero.

Con una sonrisa, Michael se desabrochó el cinturón y el botón de los pantalones, y luego se bajó la cremallera.

—Si nos arrestan por escándalo público, será mejor que nos dejen compartir celda.

Stella apartó los faldones de la camisa y, pese a la pobre luz de la farola del aparcamiento, pudo ver la tela roja de sus bóxers. Lo miró a los ojos y vio en ellos una efervescente calidez que la inundó por entero, llenándole el corazón y alcanzando hasta las puntas de los dedos. La quería de verdad. Y su teoría se veía confirmada. La ß de Michael había cambiado de uno a cero. Por ella.

—Los llevas puestos.

—No me gusta ir en plan comando. Por las rozaduras.

Mientras intentaba contener una sonrisa tonta, Stella le colocó bien los pantalones y le abrochó el cinturón.

—Las mujeres les compran ropa interior a los hombres a los que quieren. Es economía. Los datos apoyan mi afirmación.

—¿Me estás diciendo que me quieres, Stella?

Ella abrazó con fuerza al Oso Karateca y asintió con la cabeza, presa de repente de la timidez.

—¿No me lo vas a decir con palabras? —le preguntó él.

—Nunca se lo he dicho a nadie, solo a mis padres.

—¿Crees que yo voy por ahí diciéndoles a las mujeres que las quiero? —Tiró de ella hasta que sus frentes se tocaron—. Voy a obligarte a decir las palabras. Esta noche.

—¿Debería preocuparme?

—Sí.

—¿Qué vas a...? —La pasión que vio en sus ojos la silenció.

—Vámonos a casa.

—Vale.

En vez de enfilar calle abajo hacia la casa de Stella, Michael la llevó hasta un pequeño Honda Civic plateado y le abrió la puerta del copiloto.

—He cambiado de coche —le dijo al mismo tiempo que se encogía de hombros con incomodidad.

Stella se sentó y se abrochó el cinturón de seguridad mientras observaba el interior del coche, limpio y sin cuero a la vista. No había nada que le recordase a Aliza.

—Este me gusta más.

—Me lo suponía. —Michael sonrió mientras se sentaba al volante—. Me he asociado con Quan para crear una línea de ropa, y necesito fondos para financiar la empresa. Como he dejado de hacer de acompañante, no tenía motivos para conservar ese coche.

Por fin lo estaba haciendo: había dejado el trabajo de acompañante, estaba arriesgándose e iba a labrarse un nombre. En ese momento, le resultó tan perfecto para ella que le entraron ganas de inclinarse sobre la palanca de cambios y besarlo hasta dejarlo sin aliento.

—Es genial. Me alegro mucho por ti, Michael. —Pero la idea de que vendiera el coche porque necesitaba dinero la preocupaba, sobre todo porque había devuelto su cheque—. ¿Todavía tienes que pagar las facturas médicas de tu madre? ¿El programa de ayudas de la fundación no las cubre todas?

Michael ladeó la cabeza y la miró con el ceño fruncido.

—¿Cómo sabes lo de mi madre y lo del programa? —Tras un breve titubeo, puso los ojos como platos—. ¿Has sido tú?

Ella apartó la vista.

—Has sido tú —repitió él con voz asombrada—. ¿Cómo te enteraste de que mi madre no tenía seguro médico?

—La noche que estuve en tu apartamento vi las facturas y establecí la conexión entre el coste de su tratamiento y tus tarifas como acompañante. Creo..., creo que fue cuando me enamoré de ti del todo.

Una sonrisa traviesa asomó a los labios de Michael.

—Iba a arrancarte esas palabras del modo más delicioso del mundo. —Pero, después, la sonrisa desapareció, reemplazada por una mueca pensativa—. Debe de haberte costado una fortuna. Has puesto en marcha un programa completo de ayudas para tratamientos médicos. ¿Cuánto dinero tienes?

Stella se mordió el labio inferior mientras seguía abrazada al osito de peluche.

—Ya no tengo tanto. En fin, sigo siendo rica. Depende de cómo lo definas. Seguramente no te vaya a gustar. ¿Seguro que quieres saberlo?

—Suéltalo, Stella.

—Tenía un fideicomiso. Con unos quince millones de dólares —confesó al mismo tiempo que se encogía de hombros—. Lo doné a la Fundación Médica de Palo Alto para poner en marcha el programa de ayudas.

—¿Has donado todo tu fideicomiso? ¿Por mí?

—Es lo que se supone que se hace con esa clase de dinero, ¿no? ¿Donarlo? Puedo mantenerme con mi sueldo. Solo es dinero, Michael, y no soportaba la idea de que te vieras obligado a hacer de acompañante. Una cosa es que quieras hacerlo. Pero, si no quieres... —Meneó la cabeza—. Estaba decidida a darte la posibilidad de elegir. Además, ahora ayudamos a un montón de familias. Es algo bueno.

—¿Ayudamos, en plural? —Se inclinó hacia ella y la besó en la mejilla, en la comisura de los labios—. Lo has hecho tú sola. El dinero no era mío. —Le dejó una lluvia de besos en los labios—. Gracias por darme la posibilidad de elegirte a ti. Gracias por ser tú. Te quiero.

En ese momento, Stella no pudo contener la sonrisa. No creía posible llegar a cansarse de oírlo.

—Ahora ya puedo decir que mi novio es diseñador sin temor a mentir. Si es que eres mi novio, claro. ¿Lo eres?

En vez de contestarle de inmediato, Michael arrancó el coche y salió del aparcamiento. Con la vista clavada en la carretera y un tono de voz muy tranquilo, le dijo:

—Soy algo mejor que tu novio. Porque voy a pedirte que te cases conmigo dentro de tres meses.

Stella se quedó boquiabierta, y la sorpresa la asaltó en oleadas que le provocaron escalofríos.

—¿Por qué me lo dices?

Michael esbozó una sonrisilla mientras la miraba de reojo antes de concentrarse de nuevo en la carretera.

—Porque no te gustan las sorpresas, y he supuesto que necesitabas tiempo para hacerte a la idea.

En eso tenía razón, pero, antes de que pudiera darle muchas vueltas al asunto, Michael quitó una mano del volante y le cogió la suya, entrelazando sus dedos, como siempre hacía.

Sin decir nada, Stella dejó que el momento se apoderase de ella, la incertidumbre, la abrumadora esperanza, la ansiedad y la burbujeante felicidad. Ver sus dedos entrelazados la complacía. Sus manos eran muy diferentes, pero las dos tenían cinco dedos y cinco nudillos, tenían la misma forma.

Le dio un apretón y él se lo devolvió. Palma contra palma, dos solitarias mitades que encontraron consuelo juntas.

Epílogo

CUATRO MESES DESPUÉS

Stella caminaba por una tranquila acera del Warehouse District de San Francisco, un barrio discreto de la ciudad donde se emplazaban varias firmas de moda de la Costa Oeste. Tras abrir una puerta sin ninguna placa ni identificación, entró en una nave industrial con paredes de acero, suelo de cemento y techos descubiertos.

En el extremo más alejado de la nave se estaba realizando una sesión de fotos, y Stella sonrió al ver a los modelos vestidos con los últimos diseños de Michael. El otoño aún no había empezado, pero llevaban prendas de invierno. Había niños de corta edad y adolescentes posando, ataviados con trajes de exquisita confección, chalecos con gorras a juego, vestidos de punto y capas ribeteadas con piel.

Quan la vio primero.

—Hola, Stella. —La saludó con gesto distraído y, después, siguió manteniendo una animada conversación con la fotógrafa.

Michael estaba atándole a una niña el lazo dorado de un vestido de fiesta de chifón blanco, pero al verla se detuvo y la miró con una sonrisa.

—Llegas pronto.

—Te echaba de menos.

La sonrisa de Michael se ensanchó mientras le daba a la niña unas palmaditas en un hombro y le indicaba que se acercara al *set*, donde el coordinador estaba colocando a los niños y los distintos elementos de la composición. Michael echó a andar hacia ella con las manos en los bolsillos y miró con gesto de admiración su traje azul marino, consistente en una falda y una chaqueta y el pañuelo que llevaba al cuello. Stella sabía que estaba admirando la selección de ropa que había elegido para ella, y apretó los labios para no sonreír. Las cosas que lo hacían feliz...

Cuando llegó a su lado, se inclinó para besarla en la boca mientras sus manos descendían por los brazos hasta cogerle las manos. Acto seguido, se las llevó a los labios para besarle los nudillos y le acarició los dedos de la mano izquierda con el pulgar, deteniéndose en el anillo con tres diamantes que relucían en su dedo anular.

—Todavía no me puedo creer que te hayas endeudado por comprarme esto —comentó ella.

De todas formas, debía admitir que le encantaba todo lo que representaba. Nunca le habían gustado las joyas, pero se descubría contemplando el anillo más de lo que había pensado en un principio, y pensando en Michael. Cuando sus compañeros de trabajo la pillaban sonriendo sin motivo aparente, ponían los ojos en blanco y murmuraban por lo bajini.

—Necesitaba anunciar lo «pillada» que estás. Además, desde esta mañana he saldado mis deudas. Quan ha conseguido la financiación que necesitábamos. Antes de Navidad, habremos abierto tres tiendas más.

Stella calculó las cifras mentalmente y la invadió una burbujeante emoción.

—Qué rapidez. Lo estáis haciendo todavía mejor que la trayectoria de crecimiento que calculé.

—Pues sí. Tu análisis económico fue, en parte, lo que convenció a los inversores, la verdad.

—Creo que fueron tus diseños y la agresiva campaña de marketing.

—Vale, eso también ha podido influir —replicó él con una carcajada, pero con mirada tierna—. Tenerte a mi lado durante todo este proceso lo ha sido todo para mí. Espero que lo sepas.

—Lo sé. —Ambos habían estado muy ocupados durante los últimos meses, pero juntos habían logrado que funcionara—. Y te digo lo mismo.

Michael adoptó una expresión seria.

—Me dijiste que hoy tenías la reunión con los socios de tu empresa. ¿Cómo ha ido?

—Me han ofrecido otro ascenso. Directora de departamento. Cinco empleados a mis órdenes, además de mi fantástica asistente en prácticas.

—¿Y?

Respiró hondo antes de contestar:

—Lo he aceptado.

Michael se quedó boquiabierto y, en un abrir y cerrar de ojos, la estrechó entre sus brazos con fuerza y le dio un beso en la sien.

—¿Te arrepientes?

Ella se acurrucó contra él y aspiró su olor.

—No. Estoy nerviosa, pero sobre todo estoy contenta.

—Me siento muy orgulloso de ti.

Stella esbozó una sonrisa tan grande que le dolieron hasta los mofletes.

—El ascenso va acompañado de una prima considerable. Te advierto de que voy a comprarte un coche nuevo.

Al ver que Michael se apartaba de ella, creyó que estaba enfadado. Fue incapaz de interpretar la expresión de su cara mientras decía:

—Yo puedo comprarme un coche nuevo.

Stella se mordió el labio para evitar fruncir el ceño, pero entendía que él quisiera ganárselo con su propio trabajo. No tenía por qué consentirlo, pero quería hacerlo.

—Pero quiero el mismo modelo que tú tienes —continuó él—. Y me gusta en negro.

Ella ladeó la cabeza y tomó una lenta bocanada de aire.

—¿Eso significa...?

—Significa que, si quieres comprarme un coche, quiero conducirlo. —En sus labios apareció una sonrisa seductora y la miró con expresión traviesa—. Si quieres comprarme calzoncillos, quiero ponérmelos.

Se sintió flotar de alegría y tuvo que agarrarle una mano para no salir volando de forma accidental.

—Eso significa que me quieres.

Michael entrelazó sus dedos como acostumbraba a hacer y le dio un apretón.

—Exacto. Es economía.

FIN

Nota de la autora

La primera vez que oí hablar del autismo de «alto funcionamiento», conocido anteriormente como síndrome de Asperger, fue en una discusión privada con la profesora de preescolar de mi hija. Me quedé de piedra por la sugerencia de la profesora. Aunque mi hija era problemática, no encajaba en mi idea prefijada de lo que era ser «autista». A mis ojos, ella siempre había sido como tenía que ser: una niña muy dulce con mucha personalidad. Volví a casa e hice una rápida búsqueda en Internet, y lo que encontré no parecía corresponderse a las características de mi hija. Para asegurarme, les pregunté a los miembros de mi familia y a su médico lo que pensaban, y el resultado fue unánime: no era autista. Seguro que tenían razón, así que lo dejé estar.

Al menos, creí hacerlo. Mi yo real lo dejó estar, pero la escritora que llevo dentro se sentía fascinada. Verás, llevaba un tiempo dándole vueltas a una versión de *Pretty woman* con los roles cambiados, pero no terminaba de ver por qué una mujer de éxito querría contratar a un acompañante profesional. Una de las características del autismo que me ofreció mi rápida búsqueda en Internet se me quedó grabada en la mente: problemas con las habilidades sociales. Desde luego que era algo con lo que podía empatizar..., y también era un motivo muy interesante para contratar los servicios de un acompañante. ¿Y si mi heroína era autista de la misma manera que mi hija no lo era? Necesitaba aprender más acerca de este personaje.

Empecé a documentarme en serio y descubrí algo muy interesante: hay libros específicos para mujeres con trastornos del espectro autista. ¿Cómo es posible que las mujeres tengan libros propios? Todos somos personas. Supuse que los hombres y las mujeres deberían ser iguales. Compré *Aspergirls*, de Rudy Simone.

Una sensación rarísima se apoderó de mí cuando empecé a leer sus palabras, y se intensificó a medida que avanzaba con la lectura. Al parecer, hay una diferencia fundamental en cómo se percibe el autismo en hombres y en mujeres. Lo que había leído con anterioridad describía a hombres autistas, pero muchas mujeres autistas, por diversos motivos, enmascaran su incomodidad y *ocultan* sus características autistas para ser más aceptadas socialmente. Incluso nuestras obsesiones e intereses se suelen desviar para que sean socialmente aceptables, como los caballos o la música en vez de las matrículas que empiecen por el número tres. Por este motivo, las mujeres no suelen ser diagnosticadas o reciben un diagnóstico muy tardío, a menudo cuando diagnostican a sus propios hijos. Las mujeres con Asperger existen en lo que se conoce como «la parte invisible del espectro».

A medida que leía el libro de Rudy Simone, me descubrí recordando mi infancia y un millón de detalles, como aquella vez en el colegio cuando me dijeron que mi expresión facial daba miedo y luego me pasé horas y horas delante del espejo, practicando. O como aquellos días que pasaba imitando los gestos y la forma de hablar de mi prima porque ella era popular y su forma de ser tenía que ser la correcta, pero me resultaba agotadora. O la costumbre de tamborilear con los dedos siempre con el mismo patrón, uno-tres-cinco-dos-cuatro, una y otra vez, cada vez que me aburría o estaba nerviosa, pero luego me di cuenta de que irritaba a los demás, así que empecé a hacerlo con los dientes para que nadie me viera ni me oyera, y ahora estoy desarrollando una enfermedad periodontal, pero sería incapaz de parar aunque me fuera la vida en ello. O mi obsesión por George Winston, que me llevó a aprender a tocar el piano sola cuando era una cría, una obsesión que todavía me dura, décadas después. O..., o..., o...

Lo que empezó como documentación para un libro se convirtió en un viaje de autodescubrimiento. Descubrí que no estoy sola. Hay personas como yo, y seguramente como mi hija. Mientras buscaba, hasta que lo conseguí (a los treinta y cuatro años), un diagnóstico, Stella, mi heroína autista, cobró vida en el papel. Nunca me había resultado tan fácil escribir un personaje. La conocía a la perfección. Nació de mi corazón. No tenía que filtrar mis ideas para que fuera socialmente aceptable, algo que he estado haciendo durante años de forma inconsciente. Y esta libertad me permitió encontrar mi voz. Antes de esto, había estado usando el estilo de otros escritores, había intentado ser otra persona. Cuando escribí *La ecuación del amor*, me convertí en mí misma, y he sido yo misma, sin excusas, desde entonces. A veces, una etiqueta puede liberarte en vez de limitarte. Al menos, ese fue mi caso. He empezado a ir a terapia para ayudarme con problemas que no sabía que eran habituales en mujeres como yo.

Dicho esto, debo puntualizar que cada persona del espectro tiene sus experiencias, sus puntos débiles, sus puntos fuertes y sus puntos de vista, y todos son perfectamente válidos. Mi experiencia (y, por tanto, la de Stella) solo es una más de tantas y no se puede tomar como el «estándar». No hay un estándar.

Por si a alguien le interesa, he descubierto que las siguientes fuentes de información acerca del trastorno del espectro autista y del síndrome de Asperger son muy instructivas, pero no aburridas:

Aspergirls, de Rudy Simone (enfocado a las mujeres)

Everyday Aspergers, de Samantha Craft (enfocado a las mujeres)

Look Me in the Eye, de John Elder Robison

La razón por la que salto, de Naoki Higashida

Vídeos de YouTube del psicólogo clínico Tony Attwood

Autistic Women's Association
(Facebook.com/autisticwomensassociation)

Con mis mejores deseos,
HELEN HOANG

Guía de lectura

1. Antes de leer este libro, ¿cómo habrías imaginado a una mujer autista? ¿Cómo ves a Stella en comparación con esa idea preconcebida?

2. Stella se sorprendió al enterarse de que la nueva chica en prácticas había invitado a salir a Philip James, su compañero de trabajo. En las relaciones heterosexuales, ¿crees que los hombres deben dar el primer paso? ¿Qué dice de una mujer si es ella quien invita a salir a un hombre?

3. ¿Te sorprende ver a una persona autista explorar una relación sexual? En caso afirmativo, ¿por qué?

4. En lo referente al autismo, las personas se dividen entre quienes prefieren centrarse en las personas (es decir, «persona con autismo») y quienes se centran en la característica que la define (es decir, «persona autista»). Uno de los principales argumentos del primer grupo es que separa a la persona de su trastorno mental. Muchas personas autistas, en cambio, prefieren la segunda opción, porque creen que el autismo en una parte intrínseca de su ser y no desean una «cura». ¿Cuál crees que es la opción correcta? ¿Crees que depende de las circunstancias y de las preferencias de cada individuo? ¿Cómo te sentiste cuando Stella intentó reinventarse y sentirse fenomenal? ¿Por qué te sentiste así?

5. ¿Qué te parece un hombre con la profesión que ejerce Michael los viernes por la noche? ¿Es la misma impresión que te causa una mujer de la misma profesión? Si hay una diferencia según el sexo de la persona, ¿a qué se debe?

6. ¿En qué sentido afecta al atractivo de Michael su profesión diurna?

7. A lo largo de todo el libro, a Michael le preocupa la idea de haber heredado la «maldad» de su padre, la idea de llevarla en la sangre. ¿Crees que es una preocupación lógica? ¿Has podido empatizar con él? En caso afirmativo, ¿cómo lo has hecho?

8. ¿Basta el amor? ¿Puede la gente de diferente cultura, nivel educativo y riqueza mantener una relación estable y duradera? ¿Cómo pueden conseguir que funcione?

Helen Hoang es esa persona tímida que nunca habla. Hasta que lo hace. Y, en ese momento, las peores cosas salen de su boca. Leyó su primera novela romántica en segundo de secundaria y no ha parado desde entonces. En 2016 le diagnosticaron un trastorno del espectro autista, en consonancia con lo que antes se conocía como síndrome de Asperger. Su experiencia inspiró *La ecuación del amor*. En la actualidad vive en San Diego, California, con su marido, sus dos hijos y un pez por mascota. Puedes encontrarla *online* en helenhoang.com, facebook.com/hhoangwrites, instagram.com/hhoangwrites y twitter.com/hhoangwrites.

ECOSISTEMA DIGITAL

NUESTRO PUNTO DE ENCUENTRO

www.edicionesurano.com

2 AMABOOK
Disfruta de tu rincón de lectura y accede a todas nuestras **novedades** en modo compra.
www.amabook.com

3 SUSCRIBOOKS
El límite lo pones tú, **lectura sin freno**, en modo suscripción.
www.suscribooks.com

DISFRUTA DE 1 MES DE LECTURA GRATIS

1 REDES SOCIALES:
Amplio abanico de redes para que **participes activamente**.

4 APPS Y DESCARGAS
Apps que te permitirán leer e **interactuar con otros lectores**.